Zu spät ist auch ein Ort

D. Z. Fraser

Eigenverlag

1. Auflage, veröffentlicht 2025.

Eigenverlag

ISBN (Taschenbuch): 979-829280000-2

Inhaltlich verantwortlich gemäß § 18 Abs. 2 MStV:

Andreas Zapf
Kapellenbergstraße 37
61389 Schmitten
Deutschland

Zu spät ist auch ein Ort

D. Z. Fraser

Eigenverlag

info@fraser-books.de
www.fraser-books.de

Buchbeschreibung

Was aussieht wie das Ende eines Weges, kann der Beginn eines neuen sein!

Nach zwanzig Jahren bei Hilfsprojekten in aller Welt steht Hendrik Seversens Leben vor dem Nichts. Gestrandet und ohne Halt bleibt ihm nur ein Weg: zurück in seine norddeutsche Heimat, ins Alte Land.

Dort will er an eine alte Freundschaft anknüpfen – er freut sich auf seinen alten Kumpel Matthias, seinen besten Freund aus Jugendtagen. Ihr Kontakt ist trotz der langen Zeit nie abgebrochen.

Doch nichts kommt, wie er es erwartet, und Hendrik muss feststellen, dass es nicht nur sein Leben ist, das neu geordnet werden muss.

Der Weg nach vorne beginnt mit einer Reise an einen Ort, den er nie betreten wollte: die eigene Vergangenheit.

Eine stille Konfrontation mit verpassten Gesprächen, alten Wunden – und der Frage, ob sich aus den Trümmern eines Lebens etwas Neues bauen lässt.

Ein berührender Roman über Freundschaft, Verlust – und die leise Hoffnung, dass es für einen Neuanfang nie zu spät ist.

Für alle, die zurückbleiben mussten

Über den Autor

D. Z. Fraser ist das literarische Pseudonym eines Autors, der seine belletristischen Werke von fachlichen Publikationen trennt.

Seine Romane bewegen sich zwischen den Genres: literarisch, wenn sie Fragen nach Identität, Verantwortung und Erinnerung aufwerfen; spannend, wenn sie in die dunklen Bereiche menschlicher Existenz vordringen; wissenschaftlich fundiert, wenn sie sich spekulativen Themen der nahen Zukunft widmen.

Frasers Erzählstil ist präzise und vielschichtig. Seine Figuren sind psychologisch fundiert gezeichnet, die Schauplätze sorgfältig recherchiert und atmosphärisch dicht.

Ob ethische, gesellschaftliche oder technologische Fragen – Frasers Geschichten nähern sich ihren Themen mit Ernst und Tiefe. Detailtreue, glaubwürdige Charaktere und eine hohe stilistische Qualität zeichnen sein Werk aus.

Ankunft

Er erwachte benommen, orientierungslos. Einen Moment lang wusste er nicht, wo er war. Wer er war. Dann kehrte die Erinnerung zurück: die vielen Menschen um ihn herum, der enge Sitz – na klar, der Flug nach Frankfurt.

„Wo wir wohl sind?“ Er blinzelte, sah sich um. Offenbar war er wirklich eingeschlafen.

Er sah auf die Uhr. Direkt nach dem Start hatte er sie auf deutsche Zeit umgestellt. Kurz vor sieben. Eigentlich müssten sie bald landen.

Er schaute nach rechts. Die junge Frau am Fenster schlief. Die Blende war geschlossen. Kein Blick nach draußen möglich.

Eine Flugbegleiterin kam durch den Gang, eine Kaffeekanne in der Hand. Sie schaute ihn fragend an.

„Oh ja, bitte!“, sagte er leise. Er wollte die anderen nicht wecken. „Wie lange fliegen wir denn noch?“

Sie gab ihm einen Becher, goss den Kaffee ein. Dann sah sie ihn an und lächelte. „Noch etwa zwei Stunden“, antwortete sie. „Möchten Sie ein Frühstück?“

Er erwiderte das Lächeln und nickte. Dann klappte er das winzige Tischlein vor sich herunter und stellte den Becher ab.

„Brauchen Sie Milch und Zucker?"

Er verneinte. Die Jahre unterwegs hatten ihn gelehrt, seinen Kaffee immer – aber auch wirklich immer – schwarz zu trinken. Schließlich wusste man nie, wo die Milch gestanden hatte. Oder wer sich am Zucker bedient hatte.

Der Monitor vor ihm flackerte auf. Eine Landkarte erschien, ein kleines Symbol zeigte ihre Position. Irgendwo über Rumänien. Europa!

Seine Gedanken wanderten zurück zu den letzten schweren Wochen.

Das plötzliche Aus für seinen Arbeitgeber war überraschend gekommen. Das Ende ihrer Vorhaben im Himalaja!

Von eben auf jetzt hatte das Team ohne Ansprechpartner dagestanden. Und ohne Hilfe!

Sie hatten sich auf abenteuerlichen Wegen durchschlagen müssen. Aus den Bergen nach Delhi. Dort hatten sie sich getrennt und er war weitergezogen, in den Süden des Landes.

Es war eine lange Reise gewesen. Viel Zeit zum Nachdenken. Wohin von hier aus? Wie sollte es weitergehen? Eine Antwort hatte er nicht gefunden.

Am Flughafen hatte ihn das Logo der Airline begrüßt – ein heller Vogel auf dunklem Grund. Er hatte intuitiv gehandelt, war dem Impuls gefolgt. Sie hatten einen Platz auf dem Nachtflug – und er hatte das Geld für das Ticket. Nach Deutschland.

„Sie fliegen nach Hause?", hatte ihn die junge Frau am Schalter gefragt. „Wie schön, gute Reise!"

Sie gab ihm sein Ticket, nannte ihm das Gate und die Zeiten und checkte seinen Koffer ein.

Während er wartete, hatte er über ihre Worte nachgedacht. „Nach Hause?“, hatte er sie wiederholt. Er war seit zwanzig Jahren nicht mehr in Deutschland gewesen.

„Ist das noch mein Zuhause? Oder anders: Wo ist mein Zuhause?“ Dann: „Was ist ‚Zuhause‘ eigentlich?“

Die Flugbegleiterin brachte ihm das Frühstück.

Die junge Dame am Fenster war inzwischen aufgewacht und hatte die Blende nach oben geschoben.

Er blickte an ihr vorbei hinaus – nichts als Dunkelheit.

Der restliche Flug verlief ereignislos. Die Landung sollte um kurz nach neun sein. Alles im Zeitplan.

Er fand es immer wieder faszinierend – ein Flug um die halbe Welt, Tausende von Kilometern. Und doch fast auf die Minute pünktlich. Eine Meisterleistung.

Der Anflug auf Frankfurt begann.

Sie schienen einer Autobahn zu folgen. Die Klappen fuhren aus, sein Magen spürte es als Erstes. Rechts konnte er Teile der Stadt sehen: die Hochhäuser. Den Fluss. Das Stadion.

Das Fahrwerk kam heraus.

Ganz niedrig überquerten sie eine Autobahn – er konnte die Autos vorbeiflitzen sehen.

Dann schwebte der große Vogel über einen Zaun, die Landebahn tauchte unter ihnen auf. Ein harter Aufsetzer. Sie waren gelandet. Er war wieder in Deutschland.

Die Maschine rollte auf einen der Taxiways und weiter in Richtung des Gates. Es würde noch etwas dauern.

„Bitte bleiben Sie angeschnallt sitzen, bis wir unsere Parkposition erreicht haben.“

Die Durchsage der Kabinenbesatzung verhallte ungehört. Wie immer. Und auch die Bitte, die Mobiltelefone noch nicht einzuschalten, ignorierten viele.

Er fand das immer wieder amüsant, beobachtete die anderen Passagiere. Wie sie verstohlen die kleinen Geräte hervorzogen und sie möglichst unauffällig einschalteten. Wie sie hofften, dabei nicht ertappt zu werden.

Umsonst.

Die ersten Nachrichten piepsten, ein Anruf klingelte. Erschrocken drückte der Besitzer ihn weg.

Sie erreichten das Gate, die ersten Passagiere standen schon im Gang. Er hingegen blieb sitzen. Er hatte es nicht eilig. Er erwartete niemanden. Und niemand erwartete ihn.

Als er die Maschine als einer der Letzten verließ, verabschiedete er sich von der Crew, dankte ihnen für den Flug. Dann schlenderte er gemächlich durch das Terminal in Richtung der Passkontrolle.

Er kam aus Indien, die Einreise war also Pflichtprogramm. Der junge Beamte in seinem kleinen Kabuff blätterte den Pass gelangweilt durch, nickte dann.

„Willkommen in Deutschland, Herr Seversen!“

Das war alles. So einfach. So unspektakulär.

Auf dem Weg zur Gepäckausgabe musste er über diesen einen Satz nachdenken. Auch noch, während er auf seinen Koffer wartete.

„Willkommen in Deutschland?“

Wer oder was sollte ihn hier eigentlich willkommen heißen?

Er hatte das Land vor zwanzig Jahren verlassen – sein altes Leben, seine Familie, seine Freunde waren hier zurückgeblieben. Da war niemand mehr!

Er schaute sich um. Hier waren sie wieder alle, die Passagiere seines Fluges: die drängelnden Ersten genauso wie die trödelnden Letzten.

Endlich tauchte sein Koffer auf.

Er hatte kein Problem, ihn in der Masse der Gepäckstücke zu erkennen – nicht so ein moderner Hartschalenkoffer, sondern ein guter, alter, solider, heruntergekommener Lederkoffer.

Er betrachtete ihn auf dem Karussell. Seine Schrammen und Abschürfungen verrieten viel über ihn. Und über seinen Besitzer.

Das Gepäckstück drehte gemütlich seine Runde.

Als der Koffer direkt vor ihm war, griff er beherzt zu und wuchtete das Prachtstück vom Band.

Sie waren wieder vereint.

Er sah sich um, das letzte Stück des Weges wies ein grüner Pfeil: ‚Nichts zu verzollen'.

Wenige Minuten später standen er und sein Koffer im Ankunftsbereich. Menschen wuselten um sie herum, fast jeder schien von irgendwem erwartet oder abgeholt zu werden.

Er überlegte, wie es nun weitergehen sollte. Er hatte keine großen Pläne gemacht, war unvorbereitet. Niemand wusste, dass er zurückgekommen war.

Und plötzlich fiel ihm dieser alte Werbespot wieder ein: „Morgens, halb zehn in Deutschland."

Und jetzt? Im Grunde waren sie obdachlos – zumindest, wenn man das Wort ganz wörtlich nahm.

Keine Wohnung. Kein Hotel. Kein Platz zum Bleiben. Kein Obdach. Einfach nur ein Mann und sein Koffer.

Er besah sich seinen Begleiter genauer – es war der gleiche Koffer, mit dem er vor zwanzig Jahren hier aufgebrochen war.

Der Koffer war damals neu gewesen, extra für diese Reise gekauft. Und er selbst war ebenfalls neuer als heute – jung, gerade einmal 22 Jahre alt.

Fertig mit der Schule, die Ausbildung abgeschlossen und in dem naiven Glauben, die Welt würde nur auf ihn warten.

„Du und ich", sagte er sanft zu dem alten Koffer. „Du und ich, wir beide haben ein gutes Stück dieser Welt gesehen. Und wir haben beide unsere Narben und Schrammen davongetragen."

Er musste grinsen, die Situation war einfach zu komisch.

Hier stand er also, hatte niemanden außer seinem Koffer zum Reden – und nicht einmal von dem bekam er eine Antwort.

„Du könntest wenigstens mal was sagen", murmelte er. „Na komm, den Rest schaffen wir auch noch."

Sein Blick fiel auf die Schilder der Mietwagenfirmen.

„Mietwagen, was meinst du? Klingt doch gut, oder?"

Der Koffer schwieg, wie Koffer das eben so tun.

Also machte er sich samt Gepäck auf den Weg zu den Schaltern der Mietwagenfirmen.

✦ ✦ ✦

Er schaute sich kurz um, musterte die Reihe der drei oder vier Anbieter – und steuerte schließlich den Schalter mit dem freundlichsten Lächeln an.

Es gehörte einem Mann in seinem Alter, Anfang vierzig vielleicht. Der Angestellte wirkte wach, war adrett gekleidet und frisch rasiert – einfach jemand, von dem man gerne ein Auto mietete.

„Guten Morgen", grüßte Hendrik freundlich. „Hätten Sie wohl einen Wagen für mich? Ich habe allerdings keine Reservierung."

Er zögerte einen Moment und überlegte.

„Und ich weiß auch nicht, wie lange ich ihn brauchen werde."

Falls das ungewöhnlich war, ließ der Mann sich nichts anmerken.

„Haben Sie ein bestimmtes Modell im Auge? Oder eine Fahrzeugklasse?", fragte ihn der Angestellte freundlich.

„Nichts Großes. Irgendwas aus der Mittelklasse, ohne Schnickschnack", antwortete er. „Und wenn möglich, würde ich den Wagen gern in Hamburg zurückgeben."

Der Mann nickte, seine Finger flogen über die Tastatur.

„Ich hätte hier einen VW Golf", sagte er. „Manuelle Schaltung, Navi, Klimaanlage."

Noch ein paar schnelle Klicks.

„Rückgabe in Hamburg ist kein Problem, die maximale Mietdauer liegt allerdings bei 28 Tagen. Mit allen Versicherungen lägen Sie bei knapp 950 Euro."

Er nickte. „Das passt."

„Dann bräuchte ich bitte einmal Ihren Namen."

„Seversen“, sagte er. „Hendrik Seversen.“

„Alles klar, Herr Seversen. Ich benötige noch Ihren Führerschein und eine Kreditkarte.“

Hendrik schob ihm die beiden Plastikkarten über den Counter. Nur wenige Minuten später hatte er die Schlüssel zu einem VW Golf in der Hand.

Ein aktuelles Modell in Schwarz, hatte der Angestellte gesagt und ihm eine Parkplatznummer genannt.

„Kennen Sie sich hier am Flughafen aus?“, wollte er wissen.

„Nein, leider gar nicht“, antwortete Hendrik ehrlich. „Ich bin seit zwanzig Jahren nicht mehr in Deutschland gewesen – geschweige denn in Frankfurt.“

Der Mann wirkte nicht überrascht. Hendrik erhielt eine detaillierte Wegbeschreibung – und zum Abschied ein freundliches „Gute Fahrt, Herr Seversen!“

Dank der genauen Beschreibung hatte er keine Schwierigkeiten, den Wagen im Wirrwarr der Gänge, Übergänge, Aufgänge und Parkebenen zu finden.

Am Auto angekommen, hievte er seinen treuen Koffer in den Kofferraum. Dann setzte er sich hinter das Steuer und atmete erst einmal tief durch.

Der Wagen war mindestens dreißig Jahre jünger als das letzte Auto, das er in Indien gefahren hatte.

Er suchte das Zündschloss – aber das war aus der Mode gekommen. Stattdessen entdeckte er nur einen Knopf mit der Aufschrift ‚Start‘. Hendrik drückte ihn.

Der Motor sprang schnurrend an, die Elektronik erwachte zum Leben. Er wartete, bis der Bordcomputer bereit war, und gab dann sein Ziel ins Navigationssystem ein: Stade.

„Stade", dachte er mit einem Anflug von Wehmut. „Das habe ich seit einer Ewigkeit nicht mehr geschrieben. Nicht mal gedacht."

Langsam setzte er den Wagen zurück in die schmale Fahrspur. Er hatte zwar ein Auto ohne Schnickschnack gewollt, aber jetzt war er dankbar für Parksensoren und Rückfahrkamera.

Dort, wo er die letzten Jahre verbracht hatte, sah man solchen Luxus nur in den Autos der Oberschicht. Wenn überhaupt.

Er suchte sich seinen Weg, folgte immer den Schildern in Richtung Ausfahrt. Irgendwann kam er ins Freie, tastete sich durch die verwirrenden Straßen des Flughafens und war froh, als er es endlich auf die Zufahrt zur Autobahn geschafft hatte.

Für einen Samstagmorgen im Oktober war auf den Autobahnen rund um Frankfurt nicht viel los – für Hendrik jedoch waren es schon fast zu viele Autos.

Er musste sich erst einmal an den Wagen gewöhnen. Und an die Straßenverhältnisse – die waren besser als im Himalaja. Viel besser. Aber eben auch mit sehr viel mehr anderen Autos.

Und dann war da noch das Navigationssystem, dessen Anweisungen er zu befolgen versuchte.

Er kam ins Schwitzen, aber alles ging gut. Und schließlich schaffte er es über das Autobahnkreuz auf die Fahrspuren nach Norden. Jetzt konnte er ein wenig durchatmen.

Für ihn war das alles ein neues Land.

„Oder ein neues Leben?", fragte er sich.

„Bisher läuft es ja eigentlich ganz gut“, dachte er. Er hatte die richtige Autobahn gefunden, den Main überquert und sogar einen kurzen Blick auf die Skyline von Frankfurt erhascht.

Der Verkehr floss – trotzdem war die Autobahn einfach voll.

„So viele Autos“, dachte er. „Und das an einem Samstag!“

Was hier wohl im Berufsverkehr los war? Hendrik wollte es sich lieber nicht vorstellen.

Schilder mit Ortsnamen zogen an ihm vorbei. Sie weckten Erinnerungen an seinen Erdkunde-Unterricht: Bad Homburg, Oberursel, Friedberg, Gießen.

Die Orte hatten keine Bedeutung für ihn, doch jetzt schummelten sie sich wie ein fernes Echo in sein Bewusstsein zurück.

Nach einer guten Stunde auf der Autobahn meldete sich der Kaffee aus dem Flugzeug zurück. Der, mit dem er das Bordfrühstück runtergespült hatte. Und Hunger hatte er auch.

Das nächste Raststättenschild tauchte auf – blau, mit gekreuztem Messer und Gabel. Darunter der Hinweis „1.000 Meter“.

Er setzte den Blinker, zog den Golf ruhig auf die Ausfahrt. Der Parkplatz kam in Sicht. Eine Tankstelle, halb leer. Dahinter ein zweckmäßiger Bau mit Restaurant.

Er parkte, stellte den Motor ab und blieb erst mal sitzen. Dann öffnete er die Tür. Es war kühl.

„Gestern noch 34 Grad und schwül, heute 12 Grad und ...“

Ja, was eigentlich?

„Herbstlich", ergänzte er im Stillen.

Daran würde er sich erst wieder gewöhnen müssen – die letzten zwanzig Jahre waren Jahreszeiten für ihn ein Fremdwort gewesen.

In den Regionen der Welt, in denen er sich rumgetrieben hatte, bemaß man das Jahr allenfalls nach „Regenzeit" und „Trockenzeit". Manchmal auch nach „wenig zu essen" und „nichts zu essen".

Er verriegelte den Wagen, betrat die Gaststätte. Er hatte Glück – es war kaum was los. Nachdem er dem Kaffee zu seinem Recht verholfen hatte, versorgte er sich mit einer Flasche Wasser, einem frischen Cappuccino und zwei belegten Brötchen.

Essen würde er draußen – das Wetter war doch gut!

Nicht weit von seinem Auto entfernt sah er eine Bank mit Tisch. Er ging rüber, setzte sich. Da war er nun also, aß sein Mittagessen auf einer Autobahn-Raststätte irgendwo im Nirgendwo.

Blickte auf das Logo einer Burgerkette, sah das Versprechen eines Kaffees in der Werbung des Coffeeshops. Über sich ein blassblauer Oktoberhimmel. Herbst.

Ein Reisebus fuhr vor, die Türen öffneten sich und der Bus spuckte seine Fahrgäste quasi aus.

Er betrachtete das Treiben um ihn herum. Die Menschen hatten es eilig. Menschen, die in das Gebäude strebten, Menschen, die aus dem Gebäude herauskamen.

Die Menschen aus dem Reisebus und Menschen, die zu einem anderen Bus zurückdrängten.

„Wie die Hamster in einem Laufrad", dachte er. „Immer in Eile, immer hektisch und ohne wirkliches Ziel."

Er dachte über das Bild nach. Die Raststätte würde nicht plötzlich verschwinden, und dass die Burger ausverkauft wären, war auch eher unwahrscheinlich.

Der Bus würde wohl auf seine Fahrgäste warten und das eigene Auto sicherlich nicht ohne den Fahrer aufbrechen. Warum also diese Hektik? Warum diese Eile?

Er klopfte sich die Krümel vom Hemd, entsorgte die Verpackungen im nahe gelegenen Mülleimer und ging zu seinem Auto. Keine Eile.

Die Autobahn wurde leerer. Hendrik blieb meist in der rechten Spur, genoss die Landschaft, wenn der Verkehr es zuließ. Selten fuhr er schneller als 130. Er hatte Zeit.

Er passierte Kassel, dann Göttingen. Bei Hannover wurde der Verkehr wieder dichter, die vielen Baustellen verursachten auch den ein oder anderen kleinen Stau.

Kein Problem, Hendrik war auf der Hut – zumindest, nachdem er beim ersten Stau fast dem Vordermann aufgefahren wäre.

Die Landschaft veränderte sich. Hinter ihm lag das nordhessische Bergland, vor ihm öffneten sich die weiten Ebenen Niedersachsens.

Wälder säumten noch immer die Strecke. Sie wurden nun allerdings häufiger durch weite, offene Ackerflächen verdrängt. Jetzt, im Herbst, waren die meisten davon bereits abgeerntet.

Etwa 45 Minuten vor Hamburg meldete ihm das Navigationssystem einen massiven Stau. Und es empfahl ihm eine Ausweichroute, kurz vor dem Stauanfang.

Aber Hendrik hatte anderes im Sinn. Er hatte genug von der Autobahn, wollte noch etwas bummeln und entschied sich, schon bei der nächsten Ausfahrt abzufahren.

Die vorgeschlagenen Ausweichrouten dürften ohnehin überfüllt sein und er hatte keine Lust, auch dort im Stau zu stehen.

✦ ✦ ✦

„Dann dauert es halt etwas länger", war sein erster Gedanke. Er musste ja nirgendwo zu einer bestimmten Zeit ankommen. Und er war neugierig, welche Route das Navigationssystem für ihn finden würde.

Und doch machte ihn die Situation nachdenklich. Er hatte immer die Kontrolle gesucht, wollte sein Schicksal immer aktiv gestalten. Oft war ihm das gelungen, manchmal auch nicht.

Wann immer Widerstände an einem Ort zu groß geworden waren, war er weitergezogen. Er hatte das Alte verlassen und etwas Neues gesucht. Nicht immer zu seinem Vorteil.

Hier ein neues Projekt, da ein neuer Arbeitgeber. Nicht mehr dieses Land? Auf in ein Neues.

Seine Arbeit hatte ihm Freude gemacht, keine Frage. Er liebte es, den Menschen zu helfen. Und die Projekte, an denen er beteiligt gewesen war, hatten meist Verbesserungen für die Menschen gebracht.

Nur er selbst war ein Getriebener geblieben. Er war eigentlich immer unterwegs gewesen, hatte selten mal wirklich Ruhe gefunden und sich nie irgendwo daheim gefühlt.

Früher, da hätte er angehalten, wäre rechts rangefahren. Hätte versucht, seine Route komplett neu zu planen. Hätte Alternativen abgewogen. Eine Entscheidung getroffen.

Aber heute? Heute überließ er es dem Navigationssystem, ihn sicher an sein Ziel zu bringen. Und wunderte sich ein wenig über sich selbst.

Und er wurde dafür belohnt.

Das Navi führte ihn über eine ruhige Landstraße, die durch die Ausläufer der Lüneburger Heide verlief. Inzwischen war leichter Nebel aufgezogen. Die Sonne konnte Hendrik nur noch als blasse Scheibe hinter einem feinen Schleier von Nichts ausmachen.

Neben der Straße verlief ein Radweg. Birken und Pappeln säumten den Weg. Durch den Nebel hindurch konnte er jenseits der Felder den Wald erkennen, der sie begrenzte.

An manchen Stellen kam auch die echte Heide durch – karger, brauner Bewuchs, niedrige Gewächse, hier und da eine kleine Gruppe windschiefer Birken.

Ab und zu konnte er einzelne Gehöfte oder winzige Dörfer erahnen. Sie duckten sich in die diesige Weite, als würden sie Schutz suchen.

Irgendwann fuhr er rechts ran, stieg aus und machte ein paar Schritte hinter die Bäume. Weg von der Straße. Einfach mal anhalten. Einfach mal einen Haltepunkt haben.

Er war alleine in der weiten Landschaft. Kein anderes Auto war unterwegs, schon gar kein Fahrradfahrer. Er hatte die Stille für sich, die Heide war sein.

„Einfach mal anhalten?“, meldete sich die kleine Stimme in seinem Inneren. „Einfach so?“

In der Stille waren seine Gedanken nur umso lauter.

„Ja, einfach mal anhalten!“, antwortete er. „Anhalten und erst einmal orientieren.“

Mitten in diese Gedanken mischte sich erneut ein sehr menschliches Bedürfnis seines Körpers – das Wasser und der Kaffee wollten raus. Jetzt!

Er kam dem Verlangen an einer sehr windschiefen Birke ausgiebig nach. Und fühlte sich erleichtert. Er ging zum Auto zurück.

Als er das Fahrzeug umrundete, riss ihn das wütende Hupen eines großen Lkw aus seinen Gedanken. Er schrak zurück, machte einen Satz. Um Haaresbreite zischte der schwere Wagen an ihm vorbei, die Druckwelle klatschte ihm ins Gesicht. Er war wieder ganz bei der Sache!

„Oh Fuck, Hendrik, pass doch auf! Nach allem, was passiert ist, wäre das die dümmste Art, abzutreten!“

„Obwohl“, meldete sich sein innerer Begleiter, „dann könnten sie dir auf den Stein schreiben: ‚Da war er platt‘“.

Der Gedanke machte ihm Spaß. Allerdings blieb die Frage, wer ihm eigentlich einen Stein besorgen würde. Und wen das überhaupt interessieren würde. Es war ja niemand mehr da!

„Außer Thies!“, dachte Hendrik. „Thies würde das schon regeln.“

Ein tröstender Gedanke. Matthias – Thies, wie sie ihn immer schon gerufen hatten – würde auch das für ihn regeln.

Er machte sich wieder auf den Weg, überquerte eine weitere Autobahn – den Schildern nach die A1. Und fuhr immer weiter in Richtung Buxtehude.

Er fuhr jetzt langsamer. Manchmal, auf gerader Strecke, überholten ihn die anderen. Ihm war es egal.

„Ihr wollt nach Hause", dachte er. „Oder? Sicherlich Abendessen."

Für ihn gab es ja kein ‚Zuhause', das wurde ihm jetzt wieder klar. So vertraut die Ortsnamen nun auch waren – Buxtehude, Horneburg, Dollern – es war eine Ewigkeit her, dass er hier gewesen war.

„Ein anderes Leben", ging es ihm durch den Kopf. „Ein anderes Leben."

Und da war es. Das Ortsschild.

Stade

Er schaute auf die Uhr im Wagen, sie zeigte ‚18:02'. Er war da. Zumindest behauptete das Navigationssystem das.

„Sie haben Ihr Ziel erreicht!"

✦ ✦ ✦

Wohin jetzt? Hendrik stand unschlüssig am Eingang zur Altstadt. Er fragte sich, wie sehr sich die Stadt in den letzten zwanzig Jahren verändert haben mochte. Äußerlich unverändert war sie wohl doch eine andere geworden. Er selbst hatte sich ja auch verändert.

Er brauchte ein Bett für die Nacht. Ein Hotel.

„Na, dann finden wir mal raus, wo wir heute Nacht schlafen können!“

Er hatte den Wagen auf einem öffentlichen Parkplatz am Hafen abgestellt. Die ersten Schritte waren einfach, er musste nur über die Brücke gehen. Konnte eigentlich nur über die Brücke gehen, einen anderen Zugang zur Stadt gab es nicht.

Und dann hatte er mitten drin gestanden, mitten im norddeutschen Idyll: Kopfsteinpflaster, das rötliche Braun des norddeutschen Klinkers, mit dem die Häuser hier seit Menschengedenken gebaut wurden.

Er sah sich unschlüssig um.

Rechts lag der eigentliche Altstadtbereich – mit den alten Patrizierhäusern und dem Hansehafen. Das wusste er noch.

Links von ihm thronte eine der großen Kirchen – ihr Name war ihm entfallen. Auch kein Ort für eine Übernachtung.

„Dann also geradeaus!“, entschied er. Aber wahrscheinlich war eine Richtung so gut wie die andere. Er wusste ja nur, was er suchte. Nicht, wo genau er es suchen sollte.

Es war dunkel geworden, die Straßenlaternen spendeten jetzt das einzige Licht. Licht, das der dichter werdende Nebel sofort wieder verschluckte.

Ihm wurde kalt. Und schlagartig auch bewusst, dass seine leichte Kleidung hier fehl am Platze war.

Er stöhnte innerlich auf, erinnerte sich an Deutschland und wie früh die Geschäfte hier schlossen.

„Verdammt! Samstagabend, 18 Uhr – die machen hier doch gleich alle zu und morgen ist wahrscheinlich gar nichts offen!“

Er brauchte eine neue Jacke. Dringend. Aber er brauchte auch ein Bett zum Schlafen!

„Also? Hotel oder Jacke? Oder Hotel finden und nach Geschäft fragen? Und hoffen, dass es noch offen ist?"

Ein Gedanke jagte den anderen.

„Einen Plan! Hendrik, du brauchst einen Plan!"

Aber Pläne waren ja seine Stärke, Planung und Improvisation! Davon hatte er in den letzten Jahren genug gehabt. Also machte er sich auf den Weg – geradeaus.

Er folgte der Straße, kam an eine Kreuzung. Links. Fußgängerzone. Und nach vielleicht hundert Metern sah er das Schild:

Hotel Krohn – Eingang im Innenhof

„Versuchen wir doch mal unser Glück", sagte er leise zu sich selbst, betrat den Hof und dann das Hotel.

Der Eingangsbereich war geräumig, aber nicht riesig. Gegenüber der Tür die Rezeption. Beleuchteter Tresen, daneben die Hotelbar. Und hinten dran ein kleines Büro.

Eine junge Frau saß am Computer, sah ihn und kam zu ihm.

„Guten Abend", begrüßte sie ihn herzlich. „Wie kann ich Ihnen helfen?"

Er schätzte sie auf etwa Mitte zwanzig, vielleicht einen Tick älter. Angenehmes Lächeln, freundliches Gesicht.

„Ich brauche ein Zimmer", sagte er. Natürlich – was sonst, in einem Hotel.

„Ich weiß noch nicht, wie lange ich bleiben werde, aber hätten Sie etwas frei, sagen wir für eine Woche?"

Sie nickte, benötigte nicht einmal einen Blick in die Buchungen.

„Ja, natürlich“, erwiderte sie, ohne zu zögern. „Jetzt, in der Nachsaison, ist das gar kein Problem! Möchten Sie ein Standardzimmer oder eine der Suiten?“

Er entschied sich für das Standardzimmer – es würde vollkommen ausreichen. Sie buchte ihn ein, dann fragte sie ihn nach seiner Heimatanschrift.

Er zögerte.

„Schwierig“, erklärte er etwas ratlos. „Ich komme direkt aus Indien. War beruflich die letzten Jahre unterwegs und bin erst seit heute wieder in Deutschland.“

Er sah sie unsicher an. „Eine Adresse hier habe ich noch gar nicht.“

Damit hatte er sie überrascht. Er konnte es an ihrem Gesicht sehen. Aber sie blieb pragmatisch.

„Dann lassen Sie das erst einmal leer, und wenn Sie etwas gefunden haben, tragen wir es nach.“

Sie gab ihm den Schlüssel für das Zimmer – einen richtigen Schlüssel, wie er befriedigt feststellte. Keine von diesen modernen Plastikkarten.

„Frühstück gibt es unter der Woche ab sieben Uhr, morgen, am Sonntag, erst ab acht Uhr“, erklärte sie ihm.

„Und wenn Sie ein Abendessen mögen – das Restaurant ist offen. Allerdings um diese Jahreszeit mit einer reduzierten Karte.“

Er nickte, dankte ihr für die Information. Und kam dann zu seinem Problem.

„Die Jacke hier", sagte er und zog demonstrativ an dem Kleidungsstück, „ist ein wenig unpassend für die Temperaturen hier. Hätten Sie eine Idee, wo ich jetzt noch schnell etwas Wärmeres finden könnte?"

Sie überlegte, machte nach kurzem Nachdenken einen Vorschlag.

„Es ist kein großartiger Laden, eher einer dieser Kleider-Discounter", erklärte sie ihm. „Aber die sind hier um die Ecke, haben noch etwa zwei Stunden geöffnet und sind preislich in Ordnung."

Sie sah ihn nicken.

„Und wenn Sie dann Zeit haben, können Sie ja noch nach was Richtigem schauen. Und erfrieren in der Zwischenzeit nicht."

Er dankte ihr, fragte dann noch nach einem Parkplatz.

„Wenn Sie aus dem Hotel gehen und sich links halten, finden Sie das Landratsamt. Da können Sie am Wochenende kostenlos parken."

Er nickte, versprach ihr, in einer halben Stunde zurück zu sein.

„Und dann brauche ich wirklich ein Abendessen!"

Er verließ das Hotel und folgte dem Weg, den sie ihm beschrieben hatte. Nach kurzer Suche entdeckte er das Geschäft und fand dort eine passende Jacke.

Es war nichts Hochwertiges, eben Massenware aus Südostasien. Er verzog den Mund. Eigentlich wollte er das nicht unterstützen, er hatte gesehen, unter welchen Bedingungen diese Kleidung gefertigt wurde.

Er musste an die Hallen denken, in die er geblickt hatte. Niedrige, dunkle Schuppen, nur erhellt vom flackernden Licht der Neonröhren.

Frauen, gebeugt vor ihren Nähmaschinen und im Akkord für einen Hungerlohn schuftend. Staub, Hitze, Lärm. Aber heute hatte er keine Wahl, heute gewann der Pragmatismus gegen den Idealismus. Es tat ihm innerlich weh.

Die schwarze Jacke, für die er sich entschieden hatte, war deutlich wärmer. Wenigstens etwas.

Schnell holte er das Auto und parkte auf dem großen Parkplatz vor dem Landratsamt. Die kurze Fahrt war nach drei Minuten schon wieder vorbei – so groß war die Stadt nicht.

Er öffnete im Schein der Laternen den Kofferraum und holte seinen alten Koffer heraus.

„Na, da staunst du, was?“, witzelte er. „Du bist wieder in Stade. Wir sind wieder in Stade.“

Er trug den Koffer ins Hotel, an den erstaunten Augen der Rezeptionistin vorbei und die Treppe hoch. Gemeinsam betraten sie ihre neue Bleibe.

Das Zimmer war funktional, aber freundlich. Ein Sideboard an der Wand, ein großer Fernseher darauf. Doppelbett, ein kleiner Tisch mit Sessel, ein Sofa. Zwei Stehlampen. Teppichboden.

Er trug den Koffer hinüber zum Sofa, legte ihn fast sanft darauf ab.

„Da sind wir wieder“, sagte er leise. „Zwanzig Jahre später, um einige Erlebnisse reicher und mit einem Leben, das locker in einen alten Koffer passt.“

Seine Worte verhallten im Raum. Zwanzig Jahre! Hendrik überlegte, wie er diese Zeit für sich verbuchen sollte. Er hatte viel gewonnen. Und einiges verloren. Er würde Abstand brauchen. Und eine Antwort. Vielleicht konnte ihm seine alte Heimat dabei helfen. Er hoffte es.

✦ ✦ ✦

Er war angekommen. Na ja, zumindest war er mal bis Stade gekommen. Der Rest würde sich auch irgendwie finden.

Ein Blick in den Spiegel und ein kurzer Geruchstest hatten seine Befürchtung bestätigt. Vor dem Essen stand noch eine Dusche an.

„Mit dem Odeur würdest du selbst in Indien ein ganzes Zugabteil leerräumen", grinste er sein Spiegelbild an. „Selbst in der dritten Klasse!"

Er nahm sich Zeit, genoss die heiße Dusche ausgiebig. Und fühlte sich danach wieder wie ein Mensch. Auf der Fahrt war ihm das gar nicht so aufgefallen, aber jetzt – in einem ruhigen Hotelzimmer und in der friedlichen Umgebung – war es nicht mehr zu ignorieren gewesen.

Aber es war ja auch kein Wunder. Er war drei Tage unterwegs gewesen, bis er am Flughafen war. Dann der Flug, kaum Schlaf und die Fahrt heute. Da hatte auch die gelegentliche Katzenwäsche am Flughafen und im Flugzeug keine wirkliche Verbesserung gebracht.

Aber jetzt fühlte er sich wieder frisch. Wieder wie ein Mensch. Und fand im Koffer tatsächlich noch ein sauberes Hemd und eine unbenutzte Hose. Das Abendessen konnte kommen. Er war bereit!

„Ein Bier“, überlegte er. „Ein Bier wäre eigentlich auch nicht verkehrt!“

Er hatte nie viel Alkohol getrunken. Und über die Jahre hinweg immer weniger. Aber gehörte ein Bier in Norddeutschland nicht einfach dazu? Wie der Deich zum Wasser?

„Vielleicht ein alkoholfreies“ – ein Kompromissangebot.

Auf dem Weg ins Restaurant nickte er der jungen Rezeptionistin zu. Er sah sich um, suchte einen freien Tisch.

Die Auswahl war einfach – kaum ein Platz belegt.

Er setzte sich. Der Raum gefiel ihm. Angenehm. Nicht überfrachtet, eine schlichte Eleganz.

Ein Mann trat zu ihm, Hendrik schätzte ihn auf Mitte fünfzig. „Guten Abend! Darf ich Ihnen die Speisekarte reichen?“

Hendrik nahm das Klemmbrett entgegen. Es war ein poliertes Stück Holz, vielleicht sogar Treibholz, das mit einem kleinen Seil und einem Seemannsknoten aufgewertet war. „Was für eine tolle Idee!“, dachte er.

Ein einzelnes Blatt – die Speisekarte – zeigte dem Gast das Wesentliche: eine exquisite Auswahl von lokalen Gerichten, alle mit einer kurzen Beschreibung versehen. Und jedes Einzelne davon klang für ihn köstlich!

Erst jetzt bemerkte Hendrik, dass er wirklich Hunger hatte.

„Meine Tochter hat Ihnen hoffentlich gesagt, dass wir nur eine kleine Karte haben?“, versicherte sich der Hotelier.

„Hat sie, ja!“, nickte Hendrik. Er überflog die Speisen, gab dann seine Bestellung auf.

„Da ist doch noch mehr als genug drauf", stellte er fest. „Ich nehme den Dorsch mit Senfsoße und Bratkartoffeln. Und dazu ein Bier – alkoholfrei, bitte, wenn Sie eins haben."

Der Mann nickte zufrieden und entfernte sich.

„Dorschfilet mit Bratkartoffeln", sinnierte Hendrik. „Gab es freitags oft bei Oma."

Mit Wehmut musste er an seine Großmutter denken. Er hatte sie geliebt, war oft und gerne bei ihr gewesen. Er war gerade fünfzehn – ihr unerwarteter Tod hatte ihn schwer getroffen.

Für den Jungen vom Lande war es das erste Mal, dass er mit der Endlichkeit des Lebens konfrontiert wurde. Nichts hatte ihn darauf vorbereitet – Friedhöfe und ihre Grabsteine waren doch nur für die anderen da. Aber für seine Oma?

Die Familie hatte das Thema totgeschwiegen. Er nahm heute an, dass seine Eltern auch nicht wussten, wie sie damit umgehen sollten. Geschweige denn es erklären.

Und so verschwand es von der Tagesordnung, genau wie Omas Sarg in ihrem Grab. Tot war tot – und gut. Aber Trauer brauchte Raum zum Atmen – und das hatten sie alle ignoriert. Und wenn Hendrik ehrlich war, ignorierte er es bis heute.

Inzwischen war sein Bier eingetroffen, Hendrik hatte es bisher nicht beachtet. Nun aber griff er nach dem Glas und seufzte.

„Auf Dich, Oma! Ich bin zurück."

Das Essen kam, und es war wunderbar. Der erste Bissen Fisch, die erste Bratkartoffel – Hendrik war wieder in der Küche seiner Großmutter.

Er hatte Fisch schon immer geliebt – auch in Afrika und Indien war er oft auf seinem Speiseplan zu finden gewesen. Aber hier schmeckte er irgendwie anders.

„Irgendwie wie ... daheim?"

Später, auf dem Zimmer, ging Hendrik noch einmal zu seinem Koffer hinüber. Es blieb eine letzte Sache zu erledigen, dann könnte er schlafen.

Er holte ein altes, zerfleddertes Tagebuch aus der Seitentasche. Wenigstens ein paar Sätze, das hatte er sich vorgenommen.

– Aus Hendriks Tagebuch –

„20 Jahre sind nicht nichts. Dass ich hier bin, markiert eine Wende. Ich frage mich nur, ob das jemand bemerken wird – und ob ich es selbst bemerken werde."

Von vergangenen Zeiten

Hendrik war eingeschlafen, doch Ruhe fand er keine. Die Reise war kräftezehrend gewesen. Und hatte an seinem Nervenkostüm gerüttelt. Er war erschöpft. Und seine Dämonen nutzten es aus.

Unruhig wälzte er sich im Bett hin und her. Er war wieder in der Schule – in Stade. Altes Backsteingebäude, Klassenzimmer mit grüner Tafel. Tische, seit Jahrzehnten im Dienst: von oben fast modern – Einzeltische, helle Tischplatten, darin die eine oder andere Macke, aber ansonsten ordentlich.

Er sah eine jüngere Version seiner selbst unter einem Tisch knien – dort, wo Generationen von Schülern ihre Kritzeleien hinterlassen hatten.

„Von oben sauber, von unten das wahre Gesicht“, dachte er, „Mehr Schein als Sein!“

Er beobachtete sein jüngeres Ich, das mit den Inschriften beschäftigt war.

Sah sie durch seine Augen: die unendlichen Möglichkeiten. Die Dinge, die hätten werden können, aber nie wurden. Die Dinge, die hätten werden sollen, aber nie werden durften.

Ständig erschienen neue Worte und Bilder, andere verschwanden. Sie erzählten den beiden Hendriks von Leben, die hätten gelebt werden können, aber es nicht wurden.

Der Junge wollte sie festhalten, wollte sie irgendwie bewahren. Aber sie verschwanden vor seinen Augen – spurlos, lautlos, erbarmungslos.

In seinem Traum konnte er die Verzweiflung des Jungen spüren. Konnte fühlen, was der wollte und doch nie bekommen würde. Was er selbst nie bekommen hatte – oder weggeworfen hatte.

Der erwachsene Hendrik ahnte, dass es keinen Sinn hatte, den verschwundenen Möglichkeiten nachzutrauern. Sie waren fort, unwiederbringlich verloren.

All diese Möglichkeiten, all diese Wege – er war sie gegangen oder hatte sie verworfen. Nichts davon konnte er ungeschehen machen. Zu keinem Abzweig konnte er zurückkehren, um einen anderen Weg einzuschlagen.

Es gab nur einen Ausweg, das wusste er: Anerkennen. Akzeptieren. Seinen Frieden machen mit dem, was war. Und dem, was nie geworden ist.

Wie gerne hätte er dem Jungen das erklärt.

Aber es war zu spät.

Der Traum löste sich auf.

Und Hendrik erwachte. Schweißgebadet.

Ein Blick auf die Uhr sagte ihm, dass es kurz vor zwei war. Eine unchristliche Zeit. Und er hatte Durst, seine Kehle war staubtrocken.

Er stand auf, nahm einen Schluck aus der Wasserflasche.

„Geht auf uns!“, verkündete das kleine Schild am Flaschenhals.

Das Wasser schmeckte fahl. Lauwarm.

Er trank trotzdem die halbe Flasche leer.

Kroch zurück ins Bett.

Er brauchte Schlaf. Und keine Träume.

Irgendwann übermannte ihn der Schlaf erneut.

Wieder sah er sich – diesmal als jungen Mann.

Dieser Hendrik umarmte gerade seine Mutter. Der Vater war nicht zu sehen. Ein Koffer stand neben dem jungen Mann, ein neuer Lederkoffer.

Die Mutter weinte, der Vater kam hinzu. Er schüttelte den Kopf, missbilligte, was sein Sohn hier tat.

Plötzlich zerfiel das Bild. Wie in einem Kaleidoskop. Und aus den Scherben entstand ein neues Bild.

Farbenfroh. Fröhlich. Weit. Voller Licht.

Der junge Hendrik stand an der Reling eines Schiffes. Um sich herum nur der weite Ozean. Tiefblaue See, vereinzelte weiße Schaumkronen auf den Wellen. Und über ihm nur der strahlend blaue Himmel, hier und da ein paar weiße Wolken.

„Passatwolken“, wusste der träumende Hendrik.

Und wieder zerfiel das Bild. Wieder entstand es von Neuem.

Dieser Hendrik war älter, Ende zwanzig. Er trug eine kurze Hose und ein Kakihemd. Einen Tropenhut dazu.

Er stand am Rande eines Plateaus, rote Erde vor seinen Füßen, Kaffeepflanzen ringsum.

Eine junge Frau trat zu ihm, vielleicht zwei oder drei Jahre jünger als er.

„Es waren zwei Jahre“, flüsterte Hendrik in seinem Traum. „Zwei Jahre und drei Monate!“

Die beiden wirkten glücklich und Hendrik konnte die besondere Beziehung zwischen ihnen spüren. Freute sich mit ihnen.

Dann zogen dunkle Wolken auf. Das junge Paar suchte verzweifelt Schutz. Fand keinen.

Hendrik sah, wie sie getrennt wurden.

Er sah die Frau verschwinden, konnte sie nicht beschützen. Konnte seinem jüngeren Ich nicht sagen, was passierte. Sie war weg, keine Spur. Einfach so weg. Ausgelöscht.

Er konnte nur hilflos zusehen. Der junge Hendrik suchte seine Partnerin. Rief ihren Namen. Immer und immer wieder. Doch sie blieb verschwunden. Keine Antwort. Ausradiert.

„Marion!“

Hendrik schreckte hoch.

Für einen Moment wusste er nicht, ob er ihren Namen wirklich gerufen hatte oder ob auch das nur Teil seines Traums gewesen war.

An Schlaf war nicht mehr zu denken, die Uhr stand auf halb fünf.

Er schaltete den Fernseher ein. Leise. Zappte lustlos durch die Kanäle. Wartete darauf, dass sein Herz sich beruhigte.

Stand auf, wanderte ziellos durch das Zimmer. Krabbelte dann doch wieder ins Bett.

Er wollte schlafen, er fühlte sich vollkommen gerädert. Schlaf!

Er dämmerte weg.

Der nächste Traum.

Wieder sah er sich – diesmal mit einem Brief in der Hand.

Er konnte ihn nicht lesen, wusste trotzdem, was darin stand.

Sie waren tot. Beide. Erst die Mutter. Dann der Vater.

Der Brief kam von seinem Freund.

Er aber schüttelte den Kopf.

Sah auf die Liste seiner Projekte.

Viele Projekte. Wichtige Projekte.

Sie hielten ihn fest, ließen ihn nicht gehen.

Er sah eine Beerdigung – wahrscheinlich die des Vaters.

Der Name der Mutter stand schon auf dem Stein.

Ein schöner Stein. Granit.

Er war nicht da.

Aber er fühlte den Schmerz. Selbst in seinem Traum.

Den Verlust. Und die Reue, nicht zu ihnen gefahren zu sein.

Er hätte es tun können, trotz der Projekte. Es wäre kein Problem gewesen.

Jetzt war er wieder in seinem Büro. Die Liste mit seinen Projekten vor sich.

Sie lachten.

Sie lachten ihn aus.

Schallend.

Halb Hohn.

Halb Anklage.

Er hasste sie!

Erneut ein Szenenwechsel – ein Hendrik, wie er vor ein paar Tagen im Himalaja gestanden hatte.

Ganz oben im Norden von Indien, er kannte die Gegend. Ganz nahe am Dach der Welt, wie die Einheimischen die Berge nannten.

Dieser Hendrik war auf der Suche. Nach Ruhe. Nach Orientierung. Und er sah sich selbst dabei zu, wie er sich auf den Weg zu beidem machte.

Tagelang. Drei Tage lang. Aufstieg durch die Berge. Die Höhe nahm die Luft zum Atmen, dieser Hendrik ging weiter. Langsam. Ruhig.

Zwei Gipfel in der Ferne. Sie schienen wie Zwillinge. Kratzten am Himmel. Unerreichbar. Und doch so nah. Glasklar wölbte sich der Himmel über dieser Version seiner selbst.

Diesmal zerfiel das Bild nicht – es war Hendrik, der zerfiel. Die Berge standen. Wie sie seit Äonen dort standen. Ruhe. Orientierung.

Dieser Hendrik schien sie gefunden zu haben.

Und der Hendrik in seinem Bett wurde ruhiger. Wachte nicht auf. Glitt friedlich in den nächsten Traum.

Nun war er im Tal, bei seinem Team. Seinen Projekten. Immer noch in Indien. Immer noch in den Bergen.

Die Gegend war arm. In seinem Traum überflog er die Berge, tauchte in die tiefen Täler. Das Leben hier war hart. Mühsam. Und oft kurz.

Er sah die Kinder. Sie strahlten ihn an. Die Schule war fertig, sie freuten sich. Hendrik wusste, das war eines seiner Projekte. Es war fertig. Eine Schule für die Kinder.

Und Wasseraufbereitung für das Dorf. Frisches, sauberes Wasser für alle. Der Dorfvorsteher freute sich. Die Menschen freuten sich. Eigentlich freuten sich in seinem Traum alle.

Ein Klingeln. Es kam aus ihrem Quartier. Hendrik wusste, es war das Satellitentelefon. Er wusste, was der Anruf bringen würde. Damals war er geschockt gewesen, aber in seinem Traum herrschten andere Gefühle.

Freude – mit dem Dorf.

Schmerz – über das Aus für sein Team.

Der Anruf war das Ende – für seinen Arbeitgeber, seine Projekte, sein Team. Es war vorbei.

Er sah sie ihre Zelte abbrechen, ihre Sachen auf zwei kleine Pick-ups verladen. Sie machten sich gemeinsam auf den Weg. Delhi war das Ziel. Als Gruppe war es für alle sicherer. Vor allem für die Frauen.

Sie verkauften die Technik, teilten das Geld auf. Der Hendrik in seinem Traum wollte nichts davon.

Wusste, dass die anderen es nötiger brauchten als er.

Sah, wie sich das Team voneinander verabschiedete. Wieder kamen die Gefühle durch.

Nähe – zu den Menschen, mit denen er gearbeitet hatte.

Distanz – sie würden sich trennen. Zehn Menschen, acht Nationalitäten, vier Kontinente, ein Deutscher.

Die Szene wechselte erneut. Der Hendrik in seinem Traum reiste per Bus und Eisenbahn. Durch Indien. Nach Süden. Er sah einen Flughafen.

Sah sich an Bord eines großen Flugzeugs gehen. Mitten in der Nacht. Das Flugzeug rollte in Richtung der Startbahn. Er sah den Jet beschleunigen. Abheben. Steigen.

Dann war er verschwunden. Was im Traum blieb, war das Heulen der Turbinen in der Nacht.

Er wachte auf, die Turbinen waren verstummt, dafür summte die Klimaanlage leise. Es war warm im Zimmer.

Er brauchte ein paar Minuten, dann raffte er sich auf. Ging zum Fenster, schob die Vorhänge zur Seite. Es war bereits hell.

Hunger. Ihm fiel auf, dass er einen wahnsinnigen Hunger hatte. Und dass er komplett durchgeschwitzt war.

Er wankte ins Badezimmer, genoss die Dusche. Kalt. Erfrischend. Das Wasser brachte die Lebensgeister zurück. Er war zwar müde nach dieser seltsamen Nacht, aber wenigstens wieder präsentabel.

Zeit, das Frühstück zu finden. Auf dem Weg nach unten fiel ihm der letzte Traum wieder ein.

Wie stark die Gefühle gewesen waren, wunderte er sich. Aber er konnte sich vielleicht genau deswegen an sie erinnern.

„Freude. Schmerz. Nähe. Distanz“, murmelte er. „Und die Buddhisten sagen, dass genau dazwischen das Ziel liegt. Upekkhā. Gelassenheit.“

„Schön wär's“, dachte er. Und wusste, dass es noch ein weiter Weg für ihn sein würde.

✦ ✦ ✦

Im Frühstücksraum empfing ihn ein junger Mann. Hendrik tippte auf den Sohn des Hauses.

„Deutlich jünger als die Schwester, noch keine zwanzig“, ging es ihm durch den Kopf, während er die Frage nach einem Omelette oder Spiegelei verneinte.

Das Büffet war mehr als ausreichend bestückt, und er hasste es, Essen wegwerfen zu müssen. Und Rührei war außerdem genau sein Ding!

Er ließ sich Zeit, genoss seinen Cappuccino – eine Annehmlichkeit, die er in Indien oder Afrika nie getrunken hätte, wegen der Milch. Er starrte auf den Milchschaum, fand aber nur eine flauschige weiße Masse ohne Struktur.

„Genau wie in meinen Träumen", dachte er. „Ohne Struktur. Da ist etwas, und trotzdem ist da nichts."

Seine Träume. Sie hatten ihm keine Ruhe gelassen, hatten deutliche Spuren hinterlassen. Er merkte es.

„Ein Mittagsschläfchen wäre vielleicht gar nicht verkehrt", überlegte er. Komisch – als er jung war, hätte er die Leute, die sich mittags eine Verschnaufpause gönnten, als alt und schwach abgetan. Heute betrachtete er ein gelegentliches Nickerchen als entspannend und belebend.

Der Hotelbesitzer trat an seinen Tisch. „Guten Morgen, Herr Seversen. Ich hoffe, mit dem Zimmer ist alles in Ordnung? Oder können wir etwas für Sie tun?"

„Danke, es ist perfekt!", erwiderte Hendrik. „Genau das, was ich jetzt brauche!"

„Ernst Krohn", stellte sich der Mann nach einer kaum merklichen Pause vor. Er streckte Hendrik die Hand hin. Der erhob sich kurz, erwiderte den Händedruck. Er war kräftig. Zupackend. Angenehm.

„Ein Mann der Tat", ging es Hendrik durch den Kopf.

„Freut mich sehr, Herr Krohn. Seversen, Hendrik Seversen."

„Ich weiß“, entgegnete der Mann freundlich. „Meine Tochter hat mir von ihrer Anmeldung erzählt.“

Wieder eine kurze Pause, dann norddeutsch knapp der nächste Satz. „Sie kommen direkt aus Indien?“, fuhr der Hotelier ohne Umschweife fort.

„Verzeihen Sie mir die Neugierde, aber das ist eine verdammt weite Reise. Was bringt Sie zurück ins Alte Land?“

Hendrik überlegte, wägte seine Antwort ab. Was sollte er sagen? Die Wahrheit? Kannte er ja selber nicht. Eine Lüge? Zu anstrengend. Also entschied er sich für das, was in der Mitte lag.

„Das Leben“, sagte Hendrik leise. „Einfach das Leben.“

Krohn nickte langsam, fast erschien es Hendrik so, als hätte er genau diese Antwort erwartet.

„Ist halt so mit den Jungs vom Deich“, grinste er. „Sie fahren raus in die große, weite Welt, aber am Ende bringt irgendein Schiff noch jeden wieder an die Elbe zurück.“

Hendrik erwiderte nichts mehr, er ließ das sacken. War das vielleicht wirklich so? Dass sie nur deswegen auszogen, um irgendwann wieder heimzukehren? Er blickte seinen Gastgeber nachdenklich an.

„Mag sein“, sagte er langsam. „War nicht so geplant, aber so ist das mit den Plänen, oder?“

Herr Krohn nickte ihm im Gehen aufmunternd zu. „Wird schon werden“, hörte Hendrik ihn noch sagen.

Bei einem letzten Cappuccino überlegte Hendrik, was er mit dem Tag anfangen sollte. Und entschloss sich für das buchstäblich Naheliegendste: die Altstadt von Stade.

Bruchstückhaft kam die Erinnerung aus dem Heimatkundeunterricht. Kurz dachte er an seinen Traum von letzter Nacht.

Er musste an die tausendjährige Geschichte der alten Hansestadt denken. Erinnerte sich an ihren rasanten Aufstieg. Und dann? Der Rest war verschwommen, er konnte sich nicht mehr erinnern.

„Zu lange her", dachte er resigniert. Er schlenderte ziellos durch die Gassen, betrachtete die schön renovierten Patrizierhäuser. Mit ihren uralten Mauern gaben sie ihm ein Gefühl von Ewigkeit. Und Beständigkeit.

So gelangte er zum Fischmarkt und an den liebevoll restaurierten Hansehafen. Bewunderte den hölzernen Ladekran und sog das Gefühl von Freiheit und Ruhe in sich auf.

„Gut, dass du so spät hierher gespült wurdest", schoss es ihm durch den Kopf. „Früher im Jahr, und hier wären wohl Massen von Touristen unterwegs!"

Aber so gehörte die Stadt den Einheimischen und eben ihm. Auf seinem weiteren Weg kam er an den Cafés der Altstadt vorbei, die nun auch geöffnet waren – und beschloss, sich einfach noch ein Mittagessen zu gönnen.

Er brauchte nicht lange, um seine Wahl zu treffen – und fand den Gastraum im ersten Stock des schmuck renovierten Fachwerkhauses. Es war leer und die Bedienung bedeutete ihm freie Platzwahl. Er setzte sich, sie brachte ihm die Speisekarte.

Er überflog das Angebot, schnell wusste er, was er wollte.

„Den Matjesteller, bitte“, bestellte er. „Mit den Bratkartoffeln und dazu einen Beilagensalat.“

Sie nickte, notierte es und fragte noch nach einem Getränk. Er zuckte mit den Schultern, bat sie dann einfach um ein Wasser.

„Wenn du nicht aufpasst mit den Bratkartoffeln, wirst du das ganz schnell an deinem Bauch merken!“, ermahnte ihn leise sein Gewissen. Hendrik ignorierte es.

Er war zwanzig Jahre unterwegs gewesen – hatte Currys gegessen, deren Schärfe ihm die Tränen in die Augen getrieben hatte. Afrikanische Eintöpfe, deren Zutaten er nicht gekannt hatte, und arabische Gerichte, deren Zutaten er nicht kennen wollte. Aber Bratkartoffeln? Nein, daran konnte er sich nicht erinnern.

„Mit Speck!“, dachte er. „Also, liebes Gewissen – halt für den Moment mal die Klappe.“ Er musste grinsen. Sein Gewissen quittierte die Abfuhr mit einem imaginären „Pfft!“

Ein Blick auf die Uhr verriet ihm, dass es inzwischen 13 Uhr geworden war. Und er fragte sich, was er mit dem Rest des Tages anfangen sollte.

„Fahr raus und schau es dir an!“, wisperte sein Gewissen erneut – als wollte es sich mit dem Vorschlag für die vorherige Abfuhr rächen. „Und geh mal auf den Friedhof – den Weg kennst du ja!“

Hendrik schob den Gedanken beiseite. Keine gute Idee. Nicht heute. Aber die Stimme ließ nicht locker. „Du kannst nicht ewig weglaufen!“

Nein, konnte er nicht! Aber vielleicht noch einen Tag länger? Tief in seinem Inneren wusste er aber, dass die

Stimme recht hatte – es war an der Zeit. Und je früher er die Dinge anpackte, desto früher würde er sie auch abschließen können.

„Also gut, du gewinnst. Aber die Bratkartoffeln lass ich mir nicht verbieten!“

Zurück in seinem Hotelzimmer betrachtete er das Bett. Vielleicht sollte er doch lieber das verlockende Nickerchen einlegen? Die Versuchung war groß, aber er schob sie beiseite.

Er verließ das Hotel, ging hinüber zum Parkplatz und stieg in den Wagen. Das Navigationssystem würde ihm den Weg zeigen. Den er ja eigentlich nur zu gut kannte.

✦ ✦ ✦

Mit dem Auto waren es nur zwanzig Minuten. Als Kind, mit dem Schulbus oder gar mit dem Fahrrad, war es ihm immer so unendlich weit weg vorgekommen.

Zwanzig Minuten oder zwölf Kilometer, er hatte genau darauf geachtet. Und bewusst den Weg über die Dörfer gewählt.

Die Tankstelle am Ortseingang kam in Sicht und da waren sie – die niedrigen, teilweise mit Reet gedeckten Häuser seiner Kindheit.

„Backsteinmauern, Reetdach, akkurat gestutzte Hecken und der Rasen im Garten – hier hat sich nichts verändert.“

Er fuhr langsam weiter. Der Verkehr hinter ihm musste sich anpassen, überholen ging im Ort nicht. Aber keiner hupte, keiner drängelte – norddeutsche Gelassenheit eben.

Vor ihm tauchte die Kirche auf. Er wusste, der Friedhof würde direkt dahinter liegen. Aber Hendrik fuhr erst einmal weiter, er war noch nicht bereit. Vorbei am Supermarkt, jetzt immer am Fluss entlang.

Dann sah er es, setzte den Blinker – links – und hielt den Wagen auf einem Parkstreifen am Rand der Straße an. Motor aus. Minutenlang blieb er sitzen.

„Da bist du ja!“, schoss es ihm durch den Kopf. „Siehst auch nicht anders aus als vor zwanzig Jahren!“

In Gedanken sprach er das Haus an. Das Haus, das seinen Eltern gehört hatte, das Haus, in dem er seine Kindheit verbracht hatte. Er stieg aus, ging die Straße entlang. Ging langsam am Haus vorbei und dann wieder zurück.

Die Hecke war noch da. Die neuen Besitzer hatten sie in Form geschnitten und gestutzt. Er wusste, dass hinter den beiden linken Fenstern vorne die Küche lag – sie hatte immer da gelegen.

„Jetzt kann man beim Kochen auf die Straße sehen“, ging es ihm durch den Kopf. Ob seiner Mutter das gefallen hätte? Er wusste es nicht.

Sein Blick ging weiter nach rechts. „Esszimmer. Hinten dran das Wohnzimmer. Auf der linken Seite der Eingang und der kleine Flur mit der Treppe nach oben“, vervollständigte er den Grundriss in seinem Kopf.

Er schaute hinauf, sah die Fenster im ersten Stock. Schlafzimmer, daneben sein Kinderzimmer. Das mit den Gauben.

Die Bilder kamen zurück. Seine Bücher, die ihm immer einen Ausweg aus der Enge des Alten Landes geboten hatten. Seine Schiffsmodelle, mit denen er im Geiste die Weltmeere bereist hatte. Der Blick aus dem Fenster auf die Obstbäume – Apfel, im Frühjahr voll weißer Blüten.

„Was hat der alte Nachbar doch immer gezetert, wenn wir in seinen Bäumen rumgeturnt sind“, erinnerte er sich. „Der ist bestimmt auch nicht mehr da.“

Ein Teil von ihm wäre gerne ins Haus gegangen – ein anderer Teil traute sich nicht, auch nur das Grundstück zu betreten. Schon gar nicht, zu klingeln. Was hätte er auch sagen sollen?

„Hallo, ich bin Hendrik – ich war hier früher zuhause?“

Er lachte leise, ein desillusioniertes Lachen. Wie das klang. Da hätte er als Bewohner ja direkt die Tür wieder zugeschlagen.

„Nein, so wird das nichts – und überhaupt: Willst du da wirklich rein?“

Und Hendrik wusste ganz tief in seinem Inneren, dass er das nicht wollte. Er war ja nicht umsonst von hier weggegangen. Oder geflüchtet, wie er sich in seinen stillen Minuten eingestehen musste.

Langsam ging er zum Auto zurück, nahm die Bewegung nur aus dem Augenwinkel wahr. Die Haustür hatte sich geöffnet, ein Mädchen mit seiner Mutter war herausgekommen.

„Da wäre sie, deine Chance“, sagte die Stimme in ihm.

Er blieb stehen, schaute den beiden zu und hoffte, dass sie ihn nicht ansprechen würden. Aber die Kleine war beschäftigt, hatte offensichtlich einen Drachen gebastelt und wollte ihn nun unbedingt ausprobieren. Munter tobte sie durch den Garten, rannte die Einfahrt auf und ab und hielt die Drachenschnur fest in der Hand.

„Damit wirst du heute kein Glück haben", lächelte Hendrik leise. „Kein Wind. Oben auf dem Deich wäre es anders, aber dazu müsste deine Mutti mit dir hinfahren."

Er lächelte. Es war wieder Leben in dem alten Haus, und das gefiel ihm. Er wusste nicht, wer diese Menschen waren, hatte den Verkauf des Hauses nach dem Tod seiner Eltern über einen Notar abgewickelt. Das Geld lag noch heute auf seinem Hamburger Konto. Es war der Grundstein für seine Zukunft, es war sein Notgroschen, wenn alle Stricke reißen würden. So, wie sie es jetzt getan hatten.

„Nadja, wollen wir rauf zum Deich fahren?", hörte er nun die Stimme der Mutter. „Da oben ist bestimmt mehr Wind für deinen Drachen."

Die Kleine stimmte begeistert zu und Hendrik dachte wehmütig daran zurück, dass seine Eltern ihm nie ein solches Angebot gemacht hatten. Was auch immer er erreichen musste, er war von klein auf gewohnt, dass er es aus eigener Kraft schaffen musste.

„Glück gehabt, kleine Nadja!", dachte er. „Du hast mit deiner Mutti wirklich viel Glück gehabt!"

Er ging langsam zurück zu seinem Auto, wartete auf eine Lücke im Verkehr und wendete dann. Zurück zum Ort, zurück zum Friedhof. Er hatte noch eine Verabredung.

Am Friedhof angekommen, parkte er, ging durch das Tor und blieb erst einmal stehen.

„Du hast keine Ahnung, wo sie liegen", fiel ihm ein. Er war ja nicht zur Beerdigung gekommen.

Also blieb ihm nichts anderes übrig, als die Reihen der Grabsteine abzusuchen. Er wusste ja ungefähr, wonach er suchte, hatte von seinem Jugendfreund Matthias ein Foto des Grabes per Mail bekommen.

Dass er nicht gekommen war, lag nicht an seinen Eltern. Ihr Verhältnis war nach seiner Abreise distanziert gewesen, aber nie zerbrochen. Sein Vater hatte zwar nie verstanden, was den Sohn von heute auf morgen aus dem Haus getrieben hatte, aber sie hatten Kontakt gehalten, so gut das eben ging.

„Ja, so gut es eben ging, und das war aus Afrika zu der Zeit nicht so einfach."

Hendrik erinnerte sich, dachte an die Zeiten, in denen eine Nachricht nicht per Mail oder WhatsApp in Sekunden um die Welt ging. Sie hatten Briefe geschrieben, Karten. Und Wochen gewartet, bis sie ankamen.

„War ja nicht so, dass ihr kein Internet gehabt hättet", murmelte er. „Aber da, wo ich war, gab es so etwas noch nicht."

Er fragte sich, ob das heute die Dinge ändern würde. Die Welt war kleiner geworden, aber er war immer weiter in die entfernten Winkel gekrochen.

Und plötzlich stand er vor ihrem Grab. Er hatte nicht lange suchen müssen, der Zufall hatte geholfen. Hendrik hatte sich für die linke Seite des Friedhofs entschieden und brauchte nur zwei Reihen abzugehen, bevor er fand, was er suchte.

Da standen sie, sprangen ihm vom polierten Granit aus an – die Namen seiner Eltern. Birgit und Rainer Seversen. Er musste schlucken.

Seine Mutter war Jahrgang 1958 gewesen, sein Vater drei Jahre älter. Sie war zuerst gegangen, im August 2009. Er folgte ihr nicht viel später, Anfang 2010.

Hendrik schaute auf den Grabstein, unfähig, einen Gedanken zu fassen. Und das Grab schaute zurück. Stumm. Kalt. Tot. Er schluckte, wusste nicht, ob er etwas sagen, etwas tun sollte. Er hatte damit gerechnet, dass es nicht leicht für ihn wäre, hier zu stehen.

„Aber dass es mich so umhaut, das hätte ich nicht erwartet."

Die spöttische Stimme in seinem Kopf antwortete ihm, aber selbst sie schien im Angesicht der Gräber Milde walten zu lassen.

„Du kannst es nicht mehr ändern, lass gut sein."

Wieder dieser Kloß im Hals, wieder dieses Brennen in den Augen.

„Mutti, ich hätte kommen müssen", murmelte er leise. „Es tut mir leid. So unendlich leid!"

Für seinen Vater hätte er wenig tun können, das sagte ihm sein Verstand. Er wusste, dass die Krankheit seiner Frau und ihr Tod den Mann gebrochen hatten. Der Infarkt kam trotzdem überraschend, eigentlich war Rainer Seversen das Musterbild eines kräftigen, gesunden Mannes gewesen. Aber das Leben hatte einen anderen Plan.

Eine lange Zeit stand Hendrik einfach nur da und rührte sich nicht. Sein Kopf war leer, selbst die kleine, fiese Stimme in ihm war verstummt. Wollte nicht stören? Wollte ihn in seiner Trauer nicht stören.

Hendrik wusste nicht, wie lange er da so gestanden hatte, aber die Kälte kam durch die neue schwarze Jacke gekrochen und holte ihn aus seinen Gedanken. Die Glocke der Friedhofskapelle läutete und Hendrik bemerkte zu seiner Überraschung, dass es gegen 18 Uhr sein musste – die Sonne war am Untergehen.

Er wusste, dass es Zeit zum Gehen war, aber da war noch eine Sache, die er erledigen wollte. Er sah sich suchend um, sah einige Schritte weiter am Rand des Weges ein paar kleine Kieselsteine. Er bückte sich.

Nicht zu groß. Nicht zu klein. Sie waren perfekt. Einer für seine Mutter. Einer für seinen Vater. Einer für die Dinge, die sie gemeinsam erlebt hatten. Und einer für all das, was nie gesagt worden war.

Er ging zurück zum Grab, fegte die Erde vor dem Grabstein zur Seite und stapelte die Steine mit ruhiger Hand. Gleichgewicht. Kein Kreuz, keine Blumen, keine großen Worte. Nur die vier Steine. Eine kleine Pyramide. Für sie. Und für ihn.

Zufrieden betrachtete er im Zwielicht sein Werk – es passte. Es passte für ihn und es passte zu ihnen. Für heute konnte er gehen.

Auf dem Weg zurück zum Auto musste er wieder an die Beerdigung denken, an Matthias, der an seiner statt hier gewesen war.

Er war ihm dankbar gewesen, aber er wusste, dass sein Freund auch seine Ausrede gewesen war. Dass er ihn als Ausrede missbraucht hatte. Und dass er sich dafür gerne bei ihm entschuldigen würde.

„Thies, ich ruf dich nachher an!“, dachte er. Er hatte die Nummer – aber sie stand in seinem Tagebuch. Und das lag im Hotel.

✦ ✦ ✦

Die Rückfahrt an diesem Sonntagabend war genauso schnell und stressfrei, wie er sich das erhofft hatte. So hatte er Zeit, nachzudenken. Er war überrascht. Überrascht von sich selbst.

„Hätte nicht gedacht, dass mich das so sehr mitnimmt“, gestand er sich ein.

Er fuhr weiter, hatte auf einmal das Bedürfnis, die Stille im Wagen zu übertönen. Er stellte das Radio an, aber es kam nur Rauschen. Klar, bisher hatte er ja keinen Sender eingestellt. Der Wagen war vermutlich noch auf Rhein-Main-Gebiet getunt.

„Such mal“, forderte er das Radio auf und wählte die Option „Sendersuche“ aus. Er wollte sich nicht zu sehr ablenken lassen, nahm den ersten Sender aus der Liste, die nun vor ihm erschien.

„Hm. ByteFM – sagt mir nichts, schauen wir mal ...“

Für einige Minuten hörte sich Hendrik das Geplänkel der Moderatorin an, die über irgendein Event in Hamburg sprach. Doch dann kam der Sender zurück zur Musik.

„Und nun hören wir einen Klassiker aus dem Jahr 1982.“

Der Song war düster, begann mit einigen Tönen der Akustik-Gitarre. Hendrik kannte den Song, musste schlucken und ließ ihn laufen.

„I walked up the steps and stood on the porch. A woman I didn't recognize came out to me and spoke through a chained door ...“

Der Song war so unglaublich passend – Hendrik hätte ihn nicht abdrehen können, selbst, wenn er es gewollt hätte. Und so lauschte er der leisen Stimme des Sängers und den wehmütigen Klängen der Gitarre.

Irgendwie schaffte er es, trotz des Schleiers vor seinen Augen sicher auf den Parkplatz am Hotel zurück. Er stellte den Wagen ab und musste erst einmal tief durchatmen.

Minutenlang saß er nur da, unfähig, sich zu bewegen. Schließlich raffte er sich auf, ging ins Hotel und schnurstracks auf sein Zimmer. Er brauchte jetzt Thies' Telefonnummer. Mehr als alles andere.

Oben angekommen, eilte er zu seinem Koffer, riss das alte Tagebuch heraus, blätterte es hastig durch, fand die Nummer. Vertippte sich auf seinem Handy und musste erneut wählen. Es klingelte.

Hendrik überlegte, wie er sich melden sollte. Einfach mit „Hallo Thies, hier ist Hendrik“? Oder mehr spaßig? „Hey Thies, hier ist Indien ... ich bin in Stade“?

Er wusste es noch nicht, wollte spontan sein und etwas Leichtigkeit in die Unterhaltung bringen. Er freute sich auf seinen Freund.

Es klingelte weiter – niemand antwortete. Irgendwann brach der Ruf ab. Hendrik war etwas überrascht, damit hatte er nicht gerechnet. Er versuchte es erneut, mit dem gleichen Ergebnis.

„Thies, altes Haus, wo steckst du denn?“

Sollte er es noch einmal versuchen? Er entschied sich dagegen. Thies hatte sicherlich einen guten Grund, nicht an sein Telefon zu gehen. Und er wollte nicht stören.

„Ich komm dich morgen einfach besuchen, Thies", versprach er seinem Freund. „Ich weiß ja, wo dein Hof ist!"

– Aus Hendriks Tagebuch –

„Stade. Alles steht noch – wie seit Jahrhunderten, alles ist wie immer. Und doch ist nichts mehr wie früher."

Im Alten Land

Hendrik hatte noch ein Abendessen genommen, konnte sich aber nicht wirklich daran erfreuen. Der Besuch bei seinem Elternhaus und die Gräber auf dem Friedhof, sie hatten ihren Tribut gefordert. Und so hatte er tapfer den Versuchen des Hoteliers widerstanden, der sichtbar um eine Konversation bemüht war.

Aber heute war nicht der Tag dafür, er würde es ihm an einem der nächsten Tage erklären. Und so war er früh auf sein Zimmer gegangen, lag bereits gegen halb zehn im Bett und konnte sich auch nicht dazu durchringen, noch die Nachrichten im Fernsehen zu sehen. Bald war er eingeschlafen.

Er war wieder im Alten Land. Schaute sich um, erkannte das Haus. Die hohe Hecke, die den Blick von der Küche auf die Straße verdeckte. Der Eingang auf der linken Seite – er war zu Hause. Saß auf einer Bank im Garten, genoss die Sonne und den Wind.

„Das kann nicht sein, du träumst. Hör auf zu träumen. Ich will schlafen."

Aber er konnte nicht aufwachen, so sehr er es auch wollte – er wusste, dass er träumte. Und fand doch keinen Weg, dem Traum zu entrinnen.

Da waren Schritte hinter ihm, er drehte sich um. Sah sie dort stehen. Die Frau aus seinem Traum von gestern – die Frau aus Afrika.

Barfuß. Nur das leichte Sommerkleid, das sie manchmal getragen hatte. Sie schwieg. Lächelte ihn an. Ein trauriges Lächeln.

„Was machst du denn hier?", fragte er sie verwundert. „Du warst nie hier!"

Seine Stimme war dumpf, die Worte klangen, als kämen sie von weit, weit her.

„Das ist dein Zuhause, oder?", wollte sie wissen. „Und nein, ich war nie hier."

Und nach einer langen Pause brachte sie den Satz traurig zu Ende. „Du aber auch nicht."

Er wollte aufstehen, zu ihr gehen, sie in den Arm nehmen. Aber er konnte nicht. Die Bank hielt ihn fest, er konnte seine Beine nicht bewegen, konnte nicht zu ihr hin. Er spürte einen kalten Luftzug.

„Ich war auch nicht da, als du mich gebraucht hast", sagte er tonlos.

Sie lächelte ihn wieder an, ihr Blick tat ihm fast körperlich weh. „Doch", widersprach sie. „Doch, das warst du! Vielleicht nicht so, wie du wolltest. Aber du warst immer für mich da!"

Ihr Bild verblasste, er wollte schreien, aber seine Stimme versagte ihm den Dienst. Dann war sie verschwunden. Und ihm kam ein letzter Satz über die Lippen, bevor er aufwachte.

„Ich vermisse dich! Ich vermisse dich so sehr!"

Schweißnass lag er im Bett, hörte sein Herz rasen, fühlte die Tränen in den Augen und ließ es zu. Ließ es zum ersten Mal zu – und weinte lang und bitterlich. Sie war weg, das wusste er. Und jetzt wusste er auch, dass er nie um sie getrauert hatte und dass auch das etwas war, dem er sich noch zu stellen hatte.

Irgendwann war er erschöpft und tief traurig wieder eingeschlafen. Es folgten weitere Träume, aber keiner kam mehr emotional an den ersten heran.

In den frühen Morgenstunden wurde er ruhiger, hörte auf, sich im Bett zu wälzen, und verfiel letztlich doch noch in einen tiefen, erholsamen Schlaf.

Das Hupen eines Autos irgendwo auf der Straße weckte ihn. Er brauchte einen Moment, um sich zu orientieren. Dann fiel ihm wieder ein, wo er war.

Er stand auf, ging zum Fenster hinüber, zog die Vorhänge zur Seite und schaute hinaus. Nebel verbarg die Häuserfassade auf der anderen Seite des kleinen Innenhofes.

„Schietwedder", murmelte er, öffnete das Fenster etwas und ließ die kalte, feuchte Oktoberluft in das Zimmer. Er konnte eine Abkühlung gebrauchen, genoss für einige Minuten die frische Luft und ging dann für eine ausgiebige Dusche in das Badezimmer.

Hendrik beäugte misstrauisch sein Spiegelbild, musste aber zu seiner Verwunderung feststellen, dass er eigentlich ganz ausgeschlafen aussah. „Und ich fühle mich auch so", wunderte er sich.

Der Traum von letzter Nacht hing ihm noch nach, aber er musste Marion warten lassen, noch war die Zeit nicht gekommen. Heute war erst einmal sein Freund an der Reihe.

Als er aus dem Bad kam, griff er als erstes nach seinem Telefon, wählte erneut die Nummer von Thies und wartete. Wieder klingelte es, wieder ging niemand ran.

„Seltsam", dachte Hendrik. „Wer weiß, was du mit deinem Telefon gemacht hast, alter Freund!"

Er ging nach unten. Ihm war nach einem schnellen Frühstück. Der Blick auf die Uhr hatte ihm gezeigt, dass es bereits kurz nach neun war. Und er wollte unbedingt schnell zu Thies!

Er nahm sich einfach etwas Joghurt, Obst und einen Cappuccino aus dem Vollautomaten. Dazu ein Glas Orangensaft. Keine zehn Minuten und das karge Frühstück war verschwunden.

„Das ist aber kein guter Start in den Tag", hörte er eine sanfte Frauenstimme hinter sich. Er drehte sich um, blickte in das freundliche Gesicht einer Frau in den Fünfzigern. „Gestatten, Helene Krohn", stellte sie sich vor.

„Die Frau des Hoteliers", ging es ihm durch den Kopf, als er aufstand, um sich ebenfalls vorzustellen. „Hendrik Seversen", sagte er. „Aber das wissen Sie sicherlich bereits."

Sie lachte ihn an, ein freundliches, offenes Lachen. „Allerdings. Mein Mann und meine Tochter haben bereits ausführlich von unserem neuen Gast berichtet!"

„Bitte, nehmen Sie es ihnen nicht übel. Wir haben im Moment wenig Gäste. Und neue Gesichter sind um diese Jahreszeit eher selten hier", erklärte sie ihm. Er fühlte sich geschmeichelt, bedauerte, dass er am Vorabend keine Zeit für ihren Mann gehabt hatte.

„Ich bin ein wenig in Eile“, gestand er. „Aber ich will heute Abend wieder hier sein. Vielleicht haben wir dann ja mal eine Gelegenheit, in Ruhe zu sprechen.“

Sie nickte, sichtlich erfreut über seine Reaktion. „Das wäre schön. Aber nun wünsche ich Ihnen erst einmal einen erfolgreichen Tag!“

Hendrik trank den letzten Schluck aus der Tasse, verzichtete auf eine Weitere und ging kurz in sein Zimmer zurück.

Es war eine Angewohnheit von ihm, die Zähne nach dem Frühstück erneut zu putzen. Er hasste es, anderen Leuten nach einem Frühstück mit ungeputzten Zähnen gegenübertreten zu müssen.

„Seltsam“, dachte er, während er die Zahnbürste im Mund kreisen ließ. „Nach einem Mittagessen oder nach einem Abendessen fühlst du nicht so, aber beim Frühstück ist dir das wichtig!“

Dann griff er nach seinem Autoschlüssel, verließ das Zimmer und machte sich auf den Weg. Wieder war er froh, sich für die schwarze Jacke entschieden zu haben – es war kalt!

„Sicherlich einstellig heute Morgen“, überlegte er, während er über den Parkplatz ging und seinen Golf ansteuerte.

„Viertel vor zehn“, ging es ihm durch den Kopf. Dann sah er den kleinen weißen Zettel unter dem Scheibenwischer. „Na toll“, knurrte er. „Ein Knöllchen am Montagmorgen?“

Er steckte das Ticket ein – es belief sich auf ganze zehn Euro – und startete den Motor. Inzwischen kam er ohne Navigationssystem aus. Er wusste ja, wohin er wollte. Während der Fahrt ließ er leise das Radio laufen. Der Sender vom Vortag war immer noch eingestellt.

„Tolles Wetter für ein Wiedersehen mit einem alten Freund“, dachte er, während er den Golf vorsichtig durch den morgendlichen Berufsverkehr lotste. Jenseits der Stadt wurde es ruhiger. Die Menschen fuhren nach Stade, nicht in die entgegengesetzte Richtung.

Er orientierte sich, die Erinnerungen seiner Kindheit und Jugend kamen langsam zurück. Er fand den Weg ohne Probleme, folgte der Hauptstraße, an der auch Thies' Hof lag. Gleich würde er da sein.

✦ ✦ ✦

Hendrik lenkte den Wagen in die Hofeinfahrt. Er war eine Ewigkeit nicht mehr hier gewesen und trotzdem kam es ihm vor, als wäre er gestern erst mit seinem Fahrrad vom Hof gefahren.

Das niedrige reetgedeckte Wohnhaus auf der einen Seite. Die Einfahrt, die sich hinten zu einer großen Freifläche entfaltete. Rechts die Stallungen und dann die große Scheune mit den Gerätschaften und Fahrzeugen für die Arbeit auf den Feldern.

Noch ein Stall weiter hinten und der große Garten. Und der Apfelbaum hinter dem Haus. Der große, alte Apfelbaum, in dem Thies und er immer herumgeklettert waren.

Er hielt den Wagen an, stellte den Motor ab. Wartete einen Augenblick. Eigentlich konnte Thies ihn gar nicht übersehen haben. Sicherlich würde er jeden Moment neugierig herauskommen, um zu sehen, wer ihn da am frühen Morgen besuchen würde.

„Na komm, alter Freund“, lockte er innerlich. „Wo steckst du?“

Aber niemand kam. Hendrik stieg aus. Es war still, der Nebel verschluckte die Geräusche und schränkte die Sicht ein. Eine friedliche Ruhe lag über dem Hof. Irgendwo gluckste ein Huhn.

Hendrik ging hinüber zum Wohnhaus, klingelte an der Tür. Wartete. Aber es blieb still. Niemand öffnete die Tür, niemand schaute aus dem Fenster, um den unerwarteten Besucher zu begrüßen.

Er ging an der Front des Hauses entlang, versuchte, durch die Fensterscheiben eine Bewegung zu erkennen. Doch die Gardinen waren alle ordentlich vorgezogen, er konnte im Haus nichts sehen. Auch Licht konnte er nicht sehen.

„Bist du schon auf dem Feld?“, rief er seinem Freund gedanklich entgegen. Das war ungewöhnlich. Die ganze Situation war ... höchst unerwartet.

Er ging weiter nach hinten, ging hinüber zum Stall. Früher, so erinnerte er sich, hatte Thies’ Vater einige Rinder und immer ein paar Pferde für die Feldarbeit gehabt. Er schob die schwere Stalltüre auf, das Tor glitt mit einem vernehmlichen Rumpeln in seiner Hängeschiene zur Seite.

Hendrik trat in das Dunkel des Stalls hinein. Seine Augen mussten sich für einen Moment an das wenige Licht gewöhnen. Er tastete, wusste, dass links neben der Tür der Lichtschalter sein musste. Ein alter, großer Drehschalter, nicht einer dieser modernen Taster.

„Für Bauernhände gemacht, nicht für Kinderfinger", erinnerte er sich an die Sprüche von Thies' Vater.

Seine Hände tasteten, fanden den Schalter, er drehte ihn und das Licht ging an. Er starrte in den Stall.

„Leer", ging es ihm durch den Kopf. „Was ist denn hier los?"

Er durchschritt den Stall mit schnellen Schritten, doch es blieb dabei – kein Tier war zu finden, weder Kuh noch Pferd. Die Boxen und Gatter waren sauber, so sauber, wie es in einem Stall halt sein konnte. Kein Stroh. Kein Futter. Nichts.

Verwirrt ging Hendrik zurück zum Ausgang, schaltete das Licht aus und schloss das schwere Tor. Blieb unschlüssig stehen. Er ging nun schnellen Schrittes über den Hof, plötzlich hatte er es eilig. Ein ungutes Gefühl überkam ihn. Irgendetwas war hier seltsam.

„Das stimmt so gar nicht, das passt alles nicht!", wisperte seine innere Stimme. Er erreichte das Scheunentor, öffnete die kleine Tür, die in das große Tor eingelassen war und schaltete auch hier das Licht ein. Es war heller als im Stall, die großen Landmaschinen ruhten friedlich in Reih und Glied.

Da standen sie – zwei Traktoren der Marke *Fendt*, die Anhänger für die Obstlese, zwei kleinere Gabelstapler. Weiter hinten sah er jede Menge leere Kisten für das Obst, aber eine Ernte schien es nicht gegeben zu haben.

Auch hier war alles sauber, alles leer. Abgestellt, als würden die Maschinen und Geräte nur darauf warten, dass sie jemand benötigen würde, der aber nicht kam. Es herrschte eine gespenstische Stille.

„Nein, nein, nein", durchfuhr es Hendrik. Alles war da, alles war richtig. Und doch war alles irgendwie falsch. „Hier stimmt doch was nicht!"

Er rannte nun aus der Scheune, wollte hinüber zum kleinen Stallgebäude, von wo aus er das Glucksen der Hühner gehört hatte. Sie waren noch da, er konnte sie hören. Eilig öffnete er die Tür, schaltete das Licht ein und sah sie.

„Na, ihr Gickel", begrüßte er sie, beinahe froh, endlich ein lebendiges Wesen gefunden zu haben. „Ihr seid ja alle noch da. Und wo steckt euer Thies?", wollte er vom inzwischen aufgeschreckt umherlaufenden Federvieh wissen.

Doch die Hühner blieben ihm die Antwort schuldig. Sie schauten ihn erwartungsvoll an, sagten jedoch kein Wort. Ein hysterisches Kichern kam über Hendriks Lippen. Er erschrak fast selbst über seine Reaktion.

„So, ihr wollt es mir also nicht verraten?", hörte er sich sagen. „Na schön, aber ich werde es schon rausfinden."

Dann trat er wieder hinaus in den Hof, schloss die Tür und ging zurück zu seinem Auto. Laut rufend. Irgendjemand musste ihn ja hören.

„Thies! ... Thies? Wo steckst du? Ich bin's, Hendrik!"

✦ ✦ ✦

Ratlos ging Hendrik über den Hof. Irgendetwas stimmte hier nicht, so viel war klar. Nur was? Er konnte es nicht greifen.

Er stand jetzt wieder neben seinem Wagen, ratlos. Die Hand in der Jackentasche, er fühlte die Fernbedienung, entriegelte die Türen. Das Blinklicht flackerte kurz auf – zweimal. Und ein kurzes, mechanisches Klacken verriet die geöffneten Türen. Er wollte gerade einsteigen, sich sammeln, da hörte er sie.

„Du kommst zu spät!"

Ihre Worte waren leise, sachlich kalt und kaum zu ertragen. „Wie immer zu spät!", wiederholte sie. Ruhiger, müde, resigniert.

Er musste sich zum Atmen zwingen – holte tief Luft. Zwang sich, die Hand von der Tür zu nehmen. Drehte sich um.

Da stand sie – an der Tür der großen Scheune. Ihr Anorak war halb geöffnet, der Schal lag locker um den Hals. Sie trug die Haare offen; sie waren dunkler als früher. Und das eine oder andere graue Haar hatte sich eingeschlichen. Sie verbarg es nicht.

Sie stand einfach nur da, bewegte sich nicht, ging nicht auf ihn zu. Er machte zwei Schritte, langsam. Spürte die Distanz zwischen ihnen. Keine Feindschaft, keine Ablehnung – aber Distanz.

„Was willst du jetzt noch hier?", fragte sie. Nicht kalt, aber mit einer Stimme, die keine Ausflüchte tolerieren würde.

Er sammelte sich, suchte nach Worten. Und verwarf sie gleich wieder – zu klein, zu falsch, zu platt.

„Ich … ich hab Thies gesucht", brachte er schließlich hervor. Hörte seine eigene Stimme, merkte, wie dünn seine Worte klangen.

Sie sah ihn nur an, sagte nichts. Ihm kam es wie eine Ewigkeit vor.

„Bitte, Maren, sag doch was. Sag mir, was hier los ist!", stieß er hervor, leise, beinahe flehend.

Thies' Schwester sog die Luft ein, schaute ihn an – eine Sekunde. Zwei Sekunden. Sie zog erneut die Luft ein, blickte auf den vom Nebel durchfeuchteten Boden.

„Er ist nicht hier", sagte sie leise. „Er ist nicht mehr hier."

Dann drehte sie sich abrupt um und ging in die große Scheune, verschwand durch die Tür im Dunkeln und ließ ihn alleine im Nebel stehen. Ihre Worte hallten laut über den stillen Hof.

„Er ist nicht mehr hier", wiederholte Hendrik ungläubig. Für ihn klang es wie ein „Du warst nicht hier, als es darauf ankam. Du warst nie hier."

Er blickte auf den Wagen, die Tür stand noch immer offen. Er schloss sie. Ging langsam hinüber zur Scheune, folgte ihr in die Dunkelheit. Er konnte sie schemenhaft sehen. Sie hatte sich auf eine der umgedrehten Obstkisten gesetzt, die Ellbogen auf die Knie gestützt und ließ den Kopf hängen.

Maren hörte seine Schritte, schaute aber nicht zu ihm auf. Er zögerte einen Augenblick, nahm sich eine zweite Kiste und setzte sich zu ihr. Nicht neben sie. Nicht gegenüber. Zwei Kisten, die einen imaginären Kreis begannen, wie sie ihn in ihrer Kindheit um die Lagerfeuer herum gebildet hatten.

Er konnte nicht sagen, wie lange sie so da saßen: Sekunden? Minuten? Länger? Er wartete, wusste, dass sie den nächsten Schritt machen musste.

„Er ist tot", flüsterte sie.

Ihre Worte taten ihm körperlich weh. Es war ein Schlag in die Magengrube, schlimmer noch. Ihm war auf einmal kotzübel. Das Geräusch, das aus seiner Kehle kam, war alles, nur nicht verständlich. Ein Keuchen, ein Krächzen, ein Weinen – was auch immer es war – brachte sie dazu, ihn anzusehen.

„Tot", wiederholte sie leise. „Einfach so. Plötzlich war er nicht mehr da."

Hendrik stockte der Atem; er suchte Worte und fand keine.

„Was ist ..." – er räusperte sich – „Was ist passiert?"

Sie nahm den Blick von ihm, senkte den Kopf wieder und erzählte jetzt, die Stimme immer noch leise und mit langen Pausen.

„Es war Anfang März. Die ersten Blüten waren an den Apfelbäumen."

Stille. Pause. Beide schwiegen, während Maren nach Kraft suchte. Hendrik konnte spüren, wie viel Anstrengung ihr diese Unterhaltung bereitete.

„Er hat diese Zeit geliebt. Hat mir noch erzählt, wie schön das Licht des frühen Morgens zwischen den Bäumen ist. Wie der Nebel sich wie ein schützendes Tuch über die noch zarten Blüten legt. Zwei Wochen später war er weg, einfach so ..."

Ihre Worte verhallten in der dunklen Scheune und hinterließen in Hendrik nur ein Gefühl von Leere und Vergangenheit.

Leise setzte sie ihre Erzählung fort.

„Es kam vollkommen überraschend. Nicht ganz, vielleicht, aber dann ..."

Wieder eine Pause, wieder schwiegen beide.

„Er war immer müde gewesen. Ich hatte es auf die Arbeiten hier am Hof geschoben. Aber wer weiß ..."

Sie sah ihn jetzt wieder an. Ein Windstoß fegte herein, inzwischen war von draußen Regen zu hören. Der Nebel war weg, das Regenwasser ergoss sich in Strömen über den Hof, das Auto, die Landschaft.

„Und du?“, fragte er nach langer Pause.

„Ich?“, fragte sie, als würde sie die Frage überraschen. Als würde sie erst einmal darüber nachdenken müssen, dass sie ja auch eine Rolle in diesem Drama spielte.

„Ich habe funktioniert“, sagte sie knapp. „Ben hat mir geholfen. Wir haben das Vieh abgegeben, ich habe mich um das Nötigste gekümmert. Da waren ja nur wir zwei. Ben und ich mussten allein klarkommen. Und dabei ist mein Ben doch erst sechzehn Jahre alt.“

Das saß. Hendrik kannte Ben aus Matthias’ Mails und Briefen – ein Name, ein paar Anekdoten, über die Jahre mal ein oder zwei Fotos. Aber erst in diesem Moment begriff er, welche Last Maren und ihr Sohn getragen hatten.

„Und du bist mal wieder zu spät gekommen“, ätzte seine innere Stimme. „Du warst im Himalaja, hast Schulen gebaut und wolltest die Welt retten. Aber du warst mal wieder nicht da, wo du gebraucht wurdest!“

Da war sie wieder, hatte sich von hinten angeschlichen, seine Deckung umgangen und ihn mit voller Wucht getroffen. Auf seine innere Stimme war halt Verlass.

Plötzlich stand Maren auf, ruckartig, erschreckte ihn. Er hob den Kopf, sah sie an.

„Lass uns hier verschwinden“, murmelte sie. „Ich muss hier raus.“

Er verstand sie nur zu gut, wollte ebenfalls weg – weg von den Erinnerungen an seinen Freund, weg von seinen Gefühlen, weg von der Stimme, die ihm immer und immer wieder ins Gewissen redete – schrie: „Zu spät!“

Er folgte ihr, beide standen draußen auf dem Hof, sie schloss die Tür der Scheune, ließ ihr Fahrrad drinnen zurück.

„Du könntest mich nach Hause fahren, Hendrik“, sagte sie. Er nickte, es war das erste Mal, dass sie ihn bei seinem Namen nannte. Er wusste nicht, ob das etwas zu bedeuten hatte. Aber er hoffte es.

Sie lotste ihn zu ihrer Wohnung. Es waren nur drei oder vier Minuten mit dem Auto. Zurück in den Ort. Sie hatte sich eine Dachwohnung gemietet, gegenüber der großen Kirche. An der Hauptstraße.

Er hatte keine Probleme mit einem Parkplatz. Es gehörte einer zu ihrer Wohnung, aber sie brauchte ihn nicht, wie sie erklärte.

„Kannst hier parken, das ist meiner. Hab’ kein Auto, hier kann man alles mit dem Rad erledigen.“

Er parkte, ließ sie aussteigen. War unschlüssig, was nun zu tun sei und was sie erwartete oder nicht erwartete. Also stand er einfach nur so neben dem Auto.

„Kommst du jetzt? Oder willst du hier draußen im Regen Wurzeln schlagen?“

Das war sein Stichwort – er setzte sich in Bewegung, folgte ihr. Ins Trockene. Zweiter Stock. Unter dem Dach. Warm. Gemütlich. Und weit weg von der Düsternis auf Thies’ Hof.

✦ ✦ ✦

Maren ging in die Küche, ließ Hendrik erst einmal im Flur zurück. Er hörte Wasser laufen, dann das Klappern eines Kessels auf dem Herd. Aus der Küche kam das „Tick-Tick-Tick" eines Gasherds, dann das „Wusch" der sich entzündenden Flamme.

„Trinkst du einen Tee mit?", rief sie fragend aus der Küche.

Er streifte sich seine dreckigen Schuhe ab, wollte ihr die Wohnung nicht versauen. Ging zu ihr, streckte den Kopf durch den Türrahmen.

„Tee wäre toll", antwortete er ihr.

Sie schaute ein letztes Mal, dass der Wasserkessel richtig auf dem Herd stand, dann drehte sie sich zu ihm um.

„Ich muss mal schnell ins Bad, die Haare föhnen und die Klamotten wechseln", stellte sie fest. „Das ist ja alles vollkommen durchgeweicht. Musste ja auch ausgerechnet jetzt anfangen zu schütten!"

Er grinste, versprach ihr, sich um den Kessel zu kümmern, sie zeigte ihm, wo sie den Tee versteckt hatte.

„Oder hast du vergessen, wie man hier in Norddeutschland den Tee macht?", stichelte sie.

Sie ging an ihm vorbei, durch den Flur und verschwand in einem Zimmer. Vermutlich das Badezimmer. Während er wartete, bis das Wasser kochte, schaute er sich in der kleinen Küche um.

Eine moderne Küchenzeile, unter die Dachschräge gesetzt. Ein Tisch, groß genug für zwei und einen gelegentlichen Gast. Daneben eine Reihe niedriger Schränke mit einer Arbeitsplatte obendrauf – Raum, etwas vorzubereiten, wenn man nicht zu groß war.

„Sonst Kopf an Dachschräge“, fasste er den Raum zusammen.

An das große Fenster, das hinaus auf einen kleinen Balkon führte, hatte sie neben kleinen Gardinen noch Halterungen für allerlei Blumentöpfe gezaubert. Selbst jetzt – im Oktober – standen dort die frischen Kräuter.

Er ging hinüber, rieb die Finger vorsichtig an einigen der Pflanzen, sog ihre Düfte ein.

„Rosmarin. Thymian. Du bist Basilikum“, ging er die Töpfe durch. Den Salbei erkannte er noch, am nächsten Topf musste er nur kurz riechen: Minze. Nur beim Letzten war er unschlüssig.

„Koriander?“, mutmaßte er. Sicher war er aber nicht.

Der Kessel auf dem Herd begann sein Lied zu pfeifen. Hendrik ging hinüber und schaltete die Flamme ab. Ließ dem Wasser Zeit, etwas abzukühlen. Tee machen, das hatte er in Indien gelernt.

„Lass es etwas abkühlen, niemals kochend über den Tee. Das wird nur bitter!“, hatten ihm seine indischen Freunde gepredigt. „Du wärst auch ungenießbar, wenn man dich mit kochend heißem Wasser überschüttet!“

Er gab den losen Tee in die Teesiebe, setzte sie in die Tassen und goss das Wasser auf. Ließ alles für zwei oder drei Minuten ziehen, mehr nicht!

Dann hob er die kleinen Metallkörbchen heraus, legte sie in die Spüle und stellte die Tassen mit dem köstlich duftenden Tee auf den Tisch.

„Es ist angerichtet“, dachte er. Lauschte. Aus dem Badezimmer vernahm er das Dröhnen des Haarföhns. Sie hatte mit ihren schulterlangen Haaren mehr Arbeit, als er mit seinem kurz geschorenen blonden Schopf.

Er überlegte, ob er einen Blick in die anderen Zimmer riskieren sollte, entschied sich dann aber dagegen.

„Sie wird mir die Wohnung schon zeigen, wenn sie das möchte", überlegte er. Alles andere erschien ihm wie ein Vertrauensbruch. „Man geht nicht zwanzig Jahre einfach so weg und stöbert dann ungefragt durch die Wohnung einer anderen!"

Maren kam aus dem Bad zurück, hatte die Haare getrocknet und die durchnässten Kleider gewechselt. Sie sah ihn kurz an, deutete dann auf das Badezimmer und nickte mit dem Kopf.

„Das Bad ist da hinten, wenn du willst. Föhn steckt noch, ein Handtuch findest du im Hochschrank, wenn du dich wenigstens etwas trockenlegen willst", bot sie ihm an.

„Nur andere Klamotten kann ich dir nicht bieten, aber mit ein wenig Glück kannst du deine Jeans und dein Shirt wenigstens etwas trocken föhnen."

Er verstand den Wink, ging schnurstracks den Flur hinunter und verschwand im Badezimmer. Während er sich die Haare föhnte und die warme Luft auf der Haut und der klammen Kleidung genoss, sah er sich um.

Klein, aber ordentlich. Mit einem Fenster. Sehr hell. Er betrachtete den Rest des Raumes. Keine teure Ausstattung, aber stimmig. Die Farbtöne passten; das Bad wirkte einfach freundlich. Hier hatte jemand Geschmack bewiesen.

„Zwei Zahnbürsten, zwei Handtücher", murmelte er. „Also nur sie und Ben. Ich frage mich, was wohl mit Bens Vater ist."

Aber diese Frage würde er ihr nicht stellen. Es gab ohnehin schon genug zu klären.

Als Hendrik in die Küche zurückkam, schaute sie vom Küchentisch auf, tippte die Tasse mit ihrem Tee an und nickte anerkennend.

„Du kannst es ja wirklich noch!"

Er setzte sich, zog die andere Tasse an sich heran. Sah, dass sie inzwischen einen kleinen Teller mit Keksen dazugestellt hatte. Sie nickte ihm zu.

„Bedien dich, du hast sicherlich auch Hunger."

Hendrik nickte, griff zu. Die Kekse waren köstlich.

„Selbst gebacken?", versuchte er, ein Gespräch in Gang zu setzen. Sie schaute ihn entsetzt an.

„Höchstens selbst gefunden. Im Supermarkt", erwiderte sie schmunzelnd. „Ich hatte bisher gar keine Zeit zum Backen."

Das wiederum klang deprimierend traurig. Beide schwiegen für einige Momente. Keiner von beiden wusste, wie sie das Gespräch beginnen sollten.

Als sie dann sprachen, begannen beide gleichzeitig.

„Warum ...", kam es von ihr.

Es kollidierte mit seinem „Ich wollte einfach ..."

Beide schwiegen, schauten sich an. Er spürte, dass er zumindest versuchen musste, es ihr zu erklären.

„Ich wollte damals einfach nur weg von hier“, setzte er erneut an. „Weg von diesem Dorf, weg von Stade, weg von der Elbe.“

Sie schwiegen wieder. Er konnte spüren, dass sie das keineswegs zufriedenstellte. Wie auch? Er hatte es ja selber nicht wirklich verstanden.

Er hatte die Entscheidung nicht aktiv getroffen. Sie hatte ihn getroffen. In Form eines Koffers.

Er erinnerte sich noch genau an den kleinen Laden, in dem er den Lederkoffer gesehen hatte. Und aus einer plötzlichen Eingebung heraus gekauft hatte.

„Neunundneunzig Euro“, sagte er dann. Sie schaute ihn überrascht an, verständnislos.

„Was?“

„Neunundneunzig Euro“, wiederholte er. „So viel hatte der Koffer gekostet, im Laden unter dem Plakat mit dem Schiff.“

Er erinnerte sich. Das Plakat hatte etwas in ihm ausgelöst. „Entdecke die Welt!“, hatte darauf gestanden. Für ihn stand im Kleingedruckten weitaus mehr. Da stand „Lass die ganze Enge hinter dir!“ und „Woanders kannst du glücklich werden!“.

Er spürte ihren erwartungsvollen Blick – sie schwieg. Er suchte nach Worten.

„Es war Flucht, einfach Flucht“, war sein Resümee. „Nicht vor meinen Eltern oder vor irgendwelchem Mobbing oder irgendeiner Tyrannei. Ich bin einfach nur abgehauen.“

Er hielt kurz inne, verstand, dass er sich das selbst nie erklärt hatte. Das hier war Neuland – auch für ihn!

„Ich war ja nie unglücklich, und ich glaube, genau das war das Problem", fuhr er fort. „Alles, was ich hier hatte, schien so ...", er suchte nach Worten. „So ... vorbestimmt!"

Sie schwieg weiter, also redete er.

„Es war doch alles so klar vor mir: Schule abgeschlossen, Ausbildung, vielleicht Studium, Beruf, eine Wohnung mit Balkon oder ein kleines Haus mit Garten."

Er redete nun schneller; die Worte sprudelten aus ihm hervor.

„Eine Beziehung. Kinder."

Er verstummte. Die beiden letzten Punkte ergänzte er dann nur in seinen Gedanken. „Alt werden. Tod."

Er schaute sie an, wollte wissen, ob sie ihn verstand. Aber ihr Blick war ausdruckslos, abwartend.

„Ich hatte Angst, einfach nur Angst. Nicht davor, dass ich es nicht schaffen würde. Sondern ...", er machte eine Pause, nahm einen Schluck von seinem Tee.

„Sondern davor, dass ich es schaffen würde. Einfach durch das Leben zu treiben und mich in dreißig Jahren fragen zu müssen, ob das alles war. Mich zu fragen, ob ich je gelebt hatte!"

Sie nickte, es schien fast, als würde sie ihn verstehen. Das gab ihm den Mut für seinen letzten Satz.

„Ich bin nicht vor meiner Familie geflohen, nicht vor dem Dorf, nicht vor Stade. Ich bin vor mir selbst geflohen – vor diesem Hendrik, der es immer allen recht machen wollte. Der gut in der Schule war. Der für die alte Dame im Bus aufstand.

Ich wollte endlich mal das Gefühl haben, echt zu sein. Einfach zu sein. Und dann habe ich diesen Koffer und dieses

Plakat gesehen – es war, als würden sie zu mir sagen: ‚Sei mal echt. Entkomm dir selbst, um dich zu finden!'"

Er schluckte. Er war fertig. Überrascht von sich selbst und von der Klarheit, in der er es endlich formulieren konnte. Er hatte zwanzig Jahre und eine halbe Welt gebraucht, um es hier, in seinem Heimatdorf, auszusprechen.

Sie schaute auf die Tischplatte. Die Haare waren ihr über die Schultern gefallen und verdeckten ihr Gesicht. Er konnte nicht sehen, was sie dachte, wie sie reagierte. Ihre Antwort war fast nur ein Flüstern.

„Ich weiß."

Sie hob den Kopf, schaute ihn an. Lange. Sehr lange. Er fühlte sich plötzlich ganz klein und feige. Sie nahm einen Schluck Tee, stellte die Tasse weg. Und erzählte ihrerseits.

„Weißt du ... ich bin geblieben. Hier, in dem Dorf, zwischen Apfelblüte und Deichschafen. Zwischen Backsteinen und Reetdächern. Bin weiter zur Schule gegangen, hab das Abi gemacht. Studium auf Lehramt. Dann Lehrerin für Deutsch und Kunst."

Sie nahm sich einen Keks, drehte ihn unschlüssig zwischen den Fingern.

„Dann kam Bens Vater und dann Ben. Und Hamburg. Zumindest bis zur Scheidung."

Sie zögerte kurz, schaute den Keks an.

„Nicht geplant, aber trotzdem gewollt. So war das Leben, dachte ich mir. So war es hier oben immer schon. Ganz normal. Wie immer halt."

Erneut schaute sie den Keks an, legte ihn dann zurück, unberührt.

„Aufstehen, Familie, Beruf, wieder Familie, schlafen gehen."

Sie lächelte schief.

„Ich hab mich immer gefragt, wie du das wohl gemacht hast. Dieses ... Weggehen. Einfach so."

Sie schaute ihn an, nachdenklich, als würde sie immer noch wissen wollen, wie das denn geht. Das mit dem Weggehen.

„Ich habe dich beneidet. Und gehasst. Weil du es konntest."

Sie nahm den Keks wieder auf, diesmal biss sie ein Stück ab. Kaute, überlegte.

„Aber weißt du, das Leben hier ... das war auch ein Weg. Kein einfacher Weg. Man sieht es dem Dorf gar nicht an, aber hier gibt es statt Abenteuer und Landkarte oft nur Sackgasse. Keine Abkürzung, nur Abgrenzung."

Ihr Blick verdüsterte sich. Es war, als ob vor ihrem inneren Auge die nicht so schönen Dinge ihres Lebens vorbeizogen.

„Und ich musste lernen, wie man stark werden kann, wenn man nicht weggehen kann. Wie laut es sein kann, wenn alle schweigen."

Sie hielt kurz inne, ihre Stimme wurde nun wieder fester.

„Vielleicht sind wir doch gar nicht so unterschiedlich. Du bist weggelaufen, um dich zu finden. Ich bin geblieben, um mich nicht zu verlieren. Um Ben nicht zu verlieren."

Sie lehnte sich zurück, strich sich das Haar hinters Ohr. Wehmütig schloss sie den Kreis für ihn.

„Vielleicht sind wir nur die unterschiedlichen Seiten ein und derselben Münze? Und vielleicht sind wir uns deswegen heute über den Weg gelaufen – weil eben jede Münze am

Ende wieder in dem Körbchen landet, in das sie hineingehört. Weil Fliehen oder Bleiben am Ende keinen Unterschied macht?“

Sie hatte ihn mit ihren Überlegungen getroffen. Er hatte nie darüber nachgedacht, wie andere Menschen sein Weggehen gesehen haben mochten.

Sie waren beide durch ihre Leben gedriftet, hatten beide Schiffbruch erlitten. Aber sie waren die Überlebenden. Die anderen hatten weniger Glück gehabt. Seine Eltern. Ihr Bruder. Marion.

Die Stille am Küchentisch wurde vom Geräusch eines Schlüssels unterbrochen, der sich im Schloss drehte. Die Tür ging auf, ein Junge kam herein. Hendrik erkannte ihn sofort.

„Ben“, ging es ihm durch den Kopf. „Älter als auf den Bildern, die Thies mir geschickt hatte.“

Dann folgte ein weiterer Gedanke: „Oh Gott, was wird der jetzt wohl denken?“

Maren stand auf, umarmte ihren Sohn. „Ben, das ist Hendrik“, stellte sie ihn vor. „Er ist ein Freund deines Onkels.“

Der Junge schaute ihn misstrauisch an, aber, so dachte Hendrik, wahrscheinlich würde ein 16-Jähriger alle fremden Männer am Tisch seiner Mutter misstrauisch ansehen. Dann reichte er ihm die Hand.

„Hallo, Hendrik“, sagte er trocken – und verschwand in seinem Zimmer.

Maren und Hendrik hörten ihn noch eine Weile rumoren, dann kehrte Stille ein.

Sie zuckte mit den Schultern, sah ihn entschuldigend an.

„Thies' Tod hat ihn schwer getroffen", erklärte sie. „Weißt du, sein Vater hat kein Interesse an ihm, sein einziger Bezugspunkt war sein Onkel."

Hendrik nickte nachdenklich. Ja, er konnte sich gut vorstellen, welches Loch der Tod seines Freundes in dem Jungen hinterlassen hatte.

„Sag mal", forschte sie nach, „wo wohnst du eigentlich? Du hast doch hier keine Wohnung, oder?"

Der Bann war gebrochen. Ben hatte sie in die pragmatische Gegenwart geholt.

„Ein kleines Hotel in Stade", erklärte er ihr. „Musste ja erst einmal irgendwo unterkommen. Der Rest wird sich finden."

Sie überlegte einen Moment, schaute ihn nachdenklich an.

„Willst du nicht auf Thies' Hof wohnen? Ist alles da, wir müssten nur die Heizung anmachen. Täte dem Haus sicherlich nicht schlecht, wenn es nicht leer wäre. Oder musst du wieder zurück in deine Welt?"

Er war überrascht, war sich nicht sicher, ob das mit dem Hof so eine gute Idee war. Oder ob es so clever war, hier in den Ort zurückzukommen. Er hatte sich ja gerade erst einmal nach Stade getraut!

„Sei mir nicht böse", antwortete er zögerlich. „Ich muss erst einmal herausfinden, was ich hier bin. Wer ich bin. Und wo."

Sie schien enttäuscht, nickte aber. Ob sie es verstand? Er wusste es nicht.

„Lass mich zwei oder drei Tage nachdenken", versuchte er, die Situation zu entschärfen. Dann gab er ihr die Adresse des Hotels.

„Wenn etwas ist, findest du mich da!“, erklärte er ihr. „Ich werde mir erst einmal ein Handy besorgen müssen. Mein indisches Guthaben müsste so langsam aufgebraucht sein.“

Er hatte noch gar nicht daran gedacht. Er hatte ja nicht nur keine Heimatanschrift, kein Zuhause – er hatte auch keine deutsche Telefonnummer!

„Na“, lachte sie jetzt wieder, „da hast du ja einiges zu erledigen!“

Sie kritzelte etwas auf einen Zettel, schob ihn dann über den Tisch. „Hier ist meine Handynummer. Wenn du so weit bist, ruf an. Oder schick mir eine *WhatsApp*, wenn du das benutzt.“

Er schaute an ihr vorbei, blickte aus dem Fenster. Der Regen war durchgezogen, die Wolken rissen auf und ein Sonnenstrahl fiel in die Küche.

„Ich melde mich!“, versprach er.

✦ ✦ ✦

„Wer war der Typ?“, wollte Ben wissen. Seine Mutter überlegte kurz, deutete dann auf den freien Stuhl am Küchentisch.

„Das war Hendrik“, begann sie ihre Erklärung. „Er war vor vielen Jahren der beste Freund von deinem Onkel. Die beiden waren …“, sie suchte nach Worten. „Unzertrennlich.“

Ben schaute sie nur nachdenklich an.

„Der Hendrik? Der aus Afrika? Onkel Matthias hat manchmal von ihm erzählt, aber nie wirklich viel. Dass er bestimmt eines Tages mal vorbeikommen würde. Und dann würde ich ihn kennenlernen.“

Seine Mutter nickte.

„Ja, genau dieser Hendrik. Und das Onkel Matthias nicht mehr erzählt hat, wundert mich nicht. Er hat nicht viel von seinen Gedanken geteilt. Und Hendrik ...“, sie machte eine Pause.

„... Hendrik war ein schwieriger Fall.“

Und sie erzählte ihm, wie Hendrik plötzlich aus ihren Leben verschwunden war – von einem Tag auf den anderen. Einfach weg.

„Er hat seinen Koffer genommen, hat sich von Thies verabschiedet, hat seinen Eltern Lebewohl gesagt und ist in Hamburg auf ein Schiff gegangen“, fasste sie Hendriks Weggehen in einem Satz knapp zusammen.

Ben schaute sie erstaunt an.

„Einfach so weg? Wohin denn?“

Sie zögerte, dann fiel ihr auf, dass sie eigentlich gar nicht über die Jahre zwischen Weggehen und Wiederkommen gesprochen hatten. Sie waren schon mit den beiden Themen überfordert gewesen.

„Das kann ich dir gar nicht so genau sagen, darüber haben wir gar nicht gesprochen“, sagte sie nachdenklich. „Er muss in Afrika gewesen sein. Und jetzt zuletzt in Indien.“

Ben war überrascht.

„Indien?“, fragte er ungläubig?

„Nehme ich zumindest an“, erwiderte seine Mutter. „Wenn er der Anrufer auf dem Handy deines Onkels war, dann ja, Indien.“

Sie sah ihren Sohn an, sah seinen ratlosen Blick.

„Die Nummer hatte mit Null-Null-Neun-Eins angefangen“, erklärte sie. „Die internationale Vorwahl von Indien. Musste ich auch erst einmal nachschauen.“

Sie fuhr ihm mit der Hand durch den Haarschopf. Er musste mal wieder zum Friseur.

„Wenn wir Glück haben, kannst du ihn das aber selbst fragen“, sagte sie zögerlich. Sie wusste nicht, wie Ben auf ihre letzte Botschaft reagieren würde.

„Ich habe ihm angeboten, in Onkel Matthias’ Haus zu wohnen, bis er weiß, was er machen will.“

Ben sah sie entsetzt an, vielleicht sogar etwas wütend. Sie wusste es nicht. Dann stand er auf, stürmte aus der Küche.

„Na, wenn du meinst ...“, waren seine Worte, bevor er in seinem Zimmer verschwand und die Tür hinter sich zuknallte.

Maren verzog den Mund.

„Puh“, dachte sie. „Das hätte schlechter laufen können ...“

– Aus Hendriks Tagebuch –

„Zu spät – auch einer jener Orte, an die ich nie wollte. Und trotzdem hin muss. Ich hasse ihn!“

Leerer Raum

Hendrik hatte Marens Wohnung verlassen und war erst einmal zum Elbdeich gefahren. Er brauchte Zeit. Und Abstand. Das alles hatte ihn sehr aufgewühlt, die Nachricht vom Tod seines Freundes hatte ihn mitgenommen.

„Und jetzt? Was jetzt?"

Seine kleine, fiese Stimme hatte ihm diese Frage immer und immer wieder eingeflüstert. Er hatte sie ignoriert, bis ihr Schreien nicht mehr zu überhören war.

„Ja, was jetzt?"

Fast wie zum Hohn hatte die Sonne sich durchgesetzt. Es wehte ein kalter Wind, aber der Nebel und die Regenwolken, sie waren wie fortgewischt. Der Himmel spannte sich strahlend blau über ihm – von Horizont zu Horizont. Und ließ Hendrik allein zurück. Ratlos. Leer.

Lange hatte er den Schiffen nachgesehen, den kleinen Schaluppen ebenso wie den großen Pötten. Einer dieser großen Pötte, daran erinnerte er sich noch genau, hatte ihn vor über zwanzig Jahren mit hinausgetragen in die Welt. Damals hatte er sich frei gefühlt.

„Oder wenigstens hatte ich gedacht, ich würde mich frei fühlen", gestand er sich ein.

Maren hatte es eigentlich auf den Punkt gebracht: Egal, ob gehen oder bleiben, links oder rechts, schwarz oder weiß, am Ende kommen wir doch eh alle wieder am gleichen Punkt an.

Erst als am späten Nachmittag die Sonne langsam hinter dem Deich in Richtung Horizont strebte und die Kälte spürbar unter seine Jacke kroch, ging Hendrik zurück zu seinem Auto.

Die Fahrt ins Hotel dauerte nicht lange, er kannte den Weg inzwischen. In Stade angekommen, suchte er sich einen Parkplatz für sein Auto, einen, auf dem er nicht erneut für einen Strafzettel kandidieren würde. Er fand ihn entlang der Bahnschienen.

Stade schien alles daran zu setzen, auswärtigen Autos das Parken zu verleiden. Der Preis für den kostenlosen Parkplatz waren ein paar Minuten zu Fuß zum Hotel.

An diesem Abend hatte er das Restaurant ganz für sich alleine. Die Besitzer taten ihm fast leid.

Als der Hotelier mit der Karte zu ihm trat, sprach er das Thema dann auch direkt an.

„Sagen Sie mal, Herr Krohn“, begann er, „das kann sich doch eigentlich gar nicht rechnen, wenn Sie nur für einen Gast die Küche anwerfen müssen.“

Der Hotelier warf ihm einen überraschten Blick zu, schüttelte dann den Kopf.

„Nee, wir kochen ja nicht nur für Sie“, grinste er breit. „Wir wollen ja auch was essen, und dann haben wir hier noch einige Lieferungen außer Haus“, beruhigte er ihn.

„Was soll’s denn heute sein?“

Hendrik hatte sich noch keine Gedanken gemacht, war immer noch wie durch den Wind.

„Uff, keine Ahnung", gestand er. „Mir ist eigentlich alles recht, ich bin heute vollkommen durch mit der Welt. Aber ein Bier hätte ich gerne."

Er machte eine Pause.

„Diesmal aber ein Richtiges!"

Der Hotelier schaute ihn überrascht an, nahm ihm diskret die Karte ab und überlegte kurz, sah seinen Gast dann noch einmal nachdenklich an.

„Ich denke, ich habe da etwas für Sie."

Er verschwand. Hendrik konnte ihn hinter dem Tresen mit seiner Frau reden sehen, während er das Bier zapfte. Eigentlich, so schien es, zapfte er gar nicht ein Bier, es waren zwei.

„Auch nicht verkehrt, ich nehm sie beide", schoss es ihm durch den Kopf. Er wartete.

Das Bier kam, sie brachte es. Schaute ihn prüfend an, stellte beide Gläser auf den Tisch, ging aber nicht. Hendrik sah sie überrascht an.

„Es kommt mir so vor", sagte sie vorsichtig, „als wäre es gar nicht so verkehrt, heute nicht alleine trinken zu müssen."

Es war entwaffnend. Hendrik wusste keine Antwort, aber schon der Gedanke, mit seiner inneren Stimme nicht allein zu bleiben, barg einen gewissen Trost. Er sagte nichts, machte nur eine einladende Handbewegung. Sie setzte sich. Wartete.

Er drehte das Glas langsam zwischen den Fingern, betrachtete die goldene Flüssigkeit unter der perfekten Schaumkrone.

„Das löst auch keine Probleme, oder?“

Die Frage schwebte im Raum, sie griff sie auf.

„Nein, aber es schmeckt. Worauf trinken wir?“

Er überlegte kurz. Alles, was ihm in den Sinn kam, kam ihm gleichfalls platt vor.

„Auf das, was war – und das, was bleibt!“

Er hob sein Glas, prostete ihr zu. Sie erwiderte den Trinkspruch und beide genossen den ersten Schluck. Es folgte ein langes Schweigen, nur gelegentlich unterbrochen vom Klappern der Töpfe und Pfannen in der Küche.

Irgendwann brach er den Bann, öffnete sich ihr und erzählte ihr in leisen Tönen, was ihn nach Stade zurückgebracht hatte. Sie war eine gute Zuhörerin, unterbrach ihn nicht, ließ ihm Raum und Zeit, wenn er die nächsten Worte suchen musste.

Ihr Mann sah aus der Küche herüber, schüttelte den Kopf und bedeutete dem Koch, das Essen noch hinauszuzögern. Hendrik konnte es nicht sehen, aber seine Gastgeber waren perfekt aufeinander eingespielt. Sie brauchte noch Zeit, er verschaffte sie ihr.

Als Hendrik mit seiner Geschichte am Ende war, schwieg sie für einige Sekunden. Dann legte sie ihm leicht die Hand auf den Arm, blickte ihn an und gab ihm Halt.

„Wie könnten Sie zu spät sein?“, fragte sie leise. „Ich glaube eher, Sie sind genau richtig!“

Er blickte sie überrascht an. Sie sah, dass sie ihm noch eine Erklärung zumuten durfte.

„Wenn Sie es nur auf sich und Ihren Freund beziehen, dann mag es Ihnen ja so vorkommen. Mir scheint allerdings, er kam mit der Situation gut klar. Aber die Schwester und der Junge – wenn Sie mich fragen, sind Sie für die beiden genau zum richtigen Zeitpunkt gekommen!“

Dann hob sie den Kopf, suchte den Blick ihres Mannes, fand ihn und er verstand – auch ohne Worte. Das Essen kam sofort.

„Snirtjebraten“, sagte sie. „Wärmt Körper und Seele. Wollen Sie alleine essen, oder sollen wir uns noch eins vom Fass gönnen?“

Er schaute auf den dampfenden Teller vor sich – geschmorter Schweinebraten in dunkler Soße. Der Koch hatte Rotkohl als Beilage gewählt, dazu eingelegten Kürbis und Rote Bete.

„Meine Oma hätte es auch nicht anders gemacht“, lobte er. „Das riecht fantastisch.“

Und mit dem ersten Bissen kehrten nicht nur seine Lebensgeister zurück, auch das Lächeln fand wieder einen Weg in sein Gesicht.

„Und ja, ein Bier würde ich noch nehmen. Und ich brauche etwas Zeit zum Nachdenken.“

Sie verstand, bedeutete ihrem Mann, dass ein weiteres Bier benötigt wurde, und ließ ihn allein.

Während er das Essen genoss, dachte er über ihre Worte nach. So hatte er es noch gar nicht betrachtet. Er war nur von sich und seinem Verlust ausgegangen. Hatte nur daran gedacht, was *er* jetzt tun würde. Aber sie hatte einen Punkt – was bedeutete das für Maren? Und für Ben?

Irgendwann kam er zu dem Schluss, dass er an diesem Abend keine Antwort mehr finden würde. Das Hotelierspaar hatte ihm seinen Raum gelassen. Beide waren hinter der Bar beschäftigt, es war kein anderer Gast mehr gekommen.

Er stand auf, ging zu ihnen hinüber. Bedankte sich für das Essen und die Gesellschaft und wünschte eine gute Nacht. Dann verschwand er auf sein Zimmer, fiel erschöpft auf sein Bett und glitt in einen tiefen, traumlosen Schlaf.

✦ ✦ ✦

„Mama?“

Ben war aus seinem Zimmer herausgekommen. Endlich! Maren schaute auf, sie hatte sich ein Buch genommen, aber nicht die Ruhe gefunden, wirklich darin zu lesen. Sie sah ihren Sohn an, der in der Tür zum Wohnzimmer stand.

„Ja?“

Sie warf ihm ein Lächeln zu, klopfte auf den freien Platz auf dem Sofa neben ihr. Er setzte sich zu ihr, lehnte sich an. Etwas, das er seit Monaten nicht mehr gemacht hatte.

„Seit Matthias’ Tod“, ging es ihr durch den Kopf.

„Mama, ich vermisse ihn!“

Jetzt stand es im Raum, jetzt hatte er es tatsächlich das erste Mal ausgesprochen. Ihr Herz machte einen Sprung, war das der Moment?

„Ich vermisse ihn auch, Ben!“, erwiderte sie sanft. Und nach einer kleinen Pause, fast flüsternd:

„Ich vermisse ihn so unendlich.“

Lange saßen Mutter und Sohn an diesem Abend noch auf dem kleinen roten Sofa. Draußen war es dunkel geworden. Maren hatte zwei Kerzen angezündet, die ein flackerndes Licht in den Raum warfen.

Sie hatte keine Ahnung, wie lange sie dort gesessen hatten. Irgendwann hatten beide Hunger bekommen, aber keiner wollte kochen.

Sie einigten sich auf Italienisch, etwas, das sie sich nur sehr selten gönnten. Nicht weil sie es sich nicht hätten leisten können, sondern weil sie es sich nicht leisten wollten.

Es gab *Tortellini alla Panna* für Ben und *Spaghetti Vongole* für Maren. Sie gönnte sich einen Rotwein, auch wenn sie es morgen früh bereuen würde. Er hatte seine Cola. Beide aßen schweigend, genossen die stille Gesellschaft des anderen.

Später, viel später, kam er wieder auf das Thema zurück.

„Jetzt gibt es nur noch uns beide, oder?“, fragte er leise. „Nur du und ich.“

Sie suchte die richtigen Worte, fand aber keine. Nahm ihn stattdessen in die Arme und drückte ihn ganz fest.

„Nur wir beide, Ben, nur wir beide. Aber wenn uns das Universum Hilfe schickt, nehmen wir sie an, ja?“

Er schaute sie fragend an, leicht verwundert.

„Das Universum?“, fragte er verwirrt.

Sie lachte, während ihr gleichzeitig die Tränen über die Wangen liefen. Dann erzählte sie ihm vom Buch eines deutschen Autors, der den Jakobsweg gegangen war.

„Er wünschte sich nichts sehnlicher als ein Café, um endlich mal auszuruhen“, erinnerte sie sich. „Und der Rat der anderen Pilger war: ‚Bestell es dir beim Universum!‘“

Sein Blick war nach wie vor zweifelnd. Er schaute prüfend auf die Rotweinflasche, aber sie hatte nur ein Glas getrunken. Sie merkte es, grinste.

„Ich glaube, er wollte uns damit sagen, dass man sich etwas, das man unbedingt möchte, durch positives Denken erarbeiten kann!“

Er stöhnte auf, schubste sie leicht und rief mit gespielter Empörung:

„Es ist viel zu spät für eine Textanalyse, Frau Deutschlehrerin!“

Und beide mussten lachen.

✦ ✦ ✦

Das Wetter hielt, der Meteorologe im Fernsehen hatte es „eine stabile Omega-Wetterlage“ genannt. Hendrik war egal, wie das hieß – das Ergebnis war ein sonniger, milder Herbsttag.

„Und so soll es die nächsten Tage auch bleiben“, äffte er in Gedanken den Wetter-Mann nach.

Er war zum Frühstück runtergegangen, die Frühschicht hatten die Kinder der Krohns übernommen. Der Sohn trat an seinen Tisch, fragte nach seinen Wünschen.

„Ich würde heute tatsächlich mal zwei Spiegeleier nehmen, wenn jemand in der Küche ist“, bestellte Hendrik. „Falls das kein zu großer Aufwand ist!“

Der junge Mann – der, wenn man seinem Namensschild glauben durfte, auf den Namen Peer hörte – war überrascht.

„Nöö – kein Thema“, kam es etwas schnoddrig über seine Lippen. „Ich geb’s weiter.“

Hendrik störte sich nicht dran, ging hinüber zum Buffet und suchte sich ein Frühstück zusammen. Toast, ein paar *Baked Beans*, Pilze, Tomaten – ihm war heute mal nach der englischen Variante. Kaum saß er an seinem Platz, kam auch schon Peer mit den Spiegeleiern zurück.

„Perfektes Timing, danke!“, nahm Hendrik ihm den Teller ab.

Peer nickte, zog sich dann wieder zurück. Beobachtete seinen einzigen Gast fast schon gelangweilt. Und trotzdem schien es Hendrik so, als wollte der junge Mann ihn etwas fragen. Oder sagen?

„Na ja, abwarten und Tee trinken“, dachte er sich. „Wenn er was will, wird er schon damit um die Ecke kommen.“

Er beendete sein Frühstück, gönnte sich erneut eine zweite Tasse Cappuccino und wollte gerade den Frühstücksraum verlassen, als ihm noch etwas einfiel. Er machte auf dem Absatz kehrt, steuerte schnurstracks auf Peer zu.

„Darf ich Sie etwas fragen, Peer?“, wollte er wissen. „Ich darf Sie doch Peer nennen?“

Der junge Mann nickte.

„Klar doch. Das machen alle. Was kann ich denn für Sie tun?“

Hendrik erklärte ihm die Sache mit dem Telefon. Und seiner indischen SIM-Karte.

„Ich glaube, da brauchen Sie auch ein neues Handy“, erklärte ihm der junge Mann. „Die meisten der Dinger haben eine SIM-Sperre, damit man sie nicht billig im Ausland kaufen kann und dann hier verwendet.“

Das ergab Sinn, musste Hendrik eingestehen. Wahrscheinlich würde ihn ein Handy deutlich mehr kosten, als er eigentlich dafür bezahlen wollte, aber immerhin hatte er dann gleich ein neues Gerät.

„Alles klar – danke! Und? Eine Idee, wo ich hier ein neues Handy und die Karte bekomme, ohne dass man mich direkt über den Tisch zieht?"

Er hatte in der Stadt die vielen kleinen Läden gesehen, die Handys verkauften. Sie hatten ihn eher an einen afrikanischen Basar erinnert. Nichts, wo er ein Handy kaufen wollte.

„Na ja, am besten gehen Sie hier hin."

Peer hatte von der Rezeption einen kleinen Stadtplan geangelt, deutete nun auf einen Punkt zwei Querstraßen weiter.

„Der Laden ist in Ordnung, offiziell und vielleicht etwas teurer, aber dafür können Sie sich auf die Jungs verlassen. Fragen Sie nach Hauke und sagen Sie ihm einen schönen Gruß von mir!"

Er grinste. Hendrik bedankte sich und machte sich auf den Weg. Den Laden fand er ohne Probleme. Und Hauke ebenso.

Der freute sich über die Grüße von seinem Freund und verbrachte die nächste halbe Stunde damit, Hendrik durch die Vor- und Nachteile der etwa zwei Dutzend Mobiltelefone zu führen.

„Eigentlich wollte ich doch nur ein Handy", murmelte er, als er sich zu guter Letzt für ein aktuelles Modell eines namhaften Herstellers aus Fernost entschieden hatte.

Im Vergleich zu den Kosten des Geräts fiel der monatliche Preis für den Kartenvertrag kaum ins Gewicht. Aber wenigstens würde er nun unter einer deutschen Telefonnummer erreichbar sein.

Es würde etwa eine halbe Stunde dauern, hatte ihm Hauke gesagt. So lange würde der Provider benötigen, die Karte freizuschalten. Hendrik musste schmunzeln. Im Vergleich zum Freischalten des Handys in Afrika oder Indien war das nun wirklich kein Problem. Hauptsache, es funktionierte!

✦ ✦ ✦

So ausgestattet, zog es Hendrik erneut in Richtung des alten Hansehafens. Er würde etwas Ruhe brauchen, um sich mit dem neuen Gerät vertraut zu machen.

„Das Ding ist mindestens drei Generationen jünger als mein alter *Brick* hier“, mutmaßte er und erwischte sich dabei, wie er die über Jahre hinweg angesammelten englischen Ausdrücke in seine Gedankenwelt übernahm.

„Klotz, das ist das Wort, Klotz – nicht *Brick*!“

Er schlenderte ziellos durch die schmalen Gassen, genoss erneut die uralten und windschiefen Häuser und kam am Ende doch wieder beim Hansehafen raus.

„Stimmt schon“, erinnerte er sich an Marens Worte. „Egal, welchen Weg du dir suchst, am Ende kommst du doch wieder an einem zentralen Ort an.“

Das kleine Café, das er suchte, fand er heute nicht. Dafür aber einen Laden, der sich auf Pfannkuchen jeglicher Art spezialisiert hatte. Und in seinem Inneren auf amerikanisch machte.

Die Jukebox stand neben einer Wand aus roten Backsteinen. Bilder von Marilyn Monroe und James Dean blickten auf die Werbung für einen deutschen Kräuterschnaps.

Draußen standen die für den Herbst eingemotteten Strandkörbe, die den Gästen im Sommer Platz und Schutz vor der Sonne boten.

„Amerika trifft Altes Land“, ging es ihm durch den Kopf. Er suchte sich ein freies Plätzchen in einer Ecke, bestellte zunächst nur einen weiteren Kaffee und widmete sich seinem neu erstandenen Gerät.

Er hatte Glück. Die nette junge Dame, die hier die Bedienung an diesem Montagvormittag übernommen hatte, nickte nur, als er nach der Benutzung der Steckdose fragte.

„Nur zu, Strom ist für alle da“, entgegnete sie ihm lapidar, als sie ihm die Tasse mit seinem Kaffee brachte. „Wasser dazu?“

Er verneinte, vertiefte sich in die Anleitung des kleinen Computers. Brach die SIM-Karte aus ihrer Halterung, verfrachtete sie an ihren Platz. Hatte sich zunächst für den Falschen der zwei Kartenhalter entschieden, das korrigiert und am Ende das Telefon so weit geladen, dass er es starten konnte.

„Fifty-fifty“, dachte er sich, schmunzelte und tröstete sich dann selbst. „Immerhin hast du es im zweiten Anlauf geschafft.“

Das kleine Telefon startete, er gab seine PIN ein und wartete. Es rappelte nicht, es klapperte nicht, es summte nicht. Er starrte auf die stilisierten Zahnräder auf dem Bildschirm, die Bewegung suggerierten. Es dauerte eine ganze Weile.

Aber irgendwann schien das Gerät fertig zu sein. Die erste Seite mit seinen *Apps* schaute ihn herausfordernd an.

„Und was nun?“, schien sie ihn zu fragen.

Ja, was nun? Er zögerte, öffnete die Einstellungen und wählte erst einmal das Gäste-WLAN des Cafés aus. So würde es mit den Updates etwas schneller gehen, selbst mit seinem alten Handy war er an die Prozedur ja gewohnt.

Er ging die bereits vorinstallierten Anwendungen durch – Facebook?

„Brauch ich nicht, hab ich nicht!“

„Kamera“ – „Hab ich nie benutzt, aber schön zu wissen!“

„Nachrichten“ – Schweigen.

Nachrichten. Er erinnerte sich an Marens Worte: „Schreib mir eine *WhatsApp*, wenn du das benutzt“.

Tat er nicht, aber warum eigentlich nicht? Er ging auf die Suche nach neuen Anwendungen, fand das grüne Icon, das den beliebten Nachrichtendienst symbolisierte und installierte die App. Registrierte sich. Wurde nach einem Status gefragt.

„Status? Hm ...“

„Ich bin hier!“, sagte ihm seine innere Stimme. „Nimm doch einfach ‚Ich bin hier!‘“ – und das war ja nicht einmal gelogen.

Er schaute auf die Uhr – halb zwölf. Er hatte keine Ahnung, ob er sie stören würde. Kramte den Zettel mit ihrer Telefonnummer aus der Tasche, musste ein wenig suchen, bis er herausfand, wie man eine Nachricht an einen neuen Kontakt schreibt. Tippte ihren Namen ein, dann ihre Nummer. Und einen kurzen Text.

„Hab ein neues Handy – Nummer ist …“, gefolgt von seiner Telefonnummer. Zögerte einen Moment, sein Finger schwebte über dem „Senden“-Knopf.

Er schickte die Nachricht weg. Das Handy schob sie nach oben, zeigte eine kleine Uhr als Symbol. Dann einen Haken. Zwei. Nichts passierte.

„Na ja, sie wird ja sicherlich nicht ständig auf ihr Handy starren“, dachte er sich. Er hatte Zeit, er würde warten. Er nahm sich erneut die Speisekarte vor, jetzt hatte er Hunger. Das Handy auch, es war erst bei 35 Prozent.

Die junge Bedienung war gerade am Nachbartisch beschäftigt. Saubermachen, neu eindecken. Sie unterbrach ihre Tätigkeit und schaute zu ihm herüber. Hatte gemerkt, dass ihr Gast einen Wunsch hatte.

„Ich würde gerne noch etwas bestellen“, sagte Hendrik. Der kleine Hunger hatte gewonnen. Sie nickte, beendete ihre Arbeit an dem Tisch und kam zu ihm.

„Was soll’s denn sein?“, wollte sie wissen.

Er hatte sich schon entschieden. Trotz der Mittagszeit war ihm heute nach etwas Süßem.

„Ich nehme den Pfannkuchen mit Heidelbeeren“, entschied er. „Dazu bitte noch eine heiße Schokolade. Mit Sahne.“

Sie grinste, nickte und ging mit seiner Bestellung in die Küche. Sein Telefon piepste, so laut, dass er erst einmal erschrocken zur Seite schaute. Auf dem Display war ihr Name zu sehen. Kein Text, er tippte die Message an. Da war nichts, nur ein kleines Bild mit einem Daumen nach oben an seiner Nachricht. Und die beiden Haken waren jetzt blau.

„Soll wohl heißen, dass sie das gelesen hat“, überlegte er.

Seine Bestellung kam und er machte sich mit Heißhunger über die süßen Sachen her. Jetzt hatte er ein Handy und Maren hatte seine Nummer. Weiter war er mit seinen Gedanken und Entscheidungen noch nicht gekommen.

„Aber immer ein Schritt nach dem anderen“, das war sein Motto. Und so würde er auch jetzt vorgehen. Es hatte ihn noch immer an sein Ziel gebracht.

„Auch wenn mir das Ziel am Ende manchmal nicht gefallen hat“, dachte er.

✦ ✦ ✦

Maren stand im Klassenzimmer, vor „ihrer“ 9A. Sie war die Klassenlehrerin, 22 junge Menschen saßen vor ihr. Man konnte nicht sagen, dass diese sie alle bewunderten, aber akzeptiert fühlte sie sich schon.

„Ihr seid zwar nicht meine Kinder, aber einen Teil der Verantwortung habe ich schon für Euch“, dachte sie sich oft im Stillen, wenn eines der Kinder mal wieder sichtbar Probleme hatte.

Sie betrachtete die Mädchen und Jungen vor ihr. Die vierte Stunde hatte begonnen, halb elf am Morgen. Sie hatte eine Doppelstunde Zeit, die Klasse zu überraschen. Und überraschen würde sie sie heute, so viel war mal sicher.

„Guten Morgen zusammen“, begrüßte sie ihre Schüler.

Ein mehr oder weniger gesammeltes „Guten Morgen“ kam aus den Stuhlreihen vor ihr zurück. Einige waren wohl noch nicht ganz wach, aber das änderte sich mit ihrem nächsten Satz.

„Vergesst mal, was wir uns für heute vorgenommen hatten", ließ sie die kleine Bombe platzen. „Wir machen mal was ganz anderes – keine Analyse, keine Grammatik. Dafür werdet ihr ein wenig nachdenken müssen."

Augenblicklich hörten die Störgeräusche im Klassenzimmer auf – das Rücken der Stühle, das Kramen in den Taschen. Ein Handy piepste, es wurde sofort weggedrückt. Das hier war neu!

Sie grinste innerlich, war aber sehr bemüht, es vor der Klasse zu verbergen. Eine Lehrerin, die zu nahbar wirkte, lief oft Gefahr, die Schüler wieder zu verlieren.

„Thema der Stunde: Weggehen und Heimkommen", eröffnete sie ihren Schülern. „Zwei Wörter, die sich widersprechen und doch zusammengehören.

Ich möchte, dass wir gemeinsam überlegen, was Menschen bewegt, von einem Ort wegzugehen, und was sie dann zurückkehren lässt."

Sie blickte in die Runde. Einige der Schüler und Schülerinnen schauten verwirrt, andere erstaunt. „Na, wem fällt dazu etwas ein?"

Ein Junge meldete sich. „Ja, Yusuf?", Maren nickte ihm freundlich zu, ermutigend.

Yusuf schaute unsicher zurück, merkte, dass sich die Augen in der Klasse auf ihn gerichtet hatten. Er war sonst eher der stille Typ. Das hier war für ihn so ungewohnt wie das Thema für die ganze Klasse.

„Ich bin mit meiner Familie vor vier Jahren aus Aleppo weg", begann er leise. „Mein Vater hat gesagt, dass wir keine Wahl hätten – entweder gehen oder krepieren."

Eine Pause. Maren ließ das harte Wort unkommentiert, ahnte, dass Yusuf noch nicht fertig war.

„Das war kein Abenteuer, nicht so wie in den Büchern, wo man entscheidet, dass jemand loszieht, und dann wird eine große Geschichte daraus. Wir wollten nicht die Welt entdecken, wir wollten nur in Ruhe leben."

Er machte eine Pause, senkte den Blick.

„Wir sind nicht fortgegangen, wir sind fortgeschlichen, in der Nacht. Wie die Diebe. Heimlich."

Die Klasse schwieg, Maren musste schlucken. Sie war sich nicht sicher, wohin das führen würde, aber sie hatte sie nun einmal auf diesen Weg gebracht, nun musste sie ihn mit ihnen bis zum Ende gehen.

Aber Yusuf war noch nicht fertig.

„Jetzt bin ich hier in Deutschland", fuhr er leise fort. „Manchmal denke ich, ich bin noch unterwegs. Manchmal will ich hier ankommen und darf nicht, und dann wieder möchte ich gar nicht hier sein. So, als ob ein Teil von mir zwischen zwei Welten hängt."

Seine Stimme verklang, er sah Maren fast entschuldigend an.

„Ich weiß jetzt nicht, ob das zum Thema passt ...", sagte er leise.

Sie griff seine Worte auf, es war perfekt. Yusuf war perfekt gewesen, obwohl er es nicht ahnte.

„Yusuf", sagte sie leise, „das passt ganz wunderbar. Was du beschreibst, ist der Unterschied zwischen ‚Ankommen' und ‚Heimkommen' – zwei vollkommen verschiedene Dinge."

Nun wurde sie sicherer. Sie wusste, wohin sie mit der Klasse wollte, der Weg lag wie im hellen Sonnenlicht klar vor ihr.

„Das ‚Heimkommen' ist emotional", erklärte sie und schaute die Klasse eindringlich an. „Im Gegensatz zum ‚Ankommen', das rein physisch ist. Es beschreibt das von außen sichtbare Erreichen eines Ortes. ‚Heimkommen' jedoch ist ein innerer Zustand", schloss sie.

„Denkt einmal darüber nach", ermutigte sie. „Und schreibt mal auf, was die beiden Begriffe für euch bedeuten. Wir werden es nicht vorlesen, also seid ehrlich zu euch selbst."

Während die Klasse beschäftigt war, warf sie ganz verstohlen einen kurzen Blick auf ihr Handy. Es hatte vorhin leise vibriert, aber sie hatte es ignoriert. Eine neue Nummer, unbekannt. Sie würde sich später darum kümmern.

Nachdem die Stunde zu Ende war und die Schülerinnen und Schüler in die Pause verschwunden waren, fiel ihr die Nachricht wieder ein.

Im Gehen las sie, was er geschrieben hatte. Antwortete schnell mit einem „Daumen hoch", mehr ging gerade nicht. Sie hatte Pausenaufsicht, würde ihm später antworten.

„Noch einer, der entweder ‚angekommen' ist oder ‚heimgekommen' ist", dachte sie, während sie durch die Gänge lief. Und dann wurde ihr klar, dass das vielleicht auch für sie und Ben gelten würde.

✦ ✦ ✦

Hendrik hatte es sich in der Lobby des Hotels bequem gemacht, in einem tiefen, weichen Sessel in einer ruhigen

Ecke. Auf dem kleinen Tisch neben ihm lag seine Beute aus der Stadt: ein Haufen Zeitungen und ein Buch.

Eigentlich hatte er in Ruhe auf seinem Zimmer lesen wollen, hatte aber schnell bemerkt, dass die Stille nichts für ihn war. Also hatte er alle Zeitungen und das Buch gepackt und war wieder hinuntergegangen.

Die Lobby war leer, nur die Tochter arbeitete in dem kleinen Büro hinter dem Tresen. Er dachte an die 99 Euro, die ihn jede Nacht hier kostete. Eine Dauerlösung konnte das nicht sein, so viel war klar.

Umbringen würde es ihn aber auch nicht. Er dachte für einen Moment an das Konto bei der Hamburger Bank. Der Erlös aus dem Verkauf seines Elternhauses war dorthin geflossen. Auch die Gehälter aus zwanzig Jahren Auslandstätigkeit.

Er hatte nie viel gebraucht, hatte immer ein genügsames Leben geführt. Für das wenige, was er wirklich benötigte, sorgten ohnehin meist seine Arbeitgeber. Essen. Eine Unterkunft. Fahrzeuge. Es war also genug da – mehr als genug.

„Wofür hättest du es auch ausgeben sollen?“, fragte ihn seine innere Stimme. „Da war ja nicht mal eine ordentliche Kneipe, wo du dich rumgetrieben hast!“

Er schob den Gedanken beiseite, dachte lieber an den angenehmen Nachmittag in der Stadt. Die Heidelbeer-Pfannkuchen waren in der Tat die Sünde wert gewesen. Aber auch sie hatten ihm keine Antwort auf seine drängenden Fragen geboten.

„Und nun?“

Er lehnte sich im Sessel zurück, schlug das neu gekaufte Buch auf, versuchte sich zu konzentrieren. Aber so richtig gelang es ihm nicht. Die Buchstaben formten Wörter. Die Wörter bildeten Sätze. Die Sätze wurden zu Absätzen, dann zu Kapiteln. Aber der Funke sprang nicht über.

Er legte das Buch weg, versuchte es mit einer der Zeitungen. Und hatte damit auch keinen größeren Erfolg.

Er sah sie aus ihrem kleinen Büro kommen. Sie kam direkt zu ihm an den Tisch.

„Kann ich Ihnen etwas bringen, Herr Seversen?"

Er überlegte, war aber von seinen Pfannkuchen und der heißen Schokolade noch vollkommen bedient. Und erzählte ihr von seiner „Sünde". Sie musste lachen.

„In Wahrheit hatte ich nur keine Lust, alleine oben im Zimmer zu hocken", gestand er ihr. „Ein wenig Gesellschaft kam da gerade recht."

Sie nickte, sah ihn entschuldigend an. „Hätten Sie dann vielleicht ein paar Minuten Zeit für mich?", überraschte sie ihn. „Ich habe da eine etwas ungewöhnliche Frage an Sie."

Neugierig sah er sie an, deutete auf den Sessel gegenüber. „Aber natürlich doch. Setzen Sie sich zu mir."

Sie zögerte einen Moment, setzte sich dann.

„Es geht um unser Hotel", begann sie. „Eigentlich mehr um die Gäste, als um das Hotel selbst."

Sie überlegte kurz, suchte nach einem Weg, ihr Anliegen zu formulieren. Er wollte ihr helfen.

„Inwiefern?", fragte er neugierig.

„Na ja", begann sie zögerlich. „Viele unserer Gäste sind Geschäftsleute. Meist von größeren Firmen hier in der

Gegend. Oder Monteure. Sie sind unter der Woche da, die Zimmer sind bezahlt, alles sehr pragmatisch, sehr stabil."

Sie zögerte, suchte erneut die richtigen Worte.

„Aber es macht uns auch sehr abhängig. Letzte Woche hatten wir zwei Stornierungen. Beides waren Firmen, bei denen sich Projekte verzögerten und die Buchungen wurden kurzfristig storniert. Und das halbe Haus stand plötzlich leer!"

Hendrik konnte ihre Frustration spüren, überschlug die Kosten grob im Kopf.

„Sagen wir zehn Zimmer, drei Nächte – selbst mit Firmenrabatt ist das ein Verlust von ungefähr dreitausend Euro.", mutmaßte er. „Und das mal zwei."

Sie nickte, überrascht, wie nahe er dem tatsächlichen Verlust gekommen war.

„Es war ein wenig mehr, aber ja, in diesem Rahmen", bestätigte sie. „Mein Vater meint, das ist Geschäftsrisiko, ich sehe das allerdings anders."

Hendrik wartete, gab ihr Zeit, ihre nächsten Gedanken zu sammeln.

„Ich versuche gerade, ein Konzept zu finden, das uns mehr private Gäste bringen könnte. Nicht nur unter der Woche, auch an den Wochenenden. Aber wenn ich ganz ehrlich bin ...", sie seufzte, „dann weiß ich nicht, was diese Menschen suchen. Stade ist ja nicht das klassische Urlaubsziel, so wie die Küste!"

Sie sah ihn nun wieder direkt an.

„Und dann kommen Sie. Einfach so. Keine Firma, ohne Reservierung. Sie reisen um die halbe Welt und buchen hier ein Zimmer für eine ganze Woche! Sie wären genau der Gast, den ich suche – und den ich nicht verstehen kann.“

Hendrik lehnte sich in seinem Sessel zurück, er wollte kurz nachdenken. Das hier war ihm nicht unbekannt, hier galt es, ein Projekt an den Gast zu bringen.

„Wissen Sie, Annika“, sagte er, stutzte dann. „Ich darf Sie doch Annika nennen?“

Sie nickte.

„Klar, das machen doch alle hier, Herr Seversen!“

„Dann müssen Sie mich aber Hendrik nennen, wenn das für Sie in Ordnung ist“, bot er ihr an. Und kam augenblicklich wieder auf ihre Frage zurück.

„Also, Annika“, setzte er nochmals an. „Eigentlich war es reiner Zufall. Ich bin an dem Abend einfach so nach Stade gekommen, und es war ja klar, dass ich irgendwo schlafen musste.“

Er erinnerte sich an seine Ankunft, erinnerte sich daran, wie er den Wagen abgestellt hatte und sich erst einmal orientieren musste.

„Ich habe drüben an dem ausgeschilderten Parkplatz den Wagen abgestellt und bin in die Stadt gelaufen. Dann habe ich das Schild gesehen und bin auf gut Glück rein.“

Sie sah etwas enttäuscht aus. Es war klar, dass sie aus diesem Vorgehen keine Marketing-Kampagne ableiten konnte. Doch Hendrik war noch nicht fertig.

„Und dann haben Sie mich am Tresen empfangen. Als ich Ihnen sagte, dass ich nicht weiß, wie lange ich bleiben würde, als ich damit rausrückte, dass ich nicht einmal eine deutsche

Adresse hatte … Sie haben nicht mal mit der Wimper gezuckt."

Sie erinnerte sich, grinste ihn schelmisch an. „Die haben Sie mir immer noch nicht mitgeteilt!"

Er erwiderte das Grinsen, fuhr dann nachdenklich fort.

„Sie haben mich nicht als Problemfall behandelt, Sie haben mir als Mensch eine unkomplizierte Lösung angeboten. Für Sie war ich einfach ein Gast. Und genau so habe ich mich in dem Moment auch gefühlt. Als gern gesehener Gast!"

Er überlegte einen Moment.

„Wenn ich das Hotel als Projekt sehen würde", sagte er langsam, „dann würde ich nicht die Lage oder die Zimmer anpreisen, sondern das Flair, die Atmosphäre, die Herzlichkeit Ihres Teams."

Annika nickte bedächtig. Er konnte sehen, dass es in ihr arbeitete. Und er war noch nicht fertig mit seinen Überlegungen.

„Ich habe bei Ihnen, Ihren Eltern und Ihrem Bruder nie das Gefühl gehabt, nur eine Zimmernummer zu sein. Sie haben mich Mensch sein lassen. Sie haben mir dort Raum gegeben, wo er nötig war und Gesellschaft, als Sie merkten, dass ich einsam war."

Ihre Augen schweiften in die Ferne. Sie hatte diesen konzentrierten Blick eines Menschen, der gerade eine vollkommen neue Idee verfolgt. Ihre Gedanken ratterten, das merkte er.

„Ein Gast, der nicht nur ein Zimmer sucht, sondern einen Ort … oder etwas anderes …", murmelte sie. „Jemand, der einen Startpunkt braucht, um zu einem neuen Ziel zu finden."

Sie sah ihn plötzlich wieder direkt an, der Blick nun fokussiert.

„Wissen Sie, Hendrik", sagte sie langsam, „ich glaube, Sie haben mir da gerade die Idee einer Vision präsentiert. Ein Gast wie Sie, der am Anfang nur eines braucht: einen sicheren Hafen. Um anzukommen. Um sich zu orientieren. Um neue Ziele zu definieren."

Sie machte eine kurze Pause.

„Was danach kommt, muss der Gast erst einmal herausfinden können – es wird nicht das Hotelzimmer sein. Aber solange er dieses Ziel nicht gefunden hat, bieten wir ihm Raum, um es zu ergründen."

Sie lächelte, war nun völlig in der Konzeption ihrer Idee gefangen.

„Danke, Hendrik!", sagte sie dann. „Ich glaube, das hat mir tatsächlich eine Idee gegeben. Vielen, vielen Dank!"

Sie stand auf, lächelte ihm noch einmal zu und verschwand.

Hendrik stutzte, schaute ihr sehr nachdenklich hinterher. Was hatte sie da gerade gesagt?

„Der nächste Schritt ist nicht das Hotelzimmer – der Gast braucht nur Zeit, das neue Ziel zu finden", wiederholte er ihre Gedanken. „So, oder so ähnlich war das doch, richtig?"

Und eigentlich hatte sich sein Ziel schon gefunden. Maren hatte es ihm auf dem Silbertablett serviert. Aber er hatte es nicht erkannt. Oder war noch nicht so weit, es erkennen zu können. Oder zu wollen. Egal, jetzt wusste er, was er tun musste.

Er nahm sein Handy, entsperrte es und rief die Nachrichten von Maren auf. Sie hatte bisher nicht geschrieben, also begann er, zu tippen.

„Hallo, Maren! Ich habe nachgedacht und ich glaube, dass ich Dein Angebot mit dem Hof gerne annehmen möchte."

Er schickte die Nachricht ab, schaute sie dann nochmals an. Schüttelte den Kopf und schrieb noch eine Zeile:

„Nein, ich weiß es ..."

Ein Haken, zwei Haken. Zwei blaue Haken. Er konnte sehen, dass sie tippte.

„Gruselig", dachte er. „Ich kann nicht nur ihre Antwort sehen, ich weiß schon vorher, dass sie antwortet!"

Sein Handy piepte – ihre Nachricht war da.

„Dann komm vorbei. Magst du griechisches Essen? Ben und ich stehen drauf. Heute, 19 Uhr?"

Es piepte erneut, diesmal war es keine Nachricht.

„Sieht aus wie eine Landkarte", dachte er, neugierig. Er tippte das Symbol mit seinem Finger an und wie durch Zauberhand öffnete sich die Navigationsapp auf dem Handy. Zeigte ein griechisches Restaurant bei Maren im Ort.

„Ach, so geht das!", grinste er. „Clever!"

„Alles klar, bis 19 Uhr!"

✦ ✦ ✦

Als Maren von der Schule nach Hause kam, war Ben bereits da – der Nachmittagsunterricht war ausgefallen, die Kollegin war krank.

„Na, Großer", begrüßte sie ihren Sohn, wuschelte ihm mit der Hand durch die immer noch zu langen Haare. Sie wusste, dass er das hasste. Und er wusste, dass es ihr Spaß machte.

Er zog den Kopf weg, protestierte. Aber nur, um den Schein zu wahren. Er würde es nie zugeben, aber er genoss diese kleinen Machtkämpfe mit ihr.

„Was essen wir heute?", wollte er wissen.

Sie war noch im Flur, zog ihre Schuhe aus und hängte die Jacke in die Garderobe.

„Griechisch", sagte sie fröhlich. Dann, etwas vorsichtiger: „Hendrik kommt vorbei."

Sie blickte Ben prüfend an, wartete auf eine Reaktion. Sie wurde nicht enttäuscht.

„Der Hendrik von gestern?", maulte er.

Sie nickte.

„Genau, der Hendrik von gestern!"

„Ich glaub, ich hol mir nen Döner", versuchte er der Situation zu entkommen. Sie ließ ihn nicht. „Wenn du mehr auf Döner als auf Grieche stehst, kann ich Hendrik das sagen. Aber ich möchte, dass wir zusammen essen."

Er spürte, es war ihr wichtig. Warum, das wusste er noch nicht, aber er würde es herausfinden. Für den Moment musste er sich allerdings geschlagen geben, das spürte er.

„Na gut, wenn es unbedingt sein muss", nölte er, wollte den Schein wahren. In Wirklichkeit freute er sich auf das Essen, er liebte die griechischen Gerichte.

Sie schaute auf die Uhr, der Zeiger war gerade auf die Fünf-Uhr-Marke gesprungen. Sie hatte also noch etwas Zeit.

„Wir treffen uns um 19 Uhr dort“, sagte sie zu ihrem Sohn. „Ich mach mich jetzt erst einmal frisch.“

Er sah ihr nach, sah, wie sie im Badezimmer verschwand und wie sich die Tür hinter ihr schloss.

„Ich mach mich jetzt erst einmal frisch!“, äffte er sie leise nach.

Wer war der Typ eigentlich, ihr neuer Freund? Kampflos würde er seine Mutter nicht aufgeben, das konnte dieser Hendrik vergessen!

Im Badezimmer hatte Maren das Wasser in der Dusche angedreht, ließ es warmlaufen. Das dauerte hier im Haus immer etwas, im Dach waren sie halt am Ende der Leitung.

Sie stützte sich mit den Händen auf das Waschbecken, hatte ihren Pulli ausgezogen und betrachtete sich im Spiegel. Das Spiegelbild starrte ungeniert zurück.

„Maren. 37. Lehrerin. Mutter. Und ratlos.“

Sie schüttelte den Kopf, versuchte, einen klaren Gedanken zu finden.

„Was wird das hier eigentlich?“, fragte sie sich selbst. „Ein Abendessen? Eine Erinnerung? Eine Dummheit?“

Sie hatte noch keine Zeit gefunden, darüber nachzudenken. Als sie gestern auf den Hof ihres Bruders gekommen war, hatte sie den unbekannten Wagen gesehen.

Sie hatte sich erst einmal misstrauisch im Hintergrund gehalten. Hatte den Fremden beobachtet, der da durch die Gebäude streifte.

Erkannt hatte sie ihn nicht, aber er war ihr vertraut vorgekommen. Sie hatte ihn auch zunächst nicht richtig sehen können, doch als er über den Hof zu seinem Auto ging, traf sie die Erkenntnis wie ein Blitz.

„Richtig erkannt habe ich ihn auch da nicht", dachte sie jetzt. „Irgendwie *wusste* ich plötzlich, dass es Hendrik ist."

Der gleiche Hendrik, der ihren Bruder so einfach zurückgelassen hatte. Der seine Eltern nicht einmal bei ihrer Beerdigung besucht hatte. In den sie verschossen gewesen war, damals – als Siebzehnjährige – und der sie schnöde verlassen hatte!

„Wie habe ich dich dafür gehasst", dachte sie. Musste dann schmunzeln. Die Komik der Situation war selbst für sie unübersehbar. Oder war es eher Tragik?

„Du hattest ja keine Ahnung gehabt und ich war ja zu feige, dich auch nur einmal anzusprechen!"

Trotzdem – sie empfand es als furchtbar ungerecht, dass er nun wieder hier war und ihr Bruder für immer fortgegangen war.

„Das ist nicht gerecht", dachte sie, während ihr die Tränen in die Augen stiegen. „Das ist einfach nicht gerecht!"

Sie duschte ausgiebig, föhnte sich im Anschluss sorgfältig die Haare. Und entschied sich für eine sehr dezente Schminke. Dann schlüpfte sie in ihre Klamotten, die sie sich zurechtgelegt hatte.

„Grieche" war gleichbedeutend mit „gemütlich". Sie hatte sich für eine blaue Jeans entschieden. Dazu passend einen einfachen, aber stilvollen Pullover. Nun überlegte sie, welcher Schmuck wohl dazu passen würde.

Ben klopfte an die Tür.

„Dir ist schon klar, dass ich da auch noch rein muss?“, fragte er vorwurfsvoll. „Es ist halb sieben!“

Sie lächelte durch die Tür. „Nur noch zwei Minuten, Großer!“

Und dachte sich: „Vielleicht reicht das ja, um etwas Ordnung in meinem Kopf zu schaffen!“

✦ ✦ ✦

Hendrik fand den Griechen ohne Probleme. Inzwischen war es ihm auch gelungen, sein neues Handy mit dem Auto zu verbinden und direkt für die Navigation zu nutzen. Das vereinfachte vieles.

Als er das Restaurant wenige Minuten vor der vereinbarten Zeit betrat, fand er es zur Hälfte gefüllt – ein gutes Zeichen: Hier schienen die Leute gerne hinzugehen.

„Wann hatte ich das letzte Mal griechisches Essen?“, schoss es ihm durch den Kopf. „Muss eine Ewigkeit her sein!“

Er wusste nicht, ob Maren reserviert hatte. Und wenn ja, auf welchen Namen. Also gestand er dem Mann im Eingangsbereich, dass er noch auf jemanden wartete und nicht wusste, ob reserviert war.

Er erntete einen prüfenden Blick. Der Mann schien im Kopf seine Reservierungen durchzugehen. Kam sichtlich zu keinem Ergebnis. Doch genau in diesem Moment öffnete sich die Tür. Ben kam herein, mit Maren im Schlepptau.

Der Junge schob sich an ihm vorbei, begrüßte den Mann freudig.

„Moin, Savas!“

Der Angesprochene grinste breit, antwortete mit einem übertriebenen griechischen Akzent: „Moin, Ben!"

Maren schaute ihn an, begrüßte ihn ebenfalls herzlich – es war klar, dass Mutter und Sohn hier öfter zu Gast waren.

„Hallo, Savas. Tut mir leid, dass ich nicht reservieren konnte. Hast du einen ruhigen Platz für uns drei?"

Der Grieche schaute sie überrascht an, brachte sie dann aber in einer der wenig einsehbaren Nischen an der hinteren Wand des Restaurants unter.

„Ich bring euch gleich die Karte", versprach er und verschwand.

„Hallo, Maren", begrüßte Hendrik sie ganz formell. „Und Hallo, Ben!"

Der nickte nur, Maren allerdings schien erfreut, Hendrik zu sehen.

„Hallo, Hendrik", antwortete sie mit einem Lächeln. Und Ben verdrehte die Augen.

Savas kam zurück, legte drei Speisekarten auf den Tisch und gab den Erwachsenen einen Ouzo.

„Regt den Appetit an!", sagte er. Dann stellte er noch eine Cola vor Ben, zwinkerte dem Jungen zu und ließ sie wieder alleine.

Die Speisekarte bot Hendrik ein willkommenes Versteck. Er fühlte sich plötzlich unwohl, wusste nicht, wie er ein Gespräch beginnen sollte. Und so verschwand er erst einmal zwischen Tsatsiki und Grillplatte.

„Wenn du Fisch magst, kann ich dir die gegrillte Dorade empfehlen", drang sie in seine Festung ein. „Und falls dir mehr nach Fleisch ist: Die Souvlaki sind erstklassig!"

Sie bestellten und Hendrik gab Savas die Karte zurück. Es hatte ja eh keinen Sinn, sich hinter dem Ding zu verstecken.

Sie schauten sich über den Tisch hinweg an, und es war Ben, der zum Angriff überging.

„Was machst du denn in Stade? Arbeitest du jetzt hier, oder was?"

Damit erwischte er Hendrik auf dem falschen Fuß, denn der hatte verzweifelt versucht, das Gespräch mit Maren vorauszusehen.

„Ben!", zischte diese dann auch sofort, peinlich berührt.

„Ist schon gut", ergriff Hendrik das Wort. „Ich glaube, Ben hat jedes Recht, diese Frage zu stellen."

Er schaute den Jungen an, Ben wich seinem Blick nicht aus. „Attacke!", schienen seine Augen zu sagen.

„Nein, Ben, ich arbeite hier nicht. Genau genommen bin ich seit vergangener Woche arbeitslos", erklärte er seine Lage.

Dann erzählte er in wenigen Sätzen von seiner letzten Arbeit in Indien, von dem Dorf hoch oben im Himalaja und von den Projekten, an denen er dort mit seinem Team gearbeitet hatte.

„Und dann ist die ganze Organisation den Bach runtergegangen", schloss er verbittert ab. „Von einem Moment auf den nächsten waren wir nicht nur ohne Arbeit, wir waren ohne Hilfe und Unterstützung. Ich habe mich in den Süden durchgeschlagen, bin zum Flughafen. Ohne Plan. Und dann habe ich das Logo der Airline gesehen."

Er zögerte eine Sekunde, fügte dann leise hinzu: „Da wusste ich, es ist Zeit, nach Hause zu gehen."

Maren zog die Augenbrauen hoch.

„Nach Hause?“, fragte sie. Es klang sarkastischer, als es gemeint war.

Er zögerte, überlegte.

„Na ja, zumindest mal dorthin, wo ich herkomme“, gestand er ein. „Zumindest mal nach Deutschland. Dass es Stade wird, habe ich erst nach der Landung entschieden. Und ob es wieder ein Zuhause werden kann, muss ich erst noch rausfinden.“

Ben starrte gedankenverloren auf den Teller, den Savas inzwischen vor ihn gestellt hatte. Dann schaute er seine Mutter an.

„Mama kann da vielleicht helfen“, sagte er leise. Und spießte seine Gabel in das Gyros.

Die beiden Erwachsenen schauten den Jungen überrascht an, aber der hielt seinen Blick gesenkt, tat so, als würde seine Welt nur aus den Fleischstücken auf dem Teller vor ihm bestehen.

Sie aßen schweigend. Hendrik musste zugeben, dass Maren recht hatte. Die Souvlaki waren hervorragend.

Er genoss das Essen. Die herrlichen Röstaromen des Grillfleischs, das wunderbare Zaziki. Es war perfekt.

Auch Maren schien glücklich. Die hatte sich für einen Lammeintopf mit grünen Bohnen entschieden, dazu einen griechischen Rotwein.

Doch irgendwann war das Essen vorbei, die Teller waren leer, alle waren satt. Und was die Unterhaltung anging, war man wieder auf dem ersten Feld. Der Monopolyspieler würde sagen: „Auf ‚Los‘“.

„Ich habe dir die Schlüssel mitgebracht", sagte Maren plötzlich und unvermittelt. Keine Einleitung, keine Warnung.

„Das Haus ist in Ordnung, aber ich habe nicht die Kraft gehabt, es auszuräumen", fügte sie leise hinzu. „Du wirst also überall ..."

Sie brachte den Satz nicht zu Ende, aber die Bedeutung war klar. Wenn Hendrik das Haus betrat, würde er Thies finden. Oder das, was von seinem Freund in dieser Welt zurückgeblieben war.

Hendrik schluckte, starrte auf die Schlüssel, die sie auf den Tisch gelegt hatte.

„Wenn es dir lieber ist, kann ich ..."

Er stockte. Sah sie an.

„Also, ich kann mir auch eine andere Wohnung suchen", vollendete er den Satz. „Ich will nicht in euer Leben eindringen. Oder in das von Thies!"

Sie schaute ihn nun direkt an.

„Zu spät. Das hast du gestern schon getan", sagte sie. Da waren sie wieder, der Zynismus und die Härte. Aber sie entschärfte sie sogleich: „Es war auch Zeit!"

Der Satz sagte alles und nichts, dachte Hendrik. Er wusste nicht, ob sie damit meinte, dass es Zeit für seine Rückkehr gewesen war, oder dass es Zeit gewesen war, dass jemand sie aus ihrer Lethargie aufrüttelte. Egal was, er merkte, dass sie eher erleichtert als sauer darüber war.

Eine Sache war noch offen – Hendrik wusste instinktiv, dass er sich da nicht drücken durfte.

„Ben?“, wandte er sich direkt an den Jungen, „Ist das auch für dich in Ordnung? Immerhin ist es das Haus deines Onkels …“

Ben schaute ihn nicht an, nickte nur und nuschelte mit vollem Mund: „Geht schon klar!“

Damit war es entschieden. Maren schob Hendrik die Schlüssel zu.

„Willst du heute schon rein?“, fragte sie ihn.

Er schüttelte den Kopf, wollte sich noch ein wenig darauf vorbereiten, nichts übereilen.

„Nein“, sagte er bestimmt. „Ich werde aber morgen Vormittag mal rüberfahren und schauen, dass alles in Ordnung ist.“

Er schaute Maren an, hatte Angst, sie zu fragen.

„Ich nehme an, du warst nicht mehr im Haus, oder?“

Sie schüttelte den Kopf, brachte es dann doch fertig, ihn anzusehen.

„Nein, schon lange nicht mehr.“

Den Rest des Abends verbrachten sie mit leichteren Themen. Hendrik erzählte Mutter und Sohn Episoden aus seiner Zeit in Afrika und Indien, im Gegenzug berichtete Maren von den letzten zwanzig Jahren am Südufer der Elbe.

Ben hörte die meiste Zeit nur zu, warf hier und da eine Frage ein und war ansonsten glücklich, als er bemerkte, dass seine geliebte Mama für einige Stunden auf andere Gedanken kam. Sie konnte sogar lachen, stellte er befriedigt fest.

Es war kurz vor Mitternacht, als Maren erschrocken bemerkte, wie spät es geworden war.

„Oh Mist“, entfuhr es ihr. „Jetzt ist aber Schluss. Ben muss morgen in die Schule, und ich habe auch in der ersten Stunde eine Klasse!“

Sie rief nach Savas und bevor Hendrik etwas sagen konnte, hatte sie um getrennte Rechnungen gebeten.

✦ ✦ ✦

Hendrik war kurz nach Mitternacht wieder im Hotel, sah den Sohn des Hoteliers an der Rezeption und fragte ihn, ob er noch ein Bier bekommen könnte.

„Ja klar, kein Thema“, hörte er von Peer.

Er brauchte das Bier jetzt erst einmal, musste noch über den Abend nachdenken. Irgendwie war es besser gelaufen, als er erwartet hatte. Auf der anderen Seite waren auch Gewissheiten geschaffen worden, die er erst einmal verarbeiten musste.

Die Schlüssel zu Thies' Haus lagen schwer in seiner Hosentasche. Das würde kein leichter Gang werden.

Er trank sein Bier aus, dankte Peer für den Service zu so später Stunde und verabschiedete sich auf sein Zimmer.

Am nächsten Morgen erwachte er ausgeruht. Sehr zu seiner Beruhigung hatte er damit die zweite Nacht in Folge ohne seine quälenden Träume hinter sich gebracht. Er ging in den Frühstücksraum, Annika hatte die Frühschicht übernommen.

„Guten Morgen, Annika!“, begrüßte er sie. Sie zahlte ihm den Gruß mit der gleichen guten Laune zurück.

„Cappuccino, Hendrik? Oder heute mal etwas anderes?“

Er grinste. „Cappuccino, was sonst?“

Sie brachte ihm die Tasse nach wenigen Minuten, stellte sie vorsichtig ab, schaute ihn dann neugierig an.

„Darf ich fragen, was für heute auf dem Programm steht?"

Sie überraschte ihn immer wieder – aber warum nicht?

„Klar dürfen Sie fragen, Annika."

Und dann erzählte er ihr von seinem Freund Thies, von dessen Schwester Maren und von dem nun leeren Hof.

„Na, dann haben Sie ja bald eine Heimatanschrift", freute sie sich für ihn. „Schade nur, dass wir Sie dann als Gast verlieren!"

Er nickte nachdenklich. Ja, das würde in den nächsten Tagen wohl so kommen. Aber irgendwie hatte er die Hoteliersfamilie auch ins Herz geschlossen.

„Als Hotelgast, ja", erwiderte er, lächelte. „Aber wenn Ihre Mutter mir auch als Restaurantgast den Snirtjebraten serviert, komme ich garantiert vorbei."

Annika lachte. „Das wird sie bestimmt tun", versicherte sie ihm. Und freute sich, dass der ungewöhnliche Gast vielleicht nicht ganz aus ihrem Hotel verschwinden würde.

Es war schon kurz vor zehn, als Hendrik das Hotel verließ und zu seinem Golf marschierte.

„Auch mit dem Wagen werde ich mir etwas einfallen lassen müssen", dachte er. „Aber da sind ja noch einige Wochen Zeit."

Er fand den Weg zu Thies' Hof, parkte den Wagen wie beim letzten Mal zwischen den Gebäuden und schaltete den Motor aus.

„Du kannst immer noch raus aus der Sache", meldete sich seine innere Stimme. „Du kannst ihr den Schlüssel immer noch zurückgeben!"

Die Versuchung war groß, das gestand Hendrik sich ein. Er hatte Angst vor dem, was ihn hinter der Tür erwartete. Auf der anderen Seite, so sagte er sich, würde er es nie erfahren, wenn er nicht wenigstens nachschaute.

„Auf jetzt! Sei kein Feigling!", sagte er laut – eine Ermutigung für sich selbst.

Er stieg aus, ging die paar Schritte zur Haustür und holte den Schlüssel aus seiner Tasche.

Ein letzter tiefer Atemzug, dann schloss er auf und öffnete die Tür.

Aus dem kleinen Flur schlug ihm ein muffiger Geruch entgegen. Hier war seit Monaten nicht gelüftet worden!

„Puh!", stöhnte er leise und versuchte, die Luft anzuhalten. Und als das nicht mehr ging, möglichst flach zu atmen.

Die Erinnerung kam zurück, er kannte das Haus ja von früher und in den zwanzig Jahren, in denen er nicht hier gewesen war, hatte sich allem Anschein nach nichts oder nur wenig verändert.

„Links die Küche", erinnerte er sich. „Durchgang zum Esszimmer. Rechts von ihm ein Bad, ein kleines Zimmer, das Wohnzimmer, das sich wiederum zum Esszimmer öffnete."

Es war alles noch genau so, wie er es in Erinnerung hatte. Schnell durchquerte er den Flur, ging ins Wohnzimmer durch und riss zwei der alten Fenster auf.

Sofort entstand ein Durchzug. Er musste den Fensterflügel festhalten, vorne knallte die Tür zu.

„Verdammt", fluchte er. Fand im Fenster einen Plastikstopper, klemmte die Flügel fest und eilte zurück zur Eingangstür. Öffnete sie, schaute sich im Flur um. Der Ständer für den Regenschirm schien ihm ausreichend schwer, er zog ihn in die Tür, wollte verhindern, dass sie erneut zuknallte.

„Würde mir noch fehlen, ein kaputtes Fenster oder eine kaputte Tür!"

Aber alles hielt, und so ging er nacheinander durch die anderen Zimmer, öffnete in jedem mindestens ein Fenster und stellte sicher, dass es durch die Zugluft nicht zuschlagen konnte.

Dann schaute er sich um, sah die Treppe in den ersten Stock, rekapitulierte die Räume oben.

„Treppe hoch, ein Flur auf der ganzen Länge. An diesem Ende das große Zimmer, in dem früher Thies' und Marens Eltern geschlafen hatten. Die beiden Kinderzimmer – jeweils ein gleich großes für jedes von ihnen – am anderen Ende, vorne, zur Straße raus. Ein geräumiges Bad. Ein Gästezimmer."

Wieder hielt er die Luft an, ging nach oben. Öffnete auch hier die Fenster, klemmte die Fensterflügel fest. Es dauerte ein paar Minuten, dann war die Arbeit erledigt. Nun würde er warten.

Er ging erst einmal wieder raus in den Hof, wollte dem Haus die Chance geben, durchzuatmen.

„Du warst sechs Monate alleine, jetzt hol erst einmal Luft", raunte er dem Gebäude zu. Betrachtete die roten Backsteinmauern, die Holzfenster und das Reetdach.

Er hatte viel von der Welt gesehen – Afrika, Indien, Teile des Nahen Ostens. Aber die Architektur Norddeutschlands mit seinen gemütlichen Häusern vermittelte ihm immer noch ein warmes Gefühl, vor allem an Tagen wie diesem, unter einem strahlend blauen Herbsthimmel.

„Genug gelüftet", murmelte er. „Jetzt schauen wir mal, in welchem Zustand du bist!"

Er ging zurück ins Haus, schaute zuerst in das Badezimmer. Es war anscheinend alles in Ordnung. Nur die Abflüsse waren trocken, es stank nach Kanal. Er drehte den Wasserhahn am Waschbecken auf, die Brühe floss erst einmal braun aus dem Hahn. Und er war froh, dass das Fenster noch offen war.

Während das Wasser lief, zog er auch gleich die Klospülung ab, mit demselben Ergebnis. Die Schüssel füllte sich mit braunem Wasser.

„Na, viel Spaß", grummelte er. „Das wird eine schöne Wasserrechnung, wenn ich das alles durchlaufen lassen soll."

Er ließ das Wasser laufen, ging hinüber in die Küche. Der Toilette würde er später noch ein oder zwei Durchgänge verpassen. Und da er wusste, was er zu erwarten hatte, öffnete er in der Küche auch gleich den Wasserhahn.

Dann schaute er in die Schränke. Geschirr, Gläser, Besteck – alles in Ordnung. Nur, als er den hohen Schrank in der Ecke öffnete, schwirrten ihm die Motten um die Ohren.

„Ach, so ein Dreck", fluchte er. „Die Lebensmittel hätte man wirklich eher ausräumen müssen."

Und so wusste er auch, was ihn im Kühlschrank erwarten würde. Aber gut, er hatte in Afrika oder Indien auch schon

Schlimmeres gesehen. Nur würde er einen Baumarkt brauchen – zumindest eine Maske und Handschuhe wollte er dann schon haben.

Wohnzimmer und Esszimmer waren dagegen harmlos – Staub, den man einfach wegwischen konnte, und etliche tote Fliegen hinter den Fenstern. Hier würde einmal ordentlich Durchputzen schon Wunder wirken.

Blieb unten das letzte Zimmer. Er trat ein, schaute sich um. Thies musste dies zu seinem Arbeitszimmer erkoren haben – er sah einen Computer, jede Menge Papiere und Notizen ... sein Blick fiel auf die Wand. Er keuchte, musste sich am Türrahmen festhalten.

„Oh Shit“, entfuhr es ihm.

Er blickte auf die Wand, die Thies' Schreibtisch gegenüber lag. Bücher, säuberlich in den Regalen. Und ein Bilderrahmen. Von dort aus blickte ein sehr viel jüngerer Hendrik ihn an.

Thies hatte – so sah es auf den ersten Blick aus – alle möglichen Bilder von ihnen, Fotos und Teile der Schülerzeitung liebevoll zu einer Collage verarbeitet und an die Wand gehängt.

„Oh Thies ... Du hast nie zugelassen, dass ich ganz von hier verschwinde, oder?“

Die Erkenntnis traf ihn tief. Während er durch Afrika und Indien gezogen war, hatte Thies sich hier eine Erinnerung an seinen Freund an die Wand gehängt.

Während er oft wochenlang nicht an sein altes Leben gedacht hatte, musste sein Freund ihn jeden Tag gesehen haben, wenn er an seinem Schreibtisch saß.

„Das hab ich nicht verdient, Thies“, flüsterte er heiser. „Das hattest du nicht verdient, du treue Seele!“

Er schloss erst einmal das Fenster des Büros, dann die Tür – für diesen Raum würde er einen anderen Tag wählen, versprach er sich. Und Thies.

Inzwischen flossen in Badezimmer und Küche bereits klares Wasser aus den Hähnen. Er drehte sie zu, spülte die Toilette nochmals durch, dann war er zufrieden.

Im Obergeschoss war es das gleiche Bild: tote Fliegen hinter den Fenstern, braunes Wasser im Bad. Auch hier ließ er es für einige Minuten laufen.

„Gut, der Strom ist da – das Wasser läuft“, zählte er die positiven Seiten auf. „Fenster sind heil, alles scheint dicht. Aber für das Wasser muss ich einen Fachmann fragen. Wer weiß, ob das Durchspülen der Leitungen schon reicht. Und jemand müsste die Heizung prüfen.“

Er beschloss, eine kurze Nachricht an Maren zu schreiben.

> *„Haus soweit klar, ich geh mal auf die Suche nach Gas-Wasser-Sch***e! Mach Dir keine Gedanken, alles gut!“*

Er schickte die Nachricht los, erwartete keine Antwort. Es war jetzt fast 14 Uhr, die Pause in der Schule war sicherlich längst vorbei.

Und Hendrik beschloss, dass es genug für einen ersten Tag wäre. Er schloss alle Fenster, ließ aber die Türen im Haus offen, damit sich die Luft wenigstens etwas bewegen konnte. Dann trat er durch die Haustür auf den Hof, verschloss alles sorgsam und steckte den Schlüssel weg.

„Wenn ich mich richtig erinnere, war da ein Laden für Haustechnik am Friedhof", überlegte er und schaute auf seine Uhr. „Die haben bestimmt offen."

Vorsichtig wendete er den Golf, fuhr dann in den Ort hinein. Er passierte Marens Haus, hielt jedoch nicht an. Warum auch, sie war bestimmt arbeiten.

An seinem Ziel angekommen, betrat er den kleinen Laden und musste erst einmal warten, bis der Mitarbeiter die Kundin vor ihm bedient hatte.

Als er an der Reihe war, hatte er den Chef persönlich vor sich. Er erklärte in kurzen Worten seine Situation.

„Also, Herr Seversen, das ist grundsätzlich mal kein Problem", klärte der ihn auf. „Sie haben schon einiges richtig gemacht. Sie sollten das vielleicht bei ihrem nächsten Besuch wiederholen, aber im Prinzip ist das auch schon fast alles."

Der Mann dachte kurz nach, machte ihm dann ein Angebot.

„Wenn Sie wollen, komme ich oder einer meiner Leute mir das mal ansehen. Wir können dann auch gleich eine Wasserprobe nehmen und auf Schadstoffe und Bakterien prüfen", bot er an. „Dann wissen Sie, ob Sie das Wasser bedenkenlos verwenden können."

Hendrik war sofort einverstanden. Und da war ja auch noch die Heizung.

„Könnten Sie bei der Gelegenheit auch gleich mal nach der Heizung schauen?", fragte er.

Der Chef nickte.

„Klar, können wir machen. Wissen Sie denn, wann die Heizung zum letzten Mal gewartet wurde?"

Da musste Hendrik passen – und er bezweifelte, dass Maren die Antwort dazu hatte. Also ging er pragmatisch vor.

„Nein, keine Ahnung. Und ich würde sagen, wir machen es uns einfach und führen die Wartung jetzt durch. Was erledigt ist, ist erledigt!“

Sie vereinbarten einen Termin für den Nachmittag des folgenden Tages. „Sie haben Glück, ein anderer Kunde hat mir kurzfristig abgesagt“, erklärte der Mann ihm.

Und Hendrik war froh, so schnell einen Fachmann ergattert zu haben.

Danach gab es für ihn hier nichts mehr zu tun – und er fuhr zurück nach Stade. Und stellte erfreut fest, dass er inzwischen selbst den dichten Berufsverkehr gelassen meisterte.

„Alles nichts gegen Mumbai oder Nairobi“, ging es ihm dabei durch den Kopf. Er musste grinsen. „Hier benutzen sie sogar meistens den Blinker!“

Im Hotel angekommen, winkte er dem Hotelierspaar im Vorbeigehen zu.

„Ich erzähle Ihnen alles später“, versprach er. Er konnte an ihrem Lächeln sehen, dass sie durchaus Anteil an seinem Schicksal zu nehmen schienen.

Nach der Dusche – und in sauberer Kleidung – fühlte er sich wieder frisch.

„Auch so ein Problem, das ich lösen muss“, überlegte er. „Meine Wäsche reicht noch für maximal vier Tage.“

Er rechnete kurz nach. Wenn es übermorgen mit dem Termin klappte, und wenn alles in Ordnung war, und wenn er bei Thies eine Waschmaschine fand ... dann hatte er kein Problem.

„Das sind verdammt viele ‚Wenn', lieber Hendrik", ermahnte er sich selbst. Nur, um sich dann mit einem leichten Schmunzeln zurechtzuweisen. „Und wenn nicht, dann kaufe ich mir halt noch was!" Noch ein *Wenn*.

Er schaute auf die Uhr – mittlerweile war es Viertel nach sechs. Er rief Maren an, hoffte, dass er sie nicht stören würde.

„Verhoeven", hörte er ihre Stimme am anderen Ende der Leitung.

„Hallo, Maren, Hendrik hier", begrüßte er sie. „Hast du die Nachricht gesehen?"

Als sie antwortete, klang ihre Stimme durch das Telefon erfreut. Vielleicht sogar etwas aufgeregt?

„Ja, hab ich – danke, dass du nach dem Haus gesehen hast. Bist du schon eingezogen?"

Er verneinte, erzählte ihr von den Wasserleitungen und dass er erst einmal einen Fachmann nachsehen lassen wollte. Und bei der Gelegenheit gleich die Heizung warten ließe. Sie schwieg.

„Ach, und Maren? Das geht auf meine Kosten, hörst du?"

Sie protestierte, sagte, dass sie kein Geld von ihm wolle und er nicht für Thies' Haus bezahlen könne.

„Sieh es doch einfach als Miete an", schlug er ihr vor. „Du hast ja nicht gesagt, ob du etwas dafür haben willst, dass ich da wohne. Aber umsonst möchte ich das auch nicht!"

Damit konnte sie leben – und Hendrik hatte das Gefühl, dass sie beide das Thema sehr elegant aus der Welt geschafft hatten. Er war zufrieden.

„Ich werde morgen wieder da sein, ich muss mal schauen, ob ich Putzmittel, Staubsauger und so weiter finde … und dann mache ich erst einmal in den Zimmern nach und nach klar Schiff!“

Sie freute sich, dankte ihm nochmals und versprach, ihn morgen am frühen Nachmittag mal anzurufen – sie hatte ihre letzte Unterrichtsstunde bis vierzehn Uhr.

✦ ✦ ✦

Als er das Restaurant betrat, freute er sich: Einige weitere Tische waren belegt. Das Hotel würde also heute Abend etwas mehr Umsatz machen als am Wochenende.

Helene Krohn hatte ihn schon gesehen, bedeutete ihm mit einer Geste, sich einen Platz auszusuchen, und wandte sich zunächst dem anderen Tisch zu. Hendrik beobachtete sie.

Vier Personen. „Sieht nach den Eltern mit zwei Kindern aus“, dachte er.

Wobei es eher Jugendliche waren. Er schätzte das Mädchen auf etwa vierzehn Jahre, den Jungen ein klein wenig älter, vielleicht sechzehn.

Nach einigen Minuten stand die Wirtin an seinem Tisch, schaute ihn aufmerksam an und fragte dann nach seinen Wünschen.

„Ein alkoholfreies Bier“, begann er seine Aufzählung. „Dann, was immer Sie mir heute empfehlen können – quasi als Abschluss eines arbeitsreichen Tages. Und später, wenn Sie Lust haben, etwas Gesellschaft.“

Sie lachte, notierte sich alles – und versprach ihm dann, sich später zu ihm zu setzen.

„Ich bin ja auch neugierig, was Ihr Tag so gebracht hat", verriet sie ihm.

Das Essen kam wenig später: Rinderrouladen, Rotkohl, Kartoffeln. Hausgemacht. Wie alles hier. Als die Wirtin ihm den Teller servierte, lag ein spitzbübisches Funkeln in ihren Augen.

„Der Koch lässt ausrichten, dass hier ist für einen Heimkehrer", sagte sie mit einem leisen Lächeln. „Und er lässt außerdem ausrichten: ‚Willkommen zurück!'"

Hendrik sah sie überrascht an.

„Der Koch kennt mich?"

Sie lachte leise. „Sagen wir mal so: Wir sind ein kleines Haus und ein eingeschworenes Team. Und möglicherweise hat mein Mann über dem einen oder anderen Küstennebel ein wenig was erzählt."

Er nickte langsam.

„Dann richten Sie dem Koch meinen Dank aus – und sagen Sie ihm bitte, das ist die beste Art, einen Heimkehrer zu empfangen, die man sich vorstellen kann!"

Helene Krohn ging zu den anderen Gästen hinüber und ließ Hendrik mit seinem Teller und seinen Gedanken zurück. Der warme, würzige Geruch, der ihm in die Nase stieg, war wie ein lange vermisster Gruß aus einer Welt, von der er erst jetzt merkte, wie sehr sie ihm gefehlt hatte.

Während er aß, sah er zu dem anderen Tisch hinüber – die Familie war ins Gespräch vertieft. Die Tochter warf ihm gelegentlich einen neugierigen Blick zu, der Sohn schien eher gelangweilt.

Ein unaufgeregter Abend. Einen, wie er ihn brauchte. Ohne Stress, ohne Hektik.

Als die Chefin des Hauses sich später mit einem Glas Wein zu ihm setzte, war noch nichts über den Tag erzählt. Aber beide wussten, der Abschied rückte näher.

„Morgen?", fragte sie ihn.

„Vielleicht", grübelte er. „Aber eher übermorgen, denke ich."

Sie hob ihr Glas, prostete ihm zu.

„Dann auf übermorgen. Und auf Ihr Heimkommen! Und nennen Sie mich doch einfach Helene!"

Er stieß mit ihr an, beide tranken bedächtig.

✦ ✦ ✦

Hendrik verbrachte eine weitere ruhige Nacht im Hotel. Er frühstückte nur kurz und machte sich dann auf den Weg.

Unterwegs legte er einen Zwischenstopp bei einem der größeren Supermärkte ein. Die Liste der notwendigsten Dinge war er längst im Kopf durchgegangen.

„Putztücher. Reinigungsmittel. Gummihandschuhe", überlegte er. „Und FFP2-Masken!"

Der Einkaufswagen war voll, als er ihn über den Parkplatz schob. Schnell verstaute er alles im Kofferraum seines Golfs. Das würde erst einmal reichen!

Das Essen hatte er bewusst ignoriert: Er wollte später noch den nicht weit vom Haus liegenden Supermarkt ansteuern und sich da mal umsehen.

„Wäre ja blöd, für alle Besorgungen später immer nach Stade zu müssen“, hatte er sich überlegt. Nur mit den Putzmitteln wollte er auf Nummer sicher gehen!

Die Wetterlage war stabil – Hendrik war dankbar für den blauen Himmel und den Sonnenschein. Es hellte seine Stimmung auf. Nicht auszudenken, wie es bei Nebel und Dunkelheit in dem Haus wäre.

Er fuhr den Wagen in die Einfahrt, blieb direkt neben der Eingangstür stehen und lüftete das Haus nochmals durch.

Dann begann er, seine Beute an Putzmitteln und was er sonst noch so gekauft hatte, in die Küche zu tragen. Er schaute sich um.

„Das wird jetzt für die nächsten Tage mein persönliches Basecamp“, dachte er. Und schmunzelte. „Vielleicht sollte ich mir ein paar Wimpel aufhängen, wie die Bergsteiger am Everest?“

Heute nahm er sich mehr Zeit für die Küche, schaute sich den Raum erneut an.

„Eigentlich die klassische Familienküche“, dachte er sich. Da war die breite Fensterfront direkt gegenüber der Küchentür. Die Wand links von ihm hatte ebenfalls zwei Fenster, was den Raum hell und freundlich machte. Dort, in der Ecke, stand seit jeher eine Eckbank mit einem Esstisch. Das Esszimmer war den feierlichen Tagen vorbehalten.

„Ist in der Küche ja eigentlich auch viel gemütlicher“, sinnierte er. Dann ließ er seinen Blick weiter schweifen. Schränke an der Wand zum Flur, deckenhoch auf der linken Seite und halb hoch auf der rechten.

„Jede Menge Stauraum und Arbeitsfläche“, dachte er. „Wenn du kochen würdest, könntest du dich hier wirklich austoben!“

Auf der Fensterseite dann auf der breiten Front der Kühlschrank, weitere Unterschränke, der Herd, noch ein Unterschrank, dann die Spüle und daneben der hohe Eckschrank. An der Wand zum Esszimmer folgten dann weitere niedrige Schränke, einer davon der Geschirrspüler, wie Hendrik erkannte. Und der Durchgang zum Esszimmer.

Nach und nach stellte er seine Einkäufe auf den Küchentisch. Dann ging er wieder hinaus und suchte erst einmal die Mülltonnen. Es würde einiges zu entsorgen geben, befürchtete er. Er schaute sich im Hof um, konnte zunächst aber nichts sehen.

„Thies, wo hast du deine Mülltonnen?“, fragte er seinen Freund. Der antwortete ihm zwar nicht, aber Hendriks Blick fiel auf den Stall. Er ging über die Einfahrt, schob das Tor auf.

„Da seid ihr ja“, grinste er erfreut, als er die Mülltonnen fand. Papier, Restmüll, sogar zwei Tonnen Biomüll, obwohl es ein Bauernhof war.

„Und ich dachte, ihr würdet alles kompostieren“, ging es ihm durch den Kopf.

Er öffnete die Mülltonnen, rechnete mit dem Schlimmsten. Aber sie waren leer. Jemand musste wenigstens noch den Müll rausgestellt haben. Gut so!

Er griff nach der einen Biomülltonne, zog sie vor den Hauseingang und war die nächste Stunde damit beschäftigt, den Vorratsschrank und den Kühlschrank auszuräumen. Und er beglückwünschte sich erneut zu dem Entschluss, Handschuhe und FFP2-Masken gekauft zu haben.

Er war kaum fertig – der Kühlschrank und die Vorratsschränke leer, die Mülltonne voll – als ein Kleintransporter in die Einfahrt fuhr.

„Moment, ich bring gerade den Müll weg und mach Ihnen Platz", rief er dem Fahrer zu. „Schön, dass Sie so schnell Zeit für mich hatten!"

Gemeinsam mit dem Chef des Sanitärhauses und seinem Stift – zumindest hielt Hendrik den jungen Mann für den Auszubildenden – betrat er das Haus. Die beiden machten sich unverzüglich an die Arbeit.

„Im Keller bin ich noch gar nicht gewesen", entschuldigte sich Hendrik, als er nach der Heizung gefragt wurde. „Ich hoffe, dass wir da keine fiesen Überraschungen finden!"

Gemeinsam ging man hinunter in den Keller, der sich als geräumig, hell und trocken herausstellte.

„Hier hat aber mal jemand ordentlich saniert", stellte der Monteur fest, der sich als Sören Hansen vorgestellt hatte. „Das sieht alles sehr solide und sauber aus", lobte er.

Hendrik war erleichtert. Sie fanden schnell den Heizungskeller und die beiden gingen an die Arbeit – Vater und Sohn, wie sich herausgestellt hatte.

„Dann bleibt der Betrieb in der Familie!", hatte sich Herr Hansen gefreut.

„Wenn es Ihnen beiden nichts ausmacht, warte ich oben in der Küche", entschuldigte sich Hendrik. „Es gibt da noch eine Menge zu erledigen."

Die beiden nickten, waren schon ganz mit der Heizung beschäftigt. Etwa eine halbe Stunde später erklärten sie Hendrik, dass die Anlage vollkommen in Ordnung wäre, die Abgaswerte absolut der Norm entsprächen und auch die Warmwassertherme korrekt eingestellt sei.

Danach begutachteten sie das Leitungswasser, öffneten nochmals alle Hähne im Haus und prüften die Klarheit des Wassers.

Auch der mitgebrachte Test zeigte keinerlei Keimbelastung. Der Sohn erklärte das Leitungswasser für unbedenklich, der Vater nickte zustimmend.

„Lassen Sie es noch ein oder zwei Tage immer mal wieder laufen. Duschen, Wäsche waschen und so weiter ist kein Thema. Danach können Sie es auch zum Kochen und Zähneputzen verwenden“, empfahlen sie ihm.

Hendrik bedankte sich, gab beiden noch seinen vollen Namen und erklärte, dass er fortan unter dieser Adresse zu erreichen sein würde, sie die Rechnung also bitte einfach hierhin schicken sollten.

Dann verabschiedeten sie sich und Hendrik war wieder alleine im Haus. Es war kurz vor drei Uhr. Er war mit der Küche fertig.

Als Nächstes hatte er sich das Gästezimmer vorgenommen. Hendrik stieg also die Treppe in den ersten Stock hinauf. Schaute bei der Gelegenheit in die kleine Abstellkammer vor den beiden Kinderzimmern und fand – sehr zu seiner Erleichterung – einen modernen Staubsauger vor.

Dann betrat er das Gästezimmer. Der Raum war groß, sehr groß für einen Gast. Und doch der kleinste Raum hier oben.

„Was wird das sein?“, fragte er sich, schätzte dann die Maße ab. „Vielleicht fünf Meter lang und vier tief?“

Das Haus war modern gebaut, jemand hatte in die Dachschrägen hinein die Gauben sehr großzügig geplant. Drei Fenster boten dem Raum ausreichend Licht, um hell und freundlich zu erscheinen.

„Und das, obwohl du nach Norden zeigst“, dachte sich Hendrik. „Toll! Von hier aus kann ich die Apfelbäume beim Nachbarn sehen!“

Der Boden war gemacht worden, seit Hendrik das letzte Mal hier gewesen war.

„Früher war hier überall Teppich“, erinnerte er sich. Nun war es modernes, helles Laminat. „Sieht hochwertig aus, nicht das billige Zeugs aus dem Baumarkt.“

Ein Schreibtisch bot auf der linken Seite Platz zum Arbeiten. An der gegenüberliegenden Wand hatte Thies einen großen Fernseher angebracht.

Unter den Fenstern stand ein modernes Doppelbett, die Wand zum Flur hin belegte ein riesiger Kleiderschrank.

Ein typisches Gästezimmer – die Wand über dem Schreibtisch zierten ein paar großformatige Fotos der Nordseeküste. Zwei Nachttische neben dem Bett mit kleinen Lampen rundeten das Bild ab.

„Hendrik?“, rief es von unten. Er erschrak, hatte vollkommen vergessen, dass sie sich ja melden wollte. Und hatte nicht damit gerechnet, dass sie persönlich auftauchen würde.

„Hier oben“, rief er zurück und stellte den Staubsauger in den Raum. Das würde warten müssen. „Im Gästezimmer!“

Er hörte, wie sie die Treppe heraufkam, ging ihr entgegen. Für einen Moment herrschte Schweigen zwischen ihnen. Keiner wusste, was er sagen sollte.

„Hallo, Maren“, war seine wenig originelle Begrüßung. „Hallo, Hendrik“, äffte sie ihn nach. Dann mussten beide lachen. Das Eis war gebrochen.

„Schön, dass du schon so weit gekommen bist – die Küche ist ja wieder blitzeblank!“, bewunderte sie seine Arbeit.

„Ja, da war auch einiges zu tun“, sagte er leise. „Und die Monteure waren hier. Die Heizung und das Warmwasser sind in Ordnung“, ergänzte er. Sie nickte nur, schaute ihn etwas verlegen an.

„Wie gesagt, mach dir wegen der Rechnung keinen Kopf – das ist meine Miete.“

Sie nickte, schaute auf die Türen der Kinderzimmer.

„Links, das war meins“, murmelte sie dann. Hendrik erinnerte sich, musste schlucken. „Ja, rechts war das von Thies“, sagte er leise. „Da war ich noch gar nicht drin.“

Sie griff nach seiner Hand, zog ihn zur Tür des rechten Zimmers, öffnete sie und trat ein. Nichts erinnerte mehr an das alte Kinderzimmer, der Raum war eher ein Abstellraum geworden.

„Seine Sachen von damals sind schon lange weg“, beruhigte sie ihn. „Und wir werden uns daran gewöhnen müssen, dass Thies nicht mehr hier ist!“, sagte sie dann leise.

„Jetzt bist du hier und ...“, sie machte eine Pause, fuhr dann leise fort „... und ich hoffe, du bleibst es auch eine Weile.“

Sie sah ihn forschend an, suchte Antworten, die er ihr selbst noch nicht geben konnte. Antworten auf Fragen, die er bisher für sich selbst nicht beantworten konnte, nein: beantworten wollte!

„Mach dir keine Sorgen, ich habe den Handwerkern gerade vorhin erst gesagt, dass sie mich ab jetzt unter dieser Adresse erreichen", scherzte er. Es hatte lustig klingen sollen, aber er war sich nicht ganz sicher.

Er sah sie ernst an, wollte etwas sagen. Zögerte und wich dann aus.

„Sag mal, wie bist du eigentlich hergekommen, so ganz ohne Auto?", fragte er stattdessen.

„Mit dem Bus", erwiderte sie. „Der hält keine hundert Meter von hier!"

Und nach einer kurzen Pause.

„Sag mal, meinst du nicht, es hat inzwischen genug gelüftet? Es wird langsam kalt hier drin!"

Das brachte ihn wieder in die Gegenwart. Sie hatte ja recht! Und wo bitte war er mit seinen Gedanken gewesen?

„Klar, hat es – komm, wir machen die Fenster zu!"

Die beiden gingen gemeinsam durch das Haus, schlossen die Fenster im oberen Badezimmer, im Wohnzimmer und in der Küche.

Dann drehte Hendrik die Heizung an, wollte nach sechs Monaten Pause vorsichtig etwas Wärme ins Haus bringen. Er schaute auf seine Uhr.

„Was? Schon fast siebzehn Uhr?", entfuhr es ihm überrascht. Und nun spürte er auch den Hunger.

Sein Ausflug zum Supermarkt war am Mittag dem Besuch der Handwerker zum Opfer gefallen, jetzt hatte er entsprechend Kohldampf. Und kaum dachte er daran, knurrte auch sein Magen laut und vernehmlich.

„Na, verhungerst Du?“, spottete sie.

Er schaute verlegen zu Boden, erklärte ihr die Geschichte mit dem ausgefallenen Einkauf. Sie mussten beide grinsen. „Was macht Ben?“, erkundigte er sich dann.

„Der hatte bis eben Schule und müsste nun eigentlich bei einem Freund sein“, überlegte sie. „Zumindest, wenn alles nach Plan gelaufen ist.“

„Und du?“, wollte er wissen. Sie schaute ihn überrascht an, versuchte, seinen Blick zu deuten. Sah aber nur Müdigkeit in seinen Augen.

„Ich habe nachher noch eine Stunde Yoga. Und dann ist der Tag für mich auch gelaufen“, sagte sie beiläufig.

„Das ist gut“, entfuhr es ihm. „Ich bin nämlich vollkommen fertig, will nur noch ein Abendessen im Hotel und dann ins Bett!“

Er schaute sie an, bot ihr an, sie nach Hause zu fahren.

„Komm schon“, sagte er. „Liegt auf dem Weg!“

„Das ist lieb von dir. Danke!“, nahm sie das Angebot an.

Beide verließen das Haus. Er schloss hinter ihnen ab und sie stiegen in seinen Mietwagen.

„Na dann“, sagte er, nur um irgendetwas zu sagen. „Machen wir uns auf den Weg!“

Wenige Minuten später setzte er sie vor ihrer Haustür ab, sagte zum Abschied noch, dass er morgen aus dem Hotel auschecken und ins Haus einziehen würde.

„Ihr wisst ja, wo ihr mich dann findet“, rief er ihr nach. Sie drehte sich um, winkte zum Abschied.

„Dito!“

Dann war sie im Hauseingang verschwunden. Er fädelte in den Verkehr ein und machte sich auf den Weg nach Stade.

„Morgen früh muss ich erst einmal ein Möbelhaus oder so etwas finden“, überlegte er. „Und ich brauche noch Handtücher, Bettwäsche und so weiter.“

Wenn er schon hierblieb, dann wollte er etwas Eigenes. Seine persönlichen Sachen. Und mit dem Gästezimmer, das nun sein Zimmer war, würde er anfangen!

✦ ✦ ✦

Zurück im Hotel war ihm nur noch nach Essen, vielleicht einem kurzen Plausch und dann seinem Bett. Er beschloss, erst zu essen, dann zu duschen.

„Wenn ich jetzt aufs Zimmer gehe, komme ich nicht wieder runter“, da war er sicher.

Der Hotelier sah ihn, kam direkt zu ihm an den Tisch. Es waren zwar noch zwei weitere Tische belegt, ein Mann und eine Frau, die sehr offensichtlich gerne schnell auf ihr Zimmer wollten, und zwei Männer, die eher nach Geschäftsreise aussahen. Hendrik musste grinsen.

„Spannend, was man so in einem Restaurant sieht, oder?“, lachte der Hausherr. „Meine Frau hat mir gesagt, dass das heute ihr letzter Abend bei uns ist?“

Hendrik nickte.

„Stimmt, ich habe das Haus soweit vorbereitet, dass ich Ihnen nicht mehr zur Last fallen muss“, sagte er. „Obwohl es mir fast leid tut, aber Sie sind ja nicht aus der Welt!“

Der Hotelier nickte, winkte dann seine Frau zum Tisch.

„Helene, stell dir vor, du hast Recht gehabt – er will uns verlassen!“, sagte er leicht spöttelnd.

„Natürlich hatte ich Recht“, erwiderte sie und stieß ihn mit dem Ellbogen in die Rippen. „Was hast du denn erwartet?“.

Da mussten sie alle drei lachen.

„Hendrik“, sagte sie. „Dann erlauben Sie uns bitte, Ihnen noch ein Abschiedsessen zu servieren. Sönke, unser Koch, hat sich schon was überlegt.“

Hendrik schaute überrascht auf, nickte dann aber.

„Na klar, warum nicht?“, stimmte er zu. „Und wenn es nichts ausmacht, hätte ich gerne wieder ein Bier. Aber was von hier, wenn Sie haben. Und vielleicht was Besonderes?“

Der Hotelier grinste erfreut.

„Endlich mal ein Gast mit Geschmack“, entfuhr es ihm. „Die anderen wollen ja alle Jever und glauben, es wäre typisch für hier. Ich hab da was. Lieber ein Rotes oder ein Schwarzes?“

„Ich probier mal das Rote“, entschied sich Hendrik. Der Wirt nickte anerkennend.

Wenig später stand sein Bier vor ihm – zu Stade, im Ratskeller gebraut. „Das trinken die Leute, die hier zu Hause sind!“, erklärte ihm der Wirt, der sich auch ein Glas mitgebracht hatte. Er setzte sich Hendrik gegenüber.

„Zum Wohl, Herr Seversen. Und nennen Sie mich bitte Ernst, wenn es Sie nicht stört!"

„Auf dein Wohl, Ernst", erwiderte der so Angesprochene. „Ich bin Hendrik."

Und beide tranken einen großen Schluck auf die neue Männerfreundschaft. Kurz darauf kam auch die Wirtin mit dem Essen zum Tisch, schaute überrascht auf ihren Mann und stellte den Teller vor ihren Gast.

„Schmorkalb mit Wirsing und Kartoffelstampf", erklärte sie. „Mit den besten Grüßen von Sönke aus der Küche."

Ihr Mann schaute sie an, halb entschuldigend, halb herausfordernd.

„Na, wo er doch jetzt zu uns gehört, musste ich doch mit ihm auf das ‚Du' anstoßen?!"

Sie schaute ihn ernst an, die Hände in die Hüften gestemmt, der Blick kritisch.

„So?", kam es gepresst aus ihrem Mund. „Und wenn das so ist, wo ist mein Bier? Ich kann ja nicht beim ‚Sie' bleiben, wenn du solche Sachen machst!"

Er lachte, eilte zum Tresen und zapfte ihr schleunigst auch ein Bier. Brachte es behände zum Tisch und dann tranken sie alle drei auf die neu entstandene Freundschaft.

„Ich hoffe sehr, Hendrik, dass wir dich öfter hier sehen!", ermahnte Helene ihn. „Und wenn du was brauchst, wir haben immer ein offenes Ohr!"

– Aus Hendriks Tagebuch –

„Der Hof ist leer, aber überall spricht er zu mir. Alles ist fremd und doch so vertraut. Manchmal muss man wohl zu lange weg sein, um festzustellen, dass man nie wirklich gegangen ist …“

Spuren

Am nächsten Morgen war Hendrik früh wach, wuchtete seinen alten Koffer auf das Bett und packte. Die Zahnbürste ließ er noch im Bad, erst einmal wollte er zum Frühstück hinunter. Ab jetzt würde er morgens alleine für sein Wohl verantwortlich sein.

„War da eigentlich eine Kaffeemaschine in der Küche?", überlegte er. Er konnte sich nicht erinnern, aber auch das Problem würde sich lösen lassen.

Unten ließ er sich noch einmal von Annika verwöhnen: Cappuccino, Spiegeleier und zum Abschluss ein wenig von dem Sandkuchen, der schon zum Frühstück für die Gäste eine süße Gefahr darstellte.

Er genoss es, sprach auch noch länger mit ihr über ihre Ideen und Pläne für das Hotel, informierte sie, dass er zwar gehen, aber Stade nicht verlassen würde.

„Es wäre sehr schön, wenn Sie uns ab und zu besuchen würden, Hendrik", freute sie sich. Er versprach es ihr.

Wieder auf seinem Zimmer schloss er schließlich den Koffer, ließ den Blick nochmals durch den Raum gleiten.

„Freitag. Jetzt bin ich schon fast eine Woche hier und ziehe schon wieder um!“, sagte er zu seinem treuen Begleiter. „Na, schauen wir mal, wie lange wir diesmal bleiben.“

Sein Lederkoffer begleitete ihn zur Rezeption. Der Check-out verlief schnell und ohne unnötige Worte. Annika hatte schon alles vorbereitet.

„Dann bis bei Gelegenheit, Annika“, verabschiedete er sich. Sie warf ihm ein Lächeln zu.

„Auf bald, Herr Seversen!“

„Hendrik“, erinnerte er sie. „Von ‚Herrn Seversen‘ waren wir doch weggekommen.“

„Na, dann auf bald, Hendrik!“, korrigierte sie sich.

Und schon war er raus aus dem Hotel, drüben am Parkplatz, den er sich für diese letzte Nacht nochmals gegönnt hatte, und verstaute sein Gepäck dort, wo es dem Namen nach hingehörte – im Kofferraum.

Er machte einen kurzen Abstecher in den Westen von Stade, fand ein Möbelhaus und nicht weit entfernt einen großen Elektromarkt und war mit seinen Einkäufen fürs Erste zufrieden.

„Bettwäsche, eigene Handtücher, Seifenspender, Klobürste“, zählte er seine Errungenschaften auf. „Und ich weiß, wo ich meine Kaffeemaschine bekomme, wenn keine im Haus ist!“

Eine halbe Stunde später fuhr er den Wagen mit Schwung in die Hofeinfahrt, schloss die Haustür auf und trug seine Schätze hinein.

Die Waschmaschine hatte er am Vortag gefunden. Sie stand zusammen mit einem Wäschetrockner im Badezimmer im

Erdgeschoss. Er ließ sie einmal leer laufen, Kochwäsche erschien ihm sinnvoll. Danach belud er sie mit der neuen Bettwäsche und den Handtüchern und wusch das Ganze erst einmal im Schnellprogramm durch.

Er inspizierte die Küche, fand tatsächlich keine Kaffeemaschine – dafür aber heraus, dass Matthias wohl ein Fan von Tee gewesen war.

„Jede Menge Teekrüge, Filter, alles, was man so braucht", stellte er fest. Und dann fiel ihm der ganze lose Tee ein, den er am Vortag zusammen mit den anderen Lebensmitteln entsorgt hatte.

„Thies, mein Freund, beim Geschmack unseres Frühstücksgetränks hätten wir wohl keinen gemeinsamen Nenner gefunden", murmelte er. Einen Tee am Nachmittag? Gerne! Aber zum Frühstück brauchte er seinen Kaffee.

Er schaute kurz in das kleine Badezimmer.

„Läuft noch", dachte er, als er auf das Display der Waschmaschine schaute. „Noch 30 Minuten."

Er nutzte die Zeit, ging hinüber ins Esszimmer und sah die Schränke durch. Keine Überraschungen, jede Menge Geschirr, Tischdecken und sonstige Ausstattungsgegenstände.

„Was man halt so in einem Esszimmer erwarten würde", überlegte er. Und ging hinüber in das Wohnzimmer, setzte dort seine Inspektion fort.

„Scheint nicht so dein Zimmer gewesen zu sein, oder?", fragte er im Stillen seinen alten Freund. „Das sieht hier eher nach ‚repräsentieren' als nach ‚wohnen' aus."

Die Schränke, der runde Wohnzimmertisch, die Korbmöbel, die um einen Holztisch standen – alles vermittelte ihm das Flair der 1980er-Jahre. Und alles war top in Schuss.

„Benutzt worden ist das hier wohl höchstens, wenn Gäste da waren – und an Weihnachten“, überlegte er. „Eigentlich schade um den schönen großen Raum.“

„Was hätte ich denn mit all dem Platz anfangen sollen?“, schallte eine Stimme durch seinen Kopf. „Ich war ja alleine hier!“

Thies' Antwort – auch wenn er sie sich nur vorstellte – tat ihm fast körperlich weh. Er sah sich um. Thies hatte recht – ein großer Raum für einen einzelnen Bewohner? Das machte keinen Sinn.

„Ich weiß, mein Freund, ich weiß“, antwortete er im Stillen. „Das wird sich aber jetzt auch nicht ändern, oder?“

Die Waschmaschine war inzwischen fertig, er hörte ihr „Pieeeeep – Pieeeep“ durch das Haus. Zeit für die zweite Runde im Wäschetrockner.

„Kann das alles da rein?“, fragte er sich. Er hatte ja keine Ahnung. Trockner waren in Afrika und Indien eher nicht im Inventar einer Wohnung enthalten.

„Und da, wo ich war, gab's die Waschmaschine auch nicht – entweder ein besseres Hotel oder ein Waschsalon“, das war seine Wahl gewesen.

Er verfrachtete achselzuckend die gesamte Wäsche in den Trockner, fand das Schonprogramm und startete das Gerät. Nicht ohne gewissen Stolz schaute er dann der Trommel für ein oder zwei Runden zu, erfreut, dass er das Ding zum Laufen bekommen hatte.

Er holte den Staubsauger – der stand immer noch oben, dort, wo Maren ihn überrascht hatte – und saugte Esszimmer und Wohnzimmer durch. Als er fertig war, hörte er es wieder. Das vertraute Knurren in seiner Magengegend.

„Heute verpass' ich das Mittagessen nicht! Supermarkt, jetzt!"

Der Supermarkt war nicht weit weg, stellte er fest. Und er war noch näher an Marens Wohnung dran. Stellte er auch beiläufig fest.

Er würde ja noch die Grundausstattung brauchen, fiel ihm ein – der Einkauf könnte also etwas länger dauern.

„Aber erst einmal gibt es was zwischen die Kiemen!"

Folgerichtig führte ihn sein erster Weg zu dem kleinen Bäcker. Eine tolle Einrichtung, dachte er sich. Ein Bäcker direkt am Supermarkt-Eingang. Verhungern würde er schon mal nicht.

Ansonsten überraschte ihn die Größe des Marktes – zumindest angesichts des Dorfes um ihn herum.

„Perfekt eigentlich, hier bekommst du alles, was du so brauchst. Und wenn du nicht zu faul bist, kannst du das sogar zu Fuß oder mit einem Fahrrad erledigen!"

Auf dem Parkplatz wanderten dann allerlei Dinge zu seinem alten Koffer in das Heck des Wagens: Brot und Mehl, Butter und Marmelade, etwas Müsli, Joghurt und Milch, Käse und Wurst.

„Was man halt so braucht", schmunzelte er. „Außerdem im Angebot: frisches Gemüse, Nudeln, etwas Fisch und etwas

Fleisch. Jetzt müsste ich nur noch wissen, was ich damit anfangen kann ..."

Kochen, das wusste Hendrik, war nicht seine Stärke. Nicht weil er es nicht konnte, er hatte es nur nie gebraucht.

„Aber man kann ja alles lernen“, sprach er sich selbst Mut zu.

Am Hof angekommen, schleppte er erst einmal alles in die Küche und räumte den Kühlschrank ein. Dann ging er wieder hinaus, holte den Koffer aus dem Wagen und stellte ihn erst einmal in der Einfahrt ab. Demonstrativ – der Koffer sollte ja eine gute Sicht auf das Haus haben!

„So, alter Freund. Hier sind wir vor zwanzig Jahren weg – jetzt sind wir wieder da. Schau's dir nur gut an!“

Er sprach leise. Die Nachbarn mussten ja nicht gleich hören, dass „der Neue“ mit seinem Koffer redete. „Aber du bist im Moment der Einzige, mit dem ich hier reden kann – tu mir den Gefallen und sag's nicht weiter!“

Den Rest des Tages verbrachte Hendrik damit, den Hof zu durchforsten – den Stall und die Scheune hatte er ja bereits gesehen, bei den Hühnern ergab sich eine ganz praktische Frage.

„Füttert euch jetzt Maren, oder habe ich euch mit dem Haus quasi auch in Pflege genommen“, fragte er eine dicke Henne, die munter vor seinen Füßen auf dem Boden scharrte.

„Das mach ich. Ich muss dir ja erst einmal erklären, worauf die stehen!“, klang es in seinem Rücken. Maren.

Sie war mit dem Fahrrad gekommen, hatte es unbemerkt in den Hof geschoben und ihn dann bei dem Federvieh stehen gesehen. Sie schmunzelte.

„Hallo, Hendrik!“, begrüßte sie ihn.

„Etwas formell“, schoss es ihm durch den Kopf. „Aber was soll sie denn sonst sagen?“, wollte seine innere Stimme schnippisch von ihm wissen. „Soll sie dir um den Hals fallen?“

Nein, das wollte er auch nicht.

„Hi, Maren“, grinste er sie an. „Schön, dass du mir die anderen Bewohner vorstellen willst!“

Er machte eine ausschweifende Geste, zeigte demonstrativ auf das Hühnervolk. „Die wollen mir nicht sagen, was ich tun soll!“

Sie lachte – ein wenig unsicher, wie es ihm erschien. Aber sie lachte.

Gemeinsam versorgten sie die Tiere. Maren erklärte Hendrik, was zu tun sei und worauf er achten musste.

„Das Wichtigste ist, dass sie es nicht aus dem Gehege schaffen!“, schärfte sie ihm ein. „Solange sie da drin sind, sind sie sicher.“

„So um die Mittagszeit könntest du nach Eiern schauen“, erklärte sie ihm. „Wenn du selbst welche magst, nimm sie dir.“

Die restlichen Eier konnte er einfach zur Seite stellen, erklärte Maren ihm. Wichtig war nur, dass sie eingesammelt werden, bevor die Hühner sie zertreten würden.

„Hier drüben sind Kartons, da kannst du sie lagern“, zeigte sie ihm. „Und zwar so.“

Hendrik sah schon eine größere Zahl von Eiern in Kartons gestapelt – es mussten so etwa 30 oder 40 Eier sein.

„Wer soll denn das alles essen“, wunderte er sich.

„Na, wir nicht“, schmunzelte sie. „Die Nachbarin holt sie alle zwei bis drei Tage und verkauft sie in ihrem Hoflädchen“, klärte sie ihn auf. „Machen musst du nix, nur einsammeln wäre toll!“

Er nickte, hatte seine erste Aufgabe – die erste Verpflichtung nach dem plötzlichen Ende seiner Arbeit in Indien.

Maren schaute ihn prüfend an.

„Die Hühner verlassen sich auf dich!“, mahnte sie. „Und ich mich auch.“

Da war ein Unterton in ihrer Stimme – nur ganz schwach, er konnte es nicht deuten.

„Sarkasmus“, überlegte er. „Nein, wieso denn?“, fragte ihn sein kleines inneres Teufelchen. „Du würdest ihr doch nie einen Anlass dazu geben, oder?“

Sie blieb nicht lange. Ben würde bald nach Hause kommen und dann musste sie das Essen machen. Sie verabschiedeten sich. Hendrik versprach, sich am nächsten Tag bei ihr zu melden. Immerhin, so sagte er, wäre es ja Samstag und somit für Ben und sie schulfrei.

Am Abend war dann auch das obere Stockwerk so weit sauber, dass er mit sich und seiner Arbeit zufrieden sein konnte. Nur Thies' altes Kinderzimmer – die Abstellkammer – und sein Büro hatte er noch ausgelassen. Das hatte er noch nicht übers Herz bringen können.

„Aber die Zimmer laufen ja nicht weg, Thies“, schickte er seinem Freund einen stummen Gedanken.

„Nein, die Zimmer nicht“, kam postwendend die gefühlte Antwort. „Die Zimmer nicht!“

Die Sonne ging mittlerweile bereits deutlich früher unter als noch eine Woche zuvor – gegen 18 Uhr, stellte Hendrik fest. Und gegen 19 Uhr war es bereits dunkel.

Es war Zeit, sich Gedanken über das Abendessen zu machen. Heute würde ihn kein Sönke aus der Hotelküche verwöhnen, heute musste er selber ran, wenn er nicht hungern wollte.

„Solange ich mich dabei nicht vergifte", überlegte Hendrik pragmatisch, „sollte ich ja wohl irgendetwas gekocht bekommen."

Er schaute in den Kühlschrank – Paprika, Zucchini, Zwiebeln. Er hatte auf gut Glück zugegriffen. Dann betrachtete er das Fischfilet.

„Tja, dich habe ich auch gefangen, ohne zu wissen, was ich mit dir anfangen kann", grübelte er. Ihm fiel ein, was der Verkäufer im Handyladen gesagt hatte. Er hatte ja Internet!

Er zog sein Handy aus der Tasche, suchte und fand den Browser. Und begann zu tippen.

Auf „Rezept Paprika Zucchini Zwiebel Fischfilet" antwortete ihm das weltweite Wissen mit „Seelachs gebraten auf Zucchini-Tomaten-Paprika-Soße".

„Tomaten?! Siehst du, Hendrik, noch was, was du hättest kaufen können."

Und so arbeitete er sich durch das Rezept – es wurde halt „Kabeljau an Zucchini-Paprika-Gemüse mit einer Soße, die er noch üben musste", aber es schmeckte ihm trotzdem.

Den Rest des Abends verbrachte er in der Küche. Er fand den Raum eigentlich ganz gemütlich und das Licht, das Thies hier eingebaut hatte, passte perfekt.

„Hell und direkt, wenn man es braucht“, beobachtete Hendrik. Dann legte er zwei Schalter um. „Und indirekt und gemütlich, wenn man nur hier sitzen möchte!“

Er hatte im Supermarkt noch ein Buch gekauft, einen Roman. Eigentlich belanglos, aber jetzt genau das Richtige, um einfach mal abzuschalten. Er las die ersten paar Kapitel, dann fiel ihm ein, dass das Bettzeug ja noch im Trockner lag.

„Ach, Mist“, stöhnte er. „Daran hatte ich ja gar nicht mehr gedacht!“

Rasch leerte er den Trockner, schnappte sich die Wäsche und ging nach oben. Das Bett war schnell bezogen. Er gönnte sich noch eine Dusche, dann war auch er bettfertig.

„Die erste Nacht im Haus“, dachte er müde, als er das Licht ausschaltete. Dann war er auch schon eingeschlafen.

✦ ✦ ✦

Sie hatte ihn in dieser Nacht wieder besucht. Marion. Er hatte sie in seinem Traum zwar nicht erwartet, sie hatte ihn aber auch nicht so sehr überrascht, wie noch beim letzten Mal.

„Hallo, Marion“, hatte er sie begrüßt. „Willkommen hier im ‚Alten Land‘!“

Und sie hatte ihn angelächelt, sich zu ihm gesetzt und ihn nur wortlos angeblickt. Dann hatte sie genickt, zustimmend, wie es ihm erschien, und war wieder verschwunden. Dieses Mal ohne Worte. Das passte zu ihr, sie hatten sich so oft in aller Stille verstanden.

Als er aufwachte, bemerkte er die Veränderung. Kein Schweiß, kein Herzklopfen. Einfach nur der Gedanke an sie.

Und so war er auch wieder eingeschlafen, hatte durchgeschlafen und wurde erst am Morgen durch das Hupen eines Autos vorne an der Straße geweckt.

Für einen Moment musste er sich orientieren, wusste nicht, wo er war. Sah sich im Zimmer um, und dann fiel es ihm wieder ein.

„Thies' Haus", murmelte er. „Ich bin ja in Thies' Haus!"

Er stand auf, schaute aus dem Fenster. Noch hielt das schöne Wetter, aber auch diese Periode würde zu einem Ende kommen, da war er sich sicher.

„Einen Vorteil hat das hier", sagte er zu seinem Bild im Badezimmerspiegel. „Du kannst deinen Kaffee bekommen, ohne dich anziehen zu müssen."

Dann fiel ihm wieder die fehlende Kaffeemaschine ein, und er fluchte.

„Im Moment kannst du gar keinen Kaffee bekommen, du Idiot!", schalt er sich selbst. „Hättest an die dämliche Maschine denken sollen!"

Er löste das Problem auf seine Weise, zog sich an, hüpfte in seinen Wagen und holte sich zwei „Coffee-to-go" von der Bäckerei des kleinen Supermarktes.

„So, und nun zum Frühstück!"

Butter und Käse, Marmelade und Wurst, alles wanderte auf den Tisch. Dazu ein Rührei und Brot. Er betrachtete den Haufen Lebensmittel und dachte an die oft kargen und hastig heruntergeschlungenen Mahlzeiten, die er sich in seiner Zeit unterwegs gegönnt hatte. Und wünschte sich sehnlichst einen weiteren Kaffee. Allerdings war ihm auch klar, dass er kaum erneut bei der Bäckerei auftauchen konnte.

„Das wäre wirklich lächerlich“, bestätigte ihm Thies mit Bestimmtheit. „Schau mal, was du noch brauchst, und dann beweg deinen Hintern zum Elektromarkt!“

Und Hendrik würde noch einiges benötigen – er war ja letztlich mit nichts als seinem Koffer aus Indien eingetroffen.

„Nur das Handy hat sich inzwischen erledigt“, summierte er schnell seine bisherigen Erfolge auf diesem Gebiet. „Lass mal schauen – Staubsauger ist da, Kaffeemaschine brauche ich. Und ein eigener Computer wäre gut. An den von Thies kann und will ich im Moment nicht dran!“

Der Grund dafür, so sah es zumindest Hendrik, war reiner Pragmatismus. Er kannte weder Thies’ Passwort noch wollte er den Rechner neu installieren lassen.

„Wer weiß, ob da nicht noch was drauf ist, das ich später brauche.“

Und außerdem war es nun einmal Thies’ PC – und dort einzudringen wäre wie das Tagebuch eines anderen zu lesen. Und das wollte Hendrik nicht.

„Zumindest noch nicht, Thies“, sagte er entschuldigend. „Ich weiß, später werde ich nicht drum herumkommen, aber jetzt noch nicht.“

Er setzte noch ein paar weitere Dinge auf die Liste für den Elektromarkt – Kleinigkeiten wie Mehrfachsteckdosen, einen Vorrat an Batterien, einen Föhn.

„Ach ja – ein Wasserkocher wäre auch nicht schlecht“, überlegte er. „Sorry, Thies, deiner ist vollkommen verkalkt!“

Es war kurz vor 12 Uhr, als er den großen Markt erreichte. Dieses Mal war er über die Autobahn gefahren, war ihr gefolgt, als sie zur Bundesstraße wurde. Hatte sein Ziel gefunden und sich dann erst einmal ausführlich mit den endlosen Möglichkeiten der modernen Vollautomaten auseinandergesetzt.

Er war ratlos, quasi erschlagen von der Auswahl. Und die zahlreichen, sicher gut gemeinten Ratschläge des Verkäufers brachten ihn auch nicht weiter. Es dauerte, aber schließlich kam er zu einer Entscheidung.

„Cappuccino? Eindeutig ja! Einfach nur auf den Knopf drücken? Ebenfalls eindeutig ja! Beheizbare Tassenablage? Eher nein. Abnehmbarer Milchbehälter, der in den Kühlschrank konnte? Auf jeden Fall!"

In Gedanken ging Hendrik die einzelnen Punkte durch. Zum Schluss blieben drei Maschinen in der engeren Auswahl. Der Verkäufer schien zufrieden.

„Wenn Sie diese hier nehmen, dann brauchen Sie in den nächsten zwanzig Jahren auch kein neues Gerät", pries er das Wunderwerk der Kaffeekunst an. „Die lässt keine Wünsche offen, ganz ehrlich!"

Hendrik schielte unauffällig auf das Preisschild – ein stolzer vierstelliger Betrag schielte frech zurück. Er betrachtete die anderen beiden Geräte.

„Billig und Mittelfeld", dachte er. „Wie war das? Wer billig kauft, kauft zweimal?"

Und so entschied er sich für das Mittelfeld. Wehrte noch eine letzte Marketingoffensive des Verkäufers ab, ging dann mit seiner Maschine direkt vom Regal auf die Zielgerade. Und zur Kasse.

Der fleißige Mitarbeiter blieb sichtlich enttäuscht zurück, Hendrik jedoch hatte sein Ziel erreicht. Morgen früh würde er nicht zum Bäcker müssen!

Er kurvte noch ein wenig mit dem Auto herum und fand in der Nähe einen richtig großen Supermarkt, ein weiteres Möbelhaus und einige Lebensmittel-Discounter. Er beschloss für sich, dass er den kleinen Supermarkt im Ort sehr viel sympathischer fand, hier aber die Dinge finden würde, die er dort nicht bekam.

Zuhause angekommen, erinnerte er sich an die Hühner und marschierte rüber zum Gehege. Sammelte die Eier ein, sortierte sie vorsichtig in die Kartons und fütterte die Vögel. Sie hatten noch etwas Angst vor ihm, ließen sich mit dem Futter aber schon anlocken.

„Wir kommen schon miteinander klar", ermutigte er sie. „Ich will euch nicht fressen!"

„Aber nur, weil du nicht weißt, wie du sie töten, rupfen und zerlegen musst!", murmelte sein kleiner innerer Teufel. Hendrik war froh, dass das Federvieh ihn nicht hören konnte.

„Oder doch? Der Hahn schaut mich so misstrauisch an!", schmunzelte Hendrik. Dann verschloss er das Gehege sorgfältig, betrachtete sein Tagwerk und war zufrieden.

„Siehst du Maren", sagte er leise. „Diesmal kannst du dich auf mich verlassen!"

Dann packte er zunächst einmal seine neue Errungenschaft aus. Schloss die Kaffeemaschine an. Nahm sie gemäß Anleitung in Betrieb. War glücklich, unterwegs noch Kaffeebohnen ergattert zu haben, sonst wäre er jetzt aufgeschmissen gewesen. Und dann lief der erste eigene Kaffee in die Tasse.

Hendrik setzte sich mit dem frischen Kaffee an den Tisch, schloss die Augen und versuchte, den Geruch in sich aufzunehmen.

„Nicht wie in Äthiopien“, ging es ihm durch den Kopf. „Aber auch nicht zu verachten!“

Bilder blitzten vor ihm auf. Er und die Kaffeeplantagen im Hochland des wunderschönen afrikanischen Landes.

Er dachte mit Wehmut an seine Zeit dort zurück, genoss den Kaffee und schwelgte in seinen Erinnerungen. Vor seinem inneren Auge zogen Bilder vorbei, die so gar nicht zu Afrika zu passen schienen.

Grüne, sanft geschwungene Hügel, rote Erde. Er sah sich selbst, wie er mit den Einheimischen den Bau von Brunnen und Wasseraufbereitungsanlagen plante. Sah die Kaffeeplantagen, die Eukalyptusbäume, die Menschen, die hier in einer tiefen Verbindung von uralten Traditionen, vollkommener Erdung in ihrem Land und in ihrer Herkunft und der modernen Welt balancierten. Und er sah sie.

„Marion!“, sagte er leise. „Das waren schöne Zeiten. Ein tolles Land. Und leider so eine schlechte Politik für die Leute“

„Ich weiß, es hat dir da gefallen, nicht wahr?“, fragte Thies. Hendrik war überrascht. Wie konnte er auf die Idee kommen, dass sein Freund von seinen Gefühlen für Afrika wusste?

„Stimmt ja, ich hatte dir ja von da geschrieben“, erinnerte er sich vage. „Damals, als ich noch geschrieben habe.“

Der Kaffee schmeckte nicht wie in Afrika, aber er brachte Erinnerungen zurück. Hatte er unbewusst nach einer

Arabica-Mischung gegriffen? Er wusste es nicht, auf jeden Fall schaute er nun die Verpackung genauer an und stellte zu seiner Überraschung fest, dass sie nicht nur aus Äthiopien kam, sondern aus Sidamo. Genau aus der Region, in der er tätig gewesen war.

„Ja, du hattest geschrieben – und ich hatte mich über jedes deiner Lebenszeichen gefreut", flüsterte die Stimme in seinem Inneren.

Hendrik schüttelte den Kopf. War sich nicht sicher, was das werden sollte. Woher wollte er wissen, was Thies gedacht hatte?

„Hör auf mit dem Mist", ermahnte er sich. „Du machst dich nur selbst kirre!"

Er sprang auf, ging nervös in der Küche herum. Es war ein Gefühl, das er bisher nicht kannte. Oder doch, er kannte es. Wollte es aber nicht.

„Geh weg", versuchte er es mit einem Befehl. Und an sich selbst gerichtet: „Ganz ruhig, tief durchatmen!"

Es dauerte eine Weile, die innere Unruhe wollte nicht weichen, und Hendrik schritt in der Küche nervös auf und ab. Ging zu den Schränken, öffnete die Türen. Schloss sie wieder. In einem stieß er auf die Bücher, die Thies dort verwahrt hatte. Er hatte sie bisher ignoriert.

„Bücher in der Küche? Wer hat denn Bücher in der Küche?", wunderte er sich. „Na ja, außer vielleicht Kochbücher?"

Die Unruhe wollte nicht schwinden, so sehr er sich auch bemühte. Er griff wahllos in das Regal, fischte ein Buch heraus. Ließ es beinahe wieder fallen. Keuchte. Es war ein Bildband. Afrika.

„Äthiopien!“, stellte er überrascht fest. Schaute genauer hin. Es war einer dieser Fund-Raiser-Bände, die die Organisationen manchmal verkauften, um Geld einzusammeln.

„Spenden in Buchform“, erinnerte er sich. Sah auf das Logo. Erkannte es wieder. „Oh Thies, das ist von meiner Organisation!“

Langsam wurde er wieder ruhiger, beschloss, dass er für genau solche Situationen doch noch Tee brauchen würde. Und setzte sich wieder an den kleinen Tisch, das Buch nun vor sich.

Er blätterte es langsam durch, betrachtete die Bilder. Kaffeeplantagen, Kaffee-Ernte, die Waschstationen für die Kaffeebohnen.

Das war sein Auftrag gewesen. Dafür zu sorgen, dass diese *Washing Stations* nachhaltig wurden. Dass man mit der kostbaren Ressource Frischwasser schonend umging. Dass das Abwasser wieder gereinigt wurde, bevor es zurück in die Natur gelangte.

Er blätterte weiter, es waren tatsächlich Bilder seiner Organisation. Auf einigen erkannte er Menschen wieder, mit denen er gearbeitet hatte. Auf einem war er sogar selbst abgebildet, wenn auch von hinten.

„Eindeutig ich“, schmunzelte er. „An das komische Hemd kann ich mich gut erinnern. Und das da ist Marion.“

Er legte das Buch nachdenklich auf den Tisch. Wie es schien, hatte Thies es gezielt gekauft, es war gelesen, nicht nur einmal durchgeblättert worden. Die Abnutzungen und Eselsohren an einigen Seiten waren die stummen Zeugen.

„Ja, da staunst du, was?“

Da war sie wieder, die Stimme. Thies’ Stimme. Oder die Stimme seines eigenen Unterbewusstseins?

„Du bist nicht nur für dich selbst hier weggegangen“, sagte die Stimme leise. „Du bist auch für mich gegangen.“

Er musste schlucken. Schaute wieder auf das Bild. Aber es war verschwommen. Ärgerlich wischte er sich eine Träne aus den Augen. Dann schlug er es zu, brachte es zurück an seinen Platz.

„Mal schauen, was du noch hier stehen hast, alter Freund“, murmelte er.

Er ging die Bücher durch – strich sanft mit den Fingern über die Buchrücken.

„Was haben wir denn hier? Sierra Leone. Noch mal Äthiopien. Kenia und Tansania. Uganda. Der Nahe Osten. Jordanien.“

Er schluckte, plötzlich war ihm sein altes Leben so nahe, als wäre das alles gestern passiert. Und Thies hatte ihn all die Jahre begleitet, wie es schien. Nur Indien fehlte.

„Das konntest du auch nicht wissen“, flüsterte Hendrik leise. „Das hatte ich dir nicht mehr erzählt.“

Er schaute aus dem Fenster, es wurde bereits dunkel. Hendrik ging raus in den Hof, sah nach den Hühnern. Sie waren alle da, die Tür zu ihrem Gehege war gut gesichert. Alles in Ordnung. Er griff nach seinem Handy, holte es aus der Gesäßtasche. Rief *WhatsApp* auf und begann, eine Nachricht zu tippen:

„Alles in Ordnung mit den Hühnern. Bin heute etwas fertig, melde mich morgen!“

Er schickte die Nachricht ab, sah die beiden grauen Haken und wusste, dass sie sie früher oder später sehen würde.

Dann kam ihm noch eine Idee. Rasch rief er den Kartendienst auf, tippte in das Suchfeld ein: *„Lieferdienst“*.

Nichts.

„Wohl doch zu weit auf dem Land?“, überlegte er. Dann kam ihm eine andere Idee. Er suchte nach „Pizzeria“.

Volltreffer.

„Knapp 10 Minuten mit dem Auto“, stellte er zufrieden fest. „Allerdings in die andere Richtung, Richtung Buxtehude. Na, mir soll's recht sein!“

Er schnappte sich seine Jacke, schloss das Haus ab und machte sich auf den Weg.

„Hier bist du früher auch öfter mal durchgekommen“, kam es ihm in den Sinn. „Lang, lang ist's her!“

Er fand die kleine Pizzeria, wollte eigentlich die Pizza mitnehmen, entschied sich dann aber doch anders. Er konnte etwas Gesellschaft vertragen, auch wenn sie nur in Form des Wirtes und der anderen Gäste daherkam.

Während er auf sein Essen wartete und sich dabei an einem alkoholfreien Bier festhielt, musste er an seinen Freund denken. Ob er auch hier gewesen war? Kannten ihn der Wirt oder die Gäste vielleicht sogar? Wussten sie, dass er tot war?

„Thies, ich glaube, ich habe dich hier alleine gelassen“, dachte er trübsinnig. „Und es tut mir leid, dass ich nie zurückgekommen bin!“

Und Thies' Stimme war nicht an sein Haus gebunden, sie antwortete ihm auch hier. Erklärte Hendrik, dass das so nicht ganz stimmte. Dass Hendrik ihm – Thies – durch sein Gehen und sein Erleben einen Weg aus dieser ländlichen Idylle gezeigt hatte.

„Deine Geschichte in den Briefen und Mails wurden zu meinen Träumen von der Welt", erklärte Thies ihm. Und Hendrik glaubte ihm. Wollte ihm glauben.

„Vielleicht hast du ja recht, Thies", dachte er. „Vielleicht muss ich mein Leben auch aus einer anderen Perspektive sehen."

Er biss in seine Pizza, kaute nachdenklich darauf herum. Fand sie geschmacklich überaus gelungen.

„Vielleicht ist es mit meinem Leben ja genauso?", überlegte er. „Für mich ist es einfach eine Abfolge von Dingen, die passiert sind. Meistens nicht so tolle Dinge."

Er biss wieder in die Pizza.

„Aber für andere sind meine Geschichten vielleicht wirklich ein Tor in die Welt gewesen?", sinnierte er. „Weil ich gegangen bin, konnten sie bleiben?"

Er gönnte sich noch einen Nachtisch – sie hatten *Crème Brûlée* auf der Karte.

„Wer kann da schon ‚Nein' sagen?"

✦ ✦ ✦

Die nächsten Wochen vergingen wie im Flug. Hendrik war vollauf damit beschäftigt, sich mit Haus und Hof vertraut zu machen.

Wie erwartet, war das schöne Wetter verschwunden. Die Omega-Wetterlage hatte sich buchstäblich aufgelöst. Und hatte klammem, diesigem und oft auch verregnetem Herbstwetter Platz gemacht.

„Aber gut“, hatte Maren an einem Abend zu ihm gesagt, „es ist nun einmal Herbst und die Natur braucht auch ihr Wasser!“

Maren war anfangs selten, dann immer öfter zu ihm auf den Hof gekommen. Gemeinsam hatten sie den Stall durchforstet und waren mit dem Traktor die Ländereien abgefahren.

Hendrik hatte nicht gewusst, wie viele Obstbäume Thies hatte. Im Vergleich zu den großen Höfen mit acht oder zehn Hektar Anbaufläche war Thies' Hof klein, geradezu winzig.

„Knapp fünf Hektar“, hatte Maren ihm erklärt. „Aber er war ja auch alleine. Bis zu seinem Tod hat er das zusammen mit Piotr bewirtschaftet. Und mit den Saisonkräften aus Polen.“

Wie jeder Hof in der Region hatte sich Thies auf die Äpfel spezialisiert. Für ihn waren es aber nicht die neuen Sorten.

„Er hat auf die alten Apfelsorten gestanden“, sagte Maren. „Die, die sonst kaum noch einer anbaut. Für ihn war das Tradition! Und natürlich hat er auch Süßkirschen gemacht!“, fügte sie grinsend hinzu. „Die hat er geliebt!“

Außerdem, so hatte Hendrik erfahren, gab es noch einen Teil an Zwetschgen- und Birnbäumen, ein Weg für Thies, die Saison zu verlängern und das Risiko von Missernten etwas zu streuen.

Maren und er hatten lange zusammengesessen und überlegt, was sie mit dem Land machen sollten. Beiden war klar, dass sie bereits die Saison verpasst hatten und selbst die dringend notwendigen Arbeiten wie den Winterschnitt mangels Erfahrung nicht erledigen konnten. Schließlich war es Maren, die zu einer Entscheidung gekommen war.

„Ich will nicht verkaufen – das würde Thies' Andenken nicht gerecht!", erklärte sie mit Nachdruck. „Ich werde mal mit einem seiner alten Freunde sprechen."

Damit war das Thema fürs Erste vom Tisch.

An einem Abend im November hatte Hendrik dann Maren und Ben zum Abendessen eingeladen. Inzwischen lief es mit dem Kochen ganz gut, wie er fand. Und nun war er neugierig darauf, wie die beiden seine Kochkünste bewerten würden. Außerdem brauchte er die Hilfe von Ben.

Mittlerweile war das Wetter richtig schlecht geworden. Die Temperaturen waren auf knapp über den Gefrierpunkt gefallen und der Niederschlag war irgendwo zwischen Regen und Eisregen stecken geblieben. Graupelschauer halt.

„Ich hol euch mit dem Auto ab", hatte Hendrik an Maren geschrieben, die die Nachricht mit einem Emoji beantwortet hatte – zwei Hände, zum Dank gefaltet.

Ihre Antwort kam umgehend.

„Komm um 17:30, dann sind wir fertig."

„So ein richtiges Schmuddelwetter", war Hendriks Kommentar, als sie trotz des nur kurzen Weges vom Haus zum Auto und dann vom Auto zum Haus ordentlich nass geworden waren.

„Schietwedder", korrigierte ihn Ben mit Nachdruck. „Wenn du hierhergehören willst, musst du schon die richtigen Ausdrücke lernen!"

Maren zuckte zusammen. Es klang etwas zu aufsässig, fand sie. Sie schwieg, schaute prüfend zu Ben, dann zu Hendrik. Aber beiden war nichts anzumerken. Sie entspannte sich etwas.

Im Haus duftete es bereits verlockend. Ben schnupperte, stutzte, schaute Hendrik überrascht an.

„Was gibt's denn? Riecht ja fast wie Grünkohl mit Pinkel", wollte er wissen. Und fügte in seiner schnoddrigen Art direkt noch eine kleine Spitze hinzu: „Gekauft, oder?"

Jetzt war es Maren dann doch zu viel, sie wies ihren Sohn mit einem einzigen, gezischten „Ben!" zurecht. Hendrik hingegen überging die Spitze galant.

„Klar gekauft, ich kann ihn ja nicht selbst ernten!"

Er bot den beiden an, sich schnell im Bad die Haare zu föhnen, falls sie zu nass geworden waren. Und dann sollten sie schon mal ins Esszimmer gehen. Sie würden heute dort essen. Hendrik selbst verschwand in der Küche, er hatte noch was zu erledigen.

Er ging hinüber zu seinem Topf, in dem er den Grünkohl bereits seit zwei Stunden schmoren ließ. Rasch legte er die geräucherte Mettwurst zu dem Kassler und den Pinkel.

„Lass sie nur heiß werden, die müssen nicht kochen", hatte Sönke ihn ermahnt.

Und hatte ihm noch einen Tipp mitgegeben.

„So etwa 15 Minuten vor Ende der Kochzeit rührst du eine kleine Handvoll Haferflocken unter“, verriet er ihm sein Geheimnis. „Aber nimm die feinen, nicht die kernigen!“

Das würde, so hatte Hendrik es verstanden, den Grünkohl schön sämig machen.

„Und dann nur noch abschmecken – Salz, Pfeffer und ein oder zwei Esslöffel Senf, wenn du magst“, hatte Sönke das Rezept beendet. „Mehr braucht es nicht.“

Hendrik war ihm dankbar. Er war vor etwa zwei Wochen im Hotel aufgetaucht. Ernst und Helene hatten sich gefreut, ihn zu sehen. Und als sie hörten, worum es ging, hatten sie ihn nicht nur auf ein Abendessen eingeladen, nein, sie hatten auch Sönke direkt zum Tisch mitgebracht.

Und der hatte ihn in die Kunst des Kochens des regionalen Klassikers eingewiesen. Sönke hatte ihn zum Metzger geschickt.

„Kauf nicht im Supermarkt, geh zum Metzger und kauf was richtig Gutes!“, hatte er ihm eingeschärft. Dann hatte er ihm die Zubereitung erklärt und Hendrik fand, dass es denkbar einfach klang. Fast schon zu einfach!

Also hatte er am Nachmittag gemäß der Anleitung begonnen. Hatte die Zwiebeln gewürfelt und angeschwitzt, dann den Grünkohl dazugegeben und die Gemüsebrühe angegossen. Kassler und Pinkel oben drauf, fertig.

„Und dann einfach 90 Minuten auf kleiner Flamme kochen – einfach schmoren lassen, mehr will der gar nicht. Und wenn du zwei Stunden hast, dann gib ihm zwei Stunden“, war der letzte Rat des Kochs gewesen.

Maren hatte in der Zwischenzeit den Tisch gedeckt, und Hendrik hatte sein Werk in die dazu passende Schüssel umgefüllt und das Fleisch oben drauf gelegt.

Als Beilagen hatte der Koch „Zwei Sorten Kartoffeln" empfohlen – und auch das hatte Hendrik beherzigt.

Es gab die normalen Salzkartoffeln, aber er hatte zusätzlich Pellkartoffeln gekocht und diese dann mit viel Zucker und Butter in der Pfanne schnell in Bratkartoffeln verwandelt.

Beim Kosten war ihm das Wasser im Mund zusammengelaufen. Sönke hatte nicht zu viel versprochen!

Das Essen war ein voller Erfolg gewesen. Sogar Ben war aus seinem Schneckenhaus gekommen. Beide lobten Hendriks Kochkünste, auch wenn Maren scherzhaft vorschlug, das Haus nach einem gefangen gehaltenen Koch zu durchsuchen.

„Wenn du wüsstest, wie nahe du an der Wahrheit bist", dachte Hendrik im Stillen und freute sich diebisch über die gelungene Überraschung.

Nach dem Essen rückte Hendrik dann mit seinem Wunsch an Ben heraus – er würde seine Hilfe brauchen. Ben hatte die Augenbrauen hochgezogen, war offensichtlich überrascht.

„Kennst du dich mit Computern aus?", hatte Hendrik ihn gefragt.

„Klar doch", kam die Antwort des Jugendlichen. „Wer nicht?"

Wieder so eine kleine Spitze, wieder war es Maren unangenehm. Aber sie schwieg.

„Ich", bekannte Hendrik. „In den letzten Jahren musste ich nehmen, was mir mein Arbeitgeber geben konnte", erklärte er weiter. „Da, wo ich gewesen bin, bist du froh, wenn du überhaupt einen Computer hast."

Ben schaute verlegen auf den Tisch, daran hatte er nicht gedacht.

Und so konnte Hendrik einen kleinen Sieg davontragen: Ben erklärte sich bereit, mit ihm an einem der Samstage zum Laptop-Shoppen zu fahren.

Die Tage vergingen rasch. Der November mit seinen trostlosen Feiertagen trug nicht dazu bei, eine fröhliche Stimmung aufkommen zu lassen. Volkstrauertag, Buß- und Bettag sowie Totensonntag – das alles erinnerte sie an Thies.

Und auch sonst war nicht alles nur harmonisch, aber die Zeit, die Maren und Hendrik zu zweit oder mit Ben verbrachten, trug Licht und Wärme in die dunklen Novemberabende.

Es hatte sich im Ort herumgesprochen, dass die „alleinerziehende Lehrerin" mit dem „Kerl, der aus Indien oder Afrika zurückgekommen war" ein sehr freundschaftliches Verhältnis pflegte. Für manche der Alteingesessenen ein zu freundschaftliches Verhältnis.

Maren und Hendrik hatten es erfahren, als sie an einem Samstagabend Ende November wieder bei Savas waren. Die Gäste zwei Tische weiter hatten sie erkannt und ein wenig zu laut getuschelt.

Der freundliche Grieche hatte mit leisen Worten an dem anderen Tisch ein Machtwort gesprochen, doch der Schaden war angerichtet.

Und so glitten die Tage vorbei. Ende November fiel pünktlich zum ersten Advent der erste Schnee und deckte das Land mit einer weißen Schicht Unschuld ein.

✦ ✦ ✦

Für Hendrik war der Abend beim Griechen eine Art Weckruf gewesen. Es war ihm klar geworden, dass seine Anwesenheit hier und auf Thies' Hof nicht nur seine Privatsache war.

„Das hier ist ein Dorf", musste er sich in Erinnerung rufen. „Du lebst nicht *in* ihm, du lebst *mit* ihm. Und die Älteren wissen, wer du bist."

Die Erkenntnis war erst einmal erschreckend, und er fragte sich auch, was für eine Bedeutung das für Maren und Ben haben würde. Die ersten Anzeichen waren ja bereits zu sehen.

„Und Ben wird das in der Schule mitbekommen", fürchtete er. „Sie werden ihm erzählen, wer der Typ ist, der da im Haus seines Onkels wohnt."

„Und? Was machst du jetzt?", fragte sein kleiner innerer Teufel ihn an einem düsteren Morgen Anfang Dezember. „Geh doch einfach woanders hin, das wäre einfacher für dich!"

Hendrik hatte die Stimme ignoriert, sie mit Verachtung gestraft. Aber sie war immer und immer wieder zu hören gewesen.

„Geh doch einfach!"

Im Grunde genommen war das gar keine schlechte Idee, überlegte er. Das würde die Probleme für alle doch sofort lösen.

„Oder? Würde es das wirklich?“

„Du bist schon mal von hier geflohen, erinnerst du dich?“, meldete sich Thies’ Stimme in seinem Kopf. „Und? Hat es funktioniert?“

„Nur, weil es damals nicht funktioniert hat, heißt es nicht, dass es heute auch nicht funktioniert!“, erwiderte das kleine Teufelchen trotzig.

Thies’ Stimme war leise aber eindringlich.

„Weglaufen ist keine Lösung, Hendrik“, sagte sie. „Und das weißt du auch!“

„Und?“, spottete das kleine Teufelchen. „Hierbleiben ist eine Lösung? Du wirst nur alle unglücklich machen!“

Die Stimme machte eine Pause, setzte dann zum alles entscheidenden Schlag an.

„So wie du immer alle unglücklich gemacht hast!“

Die Tasse flog quer durch die Küche, knallte an die gegenüberliegende Wand und zersplitterte in tausend kleine Stücke. Der Inhalt hinterließ einen dunklen Fleck, in den man tausend Figuren hätte interpretieren können. Der Rest rann zu Boden.

„Nein“, schrie Hendrik wütend. „Ich habe nie jemanden unglücklich machen wollen! Und ich werde es diesmal nicht wieder versauen!“

Sein kleines Teufelchen schaute ihn erstaunt an – Thies schien zu grinsen. Dann verschwanden die Bilder beider, verließen ihn.

„Ich werde nicht abhauen“, wiederholte er wütend, suchte nach einem Lappen und begann, die Scherben aufzusammeln und die Wand zu putzen. Und er putzte gründlich. Sehr gründlich.

Dabei überlegte er, was er tun könnte, um die Situation zu verbessern. Und kam zu einem Entschluss.

„Wenn sie über dich reden wollen, dann gib ihnen etwas, worüber sie reden können“, beschloss er. „Aber das Drehbuch, das schreibst du!“

Dann griff er nach seinem Handy, musste ein wenig suchen und notierte sich ein paar Telefonnummern. Am nächsten Tag hatte er einen Termin beim Friseur an der Kirche. Dann auf der Gemeindeverwaltung einen Tag später. Und für Montag nächster Woche hatte er einen Termin bei einem Arzt ergattern können.

„Nen neuen Hausarzt brauchst du ja eh“, hatte er sich gesagt. „Und warum nicht den von früher? Auch wenn die Praxis jetzt der Sohn hat?“

Mit Maren tauschte er nur wenige Nachrichten aus. Sie hatte sich nach dem Abend beim Griechen merklich rarer gemacht. Auch mit Ben hatte er keinen Kontakt, vom versprochenen Einkauf eines Computers mal abgesehen. Aber der stand ja erst am Samstag an.

Am nächsten Morgen stand Hendrik früh auf, machte sich seinen Kaffee und überdachte seinen Plan nochmals.

„Ist das wirklich so eine gute Idee?“, fragte er sich im Stillen. „Aber welche Alternativen hast du denn?“

Nach dem Frühstück stieg er ins Auto – er hatte bei dem Wetter keine Lust, zu laufen – und fuhr rüber zur Kirche. Ungefragt stellte er seinen Wagen auf Marens Parkplatz.

„Ich hoffe, Maren, du hast nichts dagegen“, entschuldigte er sich still und reumütig. Dann betrat er den Friseursalon.

Der Inhaber, allem Anschein nach nicht aus dem Alten Land, bot ihm einen Stuhl an, während er noch eine andere Kundin bediente. Fragte, ob er einen Kaffee wollte. Hendrik war nicht abgeneigt.

„Das wäre sehr nett“, sagte er. „Kaffee geht immer.“

Die Dame auf dem Stuhl neben ihm hatte die Haare eingedreht, es schien sich um eine längere Angelegenheit zu handeln.

„So, was darf ich für Sie tun?“, wollte der Friseurmeister wissen. „Sie sind neu hier, oder?“

Da war sie, die alles entscheidende Frage.

„Ja und nein“, hörte Hendrik sich antworten. „Ich komme von hier, bin aber vor zwanzig Jahren weg und erst letztens wiedergekommen. Hendrik Seversen. Aber nennen Sie mich bitte Hendrik“, stellte er sich vor.

Fast musste er grinsen, als er aus dem Augenwinkel heraus die Reaktion der Kundin sah. Die hatte natürlich alles mit angehört, wollte sich aber auf keinen Fall etwas anmerken lassen.

„Na gut, Hendrik“, sagte sein neuer Friseur. „Was kann ich denn für Sie tun?“

Hendrik entschied sich für einen Haarschnitt und eine Nassrasur – er wollte möglichst viel Zeit haben, um mit dem Friseur zu reden.

Der Friseur klapperte mit seiner Schere, legte dann los. „Wo waren Sie denn die letzten Jahre, Hendrik?“

Die Vorlage war perfekt. Hendrik erzählte ihm eine fein abgestimmte Version seines Lebens.

„Und ja, es ist nicht alles perfekt gelaufen", schloss er dann. „Ich war zu lange weg, auch, als mich meine Eltern hier gebraucht hätten. Aber wir waren immer in Kontakt, wissen Sie? Das Internet macht ja heute so vieles möglich."

Der Friseur nickte, er konnte das gut nachvollziehen. Die Kundin auf dem anderen Stuhl war immer noch verzweifelt bemüht, kein Wort zu verpassen.

„Hör du nur gut zu", grinste Hendrik in sich hinein. „Genau das sollst du ja!"

Und dann setzte er seinerseits zum finalen Streich an.

„Und können Sie sich vorstellen, was los war, als ich in das Haus von meinem Freund eingezogen bin, um seiner Schwester und dem Neffen etwas beizustehen?", fragte er scheinheilig.

„Jetzt glaubt das ganze Dorf, ich wäre nur an einem Verhältnis interessiert! Und keiner denkt an die Familie von Thies."

Der Friseur nickte. Er hatte genau erkannt, was sein neuer Kunde da abzog und war bereit, mitzuspielen. Ausgrenzung und Gerüchte, das kannte er nur zu gut.

„Unmöglich", meinte er zustimmend. „Als hätten die Menschen nichts anderes zu tun, als über ihre Mitbürger zu lästern. Und das nennt sich dann Dorfgemeinschaft!"

Der Schnitt war fertig. Hendrik grinste den Friseur an, es folgte die Rasur. Aber naturgemäß schwieg Hendrik während der Prozedur lieber. Mit dem Messer am Hals wollte er kein Risiko eingehen.

„Sie sind nicht nur ein Meister Ihres Fachs", lobte er danach den Friseur. „Sie sind auch ein verdammt feiner Kerl! Danke für die Unterhaltung. Es tut gut, mal mit jemand Vernünftigem zu sprechen."

Hendrik zahlte, ließ ein ordentliches Trinkgeld da und entschwand zu seinem Auto. Er war sich ziemlich sicher, dass er das Thema der nächsten Kaffee-Runde oder des Kirchenkreises oder der Yoga-Gruppe sein würde.

„Und ich hoffe wirklich, du hast viele Hobbys!", wünschte er sich von der anderen Kundin. „Mit ganz vielen Freundinnen!"

Und so ging es weiter. Bei der Gemeindeverwaltung verwickelte er die nette, junge Angestellte in ein längeres Gespräch. Beim Arzt kam er extra zu früh, um auch ja genügend Zeit im Wartezimmer zu verbringen. Und er machte es sich zur Angewohnheit, regelmäßig zu den geschäftigsten Zeiten zum Metzger und zum Bäcker zu gehen, nur, um in der Schlange warten zu müssen.

„Wenn du jetzt noch jeden Sonntag nach dem Gottesdienst auf den Friedhof gehst, werden sie dich aus dem Dorf treiben", schmunzelte er. Und schob die Besuche am Grab seiner Eltern und dem von Thies auf die Zeiten kurz vor dem Schließen der Anlage.

Den Samstag mit Ben wollte Hendrik auf gar keinen Fall verpassen. Maren hatte nicht mitfahren wollen.

„Macht ihr Zwei mal, ich verstehe davon eh nichts", hatte sie gesagt. Und sie alleine losgeschickt.

Die Fahrt war schweigsam verlaufen. Ben hatte auf seinem Handy gespielt und die Kopfhörer im Ohr gehabt. Hendrik hatte seine Musik angestellt, laut genug, um sie zu hören – aber nicht so laut, dass sie von Ben als „Kontra“ verstanden werden konnte.

In der Computerabteilung war Ben dann ganz in seinem Element. Was Hendrik denn wichtig wäre an einem Computer? Ob er hauptsächlich arbeiten oder auch mal ein Spiel spielen wolle? Ob er lieber mobil mit einem Laptop wäre oder eher stationär am Schreibtisch sitzen wolle?

Hendrik versuchte, so gut es ging auf die Fragen zu antworten. Und erkannte, dass er Bens Hilfe wirklich brauchte, um hier die richtige Entscheidung zu treffen.

Am Ende verließen sie den Laden mit einem leistungsfähigen Laptop, einer zusätzlichen Tastatur und einer Maus.

„Du wirst schon sehen“, hatte Ben gesagt, „der Laptop hat Vorteile, aber 80% der Zeit wirst du am Schreibtisch sitzen und dann sind Keyboard und Maus einfach besser. Und wenn du später noch einen Monitor willst, holen wir was Passendes.“

Hendrik war ihm aufrichtig dankbar und sagte das auch. Aber er wollte den Ausflug nicht einfach so beenden.

„Hast du noch Lust, was zu essen?“, wollte er wissen. „Und wenn ja, worauf hättest du denn Lust?“

Ben, der sich sichtlich über die Anerkennung von Hendrik freute, überlegte.

„Burger wär cool, glaube ich“, meinte er dann nachdenklich. „Aber hier gibt’s nix Gescheites, da müssten wir nach Buxtehude rüber!“

Hendrik zuckte nur mit den Schultern, ihm war die Location egal. Er wollte, dass Ben sich wohlfühlte, vielleicht mal etwas bekam, was er sonst nicht so einfach bekam.

„Na, dann auf nach Buxtehude", meinte er lakonisch. „Dem Auto ist es auch egal."

Auf der Fahrt packte Ben das Handy weg, hatte auch keine Kopfhörer im Ohr. Stattdessen, und sehr zu Hendriks Verwunderung und Freude, suchte er das Gespräch.

„Warum bist du wieder hier?", fragte er direkt, aber ohne einen Vorwurf in der Stimme.

Hendrik musste kurz darüber nachdenken, Ben verdiente eine ehrliche Antwort.

„Na ja", setzte er zögerlich an, „eigentlich, weil ich nirgendwo anders mehr hinkonnte."

Die Antwort war hart, jetzt, wo er es so direkt aussprach, wurde ihm die Ausweglosigkeit seiner Situation erst richtig bewusst. Und er erzählte Ben erneut von Indien. Vom Ende seines Projekts, von dem abenteuerlichen Weg aus dem Himalaja und davon, dass er einfach den erstbesten Flug genommen hatte. Und er erklärte ihm, dass ihm einfach die Optionen ausgegangen waren.

„Es kam ja vollkommen unerwartet, ich hatte keine Zeit, mir über Alternativen Gedanken zu machen!"

Es folgte eine kurze Pause, Hendrik suchte nach den richtigen Worten.

„Weißt du", schloss er, „als ich in Frankfurt gelandet bin, hatte ich keine Ahnung, wohin ich fahren würde. Dass es dann Stade war, das war zwar kein Zufall – aber geplant hatte ich es auch nicht."

Und fügte ganz leise hinzu: „Und ich wollte meinen Freund treffen."

Ben schaute ihn nachdenklich an. Hendrik war sich nicht ganz sicher, was der Junge dachte.

„Da ist es", sagte Ben plötzlich und zeigte auf den Parkplatz des Burger-Restaurants. „Die haben hier die besten Burger weit und breit, wirst schon sehen!"

Und er sollte recht behalten. Sie redeten noch über dies und das, aber weder Ben noch Hendrik griffen die Themen mit dem Zurückkommen oder mit Thies wieder auf.

Der Moment war gekommen und verstrichen.

Später am Abend, nachdem er Ben zu Hause abgesetzt hatte und wieder in seiner Küche saß, fragte Hendrik sich, was der Junge wohl aus dieser Information für Schlüsse gezogen hatte. Und ob es richtig gewesen war, dem Thema Raum und Zeit zu geben und nicht nachzufragen.

Der nächste Morgen wartete mit strahlendem Sonnenschein auf. Als Hendrik aus dem Fenster des Gästezimmers sah, schaute er auf die vom Raureif überzogenen Apfelbäume des Nachbarn, die in der hellen Sonne funkelten und glitzerten.

„Was für ein herrlicher Tag", durchfuhr es ihn. „Und ein Sonntag."

Sein Handy piepste, eine Nachricht von Maren. Er wusste es, weil er inzwischen herausgefunden hatte, wie er ihr einen eigenen Signalton verpassen konnte.

„Fröhlichen 2. Advent", schickte sie ihm. Mit zwei Kerzen-Emojis.

Er antwortete ihr direkt, wünschte ebenfalls einen schönen zweiten Advent und dachte, das wäre es eigentlich gewesen. Sie hatten in den letzten zwei Wochen wenig Zeit miteinander verbracht.

Es piepste erneut.

„Kommst du heute Nachmittag vorbei? Wir haben Kekse gebacken und brauchen Hilfe beim Vernichten!“

Er musste grinsen, freute sich aber tierisch über die Einladung.

„Klar komme ich – wann?“

Sie tippte, er konnte es sehen. Es kam ihm immer noch unheimlich vor.

„15:30? Und bring mir mal bitte 12 Eier mit!“

Hühnereier. Als die Temperatur angefangen hatte, nachts unter den Gefrierpunkt zu fallen, hatten Maren und er die Hühner von ihrem Gehege im Außenbereich in den großen, jetzt leeren Stall verlegt.

Der war zwar nicht beheizt, aber immerhin frostfrei. Dann hatten sie den Zaun so gezogen, dass die Hühner bei geöffneter Seitentür ins Freie konnten, was nun aber hieß, dass Hendrik sie am Abend wieder in den Stall treiben musste. Das Federvieh hielt ihn beschäftigt.

Hendrik erntete immer noch jeden Tag die Eier. Allerdings waren es mit Einbruch der Kältephase deutlich weniger geworden. Und er konnte sie nicht mehr im Stall aufbewahren, er wollte nicht riskieren, dass es doch mal zu kalt wurde.

Also hatte er die Eier im Keller gelagert, da war es angenehm kühl. Und so stellte er ein Dutzend von ihnen bereit, damit er sie nur nicht vergessen würde, wenn er später zu Maren fuhr.

Der Nachmittag war ein voller Erfolg – und Hendrik hatte sogar das Gefühl, dass Ben sich über seinen Besuch freute. Auch Maren schien zufrieden. Die Kekse waren hervorragend und zu dritt vernaschten sie fast den gesamten Vorrat.

„Bah, jetzt ist mir schlecht!“, stöhnte Maren und schaute auf die Uhr. „Fast 21 Uhr“, stellte sie dann fest. „Ich glaube, das Abendessen fällt aus, und wir müssen auch irgendwann mal ins Bett. Morgen ist Schule!“

Sie schaute Hendrik entschuldigend an.

„Tut mir leid, dass du jetzt ohne Abendessen gehen musst“, sagte sie. „Das war so nicht geplant!“

Er grinste.

„Meinst du, ich könnte noch irgendetwas da reinquetschen?“, fragte er gespielt vorwurfsvoll. „Aber die Kekse waren der Hammer!“

Er verabschiedete sich von Mutter und Sohn, ging zu seinem Auto und machte sich auf den Heimweg.

Als er das Schild sah, war es fast zu spät. Er bremste scharf, zog dann den Wagen auf einen Parkplatz. Zum Glück war bei diesem Wetter kein anderes Auto hinter ihm gewesen.

„*Zum Anker*“ stand auf dem Schild. Und es war erleuchtet. Also offen.

„Ob das jetzt so eine gute Idee ist?“, fragte sich Hendrik. Dann zuckte er mit den Schultern, stieg aus. „Drauf geschissen, irgendwann muss es ja so weit sein.“

Er betrat den Gastraum. Anders als bei Savas oder gestern im Burger-Restaurant war der *Anker* eher das, was man eine Dorfkneipe nennen würde. Ein Original halt. Schon sein Vater war hier mal einen heben gegangen.

Der Wirt hinterm Tresen sah ihn, erkannte ihn. Nickte ihm zu. Hendrik nickte zurück, setzte sich auf einen der Barhocker.

„Moin“, wurde er knapp begrüßt. „Was darf's sein?“

Hendrik spürte die Blicke im Rücken, wusste, dass sie ihn anstarrten und auch, dass sie ihn erkannt hatten.

„Einfach ein Bier, bitte. Und habt ihr was zu essen für mich?“

Der Wirt machte eine Kopfbewegung, deutete mit dem Kinn auf die Schiefertafel an der Wand.

„Kannst noch Matjes haben oder Backfisch. Frikadellen sind auch noch da, glaub ich.“

Hendrik musste nicht lange nachdenken, die Frikadellen mit Bratkartoffeln klangen perfekt nach den süßen Keksen. Er bestellte, der Wirt nickte, rief etwas nach hinten in die Küche.

Hendriks Bier kam, der Wirt war ein Profi und hatte seinen Zapfhahn im Griff. Ebenso den Rest der Kneipe.

„Du bist doch der Sohn vom alten Seversen unten an der Mühle, nich?“

Die Stimme kam von hinten, aber Hendrik hatte mit so etwas gerechnet. Er drehte sich um.

„Bin ich“, antwortete er knapp, schaute den Sprecher dabei direkt an. Nicht herausfordernd, nicht konfrontativ. Nur eben direkt, wie man einen Gesprächspartner anschaute.

„Ne Schande, was mit deinem Alten passiert ist", meinte sein Gegenüber. „Warst ja nicht mal zu seiner Beerdigung da, sagt man."

In Hendrik krampfte sich alles zusammen – ja, das war es, womit er konfrontiert werden würde. Sich selbst konfrontierte. Der Wirt beobachtete ihn aufmerksam.

Hendrik holte tief Luft.

„Nee, war ich nicht", sagte er leise. „Ich war zwanzig Jahre gar nicht hier. Hab meine Mutter nicht mehr gesehen und meinen Vater auch nicht. Und Thies auch nicht."

Er drehte sich wieder um, schaute sein Bier an, nahm einen tiefen Zug.

„Sag ich ja: 'Ne Schande ist das!"

Hendrik drehte sich erneut um, etwas ruckartiger. Schaute den Mann an und setzte dann zu einer Erwiderung an. Nahm sich zurück. Er wusste, dass der andere eigentlich recht hatte.

„Stimmt, das ist es", sagte er leise. „Und ich bin nicht stolz drauf. Ganz und gar nicht! Aber ich kann die Scheiße nicht ungeschehen machen. Was also soll ich tun?"

Der Sprecher hatte sichtlich ein Bier zu viel intus, vielleicht auch zwei oder drei. Aber selbst durch diesen Nebel aus Alkohol drang die entwaffnende Ehrlichkeit von Hendriks Antwort.

„Kannste nix machen", sagte er mit schwerer Zunge. „Kannste nix machen, min Jung!"

Er drehte sich um, schwankte zu seinen Gefährten zurück.

„Musste mit leben, wie wir alle mit unseren Fehlern leben müssen."

Hendrik schaute ihm erstaunt nach. Das war anders gelaufen, als er sich das gedacht hatte. Hinter ihm klapperten Teller und Besteck, der Geruch von Frikadelle und Bratkartoffeln stieg ihm in die Nase.

„Lass es dir schmecken, Hendrik Seversen", sagte der Wirt mit einem Lächeln. „Und vergiss den alten Hansen, der hat zu viel gesoffen."

Hendrik nahm einen Bissen von dem Fleisch – es war wunderbar. Man konnte direkt sehen, dass es ihm schmeckte. Was wiederum den Wirt sichtlich freute.

„Bleibst du?", wollte er wissen.

Hendrik kaute genüsslich auf der Frikadelle, schob noch Bratkartoffeln nach. Das gab ihm Zeit, über seine Antwort nachzudenken.

„Ja, glaub schon", antwortete er. „Wenn man mich bleiben lässt."

Der Wirt nickte.

✦ ✦ ✦

Zwei Tage nach diesem denkwürdigen Abend wurde Hendrik durch einen Anruf von Maren überrascht. Es war Dienstag. Am Morgen. Er schaute auf die Uhr.

„Kurz nach neun? Sie müsste doch eigentlich in der Schule sein!", wunderte er sich, als er den Anruf annahm. „Guten Morgen, Maren, das ist ja eine Überraschung!"

Er hörte sie am anderen Ende der Leitung lachen.

„Da sagst du was. Aber ja, das ist eine Überraschung, für uns alle."

Dann erklärte sie ihm, was in der Schule vorgefallen war. Dass der Hausmeister am Morgen bei seinem Rundgang die Räume eisig kalt vorgefunden hatte.

Und dass er nach einem Blick auf die Heizung sofort beim örtlichen Installateur angerufen hatte.

Und dass der nach einigem Suchen auch schnell den Fehler in der Heizanlage gefunden hatte.

„Und dann hat er gesagt, er würde mindestens drei Tage für die Reparatur benötigen", erklärte ihm Maren.

Vor Hendriks innerem Auge erschienen der Monteur – Sören Hansen – und sein Sohn. Er konnte sie fast sehen, wie sie da im Heizungskeller standen, bedächtig den in die Jahre gekommenen Kessel betrachteten und sorgenvoll den Kopf wiegten.

„Na", hörte er Maren sagen, „für die Kinder und uns bedeutet das auf jeden Fall drei freie Tage. Bei knapp fünf Grad im Klassenzimmer gibt es nun einmal keinen Unterricht."

Er freute sich für sie – und für Ben. Zusätzliche freie Tage in der Vorweihnachtszeit, da würde sich sicherlich niemand beschweren. Außer vielleicht die Eltern der unteren Klassen, die nun zusehen mussten, wo sie ihre Kinder betreut bekamen, falls sie beide berufstätig waren.

„Und deswegen hatte ich mir gedacht, ich entführe dich heute", hörte er aus dem Telefon. Er war mit seinen Gedanken noch immer bei Sören Hansen und seinem Sohn, glaubte deswegen, er musste sich verhört haben.

„Wie bitte?", fragte er verdattert. „Du machst was?"

Schweigen. Dann wieder ihre Stimme – deutlich und klar, Lehrerin eben.

„Hallo, Herr Seversen! Jemand zu Hause?“, fragte sie spöttelnd. „Ich habe gesagt, ich entführe dich heute.“

Sie machte eine Pause. Legte dann vorsichtig nach.

„Natürlich nur, wenn du keine anderen Pläne hast. Ben hängt mit seinem Kumpel ab, ich habe also den Tag über frei.“

Er war immer noch verwirrt, offensichtlich brauchte er erst einmal einen weiteren Kaffee.

„Äh ...“, stammelte er. „Nein, hab nichts vor.“ Dann: „Und was machen wir?“

Er konnte förmlich sehen, wie sie ihre Augen verdrehte.

„Hol mich in 30 Minuten ab, dann sag ich dir, wo wir hinfahren.“

Er schaute auf die Uhr.

„30 Minuten? Das wird sportlich“, rechnete er. Dann, zu Maren: „Alles klar, dann bis gleich!“

Sie legten auf, er kam in die Gänge. Duschte schnell, zog sich etwas Legeres, dem Wetter entsprechendes an – er wusste ja nicht, was sie plante. Ließ die Maschine einen weiteren Kaffee machen, während er noch ein wenig Ordnung machte.

Das alles kostete ihn knapp 10 Minuten, er lag in der Zeit. Wieder rein in die Küche, den Kaffee runtergespült. Zähne putzen. Haus kontrollieren. Und ab ins Auto.

Seit ihrem Anruf waren 25 Minuten vergangen, er konnte es gerade noch so schaffen. Und fast war es auch so. Er war genau 90 Sekunden zu spät. Sie wartete schon auf ihn.

Nachdem sie eingestiegen war, schaute er sie fragend an. Er wusste nicht, wohin.

„Ach so, ja“, fiel es ihr ein. „Fahr mal Richtung Autobahn, dann weiter nach Stade.“

Mehr wollte sie ihm nicht verraten, und er tat, wie ihm befohlen. Sie machte die Sache spannend.

Zur Autobahn brauchte er nicht lange, fädelte geschickt ein und rollte alsbald in Richtung der alten Hansestadt. Er war froh, die Miete für den Wagen nochmals verlängert zu haben, zunächst bis zum Ende des Jahres.

„Ich werde mich um ein Auto kümmern müssen“, sagte er, um das Schweigen zu brechen. „Den Mietwagen kann ich nicht ewig fahren.“

Sie wirkte überrascht, dann setzte die Erkenntnis ein. Natürlich, sie hatte sich an das Auto gewöhnt, aber nie darüber nachgedacht, wie er so schnell zu einem Wagen gekommen war. Sie hatte es einfach in der Hektik und der Sorge um den Hof übersehen.

„Mensch, Hendrik, dann sag doch mal was!“, entfuhr es ihr. „Das kostet doch nur unnütz Geld und ich kann mich mal in der Schule umhören, ob jemand was weiß!“, bot sie ihm an.

Ein Angebot, das er dankend annahm.

Sie umfuhren Stade, sie hatte nichts gesagt. Erst kurz vor dem Elektromarkt bat sie ihn, links abzubiegen.

„Wir fahren heute mal nach Bremerhaven“, eröffnete sie ihm. „Ich glaube, du kannst mal ’ne frische Brise und ’ne Luftveränderung vertragen.“

Hendrik freute sich. Er hatte nicht mit einem Tagesausflug gerechnet. Und gegen Bremerhaven hatte er nichts einzuwenden.

Die Fahrt dauerte etwas mehr als 90 Minuten. Sie führte sie einmal durch das Elbe-Weser-Dreieck. Die Landschaft war norddeutsch flach, Wälder und Moore lagen links und rechts der Straße. Und Felder. Jetzt, im Dezember, kahl und trostlos. Selbst die blattlosen Bäume der uralten Alleen, auf denen sie fuhren, boten da keinen Trost.

Manchmal ergriff ein jäher Windstoß den Wagen, nicht weiter wild, Hendrik lenkte gegen. Aber er fühlte die Kälte, den eisigen Wind, der heute aus Nordwesten auf das Land eindrosch. Und war für die Heizung im Auto unendlich dankbar.

Als sie Bremerhaven erreichten, lotste sie ihn in Richtung Hafen. Beim Anblick der schmucklosen Nachkriegsbauten erinnerte Hendrik sich an das Schicksal des alten Auswanderer-Zentrums, das im Zweiten Weltkrieg durch die Bomben der Alliierten weitestgehend zerstört worden war. Alleine die Vorstellung ließ ihn erschaudern.

Maren lotste ihn zum Hafen und in das Parkhaus direkt neben dem Klimahaus.

„So, da wären wir", verkündete sie, nachdem er den Wagen in der geräumigen unterirdischen Garage geparkt hatte.

„Ich will mit dir ins Klimahaus", eröffnete sie ihm jetzt. „Ist ein wenig privat, ein wenig beruflich", fügte sie hinzu, gerade so, als würde es einer Erklärung bedürfen.

Hendrik hatte bereits vom Klimahaus gehört, es allerdings noch nie gesehen. Soweit er sich erinnern konnte, war die

Ausstellung erst irgendwann um 2010 herum eröffnet worden, da war er schon längst in Afrika gewesen.

„Tolle Idee", freute er sich also. „Ich hab davon gehört, aber das war nach meiner Zeit hier."

Sie nickte, hatte ihm mal etwas Neues bieten wollen – eine andere Perspektive als nur Stade, das Alte Land und den Hof.

„Ich weiß, deswegen sind wir ja hier."

Die nächsten Stunden verbrachten sie in der Hauptausstellung, die, wie Hendrik schnell herausfand, eine Reise entlang des 8. Längengrades war. Einmal nach Süden, durch die Schweiz und Italien, dann rüber nach Afrika. Niger und Kamerun.

„Afrika kenne ich zwar, aber im Niger und in Kamerun bin ich nie gewesen", erzählte er ihr irgendwo zwischen Italien und dem afrikanischen Kontinent.

Sie blieb stehen, wollte mehr wissen.

„Und wo bist du hingegangen, nachdem du hier auf das Schiff verschwunden bist?"

Er sah sich um, entdeckte eine kleine Cafeteria und lotste sie hinüber.

„Also, wenn du die ganze Geschichte hören willst", hörte sie ihn sagen, „dann nur mit einem Kaffee und vielleicht einem Stück Kuchen."

Sie gingen rüber zur Theke, gaben ihre Bestellungen auf und er fragte an der Kasse, ob er sie einladen dürfe. Sie freute sich über die Rückfrage, stimmte zu.

„Ein Mann mit Manieren", überlegte sie. „Warum konnte mein Ex so was nicht haben?"

Der Kaffee tat gut und der Kuchen war hervorragend. Und Hendrik begann zu erzählen.

„Weißt du, als ich an Bord der ‚*Endurance*' gegangen bin, hatte ich keine Ahnung, was das Ziel war", gestand er. „Ich wollte hier nur weg."

Er nahm einen Schluck Kaffee, dachte zurück an die Zeit vor jetzt etwas mehr als zwanzig Jahren.

„Das Ziel war Freetown in Sierra Leone, aber das sagte mir damals nichts. Außer, dass es in Afrika lag."

Dann erzählte er von seiner Zeit dort. Wie das Land nach einem blutigen Bürgerkrieg, der erst 2002 endete, langsam wieder auf die Beine kam. Wie er in Freetown von Bord ging, nichts als seinen Rucksack dabei. Wie er vor Ort auf eine Hilfsorganisation stieß, der es egal war, ob er Erfahrung hatte oder nicht.

„Das war damals wie ein unentdecktes Land – die waren froh um jeden, der überhaupt kam und helfen wollte", erinnerte er sich.

„Wir haben geholfen, Schulen und einfache Krankenhäuser zu bauen und zu betreiben", erzählte er. „Oft hatten wir nichts, mussten improvisieren. Aber jede kleine Verbesserung half den Menschen."

Er lächelte, dachte zurück an das kleine Land in Westafrika.

„Es waren gute Zeiten – und zum ersten Mal im Leben spürte ich, dass meine Arbeit einen Unterschied machte."

Maren hörte gebannt zu – Hendrik hatte bisher nur Andeutungen über seine Zeit im Ausland gemacht, nun hatte das Klimahaus ihn zum Reden gebracht.

„Nach zwei Jahren hatte ich alles gelernt, was es zu lernen gab“, fuhr er fort. „Oder zumindest bildete ich mir das in meiner jugendlichen Arroganz ein.“

Sie erfuhr, dass er weiter nach Äthiopien gezogen war, zu einer größeren und etablierteren Hilfsorganisation. Und dass es dort nicht um den Aufbau eines zerstörten Landes ging, sondern um Wirtschafts- und Umweltförderung.

„Wir haben den Kaffeebauern geholfen, ihre Prozesse nachhaltiger und wirtschaftlicher zu gestalten.“

Das wiederum war Neuland für ihn, ebenso wie der politische Aspekt. Hier war der Umgang mit den lokalen Behörden und den unterschiedlichen Ethnien und ihren Interessen sehr viel komplexer und vielschichtiger.

„Wir haben am Anfang gute Fortschritte gemacht, aber die politische Lage erforderte mehr und mehr Kompromisse. Marion und ich mochten das nicht, aber es war nun einmal so.“

Er zuckte mit den Schultern, schaute nachdenklich auf den Boden seiner leeren Kaffeetasse.

„Egal, wo du hinkommst – das Geld, die Gier und die Korruption sind schon da“, fasste er resigniert zusammen.

Maren, die bis dahin schweigend zugehört hatte und auch die Pausen mit ihm ertrug, wagte eine erste Frage.

„Marion?“

Er sah sie an, seine Augen wurden weich. Sie sah, dass das ein sehr delikates Thema war.

„Marion“, sagte er leise. „Sie hat auch im Projekt gearbeitet. Sie kam aus Heidelberg, ich aus Hamburg. Wir waren die beiden einzigen Deutschen und schnell auch ein Paar.“

Er stockte, schwieg dann für eine ganze Zeit. Maren kam es vor wie eine Ewigkeit, aber sie wusste, dass sie warten musste.

„Im Hochland ist nach drei Jahren alles den Bach runtergegangen“, setzte er leise wieder an. „Ich war an dem Tag in der Hauptstadt, das sind mal knapp 400 Kilometer.“

Er dachte an Afrika, an die Straßenverhältnisse, an die endlosen Pisten und die ständigen Kontrollen.

„Selbst, wenn alles glattgeht, sind das etwa zwölf bis fünfzehn Stunden Fahrt. Und dann die ewigen Militärposten.“

Er stockte.

„Jeder will seinen Anteil, ohne Cash kommst du da nicht weit. Wir hatten ein Satelliten-Telefon dabei, etwa auf halber Strecke meldete sich unser Team, das wir vor Ort zurückgelassen hatten.“

Seine Stimme stockte, Tränen stiegen ihm in die Augen. Erschrocken griff Maren nach seiner Hand.

„Sie ...“, begann er langsam. „Sie hatten den Ort abgeriegelt. Zwangen die Bewohner aus den Häusern. Marion und das Team ...“, wieder eine Pause. „Sie haben versucht, zu verhandeln. Haben Geld geboten, hatten uns immer am Telefon, damit wir Bescheid wussten.“

Wieder eine endlos wirkende Pause.

„Wir wollten umkehren, aber unsere Fahrer haben sich geweigert. ‚Zu spät‘, haben sie gesagt. Und dass wir uns selbst retten sollten.“

Er brauchte jetzt ein paar Minuten, Maren spürte es. Sie hatte das nicht geplant, hatte ja keine Ahnung gehabt. Aber es schien ihr eine gute Sache zu sein, dass er jetzt darüber sprach. Zumindest hoffte sie, dass es eine gute Sache war.

„Der Kontakt ist dann abgerissen, wir haben die Schüsse über das Telefon gehört. Danach nichts mehr“, beendete er seine Erzählung tonlos. „Wir sind dann raus aus dem Land, direkt von Addis Abeba aus rausgeflogen worden. Evac-Flug der UNO, nach Nairobi.“

Sie traute sich nicht, nachzufragen. Hatte Angst vor der Antwort. Und wollte es doch wissen. Aber vielleicht war jetzt nicht der richtige Zeitpunkt.

Hendrik holte tief Luft, schaute sie nachdenklich an.

„Da war dann meine ganze Euphorie und mein Idealismus zum Teufel“, sagte er leise und versuchte ein schiefes Lächeln. „Ich habe noch zehn Jahre in Afrika ausgehalten, diesmal von Nairobi aus.“

Er erklärte ihr, dass in Kenia das Umfeld stabiler war, der Tourismus bescherte dem Land bescheidenen Wohlstand. Alle großen Hilfsorganisationen arbeiteten von Nairobi aus, koordinierten von dort ihre Projekte im Osten Afrikas.

Er hatte Projekte in Kenia, in Uganda, in Tansania – oft mehrere gleichzeitig. War für die Budgets verantwortlich und schrieb sonst seine Berichte von seinem Schreibtisch in einem klimatisierten Büro im 24. Stock eines modernen Wolkenkratzers.

„Nairobi ist seltsam“, erinnerte er sich. „Im Zentrum fast europäisch, modern, fortschrittlich. Und direkt daneben hast du die Slums mit den Ärmsten der Armen.“

Er wurde wieder leise. „Und ich habe die ganze Zeit nach ihr gesucht.“

„Wann immer wir Nachrichten aus Äthiopien bekamen, suchte ich nach einer Spur. Aber mein Team war verschwunden.“

Wieder eine Pause.

„Wir haben nie herausgefunden, was mit Marion und den anderen passiert ist. Sie waren einfach … fort.“

Und tonlos fügte er hinzu „Afrika hat sie einfach verschluckt.“

Von Nairobi aus war er dann nach Jordanien gegangen, wollte wieder mit den Menschen arbeiten und hatte die Not in den syrischen Flüchtlingslagern gesehen.

„Weißt du, ihr wundert Euch, dass ihr mit den Flüchtlingen auch die kaputten Menschen bekommt“, erklärte er ihr leise, gerade so, als ob das Thema nicht diskutabel wäre.

„Aber ich war in den Lagern dort und ich habe gesehen, was der Bürgerkrieg aus den Menschen gemacht hat. Ist doch klar, dass da keiner unbeschadet rauskommt!“

Die schiere Masse an menschlichem Leid, die Hoffnungslosigkeit und die eigene Hilflosigkeit hatten dann ihren Tribut gefordert.

„Massiver Burn-out, das war die Diagnose meines Arztes.“

Er schaute sie an, hob hilflos die Schultern.

„Ich bin dann einige Monate durch Südostasien getrieben, kein Ziel, kein Job. Bin am Ende in Indien gelandet. Ganz oben, im Norden.“

Sie sah die Erinnerung in seinen Augen aufsteigen, war neugierig und wartete einfach.

„Du müsstest den Himalaja mal sehen“, erklärte er ihr. „Berge, so hoch wie der Himmel! Einige davon über achttausend Meter und viele ohne Namen und noch nie von einem Menschen bestiegen!“

Er hatte sich ganz bewusst ein kleines, abgeschiedenes Projekt gesucht.

„Eine kleine NGO, weit weg von den großen Krisen und der Bürokratie!“, sprudelte es aus ihm heraus. „Endlich wieder Arbeit mit den eigenen Händen. Wir haben Schulen gebaut, die Wasserversorgung sichergestellt.“

Er machte eine Pause.

„Und ich habe meinen Frieden mit der Welt machen können. Es hat gerade lange genug gehalten.“

Und dann umriss er seinen überstürzten Aufbruch, die Gründe für das Zusammenbrechen seiner Trägerorganisation und seine ungeplante Abreise mit dem einzigen Ziel, das ihm noch blieb: Deutschland.

„Und so bin ich dann in Frankfurt gelandet, habe mir den Wagen gemietet und bin zurück nach Stade. Und da bin ich nun.“

Für eine Weile saßen sie schweigend nebeneinander. Ein harmonisches Schweigen, keine peinliche Stille.

„Hast du vielleicht noch Lust, rüber ins Auswandererhaus zu gehen?“, fragte Maren nach einiger Zeit. „Aber nur, wenn du wirklich Lust hast.“

Er zuckte mit den Schultern, ihm war es egal. Aber vielleicht könnte er da seine Gedanken wieder einfangen.

„Na, wenn wir doch schon mal hier sind, warum nicht?“

Und so wechselten beide das Museum. Sie hatten es ja nicht weit – einmal über den Verbindungskanal der Hafenbecken und rein in das andere Museum.

Als Maren das schlicht wirkende Gebäude betreten hatte, musste sie sich erst einmal orientieren. Sie wusste nicht wirklich viel über die Geschichte der Auswanderer aus ihrem Heimatland.

Da war die Gruppe jener frühen Auswanderer, die ab dem späten 17. Jahrhundert das vom Dreißigjährigen Krieg verwüstete Land mit der Hoffnung auf eine bessere Zukunft verließen.

Diese Menschen, so lernte sie, gingen auf der Suche nach religiöser Selbstbestimmung. Die noch jungen Vereinigten Staaten von Amerika waren ebenso das Ziel wie das unter Zarin Katharina der Großen aufstrebende Russland.

Es folgte eine zweite Welle Anfang des 19. Jahrhunderts. Hungersnöte, das Ende der napoleonischen Herrschaft, das Scheitern der Revolution 1848/49 trieben die Menschen erneut in die USA, aber auch nach Südamerika und sogar bis Australien.

Die letzte große Auswandererwelle erlebte Deutschland dann ab 1933 unter der nationalsozialistischen Herrschaft. Politische, rassistische und religiöse Verfolgung trieben die Menschen aus dem Land. Wer flüchten konnte, floh. Und wieder waren es die Vereinigten Staaten, aber auch Großbritannien und Palästina, die die Menschen aufnahmen.

Natürlich hörte das Auswandern danach nicht auf. Private Fernsehkanäle hatten in den letzten Jahren immer wieder die vermeintlichen Geschichten von Deutschen erzählt, die ihr

Glück in der Ferne suchten: Mallorca, Thailand, die USA – das waren einige der Ziele. Maren hatte sich oft gefragt, wie viel von dem Gezeigten nur gestellt war.

Und dann gab es auch noch die Gruppe derer, die einfach nur das Abenteuer suchten. Aber es war wohl doch eine Minderheit, verglichen mit den anderen Gruppen.

„Und in welche Schublade passt Hendrik", fragte sie sich insgeheim.

Hendrik hatte sich stumm die Erklärungen angesehen und stand nun hinter ihr.

„Nicht alle passen in dieses Schema", sagte er nachdenklich. „Nicht alle gehen, weil sie sich in der Ferne eine bessere Zukunft erhoffen oder weil sie in der Heimat vor Verfolgung und Unterdrückung flüchten."

Er machte eine kleine Pause.

„Die Menschen hier hatten eine Vorstellung, wohin sie wollten – die hatte ich nie. Ich hatte immer nur eine Vorstellung, von was ich weg wollte ... weg aus dem Alten Land, weg von Sierra Leone, weg von Äthiopien, und dann weg von Kenia. Einfach immer nur weg."

Er sah sie an, traurig, wie es ihr schien.

„Das ist eine ziemlich beschissene Art, sein Leben zu planen, oder?"

Sie musste schlucken, so hatte sie es nie gesehen. In ihrer Erinnerung hatte er seine Freunde und seine Familie für etwas Fremdes, etwas vermeintlich Besseres aufgegeben. Und nun musste sie feststellen, dass er es komplett anders herum sah.

„Lass uns gehen", bat sie leise. „Das hier war wohl doch keine so gute Idee."

Sie traten wieder hinaus in das nasskalte Winterwetter. Inzwischen war es auch dunkel geworden. Im Licht der Straßenlaternen konnten sie diese Mischung aus Nebel und ganz leichtem Nieselregen vorbeitreiben sehen.

Die Heimfahrt verlief eher ruhig. Hendrik musste sich wegen des Wetters und der miesen Sicht konzentrieren, Maren war in ihren Gedanken versunken.

Mehr als einmal blickte er kurz zum Beifahrersitz rüber, überlegte, ob sie vielleicht eingeschlafen war. Aber nein, sie war wach, die Augen offen.

„Ein Königreich für deine Gedanken, Maren", dachte er.

✦ ✦ ✦

Hendrik hatte eine tief in ihren Gedanken versunkene Maren zu Hause abgeliefert. Sie hatten sich mit einer herzlichen Umarmung voneinander verabschiedet.

„Danke, Maren", hatte er gesagt. „Danke, dass du den Tag heute mit mir geteilt hast."

Sie hatte ihn überrascht angeschaut, hatte gelächelt, aber es schien ein nachdenkliches Lächeln zu sein.

„Da bin ich aber froh, dass du das so siehst, Hendrik", sagte sie ehrlich. „Ich hatte schon Angst, es wäre etwas zu viel gewesen."

Sie war schon halb zum Haus gelaufen, als sie sich noch einmal umdrehte.

„Danke, dass du deine Geschichte mit mir geteilt hast!"

Dann war sie verschwunden und Hendrik war zum Hof gefahren. Er dachte inzwischen nicht mehr als ‚Thies' Hof' von dem Haus, aber er wollte auch nicht ‚mein Zuhause' sagen.

„Irgendwas zwischendrin", grübelte er. „Halt einfach ‚der Hof'."

Er sah nach den Hühnern – es war alles in Ordnung. Sie hatten zwar den ganzen Tag im Stall verbringen müssen, aber Hendrik war es gelungen, mit einer einfachen Zeitschaltuhr eine Beleuchtungsautomatik zu basteln.

So hatten die Tiere an solchen Tagen ausreichend Licht, um ihnen den Tag zu erhellen. Im wahrsten Sinne des Wortes.

Es war noch gar nicht so spät, gerade mal 19 Uhr, und Hendrik hatte keine Lust, den Abend alleine in seiner Küche zu verbringen.

Er überlegte kurz, zog sich seine Jacke wieder an und verließ das Haus. Zum *Anker* war es nicht so weit, dorthin konnte er trotz des miesen Wetters laufen.

„Du wirst noch eine andere Jacke brauchen", brummelte er. „Etwas Längeres. Und mit einem Kragen, den man bei solchem Wetter auch mal hochschlagen kann!"

Am Ziel angekommen, war er froh, dem Nieselregen entkommen zu sein.

„Ungemütlich!"

Das traf es wohl einfach am besten. Das Wetter war schlicht und einfach ungemütlich.

Als er eintrat, sah er, dass der Laden brummte.

„Gut so", dachte er sich. „Was wir nicht brauchen können, ist ein Wirt, der keinen Umsatz macht."

Er nickte dem Wirt zu, grüßte knapp.

„Moin!"

„Moin!“, kam die ebenso knappe Antwort.

Hendrik schaute sich um, die meisten Tische waren belegt. Der Wirt sah den Blick, deutete auf einen freien Platz an der Bar und stellte ungefragt ein frisch gezapftes Bier vor Hendrik.

Überrascht, aber auch erfreut, prostete er dem Mann zu, nahm einen tiefen Schluck. Das tat gut.

„Na Hendrik, zu einsam auf dem Hof bei dem Schietwedder?“

Der Wirt hatte es auf den Punkt gebracht. Doch bevor Hendrik ihm antworten konnte, machte der ihm ein Angebot.

„Kann dir heute den Backfisch empfehlen. Oder unsere Gulaschsuppe. Meine Frau hat beides frisch gemacht“, kam ungefragt die Speiseempfehlung für Hendrik daher.

„Wenn du mich fragst, nimm die Suppe! Die wärmt Leib und Seele!“, legte der Mann hinter dem Tresen nach. Hendrik nickte. Das passte perfekt.

Plötzlich legte sich eine Hand auf seine Schulter. Er drehte den Kopf, wollte schauen, wer hinter ihm stand. Es war der alte Hansen.

„Auch wieder da, min Jung!“, stellte der nur lapidar fest. Es hätte eine Frage sein können, klang aber mehr nach einer Feststellung.

„Gut so“, kommentierte der Alte. „Wir ham dich schon fast vermisst!“

Das war nun überraschend – der Alte hatte ihm beim letzten und ersten Besuch im *Anker* eher nicht den Eindruck vermittelt, dass er hier willkommen gewesen wäre.

„Warst ja auch lange genug weg", fuhr der Alte nun fort, und Hendrik machte sich auf weitere Vorwürfe gefasst.

„Afrika, ham se gesagt!", grinste der Mann. „Der junge Seversen is ab nach Afrika."

Hendrik schwieg. Wusste nicht, was er antworten sollte.

„Dein Vadder war stolz auf dich", kam es aus dem Mund des Alten.

„Der hat hier immer wieder erzählt, wie sein Sohn den Kindern in Afrika helfen tut, und dass doch ein richtiger Mann aus dir geworden is."

Und dann – zu Hendriks vollkommener Verwirrung und Erstaunen – legte der alte Hansen noch einen drauf: „Is aber schön, dat du wieder da bist. Musst uns mal erzählen von Afrika. Musste wirklich mal erzählen."

Der Alte machte sich auf den Weg zurück zu seinem Tisch. Hinter Hendrik wurde eine große Suppenschüssel voll mit dampfender Suppe abgestellt. Es roch köstlich.

„Lass es dir schmecken", sagte der Wirt leise. Dann deutete er auf den alten Hansen.

„Wenn der dich hier willkommen heißt, dann bist du hier im Dorf auch willkommen", sagte er mit Nachdruck.

„Denk immer dran. Jedes Schiff hat nun mal seinen Heimathafen, da kann es noch so lange draußen auf dem Meer rumkreuzen."

Und während mit jedem Löffel der warmen, deftigen Suppe die Lebensgeister in ihn zurückströmten, bemerkte Hendrik ganz leise noch ein anderes Gefühl. Er musste etwas darüber nachdenken, dann wurde es greifbar: Heimat.

Es war nie ganz weg gewesen, das verstand er nun. Er hatte es nur nicht sehen können.

– Aus Hendriks Tagebuch –

„Ich bin gegangen – aber nie verschwunden. Die Spuren waren nie weg. Ich musste nur wieder lernen, sie zu lesen.“

Maren

Sie war froh, als sich die Tür ihrer Wohnung hinter ihr geschlossen hatte. Die letzten paar Stufen der Treppe war sie fast gerannt. Jetzt konnte sie erst einmal Luft holen.

Maren klopfte an Bens Zimmertür. Keine Antwort. Sie öffnete sie, steckte den Kopf rein – dunkel. Ben war noch nicht zu Hause.

Sie ging in die Küche, setzte erst einmal Wasser auf und freute sich auf einen heißen Tee. Sie musste nachdenken.

„Das war eine ganz bescheuerte Idee, Maren!", schalt sie sich. „Was hast du dir eigentlich dabei gedacht?"

Als sie am Morgen vom Unterrichtsausfall erfahren hatte, hatte sie sich gefreut. Hatte gleich an Hendrik gedacht und daran, dass er in den letzten Tagen so seltsam gewirkt hatte. Das ihm vielleicht ein Ortswechsel mal guttun würde.

Jetzt erschien ihr diese Idee weit hergeholt und vollkommen unpassend.

Das Wasser kochte, der Kessel pfiff sein Lied. Sie schaltete den Herd aus, schaute im Tee-Regal nach, entschied sich dann ganz klassisch für Melisse.

Nahm die Dose mit dem Tee aus dem Regal, maß die geschnittenen und getrockneten Blätter in das Teesieb, setzte es in ihre geliebte Teetasse und goss das noch heiße Wasser darüber.

„Acht bis zehn Minuten“, dachte sie. „Aber es riecht auf jeden Fall schon mal beruhigend!“

Sie setzte sich an den Tisch, die Tasse mit dem Teesieb vor sich und starrte aus dem Fenster.

„Verdammt, verdammt, verdammt ...“, fluchte sie leise.

Der Tag war ihr mehr unter die Haut gegangen, als sie sich eingestehen wollte. Die Nähe, die Vertrautheit, als Hendrik ihr von seiner Zeit in Afrika erzählte. Da fühlte sie auf einmal die Distanz zwischen ihnen schrumpfen, verschwinden. Die vermeintlich sichere Barriere war plötzlich gebrochen!

„Du hast ihn zu nahe an dich rangelassen!“, warf sie sich selbst vor. „Aber stimmt das? Hast du ihn zu nahe an dich rangelassen?“

Sie wusste es nicht. Aber sie wusste eines mit absoluter Gewissheit – sie hatte die Frage, wer oder was Hendrik für sie war, zu lange aufgeschoben.

„Wer ist er für dich?“, fragte sie sich selbst. „Oder vielmehr: Wer kann er sein, nach allem, was er für dich gewesen ist?“

Sie fühlte sich wohl in seiner Nähe – die Gesellschaft tat ihr gut, das spürte sie.

„Ist ja auch kein Wunder“, grübelte sie vor sich hin. „Du hast dich ja nach der Trennung von Bens Vater quasi hier vergraben. Und außer den Kollegen gibt es ja keinen, den du um dich herumhaben willst.“

War das ein Fehler gewesen, fragte sie sich. Klar, die Trennung war hart gewesen. Schmutzig würden andere sie nennen. Aber sie hatte noch Glück im Unglück gehabt. Ihr

Ex hatte keinerlei Interesse an Ben oder ihr. Und so hatte sich der große Streit am Geld entzündet.

Ben war bei der Trennung gerade mal elf Jahre alt gewesen. Ärger hatte es aber schon die ganze Zeit gegeben, nur hatte sie versucht, zum Wohle des Kindes, alles zu akzeptieren und klein beizugeben.

„Was für eine bescheuerte Idee", murmelte sie, schüttelte ihren Kopf dabei. Verwundert. Verwundert über sich selbst und ihre Naivität.

Er hatte das auszunutzen gewusst. Er war charmant, charismatisch, weltoffen – das musste sie ihm zugestehen. Nach außen der perfekte Ehemann. Aber wenn sich die Haustür geschlossen hatte, konnte er herrisch, intolerant und seelisch kalt sein.

Geschäftlich war er erfolgreich, keine Frage. Und genau dazu hatte er sie gebraucht. Und Ben. Denn ein erfolgreicher Geschäftsmann musste doch auch ein erfolgreicher Familienvorstand sein, oder nicht?

Am Ende hatten die Gerichte entschieden – sie war zwar finanziell nicht leer ausgegangen, aber er fühlte sich dennoch als Sieger. Und ließ es alle wissen.

Er hatte das Haus in Blankenese behalten. Sie war in ihrem sogenannten „Freundeskreis" die miese kleine Zecke geworden, die es nur auf sein Geld abgesehen hatte.

Er blieb als Gewinner in der Stadt, sie und Ben gingen als Verlierer ins Alte Land zurück.

„Oh, Bruderherz", flüsterte sie. „Ohne dich wären Ben und ich verloren gewesen."

Ganz stimmte das nicht, das wusste sie. Aber es war nun einmal ihr Bruder gewesen, der ihnen zuerst Unterschlupf geboten hatte, später ihren Ex mit der Schaufel vom Hof jagte, als dieser mit weiteren Forderungen eines Tages einfach so aufgetaucht war.

Es war großes Glück, dass die örtliche Schule gerade dringend eine Lehrkraft suchte – und der Ort vergaß die Seinigen nicht. Sie bekam die Stelle, schnell auch die kleine Wohnung. Es reichte zum Leben, wenn auch nicht für große Sprünge. Auf den Unterhalt für Ben wartete sie seit fünf Jahren vergeblich.

„Und dann bist du einfach so gegangen", trauerte sie um ihren verlorenen Bruder. „Einfach so weg und hast uns hier zurückgelassen."

Der Tee war fertig, sie nahm das Sieb aus der Tasse. Die letzten Tropfen Tee fielen auf den Tisch, mischten sich mit ihren Tränen.

Thies fehlte Ben noch mehr, als er ihr fehlte, das wusste sie. Der Junge litt unter der Ablehnung seines Erzeugers. Ihr Bruder hatte ihm zwar kein Vater sein können, aber ein väterlicher Onkel.

Und jetzt war Hendrik aufgetaucht – aus dem Nichts. Sie hatte seit Jahren nicht an ihn gedacht, ihr Bruder hatte das Thema immer geschickt vermieden.

Es war ein Schock, als sie ihn an dem Morgen erkannt hatte. Zuerst war sie sauer, weil da ein fremdes Auto auf dem Hof ihres Bruders parkte.

Dann hatte sie es mit der Angst zu tun bekommen, als sie den fremden Mann durch die Scheune und den Stall hatte schleichen sehen.

Und aus Angst war Wut geworden, als sie ihn erkannte. Sie hatte sich beherrscht, nur ihr Sarkasmus war durchgekommen, daran konnte sie sich erinnern.

Und dann war alles ganz anders gekommen – seine Hilflosigkeit, als er ihr sagte, dass er Thies suchte. Seine Unfähigkeit, zu verstehen, was er vorgefunden hatte. Der Schock, als sie ihm vorgeworfen hatte, zu spät zu sein.

„Da hattest du meine mühsam kultivierte Schutzmauer mit einem Schlag zum Einsturz gebracht", schniefte sie.

Musste plötzlich wehmütig lächeln bei der Erinnerung an seinen ersten Besuch hier.

„Ich wollte sauer auf dich sein, aber ich konnte es nicht. Ich wollte schreien, und du hast mich zum Lachen gebracht. Ich wollte, dass du verschwindest, und habe dir doch das Haus angeboten."

Ein letzter Gedanke schlich sich in ihr Hirn, sie versuchte, ihn mit dem Melissentee zu ertränken. Oder zumindest zu beruhigen.

„Ich wollte dich hassen, weil du Thies' Freundschaft verraten hast", schluchzte sie plötzlich. „Und dann hast du mir die Hoffnung gegeben, dass wir Freunde sein könnten! Ich will, dass wir Freunde sind …"

Ihre Gedanken wurden vom Drehen eines Schlüssels im Türschloss unterbrochen.

„…aber mehr auch nicht. Bitte, Hendrik, du darfst nicht mehr von mir wollen! Ich brauche den alten Hendrik, den von früher!“

Ben kam durch die Wohnungstür. Sie wischte sich schnell über die Augen, hoffte, dass er im Halbdunkel der Küche nichts merken würde.

„Hallo Mama“, sagte er. „Was gibt’s zu Essen?“

✦ ✦ ✦

Es war Montag Mittag – erste Stunde nach der Mittagspause. Maren stand wieder vor einer Klasse, diesmal nicht ihre eigene 9A, sondern die Parallelklasse.

Kunstunterricht stand auf dem Stundenplan, die Schülerinnen und Schüler waren mit ihren Arbeiten beschäftigt. Und das war auch gut so, denn sonst hätte die Klasse gemerkt, dass ihre Lehrerin in Gedanken ganz woanders war.

Das Wochenende war eine Enttäuschung gewesen – für sie, aber vor allem für Ben.

„Du bist irgendwie so anders“, hatte der Junge feststellen müssen, als sich seine Mutter nicht einmal für das vorweihnachtliche Plätzchenbacken oder einen Besuch auf dem Weihnachtsmarkt aufraffen konnte.

Er hatte nichts gesagt, aber sie hatte seine Enttäuschung gespürt. Und so hatte sie nach den üblichen Einkäufen am Samstagmorgen den Rest des Tages auf dem Sofa verbracht, er hatte in seinem Zimmer gezockt.

Hendrik hatte einige Male versucht, sie über *WhatsApp* zu erreichen, aber abgesehen von kurzen, nichtssagenden

Antworten hatte sie ihn ignoriert. Irgendwann Sonntag gegen Mittag hatte er aufgegeben.

Sie dachte an den Sonntagnachmittag. Ben hatte sie irgendwann doch noch überredet, nach Stade zu fahren und es noch einmal mit dem Weihnachtsmarkt zu versuchen.

Und so hatten sie den Bus genommen, waren in die Stadt gefahren und dann über den Markt gebummelt. Doch obwohl sie sich alle Mühe gegeben hatte, war keine so rechte Stimmung in ihr aufgekommen. Ben hatte es auch bemerkt.

„Was ist los mit dir, Maren?", fragte sie sich selbst. „Was stimmt nicht?"

Sie hatte sich diese Frage schon eine ganze Weile gestellt. Genaugenommen seit dem Tag nach dem Ausflug mit Hendrik. An diesem Mittwoch – die Schule war ja noch geschlossen – war sie durch ihre alten Kisten mit Erinnerungsstücken gegangen. Irgendwie hatte sie gefühlt, dass das keine tolle Idee war – und hatte trotzdem nicht aufhören können.

Die Kisten waren wirklich ‚Sammelkisten'. Sie hatte alles, was ihr jemals wichtig erschien, einfach in eine Kiste gepackt und dann, wenn die Kiste voll war, die nächste begonnen. Es waren immer hübsche Motive auf den Boxen gewesen, die Inhalte waren manchmal aber nicht so schön.

Sie hatte sich die Kiste mit der Aufschrift „2008-2009" gegriffen. Die ersten Babyfotos von Ben. Sie stellte fest, dass sie auf den Fotos zwar oft zu sehen war, aber selten glücklich schien. Zwar lächelte ihr jüngeres Ich sie an, aber es schien ein leeres Lächeln zu sein. Eines, das die Augen nicht erreichte.

Resigniert hatte sie den Kasten geschlossen und den nächsten gegriffen. Der hatte die Aufschrift „2005-2008“ getragen.

„Fotos von der blöden Hochzeit, Fotos von dem Arsch“, hatte sie das Inventar begonnen. Den Namen ihres Ex hatte sie aus dem Gedächtnis verbannt, genau wie sie ihn aus ihrem Leben verbannt hatte.

Schnell war die Kiste wieder geschlossen, die davor schien vielversprechender. Sie trug die Aufschrift „2002-2005“.

Sie sah sich als Teenager auf den ersten Bildern. Thies war zu sehen, er war ja fast fünf Jahre älter gewesen.

„Ich war hier 15, du fast 20“, flüsterte sie. Sie hatte zu ihrem großen Bruder aufgeschaut. Alle Fotos zeigten ein junges Mädchen mit einem strahlenden Lächeln.

Da waren ihre Eltern. Grillfeste im Hof. Thies auf dem Traktor, sie auf dem Anhänger.

„Das muss bei der Apfelernte gewesen sein“, überlegte sie. Sie war die Bilder langsam, eines nach dem anderen durchgegangen. Und hatte an die glücklichen Zeiten gedacht.

„Wieder Thies. Wieder Thies und ich. Oh ... Hendrik!“

Sie hatte das Foto lange betrachtet, es zeigte Hendrik mit seinem Freund Thies, die auf dem Anhänger des Traktors standen, beide eine Flasche Bier in der Hand, wie es schien. Und eine inzwischen wohl fast 18-jährige Maren, die die beiden Jungs fast versonnen anschaute.

„Fuck!“, war es ihr durch den Kopf gegangen. Das Bild holte alte Erinnerungen zurück – und zwar mit aller Wucht. Sie ließ es in den Schoß sinken, musste sich erst einmal zurücklehnen.

Das Gefühl war fast in Vergessenheit geraten, sie hatte es fein säuberlich in eine Kiste gepackt und diese tief unten im Schrank ihrer Erinnerung vergraben.

„Hendrik, du blöder Kerl!“, dachte sie. „Du hast keine Ahnung, wie sehr ich in dich verliebt gewesen war!“

Wehmütig war sie die anderen Fotos in der Kiste durchgegangen. Thies, ihre Eltern, ein paarmal noch Hendrik, einige ihrer Freundinnen.

„Familienfeiern, Ernte, der Hof, Dorffeste, Schulveranstaltungen“, zählte sie in Gedanken auf. „Schon komisch, dass du heute selbst Lehrerin hier bist!“

Dann die Fotos von ihrem 18. Geburtstag. Der Tag war so wichtig für sie gewesen. Endlich erwachsen. Endlich bereit, das Leben mit all seinen Herausforderungen zu erobern.

„Da warst du schon weg“, warf sie ihm leise vor. „Einfach so abgehauen, nicht mal richtig verabschiedet hast du dich!“

Sie war wütend, sie war stinkwütend auf ihn.

„Du hast dich auf ein Schiff geschlichen und bist verschwunden, einfach so. Scheiß auf Afrika! Scheiß auf deine Ideen – ich musste hierbleiben!“

Sie hatte die Kiste geschlossen und mit kaum unterdrückter Wut wieder dahin befördert, wo sie hingehörte – ganz nach unten in ihren Schrank!

„Das also war mein Wochenende“, überlegte sie jetzt, blickte einmal kurz über die Klasse. Alle waren noch beschäftigt, Maren konnte weiter ihren Gedanken nachhängen.

„So richtig deprimierend!“

Die Pausenklingel läutete das Ende ihres Unterrichts ein – die 9B war ihre letzte Klasse für heute. Die Kinder strömten am Tisch vorbei und aus dem Klassenraum. Kleine Pause.

Maren sah ihnen nach, kontrollierte den Raum. Alle waren draußen.

„Gut, dann auf nach Hause“, sagte sie im Stillen zu sich selbst.

Draußen empfing sie das trübe Wetter eines grauen Dezembertages. Es waren nur noch drei Tage bis zu den Weihnachtsferien. Dann der vierte Advent und nächste Woche dann Weihnachten.

Sie schaute auf ihr Handy. Eine Nachricht von Ben, sie las sie schnell:

> *„Kann ich heute Abend zu Henry? Kann da essen, hat seine Mama gesagt. Sag bitte Ja!“*

Es folgte die übliche Tirade von Smileys und Emojis, ohne die heute keine Kommunikation mehr möglich schien.

> *„Alles klar, viel Spaß, Großer!“*

„Montag Abend und ich bin allein“, überlegte sie. Sollte sie Hendrik anrufen? Sie verwarf den Gedanken.

„Savas!“, ging es ihr durch den Kopf. „Der hat auch montags auf, glaube ich!“

Auf dem Heimweg machte sie einen kurzen Abstecher zu dem griechischen Restaurant. Anders als viele andere hatte ihr favorisierter kleiner Grieche aber montags tatsächlich geöffnet. Sie würde sich bis 17 Uhr gedulden müssen.

„Heute machst du dir mal einen Abend nur für dich", ermunterte sie sich. „Dann kommst du bei einem Ouzo und einem schönen Rotwein bestimmt auf andere Gedanken."

Den Nachmittag verbrachte sie mit der Korrektur von Deutscharbeiten ihrer eigenen Klasse. Sie hatte nie verstehen können, warum Menschen glaubten, Lehrer, die nicht in der Schule waren, hätten automatisch Freizeit.

Sie wollte die Arbeiten unbedingt vor Weihnachten wieder zurückgeben – und es lenkte sie ab.

„Zum Glück sind das alles gute Schüler", dachte sie sich. Nicht ohne Stolz schaute sie auf die Arbeiten, keine schlechter als „Befriedigend".

„Und Yusuf wieder mal mit einer sehr guten Leistung!", freute sie sich. Ein ganz klein wenig war sie stolz auf den Jungen aus Syrien. Sein Deutsch war inzwischen fast fehlerfrei, und wenn er sprach, verfiel er manchmal tatsächlich in den norddeutschen Dialekt.

Es wurde dann doch eine halbe Stunde später als geplant, und so betrat sie den Gastraum von Savas erst gegen achtzehn Uhr.

Savas stand hinter dem Tresen, polierte Gläser. Als er sie alleine hereinkommen sah, hob sich seine Augenbraue. Maren alleine? Das war ungewöhnlich!

„Hallo, Maren, heute alleine?", wollte er wissen. „Wo hast du Ben versteckt?"

Sie zog sich den Mantel aus, ließ sich von Savas an einen ruhig gelegenen Tisch führen.

„Der hängt mit seinem Freund ab, isst da. Also dachte ich mir, ich komm zu euch!"

Savas sah sie prüfend an, sagte aber nichts. Mit seinen knapp sechzig Jahren hatte er die Erfahrung gemacht, dass man nicht immer etwas sagen sollte.

„Maren ist da", sagte er leise zu seiner Frau, die in der Küche war. „Aber ich glaube, da stimmt was nicht!"

Seine Frau schaute ihn an, nickte dann nur.

„Sag ihr, dass ich frisches *Giouvetsi* habe, wenn sie etwas für die Seele will", instruierte sie ihren Mann. Der nickte, schenkte einen Ouzo für Maren ein, überlegte kurz und goss sich ebenfalls einen ein. Dann balancierte er beide Gläser zum Tisch.

„Eleni lässt dir ausrichten, dass sie ein frisches *Giouvetsi* für dich hätte, falls du etwas für die Seele brauchst. Und ich hab hier auch was für dich."

Er stellte den Ouzo vor sie, setzte sich ihr gegenüber und hielt ihr sein Glas zum Anstoßen hin.

„Jamas!"

Sie schaute ihn nachdenklich an, drehte das Glas zwischen ihren Fingern. Hob es dann an, erwiderte seinen Trinkspruch und beide leerten die kleinen Gläser auf einen Zug.

„Das hab ich gebraucht. Danke, Savas!", sagte sie. „Und ja, sag Eleni, ich nehme sehr gerne von ihrem *Giouvetsi*!"

Savas wusste, wann es Zeit zum Reden und wann es Zeit zum Schweigen war. Er stand ohne ein Wort auf, ging in die Küche und nickte seiner Frau zu.

„*Giouvetsi*!", sagte er nur. Sie nickte.

Maren saß am Tisch, hatte das leere Glas noch immer in der Hand. Betrachtete es von allen Seiten, so als ob sie es nie zuvor gesehen hätte. Drehte es. Langsam. Nachdenklich.

Eleni brauchte nur zwanzig Minuten, um für Maren die Nudeln ganz frisch zu garen. Für andere Gäste hätte sie auf ihren vorgekochten Bestand zurückgegriffen, aber Maren war anders. Maren war etwas Besonderes.

Als sie ihr das Gericht an den Tisch brachte, fand sie Maren noch immer tief in Gedanken versunken vor. Sie servierte ihr den heißen Teller, warnte sie.

„Vorsicht, heiß! Und ganz frisch! Nur für dich!"

Sie zwinkerte ihr zu, Maren erwachte aus ihrer Trance, lächelte zurück.

„Dank dir, Eleni!", sagte sie und betrachtete den Teller vor ihr. Die kleinen griechischen Nudeln hatten die Soße fast komplett gebunden, ließen Tomaten, Karotten und Lauch Raum zum Atmen.

Stücke vom Rind, mundgerecht geschnitten, lagen eingebettet in diesem traditionellen griechischen Schmorgericht. Der Käse war fein über das Gericht gerieben und schmolz gerade erst an.

Frischer Oregano sorgte für einen grünen Farbtupfer und einen herrlichen Geruch.

Maren lief das Wasser im Mund zusammen. Und dabei bemerkte sie, dass Eleni nach wie vor neben dem Tisch stand.

„Magst du dich zu mir setzen?", lud sie die kleine Griechin ein. Die zögerte keinen Moment und ihr Mann, der die Szene beobachtet hatte, brachte eine Flasche von seinem besten *Naoussa* und zwei Gläser an den Tisch und ließ die Frauen dann wieder allein.

Maren stocherte mit der Gabel in ihrem Essen, nahm vorsichtig ein Stück Fleisch, prüfte, ob es noch zu heiß zum Essen war. War es nicht.

„Das schmeckt wunderbar, Eleni!“, sagte sie.

Die Griechin schaute sie nachdenklich über den Rand ihres Weinglases hinweg an.

„Was ist los, Maren?“, fragte sie dann unvermittelt.

„Hast du jemals darüber nachgedacht, was in deinem Leben anders gelaufen wäre, wenn du an einer Stelle anders entschieden hättest?“, wollte Maren wissen.

Sie hatte diese Frage den ganzen Nachmittag mit sich herumgetragen. Eigentlich schon, seit sie die Fotos von Thies, Hendrik und sich am Sonntag gefunden hatte.

„Was, wenn eine einzige Entscheidung dein ganzes Leben anders hätte verlaufen lassen? Ein anderes Leben?“

Eleni war überrascht – das war keine leichte Frage. Das war eine Frage, die in der Tat den besten *Naoussa* des Hauses verdient hatte.

Sie gab ihrem Ehemann einen verstohlenen Wink – als Betreiber eines Restaurants hatten sie ihre kleinen, geheimen Zeichen, um ohne Worte miteinander zu kommunizieren.

Savas sah es, war überrascht. Schaute sich dann im Restaurant um, es waren noch keine weiteren Gäste da.

„Und es werden auch keine mehr kommen“, dachte er bei sich. Dann ging er zur Eingangstür, hängte das Schild raus und schloss ab.

Wenig später würden sich andere Menschen über das Schild mit der Aufschrift ‚Geschlossene Gesellschaft‘

wundern, bedauernd mit den Schultern zucken und eine Alternative für den Abend suchen müssen.

Dann ging er an die Theke zurück, wartete. Beschloss, dass er unter diesen Umständen durchaus auch einen *Naoussa* verdient hätte.

✦ ✦ ✦

Maren aß schweigend weiter, wartete auf eine Antwort, die nie kam.

„Erinnerst du dich an Hendrik? Der, der neulich mit Ben und mir hier gewesen ist?“, wollte sie dann wissen.

Eleni nickte. „Ja, ich erinnere mich an ihn. Nicht nur von neulich. Auch von früher, als er manchmal mit seinen Eltern hier gewesen ist.“

Wieder lag Schweigen über dem Tisch, jemand klapperte an der Tür des Restaurants, kam aber nicht herein. Maren wunderte sich, war aber zu abgelenkt, um darüber nachzudenken.

„Ich war so verschossen in ihn, als ich 17 war“, brach es aus ihr heraus. „So verknallt! Und so feige!“

Eleni war zwar überrascht, aber klug genug, um zu wissen, dass das noch nicht die ganze Wahrheit war.

„Und dann ist er einfach verschwunden und hat mich mit dem Mist hier alleine gelassen“, sprudelte es weiter aus Maren. „Wenn ich doch nur etwas gesagt hätte – wenn ich nicht so feige gewesen wäre! Vielleicht wäre er dann nicht ...“

Weiter kam sie nicht, die Verzweiflung erdrückte die Worte, schnürte ihr die Kehle zu. Eleni schwieg beharrlich weiter, was hätte sie auch sagen können?

Nach geraumer Zeit gab Maren dann ihrem eigentlichen Gedanken Raum zur Entfaltung.

„Wenn ich es ihm gesagt hätte, wären wir vielleicht zusammengekommen und hätten eine Familie gehabt", sagte sie leise. „Und dann wäre mir der ganze Dreck mit meinem Ex erspart geblieben! Und mein Bruder hätte seinen Freund hier gehabt!"

Jetzt war es raus, das war es gewesen. Eleni sah Maren an, sah diese unglaublich starke Frau, die jetzt mit gesenktem Kopf und hängenden Schultern auf der anderen Seite des Tisches saß.

Sie stand auf, ging zu ihr, schob sie sanft weiter in die Bank hinein und setzte sich neben sie.

„Kindchen", sagte sie leise. „Keiner von uns weiß, was geworden wäre. Wir alle wissen nur, was geworden ist."

Sie nahm einen Schluck von ihrem Wein, suchte nach dem Gedanken.

„Die Leben, die wir hätten leben können – sie sind unwichtig. Wichtig ist nur das eine Leben, das wir leben. Das ist die Summe all unserer Entscheidungen – der Guten und der Schlechten. Aber es ist unser Leben, genauso wie es unsere Entscheidungen waren."

Sie schaute Maren an, die immer noch wie ein Häufchen Elend in der Ecke saß.

„Und jetzt schau mal, was du bekommen hast – nicht, was du nicht bekommen hast."

Maren schaute sie ratlos an, doch dann kam ihr ein Gedanke.

„Ben", flüsterte sie. „Ich habe Ben bekommen!"

Sie saßen an diesem Abend noch lange zusammen. Maren, Eleni, Savas. In einem geschlossenen Restaurant, mitten im dunklen und nasskalten Alten Land, nicht weit vom Elbdeich entfernt.

Und sie redeten. Über ihre Leben, über die Chancen, die sie nicht genutzt hatten. Über die Wege, die sie nicht genommen hatten.

Und über früher. Über Maren und ihren Bruder, die Eltern, Hendrik und seine Familie. Und viele andere, deren Namen Maren schon längst vergessen hatte.

Als Maren sich endlich alles von der Seele geredet hatte, war sie erleichtert. Das hatte mal raus gemusst, gestand sie den beiden.

„Ich danke euch beiden von ganzem Herzen“, sagte sie. „Ihr wart heute unglaublich wichtig für mich!“

Dann sah sie sich im Restaurant um, wunderte sich.

„Sagt mal, ist das bei euch montags immer so leer?“

Savas grinste, sah erst Maren, dann seine Frau an. „Geschlossene Gesellschaft!“, sagte er.

✦ ✦ ✦

Die Tage danach waren seltsam. Maren kam langsam wieder runter, das merkte sie. Und trotzdem waren da noch Fragen offen, Punkte, die sie für sich klären musste.

„Kommt Zeit, kommt Rat?“, sagte sie etwas spöttisch zu ihrem Spiegelbild im Bad. Es klang hohl.

In der Küche traf sie auf Ben. Gemeinsames Frühstück, wann immer es ging - das war ihr Ritual.

„Na, Großer?“, wollte sie wissen. „Was liegt heute an?“

Ben antwortete ihr nicht, schaute sie nur prüfend an.

„Mama, was ist los mit dir?“, fragte er dann direkt. Sie stutzte, zögerte. Hatte gehofft, dass er nicht bemerkt hatte, wie sehr die letzten Tage an ihr gezehrt hatten.

„Nichts, wieso?“, versuchte sie, seiner Frage auszuweichen. Ohne Erfolg, er ließ nicht locker.

„Du bist irgendwie so anders seit ...“, er überlegte. „Ja, seit letzter Woche, seit du mit Hendrik weg warst!“

Sie wusste keine gute Antwort, wusste nur, dass sie keine Lust hatte, das Thema jetzt mit ihm zu besprechen. Oder im Moment überhaupt mit jemandem darüber zu reden.

„Mach dir keinen Kopf, Ben“, sagte sie abweisend. „Erwachsene sind halt manchmal seltsam. Und jetzt ab mit dir zur Schule. Du hast die erste Stunde, ich erst die zweite!“

Er ging, aber sie konnte sehen, dass er mit dem Thema noch nicht fertig war.

Der Tag verflog für beide schnell. Sie hatte nur wenige Stunden, außerdem war es kurz vor den Weihnachtsferien.

„Die Kekse sind für dieses Jahr gegessen“, hatte sie ihrer 9A gesagt. „Machen wir heute mal etwas entspannter.“

Auch für Ben war die Schule früher zu Ende, seine letzten beiden Stunden mussten ausfallen, der Kollege war krank, eine Vertretung nicht möglich.

Und so saßen Mutter und Sohn am frühen Nachmittag wieder zusammen, hatten sich zwei heiße Schokoladen gemacht und knabberten Kekse.

„Gekauft, trotzdem lecker“, war ihr gemeinschaftliches Urteil. Doch die Idylle hielt nicht lange, das Thema vom Vormittag nagte noch an Ben.

„Das ist alles Hendriks Schuld“, platzte es plötzlich aus ihm heraus. „Seit der da ist, bist du traurig!“

Maren erschrak, Bens Ausbruch kam unerwartet.

„Das ist kompliziert, Ben“, sagte sie vorsichtig. Sie wollte die Situation entschärfen, einem Streit aus dem Wege gehen. „Das kannst du nicht verstehen!“

Das war wahrscheinlich, wie sie sich später sagte, nicht die cleverste Art, auf das Thema zu reagieren. Ben sah das wohl ebenso, knallte die Tasse auf den Tisch und verschwand aus dem Wohnzimmer, bevor sie etwas sagen konnte. Sie hörte nur, wie er die Tür zu seinem Zimmer zuknallte.

„Großartig gemacht, Maren“, lobte sie sich selbst. „Ganz, ganz toll!“

„Na ja“, dachte sie sich dann, „das wird sich schon legen. Lass ihm erst einmal seine Ruhe.“

Sie ging ins Badezimmer, wollte sich zur Entspannung erst einmal eine lange, heiße Dusche gönnen. Danach würde die Welt schon anders aussehen.

Und sie genoss die kleine Auszeit – musste sich eingestehen, dass sie das viel zu selten machte. Nahm sich Zeit für ihre Frisur, genoss den warmen Luftstrom des Föhns beim Trocknen ihrer Haare. Und stellte überrascht fest, dass sie fast zwei Stunden im Bad verbracht hatte.

„Zeit für das Abendessen“, rief sie sich ins Gedächtnis. Im Vorbeigehen klopfte sie an Bens Tür – keine Antwort.

„Jetzt sei nicht sauer, Ben“, rief sie durch die geschlossene Tür. „Ich hab’s doch nicht böse gemeint.“

Wieder keine Antwort. Sie zuckte mit den Schultern, er würde sich schon wieder einkriegen.

„Ich geh mal kochen, Spaghetti mit Zucchini-Soße?“, versuchte sie ihn zu locken.

Immer noch keine Antwort.

Sie beließ es dabei, ging in die Küche und bereitete das Abendessen vor. Zucchini schneiden, die Soße ansetzen, Nudeln kochen.

„In 15 Minuten gibt es Essen“, rief sie durch den Flur.

Der Küchenwecker bimmelte, die Nudeln waren fertig. Abgießen, auf die Teller verteilen, Soße drüber, fertig. Aber wo war Ben? Bisher hatte er sich nicht gerührt. Er musste doch Hunger haben.

Maren ging durch den Flur, klopfte erneut an die Tür zum Zimmer ihres Sohnes. Keine Antwort.

„Jetzt reicht es mir aber“, dachte sie. Sammelte für einen Moment ihre Fassung und trat ein. Das Zimmer war dunkel.

Für einen Moment war sie verwirrt. Versteckte er sich? Hatte er sich aus lauter Trotz schlafen gelegt? Sie schaltete das Licht ein.

Kein Ben – das Zimmer war leer. Ben war weg.

✦ ✦ ✦

Maren war verärgert. Ben war einfach weg, hatte kein Wort gesagt.

„Freundchen, so nicht!“, dachte sie sich. Dann überlegte sie, wo er wohl sein mochte. Sie war verärgert, und das würde sie ihn auch spüren lassen.

Dann warf sie sich ihren Mantel über, ging raus auf die Straße. Es war kalt, sehr kalt. Der Wind hatte aufgefrischt, trieb leichte Schneeschauer durch die Straßen.

„Sicherlich unter Null Grad", schätzte sie. „Hoffentlich hat er die warme Jacke angezogen!"

Sie hatte nicht nachgeschaut, war blindlings die Treppen hinuntergeeilt, um ihren Sohn zu suchen. Sie sah sich um, es war Donnerstagabend, und einige der Geschäfte hatten noch offen. Vielleicht war er da.

Sie schaute beim Friseur rein, aber da war kein Ben. Auch nicht beim Bäcker und auch nicht bei dem kleinen Lebensmittelladen. Sie ging zu Savas rüber, fragte ihn, ob Ben da wäre.

„Ben ist nicht hier, ich hab ihn auch heute nicht gesehen, Maren", antwortete ihr väterlicher Freund. „Alles in Ordnung?"

Maren überlegte kurz, langsam wurde sie wütend.

„Nein, Savas, das ist es nicht. Ben und ich hatten ein wenig gestritten, aber er ist dann heimlich abgehauen, und das geht gar nicht!"

Savas sah sie sorgenvoll an, sagte aber nichts. Und helfen konnte er ihr im Moment auch nicht. Maren dankte ihm, winkte Eleni zu, die aus der Küche schaute und verließ das Lokal wieder.

„Also, hier ist er nicht", überlegte sie. „Wahrscheinlich bei einem seiner Kumpel."

Sie war unendlich froh, dass sie ihn vor einigen Jahren gebeten hatte, die Namen und Telefonnummern seiner Freunde auf einer Telefonliste zu pflegen.

Oben, in ihrer Wohnung, angelte sie die Liste von dem kleinen Schränkchen, auf dem das Telefon stand. Ein altmodischer Festnetzanschluss. Kaum benutzt. Eigentlich hatte sie ihn längst abmelden wollen. Aber die Liste, die war aktuell. Hoffte sie wenigstens.

Sie zählte die Namen, kam auf neun. Rief die erste Nummer an.

„Guten Abend, hier ist Maren Verhoeven“, meldete sie sich, als sich am anderen Ende der Vater von Bens Freund meldete. „Ich wollte mal fragen, ob Ben bei Ihnen ist?“

Nein, war er nicht, erfuhr sie. Und wählte die nächste Nummer. Mit dem gleichen Ergebnis. Und so war es bei allen ihren Anrufen – alle waren zu Hause, alle gingen ans Telefon, niemand hatte Ben gesehen.

Und nun wurde sie langsam unruhig.

„Ben, mein Schatz, wo steckst du nur?“, wollte sie von ihm wissen. Und bekam keine Antwort.

„Handy!“, fiel ihr ein. Natürlich, er hatte doch sein Handy, und er würde auf ihre *WhatsApp* Nachricht sicherlich reagieren.

„Maren, da hättest du auch gleich drauf kommen können!“, schalt sie sich. Und schickte ihre Nachricht los.

„Ben, wo steckst du?“

Ein Haken, zwei Haken. Und in Bens Zimmer hörte sie das Piepen einer Nachricht. Er hatte sein Handy nicht dabei.

„Scheiße!“, entfuhr es ihr. „Und jetzt?“

Sie musste erst einmal tief durchatmen, die aufsteigende Angst unter Kontrolle bekommen.

„Ganz ruhig, Maren. Gaaaaanz ruhig!“

Es half nur wenig. Und in ihrer Not rief sie endlich bei Hendrik an.

„Hallo, Maren", hörte sie ihn sagen.

„Hendrik, er ist weg! Ben ist weg! Kannst du zu mir kommen? Wir müssen ihn suchen!"

Hendrik konnte die aufsteigende Panik in ihrer Stimme hören, wusste sofort, dass sie Hilfe brauchte. Dass er ihr helfen musste.

„Bin gleich bei dir", sagte er nur. „Bist du zu Hause?"

Sie bejahte, er legte auf. Es würde nur zehn Minuten dauern, dachte sie. Er schaffte es in fünf.

✦ ✦ ✦

Luisa saß auf ihrem Sofa und starrte Ben fassungslos an. Ihr fehlten die Worte.

„Und du bist einfach so weggegangen, ohne deiner Mutter etwas zu sagen?", fragte sie ungläubig.

Ben hockte an der gegenüberliegenden Wand auf dem Boden, hatte die Knie angezogen und sah aus wie ein Häufchen Elend.

„Sie interessiert sich doch eh nicht dafür, was ich mache", sagte er leise. „Sie ist schon seit Tagen so komisch. Und überhaupt ist seit dem Tod von meinem Onkel alles anders", sagte er tonlos.

„Und jetzt ist da auch noch dieser Kerl, dieser Hendrik!"

Ben machte eine Pause, überlegte, was Hendrik denn eigentlich getan hatte. Egal, er hatte was getan, einer musste ja schuld sein.

„Der Typ ist einfach auf dem Hof von meinem Onkel aufgetaucht, und dann hat sie ihn auch noch da wohnen lassen!"

Der Junge redete sich jetzt in Rage, Luisa hörte einfach nur zu. Sie wusste, dass der Dampf erst einmal aus dem Kessel musste – das war bei ihr ja auch nicht anders, wenn sie mit ihren Eltern stritt.

„Als ob er meinen Onkel ersetzen könnte!“, knurrte Ben jetzt. „Kann er aber vergessen, der soll aus unserem Leben verschwinden, Mama und ich finden dann schon einen Weg!“

Luisa schaute ihn an. Als es vorhin an der Tür geklingelt hatte, waren ihre Eltern gerade einkaufen. Also war sie zur Tür, hatte erst einmal geschaut, wer denn da um diese Zeit was wollte und hatte zu ihrer Überraschung ihren Klassenkameraden Ben draußen stehen sehen. Zitternd vor Kälte.

„Was machst du denn hier?“, stellte sie ihm die offensichtlichste aller Fragen und ließ ihn erst einmal ins Haus. „Komm mal rein, du bist ja vollkommen durchgefroren!“

Er sah sie aus traurig-dankbaren Augen an, kam in den Flur und zog sich mit seinen klammen Fingern erst einmal die Schuhe aus. Irgendwie erinnerte er sie mit seinem Blick an etwas.

„Deichschaf!“, dachte sie. Und konnte nur mit Mühe ein Lachen unterdrücken. Sie spürte, dass etwas nicht stimmte.

Oben, in ihrem Zimmer, erzählte Ben ihr dann von dem Streit mit seiner Mutter. Und dass er sich einfach aus dem Staub gemacht hatte, als sie im Bad war.

„Dummerweise habe ich mein Handy vergessen“, sagte er. „Ich konnte dich nicht mal vorher anrufen.“

Von ihrem Zimmer aus konnte Luisa das Auto ihrer Eltern sehen, die vom Einkaufen zurückkamen. Ben sah es auch. Panik schlich sich in seine Augen.

„Sag ihnen nicht, dass ich hier bin“, flehte er Luisa an. „Sonst schicken sie mich vielleicht weg!“

Luisa schüttelte den Kopf. Nein, das würden ihre Eltern nicht tun. Und wie stellte Ben sich das eigentlich vor? Sie konnte ihn ja schlecht unter ihrer Bettdecke verstecken.

„Obwohl, süß ist er ja schon!“, schoss es ihr durch den Kopf. Dann ging sie nach unten, begrüßte ihre Eltern und fragte ihre Mutter, ob es in Ordnung wäre, wenn ein Klassenkamerad mit ihnen zu Abend essen würde.

„Du hast Besuch?“, fragte ihre Mutter nur überrascht. Luisa überlegte fieberhaft, sie brauchte eine glaubwürdige Erklärung.

„Ja, Ben hat sich zu Hause ausgesperrt und das Handy vergessen“, erklärte sie ihrer Mutter.

„Das war zumindest nicht ganz gelogen“, tröstete sie sich. „Sein Handy hat er wirklich vergessen.“

Inzwischen war auch ihr Vater mit dem Einkauf in die Küche gekommen. Luisas Mutter klärte ihren Ehemann kurz auf, dass sie einen Gast zum Essen hätten.

„Wird schon reichen“, meinte Luisas Vater nur. „Wer ist denn da?“

„Ben“, sagte Luisa nur. Und, an ihre Mutter gerichtet: „Danke, Mama!“

Wenig später saßen sie alle beim Essen. Luisas Eltern kannten Ben zwar von der einen oder anderen Schulveranstaltung, waren aber trotzdem überrascht. Bisher hatte ihre Tochter mit keinem Wort erwähnt, dass die beiden sich näher kannten.

Ben schmeckte das Essen sehr – Luisas Mutter hatte Hähnchenschenkel gemacht, im Ofen, und dazu Kartoffelbrei und Pfannengemüse.

„Kommt deine Mutter dich abholen, Ben", fragte Luisas Vater nun. „Oder soll ich dich später nach Hause fahren?"

Schweigen. Da war sie, die Frage aller Fragen. Und Ben wusste keine Antwort.

Es war Luisa, die ihn rettete.

„Mama, Papa", begann sie vorsichtig. „Ben hat Ärger zu Hause. Seine Mutter weiß nicht, dass er hier ist."

Sie musste anerkennen: Ihre Eltern reagierten absolut cool.

„Oh", sagte ihre Mutter.

„Ah", sagte ihr Vater.

Und beide sahen sich ratlos an.

„Na dann", brach Luisas Mutter das Schweigen. „Wer will noch ein Eis? Vielleicht mit heißen Himbeeren?"

Ben und Luisa schauten sich an, aber es war Luisas Vater, der einen Tick schneller war.

„Klasse Idee, ich hol schon mal das Eis rauf!"

Sie gingen alle in die Küche, die Himbeeren wurden erst in der Mikrowelle angetaut und dann im Topf heißgemacht. Luisas Vater verteilte das Vanilleeis und bald saßen sie alle wieder im Wohnzimmer auf dem Sofa und genossen ihren Nachtisch.

„Ben?", fragte Luisas Mutter vorsichtig.

Er sah sie an.

„Ben, deine Mutter ...“, sie zögerte, wusste nicht, wie sie das jetzt fragen sollte. „Deine Mutter hat dir aber nichts angetan, oder?“

Ben riss entsetzt die Augen auf. Ihm wurde schlagartig klar, dass es auch andere Gründe als einen einfachen Streit geben konnte, weswegen ein Kind von zu Hause weglief.

„Oh nein“, sagte er schnell. „Nein, nein! Wir haben uns nur ...“

Er machte eine Pause, jetzt kam es ihm selbst etwas albern vor.

„Wir haben uns nur gestritten“, sagte er kleinlaut.

Der Vater schaltete sich ein, vorsichtig.

„Von Mann zu Mann, Ben“, sagte er. „Wir sollten deine Mutter anrufen, damit sie weiß, wo du bist. Und dass es dir gut geht.“

Er schaute seine Frau an, wandte sich dann wieder an Ben.

„Und wenn du nicht nach Hause willst – und wenn deine Mutter es erlaubt –, kannst du auch hier im Gästezimmer schlafen.“

Das war ein Angebot. Luisa hätte ihren Vater umarmen können. Und tat es dann auch. Und ihre Mutter gleich mit.

Ben schaute in die Runde, er kam sich jetzt albern vor.

„Darf ich mal bitte telefonieren?“, sagte er leise.

✦ ✦ ✦

Hendrik und Maren saßen in der Küche, beide ratlos. Sie hatte ihm von dem Streit mit Ben erzählt und Hendrik hatte ein schlechtes Gewissen.

„Es tut mir so leid, Maren“, sagte er leise. „Ich hab ja nicht gewusst, dass ich so ein Problem für Ben bin.“

Sie schüttelte den Kopf, sah ihn mit roten, verheulten Augen an.

„Das ist doch nicht deine Schuld“, flüsterte sie. „Ich war es doch, der dich auf dem Hof hat wohnen lassen. Und ich war es, der mit dir nach Bremerhaven wollte. Und überhaupt, ich ...“

Ihre Stimme versiegte. Tränen stiegen ihr wieder in die Augen.

„Ich werde gehen“, sagte er entschlossen. „Morgen bin ich raus aus dem Hof, und du und Ben habt wieder eure Ruhe.“

Erneut schüttelte sie den Kopf.

„Nein, ich will nicht, dass du gehst. Und Ben will das auch nicht – er ist nur vollkommen durcheinander.“

Ihr Telefon klingelte. Sie schniefte, schaute auf die Nummer. Unbekannt. Sie ging dran.

„Ja?“

„Mama!“

„Ben!“, rief sie. „Oh Mann, Ben, wo steckst du?“

Und weinte und lachte dabei, alles gleichzeitig.

„Frau Verhoeven?“, kam nun eine weibliche Stimme aus dem Telefon. „Ihr Sohn ist bei uns – bei Luisa, seiner Klassenkameradin. Und er würde gerne nach Hause kommen.“

Hendrik hatte mitgehört, hatte an Marens Reaktion gesehen, dass alles in Ordnung zu sein schien.

„Wir holen ihn“, flüsterte er. „Wo ist er?“

Maren schaute ihn dankbar an, bedankte sich dann bei Luisas Mutter und bat darum, nochmals mit Ben sprechen zu dürfen.

„Ben, ich hab mir wahnsinnig Sorgen gemacht. Aber jetzt ist alles gut. Aber ich muss dich was fragen …“

Sie zögerte, machte eine Pause.

„Ich habe Hendrik um Hilfe gebeten, als ich dich nicht finden konnte. Du weißt ja, er hat das Auto und ich nicht.“

Wieder eine Pause.

„Sollen wir dich abholen? Oder soll Hendrik lieber fahren und du kommst mit Luisas Papa?“

Ben überlegte nur kurz, er kannte seine Antwort schon.

„Ist schon in Ordnung, Mama. Kommt ihr mich holen?“

Und er gab ihr die Adresse.

Mit dem Auto waren es nur knapp zehn Minuten von Maren zu Luisas Eltern. Maren starrte aus dem Fenster, Hendrik konzentrierte sich auf die verschneite Straße.

Als er in die Einfahrt fuhr, hatte Maren sich entschieden.

„Bleibst du bitte im Auto?“, sagte sie. „Ich geh allein rüber, ja?“

Er nickte, blieb angeschnallt sitzen. Maren stieg aus, lief hinüber zum Haus. Der Schnee knirschte jetzt unter ihren Schuhen. Sie kam nicht einmal bis zur Haustür, als diese schon geöffnet wurde – Luisa hatte bereits am Fenster gewartet.

Drinnen wurde sie von Luisas Eltern freundlich begrüßt, Ben stand bereits im Flur, die Jacke schon angezogen. Er war sichtlich erleichtert, aber auch verlegen.

Maren fuhr ihm liebevoll mit der Hand durchs Haar, wie sie es immer tat. Diesmal ließ er es geschehen, zog den Kopf nicht wie so oft unter halbherzigem Protest weg.

„Es tut mir sehr leid, dass Sie Umstände hatten“, sagte sie leise zu Luisas Mutter. Die jedoch winkte ab. „Egal wie alt sie schon sind, es sind immer noch Kinder“, sagte sie mitfühlend.

Ben verabschiedete sich von Luisa. Er schaute sie dankbar an, sie war da gewesen, als er jemanden brauchte. „Ciao, Luisa. Bis morgen!“, sagte er.

Sie lächelte ihn an, ermutigend. „Ja, bis morgen, Ben!“

Als sie am Auto ankamen, hatte Hendrik schon den Motor laufen, und die Heizung kämpfte auf Hochtouren gegen den jetzt schneidenden Nordwestwind an.

Ben stieg hinten ein. Hendrik drehte sich zu ihm um, warf ihm einen kurzen, prüfenden Blick zu.

„Alles in Ordnung?“

Ben nickte.

„Ja, glaub schon“, murmelte er. „Geht schon.“

Die Fahrt zu Marens Wohnung verlief schweigend. Im Rückspiegel konnte Hendrik sehen, dass Ben sich ganz in seine Winterjacke eingemummelt hatte, sich fast schon versteckte.

Vor dem Haus angekommen, hielt Hendrik in der Einfahrt, machte sich nicht die Mühe, zu parken. Maren und Ben stiegen aus, er blieb im Wagen sitzen.

Ben war schon vorausgegangen, Maren beugte sich noch einmal durch die Beifahrertür.

„Danke, Hendrik, dass du so schnell gekommen bist“, sagte sie leise.

Hendrik nickte nur.

„Kein Problem. Falls ihr etwas braucht, du weißt, wo du mich findest."

Sie erwiderte das Nicken, schloss dann die Tür. Dann eilte sie Ben nach, der schon an der Haustür auf sie wartete.

Ganz langsam setzte Hendrik zurück, rollte auf die verschneite Hauptstraße und fuhr dann in Richtung des Hofs.

„Was für ein Abend."

Er hoffte, dass Maren und Ben sich aussprechen würden. Hatte das Gefühl, dass auch er und sie noch nicht mit allem im Reinen waren. Und Ben? Da hatte er auch noch keine Antwort finden können.

Oben in der Wohnung war Ben direkt in sein Zimmer verschwunden. Maren blieb für einen Moment im Flur stehen, holte tief Luft. Dann klopfte sie leise an seine Tür.

Nichts.

Sie öffnete sie vorsichtig, steckte den Kopf hinein. Ben saß in seinem Sitzsack, starrte aus dem Fenster hinaus in das Schneetreiben.

„Ich könnte noch eine heiße Schokolade vertragen", sagte sie vorsichtig. „Trinkst du eine mit?"

Er zögerte, dann nickte er.

Sie ging in die Küche, sah das Abendessen. Kalt. Sie nahm die beiden Teller, deckte sie mit Folie ab und bugsierte sie in den Kühlschrank. Vielleicht morgen.

Im gemütlichen Schein der Küchenlampe saßen sie wenig später am Tisch, beide mit den Händen um ihre Tassen mit der heißen Schokolade.

Sie schwiegen. Nicht aus Verlegenheit, aber beide merkten, dass es nicht die Zeit für Worte war. Ben schaute seine Mutter an.

„War doof von mir. Sorry, Mama!"

Sie lächelte, strich ihm über den Arm. Er ließ es geschehen. Freute sich sogar.

„Schon gut, vergessen wir's. War aber auch keine einfache Zeit, oder?"

Er nickte, rührte gedankenverloren mit dem Löffel in seiner Tasse.

„Meinst du, er hasst mich jetzt?", wollte er plötzlich wissen. „Hendrik, meine ich."

Sie sah ihn für einen Moment nachdenklich an.

„Nein, ganz sicher nicht", antwortete sie langsam. „Freunde hassen ihre Freunde nicht, nur weil sie mal Mist bauen."

Sie ließ die Worte einen Moment wirken.

„Weißt du, dein Onkel hat ihn auch nicht gehasst."

Sie dachte über ihre Worte nach.

„Und ich habe es versucht", sagte sie leise. „Aber es geht nicht. Egal, was er getan hat oder ich getan habe oder du getan hast, Ben. Die Freundschaft bleibt. Wir müssen sie nur pflegen."

In diesem Moment wusste Ben, dass nicht jeder Streit gleich ein Ende bedeuten musste. Und dass Freundschaft manchmal einfach hieß, für den anderen da zu sein, wenn es am meisten drauf ankam.

So, wie Luisa für ihn da gewesen war. Und Hendrik für seine Mama.

– Aus Hendriks Tagebuch –

„Sie ist ihm ähnlich. Nicht von außen, aber von innen! Vielleicht ist es das, was bleibt, wenn jemand geht: Ein kleiner Teil lebt in jenen, die zurückbleiben, weiter …“

Ben

„Mama?“, fragte Ben beim Sonntagsfrühstück.

Sie schaute hoch, war gerade dabei, sich ein frisches Brötchen aufzuschneiden. Ben war schon beim Bäcker gewesen.

„Ja?“

„Mal wegen Hendrik“, begann er vorsichtig, wartete auf eine Reaktion. Doch seine Mutter blieb gelassen.

„Ihr seid doch jetzt Freunde, oder?“

Immer noch vorsichtig. Tastend.

„Das hoffe ich zumindest“, gab sie nachdenklich zurück.

Dann schwiegen beide wieder. Von Hendrik hatten sie seit dem Abschied vor der Haustür vor drei Tagen auch nichts gehört.

„Heute ist doch der Vierte Advent“, sagte er, offensichtlich das Thema wechselnd. Sie war überrascht.

„Stimmt, noch bis Mitternacht“, bestätigte sie spitzbübisch lächelnd. Sie wusste, dass er den Spruch hasste. Diesmal aber ignorierte er ihn.

„Wollen wir es noch mal mit dem Weihnachtsmarkt in Stade versuchen?“

Sie überlegte. Warum eigentlich nicht. Beim letzten Besuch war sie abgelenkt, mit ihren Gedanken woanders. Und hatte sich gar nicht auf den kleinen, aber feinen Markt konzentrieren können.

„Ja, warum nicht?", antwortete sie. Er biss in sein Brötchen, hatte sich eine dicke Portion Nuss-Nougat-Creme drauf geschmiert. Die war inzwischen nicht nur auf dem Brötchen, sie klebte auch in seinen Mundwinkeln.

„Wollen wir Luisa fragen, ob sie auch Lust hat?"

„Ui", dachte sich Maren. „Das ist neu."

Sie hatte Luisa bisher nicht gekannt. Ben hatte sie nicht erwähnt und deswegen hatte sie sie neulich Abend auch nicht auf dem Schirm, als sie all seine Freunde abtelefoniert hatte.

„Wenn sie Lust hat, natürlich!"

„Hat sie, ich hab sie schon gefragt!"

Sie würde ihm irgendwann noch beibringen müssen, seine Entscheidungen zu treffen und dann auch dazu zu stehen. Aber nicht jetzt.

„Und Mama?"

„Ja?"

„Wegen Hendrik."

Ihr stockte der Atem.

„Jaaa?"

„Wenn er doch jetzt unser Freund ist", sagte er langsam. „Wollen wir ihn auch fragen?"

Sie schaute ihn überrascht an. Nicht nur wegen der Frage an sich.

„Jetzt ist aus ‚dein Freund' schon ‚unser Freund' geworden?", überlegte sie. „Versprechen oder Plan?"

Sie beschloss, dass es Zeit wäre, jetzt ihre Karte zu spielen – Ben würde die Entscheidung treffen müssen.

„Gute Idee", sagte sie. „Wenn du magst, frag ihn doch einfach. Ich schicke dir seine Handynummer, er hat ja *WhatsApp*."

Sie holte ihr Handy hervor, tippte kurz und schickte ihm Hendriks Kontakt. Er schaute entgeistert.

„Und, Ben?"

Er schaute sie an, immer noch entgeistert.

„Wenn du ihn fragst, dann frag ihn doch auch, ob wir mit dem Bus oder dem Auto fahren wollen."

Nach dem Frühstück räumte sie den Tisch ab, stellte alles in den Kühlschrank zurück und kümmerte sich um die Spülmaschine. Ben war in sein Zimmer abgezogen. Sie wusste, dass er nun an etwas zu knabbern hatte.

Ben saß in seinem Zimmer, schrieb eine Nachricht an Luisa.

> *„Weihnachtsmarkt geht klar. Hab Mama gefragt, ob sie Hendrik mitnehmen will. Jetzt soll ich entscheiden, sagt sie."*

Er beobachtete das Display, sah Luisa eine Antwort tippen. Wartete gespannt, was sie schreiben würde.

> *„Sehr cool! Dann frag ihn doch. Dann können wir mit dem Auto fahren."*

Das hatte ihn jetzt nicht wirklich weitergebracht, überlegte er. Aber was hatte er erhofft? Dass sie ihm die Entscheidung abnehmen würde? Vielleicht, indem sie sagte, sie wäre lieber mit ihnen allein unterwegs? Aber den Gefallen hatte sie ihm nicht getan.

Er tippte wieder eine Nachricht. Diesmal an Hendrik.

> *„Hallo, Hendrik, ich bin's, Ben. Willst du mit uns nach Stade auf den Weihnachtsmarkt?"*

Er betrachtete sein Werk, löschte den Text dann wieder.

„Nee, das geht gar nicht. Das klingt dämlich."

Er versuchte noch ein oder zwei weitere Varianten, löschte sie aber ebenfalls gleich wieder. Und tippte erneut.

> *„Hallo, Hendrik. Mama, Luisa und ich wollen heute auf den Weihnachtsmarkt in Stade. Wir würden den Bus nehmen. Ich hab Mama gefragt, ob es OK ist, wenn ich dich auch einlade. Hast du Lust? Ben"*

Kritisch las er den Text, korrigierte noch einen Tippfehler, dann war er zufrieden.

„Ja, das sieht besser aus", entschied er. Und schickte die Nachricht weg.

Die nahm ihren Weg durch das weltweite Netzwerk, nur um Millisekunden später wenige Hundert Meter entfernt auf Hendriks Mobiltelefon einzutrudeln.

Der schaute überrascht von seinem morgendlichen Kaffee auf. Er hatte es sich inzwischen zur Angewohnheit gemacht, auf dem neuen Laptop die Nachrichtenlage zu verfolgen.

Abends hatte er dazu meistens keine Lust mehr, aber am nächsten Morgen war es ein langsamer und sinnvoller Start in den Tag. Weltlage, Nachrichten aus Deutschland und zu guter Letzt noch zwei lokale Nachrichtenportale mit Informationen aus dem Alten Land und Hamburg.

Hendrik las die Nachricht auf dem Handy, die Nummer war unbekannt, der Absender aber dennoch klar. Ben.

Er speicherte den Eintrag ab, jetzt hatte also Ben direkt Kontakt mit ihm aufgenommen. Und das mit einer Einladung!

Er überlegte. Dass er annehmen würde, stand außer Frage. Aber wie? Er tippte seine Antwort, wollte seine Worte sehen, bevor er sie abschickte.

> *„Hallo, Ben. Was für eine tolle Überraschung. Ja, ich komme gerne mit Euch!"*

Mit dem Bus, das wusste er, würden sie etwa eine halbe Stunde brauchen. Mit dem Auto wäre er nur unwesentlich schneller, müsste aber einen Parkplatz suchen. Und vor allem wollte er nicht als „derjenige mit dem Auto" dastehen, nicht am Anfang jedenfalls.

> *„Die Idee mit dem Bus ist großartig, der kommt ja von mir und fährt direkt bei euch vorbei."*

Hendrik musste grinsen, als er sich die Wirkung der Worte auf Ben vorstellte. Also legte er nach.

> *„Und wir brauchen auch keinen Parkplatz. Also ja: Ich komme sehr gerne mit und ja, der Bus ist eine tolle Idee! Um wie viel Uhr?"*

Es dauerte ein paar Minuten, dann piepste das Handy wieder.

„14 Uhr. Du müsstest also den 13:54er erwischen. Wir steigen dann an der Kirche ein. Bis später.“

Ben hatte die Nachricht mit einem Smiley abgeschlossen. Hendrik wusste, dass das fast üblich war, dass das lächelnde Gesicht also vielleicht nicht wirklich etwas ausdrückte. Trotzdem freute er sich.

Hendrik schaute auf die Uhr, er hatte also noch etwas Zeit. Ihm kam eine Idee und je mehr er darüber nachdachte, desto besser erschien sie ihm. Unkonventionell, aber warum eigentlich nicht?

Er verließ das Haus, fuhr nach Stade rüber und parkte das Auto in der Nähe des Bahnhofs, in einer Seitenstraße, nicht weit von seinem alten Hotel entfernt.

Kurz kam ihm der Gedanke, bei den Krohns vorbeizuschauen, aber nach einem Blick auf seine Uhr entschied er sich dagegen.

Er machte sich auf den Weg zum Busbahnhof, hatte Glück und erwischte zeitnah den Bus zurück nach Hause. Wieder auf dem Hof angekommen hatte er nur noch wenig Zeit, bis er schon wieder aufbrechen musste.

„Bus um 13:54? Dann reicht es gerade noch für einen Happen. Und einen Kaffee“, überlegte er. Er hatte Hunger, hatte sich unterwegs nur schnell ein süßes Teilchen von einer Bäckerei gegönnt. Nichts, was ihn wirklich satt gemacht hätte.

Ein Essen war schnell gefunden, er aß es im Stehen, direkt aus dem Kühlschrank. Dann war er auch schon wieder unterwegs zum Bus, verpackt in seine warme Winterjacke, mit

Handschuhen und einer Mütze. Er erreichte die Haltestelle zeitgleich mit dem Bus. Geschafft! Gerade so.

Wenige Minuten später rollte der Bus dann durch den Ort und er konnte Maren, Ben und Luisa an der Haltestelle warten sehen.

Zwei ältere Personen, wohl ein Pärchen, verließen den Bus, die drei stiegen ein, setzten sich zu ihm auf die Vierergruppe.

„Hallo, Hendrik", sagten Maren und Ben unisono – und Luisa grinste ihn an. „Hallo, Herr Seversen, ich bin Luisa", sagte sie. „Wir kennen uns ja noch gar nicht."

Er war überrascht, Höflichkeit bei Jugendlichen war nicht selbstverständlich dieser Tage.

„Aber Ben ist auch ein netter Kerl", dachte er. „Gut erzogen. Da passt Luisa ins Bild."

„Hallo, Luisa", antwortete er ihr. „Sag doch auch einfach Hendrik, wenn das für dich in Ordnung ist. Sonst fühl ich mich gleich so alt."

Ben sah Luisa verschwörerisch an, setzte ein fieses Grinsen auf, als er Hendriks Bemerkung dann kommentierte.

„Genau genommen bist du das ja auch!"

Hendrik musste lachen. Maren, die zuerst erschrocken war, sah seine Reaktion, stimmte in das Lachen ein.

„Hast ja recht, du Jungspund!", antwortete er ihm. Und damit war das Eis gebrochen.

Die Zeit im Bus verging schnell. Als sie in Stade an der S-Bahn-Station ausstiegen, waren sie alle guter Laune und freuten sich auf den Weihnachtsmarkt.

Sie bildeten zwei Gruppen. Luisa und Ben vorneweg, Maren und Hendrik hingen etwas zurück.

„Die verstehen sich gut, die zwei“, sagte Hendrik leise zu Maren. Sie nickte.

„Oh ja!“, antwortete sie. „Das ist zwar etwas überraschend für mich, aber ich freue mich total für Ben.“

Und fügte schnell hinzu: „Für Luisa natürlich auch.“

Sie bummelten durch die Stadt, kamen am Hotel der Krohns vorbei. Hendrik deutete auf das Schild.

„Das war mein Hotel für die ersten Nächte hier“, erinnerte er sich. Sie sahen ihn alle gespannt an, warteten.

„Nachts aus Indien weg, am nächsten Abend hier in Stade. Und ich hatte keine Ahnung, was ich dann tun sollte.“

Sie gingen weiter, kamen zum alten Hansehafen und genossen das bunte Treiben auf dem Weihnachtsmarkt. Glühwein für die Erwachsenen. Ben und Luisa hatten sich für Punsch entschieden. Und Crêpes für alle. Und gebrannte Mandeln.

„Schau mal da drüben“, sagte Maren und deutete auf einen Stand mit Weihnachtsdekoration. „Lass mich da mal kurz drüberschauen.“

Sie ging mit Hendrik zu dem Verkäufer, der – zumindest laut seinem Schild – original Erzgebirger Weihnachtskunst verkaufte.

„Schau mal, wie hübsch!“

Maren betrachtete die Auslage mit glänzenden Augen. Sie liebte die Handwerkskunst, überlegte, ob sie sich etwas leisten sollte.

„Ja, das findest du in Afrika und Indien nicht“, stimmte Hendrik ihr zu. „Wenn sie Weihnachten feiern, dann eher fröhlich und bunt. Mit glitzernden LED-Lichterketten in allen Farben. Und viel von diesem Plastikzeugs ‚Made in Fernost'"

Er war ebenso fasziniert von der Auslage wie sie. Allerdings aus einem anderen Grund.

„Ich war all die Jahre nie auf einem Weihnachtsmarkt. Hier gibt es noch genau die gleichen Sachen wie in meiner Kindheit!", wunderte er sich.

Sie schaute ihn nachdenklich an.

„Ja, manche Dinge ändern sich halt doch nie", antwortete sie ihm leise.

Hendrik entschied sich, auf seinen Bauch zu hören. Er erstand eines der Räuchermännchen und die dazugehörenden Räucherkegel.

„Ich hab ja sonst gar nichts Weihnachtliches bei mir zu Hause", erklärte er einer erstaunten Maren. „Muss mich doch wieder hier anpassen!"

Die nächsten zwei Stunden vergingen wie im Flug. Inzwischen war es dunkel geworden, die Lichter an den Buden strahlten in warmem Weiß und Schneefall hatte eingesetzt.

„Zum Glück haben wir heute keinen so fiesen Wind wie neulich", sagte Luisa, als sie alle an einer heißen Schokolade nippten. „Aber Aufwärmen müssen wir uns natürlich trotzdem."

Ben nickte, schaute erst Luisa an und dann seine Mutter.

„Mama? Luisa hat vorgeschlagen, dass wir noch zu ihr fahren. Ihre Eltern sind mit dem Auto hier und würden uns mitnehmen."

Er schaute sie unsicher an, wollte sie nicht alleine lassen, wenn sie es nicht gutheißen würde.

„Darf ich?"

Maren lachte. Es war ein fröhliches Lachen.

„Na klar, Großer. Aber frag bitte Luisas Papa, ob er dich später nach Hause bringen kann. Du weißt ja – kein Auto, und wir sind auch mit dem Bus hier."

Er nickte. Es war Luisa, die statt seiner antwortete.

„Das ist sicher kein Problem, mein Papa macht das gerne!"

Damit war alles geklärt. Fast alles.

„Ben, hast du deinen Haustürschlüssel dabei?"

Er nickte, zeigte ihr den Schlüssel, den er stets an einer Kordel um den Hals trug.

„Klar, Mama."

Sie war zufrieden. Die beiden Jugendlichen verabschiedeten sich und verschwanden in der Menge. Sie war mit Hendrik alleine.

„Und nun?", wollte sie von ihm wissen.

Er überlegte nicht lange.

„Ich hatte so etwas schon geahnt", gestand er ihr. „Wie wäre es für uns mit einem Essen? Die Krohns im Hotel haben auch ein ganz tolles Restaurant!"

Sie willigte ein, dann fiel ihr der Bus ein.

„Oh, aber wir müssen uns beeilen", sagte sie. „Der letzte Bus fährt um kurz nach 20 Uhr!"

Jetzt war es an Hendrik, zu grinsen.

„Ich sagte ja: Ich habe so was schon geahnt. Mein Wagen steht am Bahnhof."

Sie schaute ihn überrascht an, dann verstand sie.

„Hendrik Seversen“, sagte sie streng. „Bei dir muss man ja auf alles gefasst sein!“

Er schmunzelte.

„Berufskrankheit – mach du mal internationale Projekte, da weißt du nie, was der Tag noch so bringt!“

Sie gingen hinüber zu den Krohns, die sich sichtlich über Hendriks Besuch freuten. Maren war überrascht, eine solch herzliche und persönliche Begrüßung hatte sie gar nicht erwartet.

„Oh“, erklärte ihr Helene, „der gehörte schon nach zwei Tagen zum Inventar! Sie haben da ein Goldstück eingesammelt.“

Maren, der das zunächst etwas peinlich war, musste ihr aber insgeheim zustimmen. Nur eben anders, als die Hoteliers-Frau dachte.

„Den Hendrik“, erwiderte sie, „den kannte ich schon, als ich selbst noch Teenager war. Er war der beste Freund meines Bruders, wissen Sie?“

Helene merkte, dass sie auf dem Holzweg war, als sie an eine Beziehung zwischen den beiden gedacht hatte. Und dass Maren sie ganz vorsichtig auf den richtigen Pfad zurückbrachte.

„Nach dem Tod meines Bruders hatte ich seinen verwaisten Hof“, fuhr Maren fort. „Und Hendrik brauchte eine neue Heimat. Und so wäscht eine Hand die andere: Er kümmert sich um Hof und Hühner, ich lasse ihn da wohnen.“

Helene nickte. Das erschien ihr ein fairer Deal. Und sie freute sich, dass die beiden jungen Menschen aus einer jeweils schwierigen Lage etwas Gutes machen konnten.

„Lassen Sie uns ein Plätzchen für Sie beide finden", wechselte sie das Thema. „Und dann schauen Sie mal, was Sie gerne essen möchten."

Maren und Hendrik setzten sich, sahen unschlüssig die Karte durch.

„Puh", seufzte Maren. „Das klingt alles lecker!"

Hendrik musste ihr zustimmen, die Wahl fiel heute wirklich schwer.

„Moin, Hendrik", hörte er eine Stimme neben dem Tisch. Sönke war aus der Küche gekommen, als er gehört hatte, dass sein Lieblingsgast anwesend war. Jetzt wischte er sich gerade die Hände an der Schürze ab, strahlte sie beide an.

„Maren", sagte Hendrik, „darf ich dir Sönke vorstellen? Er ist hier die Seele der Küche!"

Maren schüttelte dem Koch die Hand, angetan von der ganz offensichtlichen Freude, die der Mann über ihre Anwesenheit empfand.

„Vergesst mal die Karte", sagte Sönke nun. „Ich empfehle die Ente. Heute Morgen frisch reingekommen und absolut der Hammer. Wenn ihr also nicht gerade Vegetarier seid ..."

Er ließ die Frage im Raum stehen, aber Maren schüttelte den Kopf. Nein, sie liebte zwar vegetarisches Essen sehr, aber als *Vegetarierin* würde sie sich nie bezeichnen.

Sie schloss die Karte, nickte Sönke zu.

„Dann also die Ente. Wie machst du sie?"

Etwas erschrocken schaute sie ihn an.

„Ich darf doch ‚Du' sagen?"

Sönke strahlte sie an. „Natürlich! Und die Ente? Die kommt tranchiert. Ich würde euch die Brust empfehlen. Mit leichter Orangensoße, Apfelrotkohl und hausgemachten Klößen."

Nun schlug Hendrik seine Karte ebenfalls zu.

„Deal!", war sein einziger Kommentar. Der Koch verschwand zufrieden in die Küche und machte sich an die Arbeit.

„Sie wirkt glücklich", dachte Hendrik, der über den Rand seines Bierglases Maren betrachtete. Sie hob ihr Rotweinglas, zeigte ihm einen stillen Salut und genoss den schweren, mächtigen Wein, den Ernst ihr empfohlen hatte.

„Schade, dass du alkoholfrei bleiben musst", sagte sie. „Der hier ist ausgezeichnet!"

Sie schaute sich gedankenverloren im Restaurant um. „Komisch, da bin ich mein ganzes Leben lang in Stade und Umgebung, aber das hier kannte ich gar nicht!"

Er schmunzelte.

„Da muss ich also erst um die halbe Welt reisen, damit du ein neues Restaurant in deiner Heimatstadt findest?", fragte er. Korrigierte sich dann. „In unserer Heimatstadt!"

Sie nickte. Die Zeit bis zum Essen verbrachten sie mit allerlei Small Talk. Maren erzählte von ihrer Zeit in Hamburg, ohne auf die Details ihrer gescheiterten Ehe einzugehen. Ihr Resümee: „Hamburg hat auch viele tolle Seiten, die lasse ich mir durch nichts kaputtmachen!"

Er wiederum erzählte ihr von Afrika, aber nicht von der Arbeit. Und nicht von Marion. „Das ist mit Afrika genauso wie bei dir mit Hamburg“, schloss er. „Alles hat seine Schattenseiten, aber da sind auch ganz viele tolle Momente gewesen, die ich nicht missen wollte!“

Das Essen kam. Sönke hatte nicht übertrieben, die Ente war perfekt. Frisch, zart. „Zum Reinlegen!“, wie Hendrik es formulierte.

Auch wenn sie mehr als satt waren, den vom Koch als „Gruß aus der Küche“ geschickten Nachtisch, Bratapfel mit Vanillesoße, konnten sie natürlich nicht ignorieren.

„Geschenkt ist schließlich geschenkt!“, fasste Maren das Dilemma zusammen.

Gesättigt, zufrieden mit dem netten Abend und der Gesellschaft gingen sie dann zu Hendriks geparktem Auto. Die Heimfahrt verlief schweigend, es war genug gesagt.

Vor ihrem Haus parkte er diesmal den Wagen, stellte den Motor ab. Er fühlte, dass ihr noch etwas auf dem Herzen lag.

„Was ist es, Maren?“, fragte er vorsichtig. „Dich beschäftigt doch noch was?“

Sie zögerte. Ja, da war noch was, und sie hatte es die ganze Zeit vor sich hergeschoben. Wusste nicht, wie sie es formulieren sollte.

„Hendrik“, sagte sie leise. „Wegen Heiligabend. Ich weiß, dass du hier niemanden hast. Aber bitte sei uns nicht böse – Ben und ich verbringen Heiligabend immer gemeinsam. Nur wir zwei. Das ist unser Ritual – schon, als ich noch mit meinem Ex verheiratet war. Der war für Sentimentalitäten nicht zu haben – und es war Bens und mein kleiner Fluchtraum ...“

Er verstand sie sehr gut, und es störte ihn überhaupt nicht. Ehrlich gesagt hatte er noch nicht einmal an Weihnachten gedacht.

„Maren“, sagte er jetzt erleichtert. „Wenn das alles ist, dann mach dir keinen Kopp! Ich komme sehr gut alleine klar, das war ja auch die letzten Jahre nicht anders. Und ...“, er drehte sich zur Rückbank um, fischte das Räuchermännchen aus seiner Verpackung und hielt es demonstrativ hoch.

„Und ich hab ja Gesellschaft!“

Sie lachte, erleichtert, dass er es so einfach genommen hatte. Manchmal konnten die Dinge sich so leicht in Luft auflösen, man musste sie nur ansprechen.

„Danke, Hendrik!“, sagte sie. „Danke für den Nachmittag und den tollen Abend.“

Sie stieg aus, beugte sich noch einmal zum Auto herunter. „Gute Nacht!“

Er nickte ihr zu, freute sich, dass es ihr gefallen hatte.

„Der Abend war wirklich besonders, Maren. Danke für diese Zeit!“

Er winkte ihr zu. „Gute Nacht!“

Sie schloss die Beifahrertür, er startete den Motor und rollte langsam vom Parkplatz. Sah im Rückspiegel, wie sie ihm noch nachblickte. Schaltete einmal kurz zum Gruß die Warnblinkanlage an. Und war um die nächste Kurve verschwunden.

✦ ✦ ✦

Der Heiligabend war für Hendrik etwas Besonderes. Zum einen war es das erste Weihnachten, das er seit zwanzig Jahren wieder zu Hause verbrachte. Und zum anderen, weil er die Gelegenheit nutzen wollte, sich bewusst eine Auszeit zu gönnen.

„Weihnachten zu Hause", ging es ihm durch den Kopf. „Das ist das erste Mal, dass du so über das Alte Land denkst, oder?"

Er hatte das Räuchermännchen direkt am Tag nach dem Weihnachtsmarkt eingeweiht. Der Duft der Tannennadeln, der danach durch die Küche schwebte, erinnerte ihn an die glücklichen Zeiten seiner Kindheit.

Was das Essen anging – da hatte er sich eingedeckt, musste wegen einer anderen Sache noch nach Stade und war den Versuchungen des großen Lebensmittelmarkts und des Elektromarkts erlegen.

„Willkommen im neuen Zuhause!"

Das war sein Gruß an die Mikrowelle und den Eierkocher und den kleinen Bluetooth-Lautsprecher gewesen. Letzteren hatte er direkt in Betrieb genommen, hatte sich zuvor von Ben zeigen lassen, wie das mit der Musik heute so ging.

„Hendrik", hatte der ihm erklärt, „man kauft heute keine CDs mehr! Das ist ja sowas von gestern!"

Dann hatte Ben ihm gezeigt, wie er mit seinem Handy ganz einfach die Musik aus dem Internet streamen konnte. Er war überrascht – schnelles Internet war an den Orten, an denen er gewesen war, keine Option, und so war diese gesamte Veränderung an ihm vorbeigegangen.

„Ich glaube", hatte er Ben geneckt, „ich erzähle dir besser nicht, dass ich meine Musik-Kassetten und den Kassettenspieler in Indien zurücklassen musste."

Ben hatte nur die Augen verdreht.

Aber das musste Hendrik zugeben, die Musik direkt gegen eine vergleichsweise geringe Gebühr immer und überall parat zu haben und sie jetzt auch mit einem ganz veritablen Sound abspielen zu können ... das hatte schon was!

Und so dudelten seine Lieblingssongs, während Hendrik in aller Ruhe die Lebensmittel hereinschleppte.

„Wer soll das alles essen?", fragte er sich, nachdem der Wagen leer und der Kühlschrank voll waren. „Ich brauche dringend Gäste, sonst verkommt mir die Hälfte von dem Zeug!"

Inzwischen sah er das Haus als sein „Zuhause" an. Er hatte mit Marens Zustimmung auch die beiden Kinderzimmer ausgemistet und auf Vordermann gebracht. Ebenso das alte Schlafzimmer der Eltern, das am Ende Thies als Schlaf- und Aufenthaltsraum gedient hatte.

Die Sache mit den Kinderzimmern war schwierig gewesen. Marens Reaktion auf sein Vorhaben war einfach, hatte ihn aber auch nicht weitergebracht.

„Gute Idee", hatte sie nur gesagt. „Schmeiß einfach alles raus, was du nicht brauchst!"

Am Anfang hatte sich Hendrik noch die Mühe gemacht, die Bücher, Heftchen und Kisten durchzuschauen, bevor sie im Kofferraum und dann auf dem örtlichen Wertstoffhof landeten.

Später, nachdem er bemerkte, dass er keine einzige Sache daraus aufgehoben hatte, verkürzte er den Prozess: Kiste freilegen, Kiste in den Kofferraum stellen, Kofferraum vollmachen, Wertstoffhof.

„Ich habe in diesen Kisten keine Erinnerungen. Maren will ihre nicht und Thies braucht seine nicht mehr."

Und so hatten sich die drei Zimmer recht schnell geleert und warteten nun auf eine neue Bestimmung. Zumindest waren sie bereit für eine Veränderung.

Den Heiligabend erklärte Hendrik allerdings zur arbeitsfreien Zeit – es war seine bewusste Entscheidung für eine Auszeit.

Und er zelebrierte den Tag. Es wurde ausgiebig gefrühstückt, das Brot hatte er am Vorabend zum ersten Mal selbst gebacken. Dazu Butter und Orangenmarmelade. Dann Käse, Schinken, Oliven. Und frische Eier – jetzt aus seinem automatischen Eierkocher.

„Der Tag fängt gut an", murmelte er genüsslich bei seiner dritten Tasse Kaffee.

Für den Nachmittag bereitete er etwas Besonderes vor. Er legte einen Teller mit einer weihnachtlichen Serviette aus und drapierte allerlei Leckereien darauf: Spekulatius, Kekse, Marzipan ...

„Bunter Teller" hatte seine Mutter das früher genannt.

Noch so eine Tradition, die er wieder aufleben lassen wollte – und die positive Erinnerungen in ihm weckte.

Er fuhr zum Friedhof hinüber, besuchte die Gräber, wie er es normalerweise einmal in der Woche tat. Es waren kurze Besuche, ein kleines Ritual, das ihn mit seinen Eltern und mit Thies verband.

Zurück auf dem Hof kümmerte er sich um sein Abendessen. Sorgsam entzündete er eine Kerze. Dann nahm er einen der kleinen Räucherkegel, zündete auch diesen an und setzte ihn in das Räuchermännchen. Und dazu machte er sich eine schöne Tasse Tee.

Dann widmete er sich der Hauptspeise. Er war wieder beim Apfelrotkohl angekommen, den liebte er. Und hatte im benachbarten Hoflädchen Glück gehabt, konnte welchen ergattern. Zu guter Letzt kümmerte er sich um die Herzoginnenkartoffeln.

Vorab hatte er bereits den Feldsalat verlesen und gewaschen. Dazu gab es Birnenstückchen und eine selbst gemachte Vinaigrette. Kurz vor dem Essen würde er noch die vorbereiteten Walnüsse anrösten und dazugeben.

Vom Metzger ließ er sich drei Rehmedaillons geben. Die Kochanweisung gab es gratis dazu.

„In der Pfanne kurz und heiß anbraten, dann bleibt es innen rosa und zart", hatte ihm die Metzgerin eingeschärft. „Dann den Bratensatz mit etwas Rotwein lösen, ein paar zerdrückte Wacholderbeeren rein und, wenn Sie mögen, andicken. Fertig!"

Das würde er wohl hinbekommen, er freute sich auf die neue Erfahrung.

Das Essen war ein voller Erfolg – nur leider konnte der Koch keinen Applaus einheimsen, denn er war auch der einzige Gast.

„Befangen, Euer Ehren, befangen!", schmunzelte er.

Und so war der Heiligabend nach einem guten Essen und mit einem guten Rotwein, einem feinen Buch und etwas Musik ganz ruhig ausgeklungen.

Als er gegen Mitternacht die Küche verließ, ging er mit Absicht nicht durch das Esszimmer, sondern über den Flur.

Er öffnete die Tür zu Thies' Arbeitszimmer, machte aber kein Licht an.

„Frohe Weihnachten, mein Freund. Frohe Weihnachten!"

✦ ✦ ✦

Am ersten Weihnachtsfeiertag kamen Maren und Ben vorbei, statteten ihm einen Besuch ab.

„Wie war dein Heiligabend?", wollte Maren wissen – sie hatte immer noch ein schlechtes Gewissen. Aber sie wurde schnell beruhigt.

„Perfekt", sagte Hendrik.

Dann erzählte er ihr von seinem Tag, wie sehr er die Ruhe, die alten Rituale und sein Kochen genossen hatte. Und wie er danach mit dem Rotwein und einem Buch einen friedlichen und befriedigenden Abend verbracht hatte.

„Was hast du denn gelesen?", wollte sie wissen. „Natürlich nur, wenn du es mir verraten willst."

Er überlegte kurz, kam aber zu dem Schluss, dass es nicht schaden würde.

„Ein Buch über eine junge Frau, die versucht, sich das Leben zu nehmen, weil sie mit dem ihrigen nicht zurechtkommt", sagte er langsam.

Sie schaute ihn erstaunt an.

„Das klingt jetzt nicht nach angenehmer Literatur?!"

Das kam halb fragend, halb wertend.

„Nein", sagte er, „klingt im ersten Moment schlimmer, als es ist. Sie schafft es nämlich nicht. Ist in einer Welt dazwischen gefangen und fängt an, all die Leben, die sie hätte leben können, auszuprobieren."

Maren schaute ihn immer noch zweifelnd an.

„Am Ende“, fasste er das Buch mit einem Satz zusammen, „findet sie für sich heraus, dass das einzige Leben, das sie will, ihr eigenes ist.“

Er schaute sie prüfend an, sah, dass sie die Erklärung akzeptierte.

„Am Ende also ein Happy End?“, fragte sie.

„Ja. Definitiv ein Happy End!“

Den Rest des Nachmittags verbrachten sie in der Küche. Hendrik hatte den Teller mit den Keksen hervorgezaubert, und alle halfen fleißig mit, den armen Teller von seiner Last zu befreien.

Ben taute langsam auf, er schaute sich neugierig in der Küche um.

„Du hast nicht viel verändert“, stellte er fest. „Aber das, was du verändert hast, ist gut!“, gab er Hendrik seine Absolution.

„Und eine Mikrowelle hat hier echt gefehlt!“

Der Nachmittag plätscherte vor sich hin – Ben wollte irgendwann wissen, wie Hendrik denn in all den Jahren in Afrika und Indien Weihnachten erlebt hatte.

„Weißt du, Ben,“ fing Hendrik an, „Weihnachten ist eine europäische Erfindung. Mit den Auswanderern ist sie dann natürlich auch in andere Teile der Welt geschwappt, aber sie ist zutiefst europäisch.“

Er nahm einen Schluck Tee, griff nach einem der Kekse und knabberte daran.

„In Afrika wird Weihnachten ganz anders gesehen. In Sierra Leone, wo ich zuerst gewesen bin, sind drei Viertel der

Bevölkerung Moslems. Das Christentum spielt nur eine untergeordnete Rolle."

Er machte eine Pause, die Bilder von seiner Ankunft in Afrika erschienen vor seinem inneren Auge. Er hoffte, dem Jungen und auch Maren ein ordentliches Bild vermitteln zu können. Nicht das klischeehafte Afrika, sondern das echte Afrika, das er lieben, hassen, fürchten und achten gelernt hatte.

„Die religiöse Toleranz ist hoch – die verschiedenen Religionen leben friedlich miteinander. Und das bedeutet, dass Weihnachten schon einfach deswegen eine komplett andere Stellung hat als hier in Europa."

Er überlegte, wie er es jemandem erklären sollte, der es nicht kannte.

„Weihnachten ist dort kein christliches Fest, es ist ein nationaler Feiertag. Heiligabend gibt es nicht, gefeiert wird am 25. und 26. Dezember."

Ben hörte interessiert zu, die Kekse waren vergessen.

„Das Wetter ist heiß – wir sind in Afrika, nahe am Äquator! Es wird ausgelassen gefeiert – und zwar draußen. Die Menschen lieben Musik, sie lieben das Lebensgefühl – von überall kommen die afrikanischen Rhythmen, Reggae, aber auch internationale Weihnachtsmusik."

Er schaute Ben an, sah, dass sowohl der Sohn als auch die Mutter ihm aufmerksam zuhörten.

„Es ist ein sehr soziales Fest – man besucht sich gegenseitig, nicht nur in der Familie. Die Türen sind offen, die Freunde und die Familie kommen und gehen."

Wenn er Weihnachten in Deutschland und das Weihnachten in Sierra Leone verglich, dann konnte er nur zu einem Schluss kommen.

„Es ist nicht vergleichbar mit hier. Es ist vollkommen anders. Und beide Arten sind toll, jede für sich!“

Ben saß nachdenklich da, sagte nichts. Es war Maren, die nun neugierig geworden war.

„Und in Äthiopien? Ist es da auch so?“, wollte sie wissen.

Er nahm noch einen Keks, rührte nachdenklich in seinem Tee.

„Nein, Äthiopien ist ganz anders. Dazu müsst ihr eines wissen: Das Land ist nicht nur die Wiege der Menschheit – es ist auch ein Land voll uralter, tief religiöser Tradition.“

Er überlegte kurz, wie er es formulieren sollte.

„Der größte Unterschied ist, dass sich die äthiopisch-orthodoxe Kirche nicht nach unserem Kalender richtet – es gilt der alte julianische Kalender. Und Weihnachten ist somit im Januar.“

Ben schaute ihn überrascht an.

„Wie in Russland oder Osteuropa?“, wollte er wissen.

„Ja, genau, Ben. Wie dort. Und es ist ein wirklich religiöses Fest. Es ist leise, besinnlich und zeugt von den uralten Riten der orthodoxen Kirche dort. Vor dem Fest liegt eine Fastenzeit, in der die Gläubigen streng vegan leben“, erklärte er weiter.

Er schaute sie an, sah, dass sie wie gebannt an seinen Lippen hingen.

„Der Gottesdienst beginnt am Abend des 6. Januar und geht bis weit in die Nacht, oft bis zwei Uhr oder noch länger am nächsten Morgen. Die Menschen kleiden sich in den traditionellen, weißen Baumwollgewändern, das Licht Hunderter Kerzen erleuchtet die Kirchen, es wird gemeinsam gesungen und gebetet."

Er sah, dass er sie hatte – sie waren in Gedanken mit ihm, in diesem Land so weit entfernt, in einem Fest, das so fremd für sie wäre.

„Nach der langen Fastenzeit kommt das Festessen. *Doro Wat* ist ein Hühnereintopf", erklärte er. „Würzig, oft auch scharf. Serviert wird er oft mit hartgekochtem Ei."

Er lächelte still, als er an sein erstes *Doro Wat* dachte. Wie fremd das alles gewesen war für ihn, den jungen Mann Anfang 20 aus dem fernen Deutschland.

„Gegessen wird mit den Händen", sagte er leise. „Es ist ein Gemeinschaftsessen, als Besteck und gleichzeitig als Beilage dient *Injera*, ein weiches, fluffiges und oft leicht säuerliches Fladenbrot, mit dem man den Eintopf aufnimmt und zum Mund führt."

Er klatschte in die Hände, schreckte sie aus ihren Tagträumen auf.

„So, nun aber zurück hierher ins Alte Land – will noch jemand Marzipan?"

✦ ✦ ✦

Und so verstrichen die letzten Tage des Jahres. Es blieb Hendrik eine letzte Aufgabe zu erledigen: Er brauchte ein eigenes Auto.

Zusammen mit Maren hatte er sich Thies' alten Wagen angesehen. Der war zwar noch angesprungen, aber ein kurzer

Check in einer nahen Werkstatt hatte etliche Schäden gezeigt. Wirtschaftlich war das Fahrzeug ein Totalschaden.

Es gab eine kurze Diskussion mit dem Chef. Und Maren entschied sich, ihm das Auto gegen Erlass der Verschrottungsgebühr zu überlassen. Für ihn waren es Ersatzteile. Und sie war den Wagen los.

Nur Hendrik musste sich überlegen, was er wollte. Was für ein Auto er suchte.

„Was ist dir wichtig?", fragte er sich selbst. „Es muss nicht neu sein, aber zuverlässig. Es sollte von einem Händler stammen, denn ich will den Service."

Er hatte im Laufe der Jahre auf seinen Reisen gelernt, ein Auto selbst zu reparieren, wenn es nötig war. Aber Afrika und Indien hatten nicht die modernen, mit Elektronik vollgestopften Autos, die hier unterwegs waren.

Und selbst wenn er ein älteres Modell kaufen würde –, spätestens der erste Termin beim TÜV würde wohl Fragen aufwerfen, falls er selbst größere Reparaturen vorgenommen hätte.

„Also Händler", bestätigte er sich selbst. „Und der Wagen musste groß genug sein, um auch mal was zu transportieren. Kein Lieferwagen, aber auch kein Cabrio ohne Kofferraum."

Er überlegte, kannte sich mit dem hiesigen Automarkt nicht wirklich aus.

„Falls es noch Kombis gibt – vielleicht ein Kombi", überlegte er.

Auf dem Weg zum Elektromarkt war er immer an einem Hinweisschild für ein Autohaus vorbeigekommen. Und so beschloss er kurzerhand, das Angenehme – einen Bummel durch besagten Elektromarkt – mit dem Notwendigen – dem Besuch beim Autohaus – zu verbinden.

Er überlegte kurz, Ben zu fragen, ob der ihn begleiten wolle, entschied sich dann aber doch dagegen.

„Erst mal alleine schauen", dachte er sich.

Der Besuch verlief äußerst erfolgreich – der Händler hatte unter seinen Gebrauchtwagen einen relativ neuen Kombi eines schwedischen Autoherstellers. Die Ausstattung passte, über den Preis hatte man sich schnell geeinigt.

Der Händler hatte verstanden, dass Hendrik ein Zeitproblem hatte. Wenn er den Mietwagen vor Jahresende loswerden wollte, war Eile angesagt.

„Der Wagen ist grundüberholt", sagte der Mann zu ihm. „Eigentlich könnten Sie ihn sofort mitnehmen", sagte er, „aber es wäre mir lieber, Sie würden uns zwei oder drei Tage Zeit geben. Winterräder, Öl prüfen, Sichtprüfung", zählte er auf.

Hendrik hatte damit kein Problem. Er würde also den Wagen am 29. Dezember bekommen, rechnete er sich aus.

„Wie möchten Sie es denn mit der Bezahlung halten?", wollte der Händler wissen.

„Bar wird schwierig", überlegte Hendrik. Der Händler unterbrach ihn.

„Bar ist hier bei solchen Summen schon lange schwierig. Wenn Sie mit über zehntausend Euro hier reinmarschieren, müsste ich einen Herkunftsnachweis verlangen!"

Und dann präsentierte er Hendrik die Lösung. Und die war denkbar einfach.

„Ich schlage vor, Sie fahren zu Ihrer Bank. Von dort können Sie den Gesamtbetrag transferieren, hier ist unsere Bankverbindung", zeigte er auf die bereits ausgestellte Rechnung.

„Die machen das als Sofort-Überweisung", fügte er sicherheitshalber hinzu, denn dem Mann war inzwischen klar geworden, dass Hendrik länger nicht im Land gewesen war.

„Und sobald das Geld eingegangen ist, ist der Wagen Ihrer und Sie müssen übermorgen nur noch die Schlüssel und die Papiere einsammeln."

Hendrik nickte, bedankte sich und war erleichtert, dass die Formalitäten so schnell zu regeln waren.

„Deutschland hat auch seine Vorteile!", dachte er sich.

Der Händler war neugierig.

„Verzeihen Sie die Frage – aber kommen Sie aus dem Ausland zurück hierher?", fragte er vorsichtig.

Hendrik schmunzelte, beschloss, ihn ein wenig aus der Fassung zu bringen.

„Stimmt – woher wissen Sie das?", fragte er scheinheilig. „Aber das bringt mich zu einer rein praktischen Frage. Kann ich den Wagen eigentlich selbst reparieren? Hab ich da auch gemacht ..."

Damit erwischte er den Händler – Chef des Autohauses, wie sich inzwischen herausgestellt hatte – prompt auf dem falschen Fuß. Der Mund ging auf, der Mund ging zu – dem Mann hatte es sichtlich die Sprache verschlagen.

„Kleiner Spaß am Rande", beruhigte ihn Hendrik. „Ich würde mich gerne auf Ihre Werkstatt verlassen. Aber ja, ich war zwanzig Jahre in Afrika und Indien."

Wieder zu Hause fragte er Maren und Ben, ob sie mit nach Hamburg wollten, er müsste den Mietwagen am Flughafen abgeben. Aber zurück würden sie leider mit ihm in der Bahn fahren müssen.

„Klar kommen wir mit", schrieb ihm Ben postwendend. Das Internet war doch eine feine Sache.

Und so saßen sie zwei Tage später im Wagen und rollten auf der Autobahn gen Hamburg.

„Ich war nicht in Hamburg, seit ...", sagte Hendrik, als sie mit Maren auf dem Beifahrersitz und Ben auf der Rückbank über die A7 in Richtung Elbtunnel rollten.

Der Hafen zu seiner Linken weckte Erinnerungen an seine Abreise vor so vielen Jahren. Sie brachten den Wagen zurück zum Flughafen, nahmen dann die S1 in die Innenstadt.

„Ich muss noch schnell was erledigen", sagte Hendrik und bat Maren und Ben, schon mal zum Rathaus vorzugehen. Vielleicht war der Weihnachtsmarkt ja noch bis zum Jahresende geöffnet? Sie hatten es vorher nicht geprüft.

„Ich komme in etwa einer halben Stunde nach", sagte er hoffnungsvoll.

Sie trennten sich und Hendrik eilte durch die geschäftigen Straßen der alten Hansestadt. Das hier wollte er ohne die beiden erledigen.

Er kam an der Binnenalster vorbei, querte den Gänsemarkt und stellte zu seiner Befriedigung fest, dass hier zumindest die kleinen Buden mit Glühwein und Essen noch geöffnet waren.

Dann betrat er die Bankfiliale.

„Einen wunderschönen guten Morgen“, grüßte er die Mitarbeiterin am Empfang. „Mein Name ist Seversen. Hendrik Seversen. Ich habe einen Termin.“

Knapp eine halbe Stunde später war er fertig, konnte drei Dinge auf seiner Liste abhaken.

„Gut, die Überweisung an das Autohaus ist raus“, rekapitulierte er seine Aufgaben.

Er hatte sich kurz mit seinem Anlageberater besprochen. Gemeinsam hatten sie nach einer Lösung für Hendriks wichtigstes Problem gesucht. Er brauchte eine Filiale vor Ort, wollte aber für schwierigere Fälle Kunde der Hamburger Bank bleiben. Und auch hier hatte sich eine Lösung gefunden.

„Bankgeschäfte und Verantwortlichkeiten sind auch erledigt“, hakte er in Gedanken den zweiten Punkt ab.

Sein dritter Punkt war etwas mehr zukunftsorientiert – aber auch das verbuchte er als für den Moment erledigt.

Er zog sein Handy aus der Tasche, tippte:

„Fertig! Wo seid ihr?“

Maren antwortete umgehend.

„Gänsemarkt. Die Weihnachtsmärkte sind schon dicht! Aber hier gibt es was zu essen und zu trinken.“

„Na, wenn das mal kein Zufall ist“, dachte er und ging über die Straße. Er fand sie auf der Bank eines Glühweinstands, sie hatten sich in die Wärme eines Gasstrahlers geflüchtet.

Sie verbrachten den Rest des Nachmittags in der Stadt, gingen noch hinunter zum Hafen und zur HafenCity, die Hendrik so ja noch gar nicht kannte.

Am Hafen schaute er nachdenklich auf die großen Schiffe, die am gegenüberliegenden Elbufer entladen wurden.

„Im Sommer werde ich wohl mal 'ne Hafenrundfahrt machen", sagte er. „Die großen Pötte fehlen mir irgendwie."

Maren warf ihm einen fragenden Blick zu, sah, dass er sie frech angrinste, und gab ihm einen kräftigen, durchaus ernst gemeinten Schlag auf den Arm.

„Einsteigen verboten, hörst du?!"

Alle drei lachten. Ben zeigte ihm das *Miniatur Wunderland* und erklärte ihm, worum es ging.

„Klingt gut, das sollten wir auch mal machen. Lust, mitzukommen?"

Bens Augen strahlten, eine Antwort blieb er schuldig. Sie war auch nicht nötig.

Die Heimfahrt war dann etwas umständlich – vom Hamburger Hauptbahnhof aus brauchten sie fast zwei Stunden nach Stade, erwischten gerade noch den Bus und waren pünktlich zum Abendessen zu Hause.

„Kommst du noch mit rauf?", wollte Maren von Hendrik wissen. „Ich kann uns schnell was kochen."

Doch Hendrik lehnte ab, er wollte nach Hause.

„Nee, heute nicht, danke euch", sagte er. „Sonst muss ich später entweder laufen oder irgendwie auf den letzten Bus setzen. Ein anderes Mal, wenn es euch nicht stört."

Die beiden verstanden, waren aber sichtlich enttäuscht. Hendrik sah es. Auf der einen Seite tat es ihm leid, sie zu enttäuschen, auf der anderen Seite freute er sich, denn es bedeutete, dass sie mehr und mehr ein Team wurden.

„Macht's gut, ihr zwei", verabschiedete er sie, als sie an ihrer Haltestelle ankamen. „Wir hören oder schreiben uns."

✦ ✦ ✦

Am nächsten Morgen nahm Hendrik den Bus und fuhr erneut nach Stade. Ein Taxi brachte ihn zum Autohaus.

„Ihr Wagen ist fertig, Sie können direkt los, wenn wir den Papierkram erledigt haben", empfing ihn ein junger Verkäufer. „Der Chef lässt Ihnen schöne Grüße ausrichten, er ist heute leider nicht im Hause."

Nach knapp zwanzig Minuten war besagter ‚Papierkram' erledigt, Hendrik hatte den Kaufvertrag, seinen Fahrzeugschein, den Fahrzeugbrief und was er sonst noch so brauchte. Der junge Mann brachte ihn zu seinem Wagen, öffnete ihm die Tür.

„Ich wünsche Ihnen einen schönen Tag und eine gute Fahrt!", verabschiedete er sich. Hendrik bedankte sich und stieg ein.

„So, mein Bester", begrüßte er den ‚Neuen'. „Schauen wir mal, wie wir miteinander klarkommen."

Dann rollte er mit dem Fahrzeug vom Hof, dank des Automatikgetriebes ohne die sonst üblichen Ruckler, die zeigen, dass ein Fahrer sich erst an eine neue Kupplung gewöhnen muss. Eine halbe Stunde später war er wieder in seiner Küche, gönnte sich einen Kaffee und ein spätes Frühstück.

„Zwei Tage bis Silvester", überlegte er im Stillen. Dann kam ihm eine Idee. Er fischte sein Handy raus und tippte eine Nachricht.

„Was macht ihr Silvester?"

Er schickte sie nicht an Maren oder an Ben – er hatte gesehen, dass er auch Gruppen einrichten konnte, um eine Nachricht mit mehreren Personen zu teilen.

Also nannte er die Gruppe ‚Altes Land' und fügte Mutter und Sohn hinzu. Dann schickte er seine Nachricht los.

Plötzlich war auf seinem kleinen Handy-Display das Leben ausgebrochen – sowohl Maren als auch Ben tippten. Ben war schneller.

„Nichts, glaube ich – und du?"

Von Maren kam nur eine Sekunde später eine ganz ähnliche Nachricht.

„Keine Pläne bisher, hast du eine Idee?"

Oh ja, die hatte er. Aber vorher hatte er noch eine Frage an Ben – sie ging trotzdem in die gemeinsame Gruppe.

„Was macht Luisa? Feiert sie mit ihrer Familie?"

Wieder tippte Ben, diesmal dauerte es länger.

„Die haben Besuch von Bekannten von ihrem Papa", schrieb er. „Sie ist total happy! – NOT"

Jetzt ging es für Hendrik doch zu schnell – er hatte ja inzwischen einiges über die gekürzte Kommunikation in der modernen Zeit gelernt – aber das? Er schüttelte den Kopf – aber kurz antworten, das konnte er auch.

„Häh?"

Er erntete zwei Lach-Smileys und Ben tippte wieder.

„Sie hasst die Idee!"

Das freute Hendrik. Nicht weil er Luisa keinen Spaß gewünscht hätte – aber das bedeutete, dass sie vielleicht …

„Wie wäre es, wenn wir hier auf dem Hof feiern? Und Ben: Frag sie, ob sie mit uns feiern will, wenn du magst!"

Jetzt tippte Maren. Hendrik sah, dass sie ihn direkt anschrieb.

„Sicher?"

Er antwortete ihr schnell, wollte sie beruhigen.

„Ja, ganz sicher. Ich hab da eine Idee, ich hoffe, dass sie euch gefällt."

Wieder piepste das Handy, diesmal war es Ben. Und der hatte Luisa direkt in die Gruppe eingefügt.

„Gut", dachte Hendrik, „dann ist das so."

Jetzt tippte Luisa.

„Darf ich wirklich mit euch feiern?"

Und auch sie konnte ohne eine Menge Emojis nicht auskommen. Eigentlich fast alles, was in irgendeiner Form eine Party oder ein Fest symbolisieren konnte.

„Na klar doch", antwortete Hendrik ihr. Und Maren verpasste der Nachricht noch ein weiteres Emoji: einen Daumen, der nach oben zeigte.

Jetzt tippte wieder Ben, Hendrik wartete gespannt – eigentlich war doch alles gesagt?

„Du musst doch bestimmt noch einkaufen, oder? Brauchst du Hilfe? Ich hab ja Ferien …“

Das kam überraschend. In der Tat würde er für seinen Plan noch einkaufen müssen – aber Ben mitzunehmen, würde bedeuten, dass er ihn dabei einweihen würde.

„Vielleicht gar keine schlechte Idee“, überlegte er.

„Das wäre klasse, es gibt in der Tat einiges zu besorgen.“

Er schaute auf die Uhr, halb drei.

„Ist vielleicht clever, das heute zu erledigen – morgen ist bestimmt voll!“

Das kam von Maren. Konnte sie Gedanken lesen? Dann war wieder Ben an der Reihe.

„Ich hab nix vor, von mir aus.“

„OK, gib mir 15 Minuten und komm runter.“

Dann fiel Hendrik noch etwas ein.

„Und denk dran: neues Auto!“

Eine Viertelstunde später – auf die Minute – lenkte er den Wagen auf Marens Parkplatz. Ben stand schon bereit, staunte nicht schlecht, als er Hendrik am Steuer erkannte.

„Wow!“, sagte er beim Einsteigen. „Das ist ja ’n nobler Schlitten. Die sind toll!“

Er stutzte, schaute verlegen. „Oh! Und: Hallo, Hendrik!“

Der musste lachen.

„Alles gut, Ben, keine Sorge", antwortete Hendrik ihm. „Lass uns losfahren, wir haben was vor. Wir brauchen nämlich einen Asia-Laden!"

Ben sah ihn erstaunt an, und während Hendrik fuhr, klärte er ihn über seine Idee auf.

„Wir haben uns doch neulich über Weihnachten in Afrika unterhalten, erinnerst du dich?", begann er.

Ben nickte eifrig.

„Klar, das war richtig genial!"

Hendrik freute die Reaktion des Jugendlichen – er war sich nicht sicher, ob er in diesem Alter so aufgeschlossen war.

„Mit Silvester haben wir da ein Problem – den gibt es so nicht."

Ben sah ihn erstaunt an.

„Nein? Aber wie feiern die denn dann Neujahr?"

Hendrik erklärte es ihm. Erzählte ihm von den verschiedenen Kalendern, dem gregorianischen, dem julianischen und dem islamischen.

Ben nickte wieder, er hatte verstanden.

„Also kein Silvester, weil für diese Religionen einfach gar kein Jahreswechsel ist?"

„Genau", sagte Hendrik. „Die westlich orientierte Oberschicht feiert vielleicht, aber traditionell passiert an unserem Silvester in diesen Ländern eigentlich gar nichts!"

Nun sah Ben ihn verwirrt an.

„Und was machen wir dann im Asia-Laden?", wollte er wissen.

„Wir sind kreativ", verriet ihm Hendrik. „Wir nehmen ein Fest, das von der Bedeutung her unserem Neujahr entspricht, und transportieren es in unsere Kultur."

Er schaute kurz zu Ben hinüber, der jetzt neugierig auf eine Erklärung zu warten schien.

„In den Dörfern im Himalaja, wo ich zuletzt gewesen bin, hatten sie zwar unser Silvester nicht", begann er. „Aber sie haben ein Fest namens *Diwali*. Es ist auch bekannt als das Lichterfest. Und für die Menschen dort ist es der vielleicht wichtigste Neuanfang im Jahr."

Er sah, dass Ben seine Idee verstand – sie aufgriff.

„Dann nehmen wir also deren Fest für einen Neuanfang und schieben es auf unser Silvester. Klasse Idee!"

Sie gingen in den Laden – Hendrik hatte eine lange Liste von Dingen, die es abzuarbeiten gab. Fasziniert sah Ben Gewürze, deren Namen er zwar mal gehört hatte, sie aber kaum oder gar nicht kannte, in den Einkaufswagen wandern.

„Ingwer. Kurkuma. Kardamom. Koriander. Kreuzkümmel", ging Hendrik die Liste durch. „Dann *Garam Masala*, frischen Knoblauch, Kokosmilch und den indischen Frischkäse, *Paneer*", arbeitete er sich durch die Liste.

„Puh! Ben, ich glaube, hier sind wir fertig", sagte er dann. „Ich will nur noch ein paar *Diyas* einpacken, die werden wir brauchen."

Nachdem sie ihren Einkauf zum Wagen geschleppt und sicher verstaut hatten, setzten sie ihre Tour fort. Im Lebensmittelladen kamen noch allerlei Zutaten hinzu. Ben fragte sich langsam wirklich, wer das alles verarbeiten sollte.

„So viel?“, wunderte er sich. „Wird das nicht furchtbar kompliziert zu kochen?“

Hendrik schaute ihn an, zwinkerte ihm zu. „Das werden wir zwei schon hinbekommen!“

Ben sah ihn aus großen Augen an. „Ey, Mann, ich habe mich zum Einkaufen gemeldet, Kochen ist für Frauen!“

Hendrik lachte.

„Na, wenn du das so siehst, muss ich wohl Luisa fragen und ihr sagen, dass du mir keine Hilfe warst“, drohte er spielerisch.

„Ach Sch...oot!“, kam es augenblicklich von Ben. „Na gut, du hast gewonnen.“

Sie drehten noch eine Runde durch den Elektromarkt, der Eierkocher, die Mikrowelle und die Kaffeemaschine würden einen neuen Kumpel bekommen – Hendrik packte einen großen *Airfryer* dazu.

„Heißluftfritteuse?“, freute sich Ben. „Prima, wir können Pommes machen, wenn es mit dem Rest nicht klappt!“

Er erntete einen strafenden Blick von Hendrik.

Als sie mit ihren Einkäufen fertig waren und alles im Wagen verstaut hatten, musterte Ben den Kofferraum kritisch.

„Haben wir ein Glück, dass du so einen großen Wagen genommen hast“, grinste er schelmisch.

✦ ✦ ✦

Hendrik war mit Ben zum Hof gefahren. Sie hatten gemeinsam den Wagen ausgeladen und alles ins Haus geschleppt. Jetzt saßen sie in der Küche, geschafft von ihrem

Tagwerk und starrten auf die letzten Reste des Tellers mit den Keksen – bereit, diese zusammen mit einer heißen Schokolade zu beseitigen.

Während Hendrik die Schokolade fertigmachte, schaute sich Ben in der Küche um.

„Du, Hendrik?"

Der schaute ihn nur an, ein stilles „Ja?"

„Darf ich mich mal umschauen?", fragte Ben leise. „Ich war schon ewig nicht mehr im Rest des Hauses."

Hendrik hatte nichts dagegen, warum auch? „Zieh los und nimm dir alle Zeit, die du brauchst", sagte er.

Ben verschwand durch die Tür zum Esszimmer, Hendrik sah ihm nach.

„Gib ihm Zeit!", ermahnte er sich. Dann begann er, sich die Rezepte für das Silvester-Event herauszusuchen. Er würde einen Plan brauchen, aber an Pläne war er ja gewohnt, die waren in seinen Projekten sein tägliches Hilfsmittel gewesen. Auch wenn sie sich ständig veränderten.

Er ging die Rezepte durch, glich sie mit seinen Erinnerungen an seine Zeit in Indien ab. Die Füllung und den Teig für die *Samosas* konnten sie bereits morgen vorbereiten, beides würde sich im Kühlschrank gut halten.

„Eigentlich könnten wir sie auch direkt falten", überlegte er. „Die halten bis zum nächsten Tag."

Für das Hauptgericht könnten sie die *Masala* vorbereiten – auch die kam im Kühlschrank wunderbar für einen Tag klar.

„Den Teig für das Naan-Brot mache ich dann an Silvester am Morgen“, überlegte er. „Und die Süßigkeiten können wir auch schon am Vortag machen, falls wir Zeit finden.“

Das war ein guter Plan. Ob er ihn noch mit Ben durchgehen sollte? Immerhin müsste der dann nämlich morgen auch zu ihm kommen.

Er lauschte, hörte Ben die Treppe hinaufgehen. Und beschloss, zu warten. Er schnappte sich sein Buch und ein Glas Wasser und setzte sich an den Küchentisch. Er würde lesen, bis Ben so weit war.

Sein Handy piepste, kaum, dass er den ersten Absatz beendet hatte.

„Seid ihr schon vom Einkaufen zurück?“

Maren. Sie hatte er über den Einkauf und die Planung für die nächsten zwei Tage komplett vergessen. Er schaute auf die Uhr, beinahe Zeit für das Abendessen.

„Ja, wir sind fertig“, schrieb er ihr zurück. *„Alles eingeräumt, Ben schaut sich noch um. Dann bring ich ihn heim.“*

Es dauerte nicht lange, dann hörte er flinke Schritte auf der Treppe – Ben schien es eilig zu haben. Sekunden später war er in der Küche.

„Wow“, grinste er. „Du hast ja ordentlich Arbeit mit dem Hausputz gehabt“, sprudelte es aus ihm heraus. „Und die alten Kinderzimmer sind auch wieder begehbar!“

Hendrik nickte.

„Oh ja, das waren einige Fahrten zum Wertstoffhof, kannste aber glauben!“, erinnerte er sich.

Sie griffen beide nach ihren Bechern mit der nicht mehr ganz so heißen Schokolade. Und genossen schweigend das köstliche Getränk. Dann fiel Hendrik wieder Maren ein.

„Ben, deine Mutti wartet schon. Ich fahr dich schnell rüber.“

Der Junge nickte, packte seine Jacke und zog sich im Flur seine Schuhe an.

„Und?“, wollte er wissen, „Wie machen wir weiter?“

„Wenn du morgen Zeit und Lust hast, können wir das meiste schon vorbereiten“, erklärte ihm Hendrik seinen Plan. Und zählte dann auf, woran sie schon arbeiten könnten.

„Dann bleibt an Silvester ja nicht mehr viel zu tun, oder?“

„Das ist die Idee“, bestätigte Hendrik. „Mehr Zeit für gemeinsame Sachen.“

✦ ✦ ✦

Am nächsten Tag kam Ben mit dem Bus zu ihm. Hendrik hatte ihm zwar angeboten, ihn abzuholen, aber Ben hatte abgelehnt.

„Du musst nicht immer fahren“, sagte er. „Der Bus geht doch quasi von Tür zu Tür.“

Sie hatten gemeinsam mit den Vorbereitungen begonnen und hatten sich zunächst um die Füllung der *Samosas* gekümmert.

Danach wurden die Kartoffeln geschält, unter Tränen die Zwiebeln geschnitten, der Knoblauch vorbereitet und dann Ingwer, Kreuzkümmel, Kurkuma und Garam Masala in den Topf gegeben. Es folgten die aufgetauten Erbsen.

Ben kannte die Gewürze dem Namen nach, aber Hendrik ließ ihn an jedem riechen und erzählte ihm, was sie für die Menschen und die Küche in Indien bedeuteten. Und zu Bens eigener Überraschung fand er Gefallen daran.

„Ich habe Kochen immer langweilig gefunden, wenn ich Mama zugeschaut habe", gestand er. „Aber das kann ja richtig interessant sein!"

Nachdem die Füllung in den Kühlschrank gewandert war, hatten sie sich um den Teig gekümmert und danach die *Samosas* befüllt. Trotz einiger Misserfolge zu Beginn hatten sie ihren Spaß bei der Aktion – und am Ende betrachteten beide zufrieden ihr Werk.

„Sieht richtig professionell aus", meinte Ben nach einem prüfenden Blick.

Hendrik musste ihm zustimmen.

„Das hätte auch der indische Hausmann nicht besser hinbekommen", grinste er. „Nur: Indien ist sehr traditionell, die Männer sind eher selten in der Küche."

Es folgte die *Masala*-Soße, inzwischen hatte Ben Gefallen am Kochen gefunden und machte das meiste nach Anleitung von Hendrik und dem Internet selbst. Der schnitt derweil den *Paneer*-Käse und briet die Würfel goldbraun in der Pfanne an. In zwei Dosen verteilt, wanderten Soßenbasis und Käse zu den *Samosas* in den Kühlschrank.

Als sie dann am frühen Nachmittag soweit waren, dass sie sich den indischen Süßigkeiten zuwenden konnten, war Ben hellauf begeistert. Süßigkeiten kannte er nur als Fertigprodukte aus dem Supermarkt.

„Das ist ja wie Kekse backen, nur für Naschzeug", fand er.

Hendrik grinste. Es hatte ihm Spaß gemacht, mit Ben zusammen die Dinge vorzubereiten. Und er konnte dem Jungen gleichsam zufällig noch einiges über seine Zeit im Himalaja erzählen.

Der Silvestertag kam und sie hatten verabredet, sich gegen 16 Uhr bei Hendrik zu treffen. Der Bus kam fünf Minuten zu spät, aber das tat der guten Stimmung keinen Abbruch.

Hendrik hatte den Teig für das *Naan*-Brot am Vormittag zubereitet, nun hatte er in der Küche wieder aufgeräumt. Das Räuchermännchen verströmte seinen Duft, er hatte Tee aufgesetzt und am Morgen vom Bäcker auch noch die Reste der Weihnachtsplätzchen aufgekauft.

„Wenn Sie alle nehmen, Herr Seversen, dann mach ich Ihnen einen guten Preis", hatte die Bäckerin versprochen. „Die müssen jetzt raus!"

Er hatte sich breitschlagen lassen, sie hatte Wort gehalten.

„Am Ende hab ich weniger gezahlt, als für meine eigentlich geplante Menge", sagte er entschuldigend. „Aber der Berg muss jetzt weg!"

Luisa, die zum ersten Mal auf dem Hof war, ging zum Tisch hinüber, betrachtete den Teller, drehte sich dann um.

„Na, dann auf in den Kampf, oder?"

Ben eilte zu ihr, die beiden Teenager betrachteten den Teller.

„Warte", sagte Ben. „Ich helf dir!"

Maren warf Hendrik einen Seitenblick zu, der blickte die Szene ebenfalls amüsiert an.

„Wenn Luisa da ist, brauchen wir auf Ben nicht zu warten", wisperte Maren leise. Hendrik grinste.

„Gut so, Ben", dachte er. „Da hast du einen echten Schatz gefunden!"

Er schaute Maren wieder an, zwinkerte ihr zu.

„Maren", sagte er dann laut genug, dass es auch die beiden Keksesser hören mussten. „Ich könnte deine Hilfe beim *Naan* brauchen."

Sie war überrascht, nickte nur.

„Was soll ich machen?"

„Na, erst einmal brauchen wir Platz auf dem Küchentisch", stellte Hendrik überzeugend fest. „Ben, Luisa, könntet ihr die Kekse mit ins Wohnzimmer nehmen?"

Nun verstand Maren.

„Ach, und Ben?", legte sie nach. „Du kannst ja Luisa mal den Hof zeigen – sie kennt ihn doch noch gar nicht!"

Die beiden zogen ab, allerdings nicht, ohne den Teller mitzunehmen. Ben war sichtlich erleichtert, nicht wieder zur Küchenarbeit herangezogen zu werden – er hatte Wichtigeres zu tun!

Und um ganz auf Nummer sicher zu gehen, wollte er Luisa tatsächlich den Hof zeigen.

„Komm, wir lassen die beiden hier in der Küche", sagte er. „Ich würde dir gerne draußen was zeigen."

Sie zogen sich an, verließen das Haus und verschwanden nach hinten in den Garten.

Hendrik und Maren bereiteten das *Naan* vor, buken es portionsweise in der heißen Pfanne aus und bestrichen es mit Knoblauch.

„Ich habe ihn seit Monaten nicht mehr so ... leicht erlebt!", sagte sie leise. „Dank dir ist er wie ausgewechselt."

Sie sah ihn von der Seite an, er erwiderte den Blick nicht.

„Es ist, als hättest du einen Schalter bei ihm umgelegt!"

Jetzt schüttelte Hendrik den Kopf, schaute sie ernst an.

„Ich habe gar nichts gemacht, das war alles er selbst", sagte er ruhig. „Er brauchte nur den Raum und die Zeit und jemanden, der ihn ernst nahm."

Er machte eine Pause.

„Und vielleicht jemanden, der ihm zeigte, wie man *Samosas* macht!"

Beide lachten, wandten sich wieder ihrer Aufgabe zu und probierten dabei kleine Stückchen des frischen Brotes.

„Schmeckt hervorragend!", lobte Maren. „Mal so ganz was anderes!"

Dann machten sie sich an die Hauptspeise. Hendrik holte den inzwischen auch vorbereiteten Blattspinat aus dem Kühlschrank, mischte ihn mit der Soßen-Basis, die er mit Ben am Vortag gemacht hatte. Dann noch die Sahne dazu und den *Paneer* untergerührt.

„So, das Ganze muss nur noch ein wenig durchziehen, auf niedriger Stufe", sagte er. „In Indien lassen sie es einfach neben dem Feuer stehen, bis alle zum Essen bereit sind."

Er stellte den Backofen auf niedrige Hitze, dann wanderten die vorbereiteten *Samosas* in die Heißluftfritteuse. Zuvor wurden sie von Maren noch dünn mit Öl eingepinselt.

„Das ist wichtig, wir wollen sie ja goldbraun haben!", hatte Hendrik erklärt.

Da sie die *Samosas* nicht stapeln durften, wanderten sie portionsweise in die Fritteuse, danach nebeneinander auf den Bratenrost im warmen Ofen.

„Sie sollen ja nicht in ihrem eigenen Fett schwimmen", erläuterte der Koch.

Als sie den Chai-Tee aufsetzten, kamen Luisa und Ben wieder in die Küche, der Duft hatte sie angelockt.

Ben hatte Luisa im Garten den alten Apfelbaum gezeigt.

„Hier bin ich mit meinem Onkel oft gewesen, als ich kleiner war", hatte er sich erinnert. Wehmütig schaute er den alten Baum an.

„Er hat gesagt, wenn ich nur hoch genug klettern würde, könnte ich bei gutem Wetter die großen Schiffe auf dem Fluss sehen."

Er sah Luisa an, die ihm schweigend zuhörte.

„Hat nie gestimmt, aber wir hatten immer viel Spaß hier!"

Luisa hakte sich bei ihm ein. Sie verstand: Dieser Ort war ein besonderer Ort für ihn.

Als alle wieder in der Küche versammelt waren, hatte Hendrik noch etwas Besonderes für sie.

„Ihr wisst ja, dass ich die letzten Jahre in Indien war, und dass es in Indien kein Silvester gibt, wie wir es kennen", begann er.

Ben ergänzte für Maren und Luisa. Er hatte gut aufgepasst, stellte Hendrik befriedigt fest.

„Hendrik hat gesagt, die Inder haben einen anderen Kalender – unser gregorianischer Kalender dient nur der internationalen Orientierung, aber die Menschen leben nach ihrer alten Tradition!", erklärte er den beiden Frauen.

„Das stimmt, Ben", bestätigte Hendrik. „Genau richtig. Und trotzdem haben wir etwas gefunden, was Indien mit unserem Silvester verbindet."

Und er nahm sie mit auf eine Reise zum indischen Lichterfest, dem *Diwali.* Holte, während er sprach, eine Kiste mit den gekauften Lichtern aus dem Schrank.

„Diese hier nennt man in Indien *Diyas*", erläuterte er. „Sie symbolisieren den Neuanfang nach der Dunkelheit."

Und dann erfuhren Maren und Luisa, was es mit den Lichtern auf sich hatte. Auch Ben lauschte gebannt, obwohl er die Geschichte ja schon kannte.

„Es geht darum, mit den Lichtern die Dunkelheit zu vertreiben", begann Hendrik. „Alles Böse, Schlechte und Störende, das im letzten Jahr passiert ist, symbolisch aus dem Haus zu vertreiben."

Er machte eine Pause, fügte dann ganz leise hinzu: „Das Licht ist der Neuanfang, es symbolisiert das Gute und Schöne für das nächste Jahr", sagte er.

„Und unsere Aufgabe ist es, diese Lichter im ganzen Haus und Hof zu verteilen, damit das Gute seinen Weg in jeden Winkel des Anwesens finden kann."

Sie schwiegen, sahen sich die Lichter an. Und dann fingen sie an, sie zu verteilen. Im Dämmerlicht wanderten Lichter in das Esszimmer, dann in das Wohnzimmer. In die Schlafzimmer oben und Maren brachte jeweils ein Licht in die beiden Kinderzimmer.

Hendrik ging in Thies' Arbeitszimmer, leise, fast vorsichtig. Zwei Lichter wanderten dort auf den Schreibtisch und die Fensterbank.

Luisa und Ben schmückten draußen die Einfahrt, brachten das Licht in Stall und Scheune.

„Komm mit", sagte Luisa zu Ben. Sie nahm ein Licht, ging

mit ihm in den Garten und stellte es unter den alten Apfelbaum auf die Bank.

Es war eine stille, fast meditative Tätigkeit – sie redeten kaum und wenn doch, nur sehr leise. Als sie wieder in der Küche zusammenkamen, leuchtete das ganze Haus im Schein der ausgebrachten Lichter – und wer auf der Straße vorbeifuhr, mochte sich über die vielen kleinen Leuchtpunkte entlang der Hecke, der Einfahrt und im Hof wundern.

„Es ist wunderschön", sagte Luisa leise. „So ganz anders als das laute Geknalle bei uns!"

Das Essen war ein Fest. Sie saßen gemütlich am großen Küchentisch, aßen mit den Händen das *Naan* mit dem *Palak-Paneer* und die knusprigen *Samosas* verschwanden schneller, als sie gucken konnten.

Ben erklärte seiner Mutter und Luisa stolz, wie sie gemacht wurden, und welche Gewürze in die verschiedenen Speisen gewandert waren. Es wurde viel geredet und gelacht.

Später saßen sie im Licht weiterer Kerzen im Wohnzimmer, tranken den warmen, gewürzten Chai und verzichteten auf Bleigießen oder „Dinner for One", obwohl das eigentlich für sie zum Silvesterbrauch zählte.

Heute aber, das spürten sie alle, passte es einfach nicht – es war anders. Und es war gut so.

Die Zeit verging wie im Flug. Kurz vor Mitternacht zauberte Hendrik eine Flasche Sekt und vier Gläser hervor, das einzige Zugeständnis an die heimischen Traditionen.

„Den hier habe ich für einen besonderen Anlass gekauft, kurz nachdem ich hier eingezogen bin“, sagte er und öffnete die Flasche. „Alkoholfrei, damit wir alle mittrinken können.“

Er schenkte ein, und sie warteten, bis die Kirchturmuhr in der Ferne das neue Jahr verkündete. Mit dem ersten Glockenschlag gingen sie hinaus in die Einfahrt.

Es war eiskalt, die Wolken hatten sich verzogen, und die Sterne leuchteten über ihnen. Vor ihnen leuchtete ihr eigener kleiner Kosmos – die vielen verteilten Lichter, die sie aufgestellt hatten, blinkten mit den Sternen am Himmel um die Wette.

Hendrik hob sein Glas.

„Auf das, was kommt!“, sagte er leise.

„Auf das, was kommt!“, erwiderten die drei fast im Chor.

– Aus Hendriks Tagebuch –

„Ich dachte, ich käme zurück, um etwas abzuschließen – aber es scheint, das Leben hat etwas anderes vor. Ich weiß nur noch nicht, welche Rolle ich dabei spielen werde!“

Am Deich

Die nächsten drei Wochen vergingen wie im Flug, das neue Jahr hatte den Winter zurückgebracht. Weite Teile Norddeutschlands lagen unter einer geschlossenen Schneedecke.

Für Maren und Ben hatte die Schule wieder begonnen, das zweite Halbjahr war kurz und die ersten Klassenarbeiten forderten ihre ganze Aufmerksamkeit.

Hendrik hingegen hatte das Jahr ruhig angehen lassen. Er hatte sich im Internet einige Bücher bestellt, die ihm helfen sollten, Grundlagen über den natürlichen Anbau von Äpfeln und Kirschen zu lernen.

„Ich werde später Hilfe brauchen“, gestand er Maren. „Aber ich will nicht vollkommen unvorbereitet sein!“

Sie war überrascht, wollte seinen Enthusiasmus aber nicht bremsen. Insgeheim freute sie sich darüber sogar. Es bewies, dass er den Hof als etwas Langfristiges betrachtete.

Und er fing an, am Computer eine Art Inventar der vorhandenen Obstbäume anzulegen. Diese Form der Arbeit – die Kartierung der Bestände – war ihm vertraut, das hatten sie auch in Afrika auf den Kaffeeplantagen den dortigen Bauern vermittelt.

Und so sah man Hendrik, wann immer das Wetter es zuließ, mit dem Handy über die Felder streifen. Zusammen mit Ben fand er eine App für das Mobiltelefon, mit deren Hilfe er nun die genauen GPS-Koordinaten jedes Baums aufzeichnen und gleichzeitig dem Datenpunkt Informationen zuordnen konnte.

„Momentan kann ich nur ‚Apfelbaum‘, ‚Kirschbaum‘ und so weiter erfassen“, erklärte er. „Aber wir können die genaue Sorte später nachtragen, sobald mir einer gezeigt hat, wie ich die Arten unterscheiden kann.“

Wenn er nicht auf die Felder konnte, dann war er in der Scheune beschäftigt – auch hier war eine Inventur notwendig. Allerdings nicht nur der vorhandenen Maschinen, das wäre ja schnell gegangen.

„Ich will auch mal eine Aufstellung der anderen vorhandenen Werkzeuge und Materialien machen, damit wir mal einen Überblick bekommen.“

An einem dieser Tage besuchte ihn Ben – der Junge kam zwei oder dreimal in der Woche bei ihm vorbei. Teilweise arbeiteten sie, teilweise saßen sie nur in der großen Küche und redeten.

Ben berichtete von der Schule, lauschte, wenn Hendrik ihm Geschichten aus Afrika oder Indien erzählte. Und sie sprachen über Frauen.

„Na ja, ich habe über Frauen gesprochen“, dachte Hendrik einmal, als er die Treffen Revue passieren ließ. „Ben hat nur die ein oder andere Frage gestellt.“

Und so erzählte er ihm von Marion. Es ging nicht um Einzelheiten, es ging um das alltägliche Leben miteinander: um Freundschaft, um Partnerschaft, um Beziehung.

Und manchmal, wenn Ben mal wieder erzählte – von der Schule, von den Dingen, die er sonst so in seiner Freizeit tat – kam auch Luisa darin vor.

„Eigentlich kommt sie immer öfter darin vor", stellte Hendrik eines Tages fest. „Scheint fast so, als hätte er sich ein wenig in sie verschossen."

An einem dieser Tage in der Scheune kam Ben wieder zu ihm. Hendrik war hinten, bei den Werkzeugkisten und Werkbänken.

Er hatte sich eine der großen Kisten genommen, die Werkzeuge sortiert, geölt, sie vom Flugrost befreit. Ben war reingekommen, nahm sich stillschweigend ein Tuch und machte mit.

„Thies hat seine Sachen gut gepflegt", stellte Hendrik fest. „Aber sie liegen jetzt schon fast ein Jahr hier rum. Wird Zeit, dass wir mal ein wenig aufräumen!"

Sie bemerkten die Schuhe fast gleichzeitig – große, schwere Gummistiefel, ausgetreten, aber sauber. Sie standen auf einem der Regale in einer Ecke.

„Onkel Thies' Stiefel", sagte Ben leise.

Hendrik fiel darauf keine Antwort ein.

„Hast du ihn eigentlich jemals besuchen wollen, nachdem du weg warst?", wollte Ben auf einmal wissen. „Er hat immer gesagt, du würdest eines Tages mal vorbeikommen."

Das saß. Hendrik musste schlucken.

Wenn er jetzt an diesen Moment zurückdachte, dann wurde ihm immer noch etwas flau im Magen. Aber da, in der Scheune, mit Ben? Da war ihm fast schlecht geworden.

„Weißt du, Ben", sagte er langsam. „Ich wollte nie nicht, wenn das Sinn ergibt. Aber irgendwie war etwas anderes immer wichtiger."

Es war eine Pause entstanden. Ben wartete, das war ihm klar.

„Es war nicht ‚das Leben' oder ‚diese eine wichtige Sache'", sagte Hendrik dann leise. „Es war einfach der Gedanke: ‚Das mach ich später, es ist ja noch Zeit'."

Er überlegte, ob das reichen würde.

„Wir haben uns geschrieben – am Anfang Briefe. Dann Karten. Dann E-Mails. Die Abstände wurden immer länger, je länger ich weg war. Aber wir haben nie aufgehört."

Sie arbeiteten schweigend weiter. Hendrik konnte nicht sagen, wie lange.

„Er hat mir nie wirklich von dir erzählt", sagte Ben plötzlich. „Aber immer von irgendeinem Freund gesprochen, der die Welt retten würde. Ich wusste nicht, dass er von dir redete, aber er hat dich nie vergessen! Und er war nie sauer!"

Das tat weh – Hendrik hatte Thies auch nie vergessen. Nur unter dem Schutt des Alltags vergraben. Für später.

„Danke, Ben", sagte er. Und es kam von Herzen.

„Ich kann das nicht wieder gutmachen – das ‚Später', auf das wir vielleicht beide gehofft hatten, wird es nie geben. Aber wir können daraus lernen, Ben."

Er schaute den Jungen intensiv an, sprach dann ganz leise weiter.

„Wenn dir jemand wichtig ist, dann nimm dir die Zeit für die Person. Egal, was du sonst noch vorhast – du weißt nicht, ob später nicht zu spät ist."

Danach gingen sie schweigend in die Küche. Ben setzte Wasser auf, er hatte inzwischen den Chai Tee zu schätzen gelernt.

✦ ✦ ✦

Hendrik wachte auf, schaute wie jeden Morgen erst einmal aus dem Fenster und stellte überrascht fest, dass sich die seit Wochen über dem Land liegenden grauen Wolken verzogen hatten.

Eine noch blasse Märzsonne schien von einem wolkenlosen blauen Himmel.

„Was für ein Sonntag!", ging es ihm durch den Kopf. „Zu schade, um in der Wohnung zu sitzen!"

Rasch sprang er aus dem Bett, duschte und ging runter in die Küche, sein Kaffee wollte gemacht werden.

„Oder vielleicht sollte ich besser sagen, mein Körper will, dass er den Kaffee gemacht bekommt?", überlegte er.

Er schaltete den Lautsprecher ein, wählte eine Songliste aus und drehte die Lautstärke auf. Er störte ja niemanden!

Er gönnte sich einen Kaffee und setzte sich an den Tisch. Entschied sich dann aber doch um. Im Flur nahm er seine Jacke vom Haken, öffnete die Tür und trat hinaus in den Sonnenschein.

Er hatte die Sonne in den letzten Wochen ehrlich vermisst – Afrika und Indien kannten kaum Jahreszeiten.

Und so stand er da, das Gesicht der Sonne zugewandt, die Augen geschlossen und versuchte, seinen Kaffee dabei nicht zu verschütten.

Sein Handy piepste.

„Lass es piepsen", dachte er sich und ignorierte es.

Aber das Handy wollte nicht ignoriert werden, jetzt klingelte es. Und klingelte. Er gab auf, stellte die Tasse vorsichtig auf die Fensterbank und holte die elektronische Nervensäge aus seiner Hosentasche.

Es war Ben.

„Moin, Ben", grüßte er knapp. „Was gibt's denn?"

Nachdem sie ein wenig miteinander rumgeplänkelt hatten, kam Ben zur Sache.

„Ist doch tolles Wetter heute, oder?"

Fast wirkte es, als wollte er sich versichern, dass bei Hendrik auch die Sonne schien. Oder zumindest, dass Hendrik es auch bemerkt hatte.

„Lass mich mal nachschauen", spottete Hendrik. „Ja, da draußen ist so ein helles Licht; hatte ich in den letzten Wochen vollkommen vergessen."

„Ha, ha", kam es aus dem Telefon.

Dann kam er auf den Punkt.

„Mama und ich haben überlegt, ob wir zum Elbdeich raus wollen, Schiffe beobachten", sagte er. „Und wir würden dich gerne mitnehmen, wenn du Lust hast."

„Klar hab ich Lust", antwortete Hendrik spontan. „Wo wollt ihr denn hin?"

Ben druckste ein wenig herum, dann rückte er mit der Sprache raus.

„Na ja, wenn du nicht Auto fahren willst, gehen wir hier an den Deich."

Er machte eine kleine Pause, kam dann mit seinem eigentlichen Plan um die Ecke.

„Aber elbabwärts, in Krautsand, ist es viel cooler. Da ist auch ein kleines Restaurant direkt an der Landungsbrücke, da sieht man die Pötte viel besser!"

Hendrik lachte.

„Na, wenn das so ist – wann wollt ihr denn los?"

Das Telefon wurde weitergereicht, jetzt hörte er Marens Stimme.

„Hallo, Hendrik", begrüßte sie ihn. „Aber nur, wenn du wirklich willst! Sonst gehen wir hier an den Deich!"

Er grinste, hatte sich inzwischen daran gewöhnt, dass die beiden das Auto eigentlich ganz praktisch fanden, ihn aber nur ungern ausnutzen wollten.

Das schätzte er. Und freute sich umso mehr, wenn sie es dann doch einmal taten.

„Nein, Maren, alles gut", sagte er. „Ich hatte eh gerade überlegt, dass das Wetter viel zu schön ist, um sich in der Bude zu verstecken."

„Das ist lieb von dir, Hendrik", sagte sie. Und dann, etwas entschiedener: „Aber dann gehen Essen und Trinken heute auf uns!"

„Deal!", akzeptierte er. „Wann wollen wir denn los?"

„Jederzeit", kam es aus dem Telefon. „Wann immer du so weit bist!"

Er überlegte, schaute sich um.

„Ich muss kurz die Hühner versorgen, dann fahr ich los. Ich will nur noch schnell beim Bäcker halten, ich brauche ein Frühstück."

„Nein, vergiss den Bäcker – komm zu uns, wir haben noch Brötchen hier und können noch zusammen frühstücken", entschied sie.

Widerspruch war zwecklos, das ahnte er. Also willigte er ein, erledigte schnell die Arbeit bei den Hühnern und fuhr zu Maren und Ben.

Das Frühstück wartete bereits, Maren hatte noch frischen Tee gemacht, und er genoss die frischen Brötchen und die Gesellschaft. Er hatte schon ewig nicht mehr mit anderen Menschen morgens an einem Frühstückstisch gesessen.

Nach dem Frühstück machten sie sich auf den Weg. Die Ortsschilder zogen vorbei, Namen, die er früher einmal gekannt, aber längst vergessen hatte: Bützfleth, Barnkrug, Assel, Drochtersen ...

Überall die niedrigen Häuser, die sich in den Wind duckten, die Bäume, die die Straßen säumten. Am Ziel angekommen, fanden sie direkt hinter dem Deich einen Parkplatz.

„Man merkt, dass noch keine Saison ist", kommentierte Maren ihr Glück. „In zwei oder drei Monaten ist das dann nicht mehr so einfach."

Sie gingen über den Deich, ließen das kleine Restaurant erst einmal links liegen und stiefelten hinaus auf die Landungsbrücke.

„Nette Brise“, entfuhr es Ben, der seine Nase erst einmal in den Wind steckte. „Und der Geruch nach Meer und Salz ist hier noch viel direkter als zu Hause!“

Sie waren gerade zur rechten Zeit gekommen. Majestätisch schob sich einer der riesigen Containerfrachter die Elbe aufwärts.

„Evergreen“, las Hendrik. Er kannte die Reederei, die zu einer der größten der Welt zählte.

Ben hatte sein Handy in der Hand, starrte auf den Bildschirm.

„Das ist die *Ever Muse*“, sagte er. Dann ratterte er die Zahlen runter.

„Über 360 Meter lang, 50 Meter breit und 156.000 Tonnen Tragfähigkeit“, las er ab. „Sie kommt gerade aus Antwerpen und will übermorgen zurück nach Rotterdam.“

Sie trotzten dem Wind für etwa eine halbe Stunde. Die Sonne hatte noch keine Kraft, der blaue Himmel war zwar wunderschön, aber es war kalt.

„Also warm ist anders“, sagte Maren schließlich. „Lasst uns mal rübergehen, ich würde mich gerne reinsetzen!“

Sie folgten ihr über den Landungssteg zurück zum Ufer und zu dem kleinen Restaurant. Es war offen, aber abgesehen von zwei ebenso verfrorenen Frauen, die an einem der Tische saßen, war es leer.

„Wollen wir ans Fenster“, schlug Ben vor. „Von da haben wir freie Sicht auf den Fluss.“

Sie sahen dem Treiben auf dem Wasser eine Weile zu, hatten sich zum Aufwärmen erst einmal mit Getränken eingedeckt.

Ben bestellte wie immer bei solchen Gelegenheiten die heiße Schokolade, Maren saß vor einem Tee und Hendrik wärmte sich mit einem Cappuccino auf.

Die großen Containerschiffe, die vor ihren Nasen vorbeizogen, waren ein ums andere Mal faszinierend. Und die App auf Bens Telefon sagte ihnen nicht nur, welches Schiff es war, sondern auch, woher es kam und wohin es wollte.

„Spielen wir ein Spiel?", schlug Ben vor. „Schiffsgeschichten", überlegte er. „Für jedes Schiff, das nach Hamburg fährt, eine Geschichte, bei der es um das Ankommen geht. Und bei jedem Schiff, das die Elbe abwärts fährt, muss die Geschichte vom Weggehen handeln."

Maren und Hendrik sahen ihn überrascht an, das hatten sie nicht erwartet. Aber sie willigten ein.

Ben schaute aus dem Fenster, das nächste Schiff verließ den Hamburger Hafen. Er rief die Daten auf.

„*MSC Azov*", sagte er. „300 Meter lang, 48 Meter breit mit einer Tragfähigkeit von 112.000 Tonnen. Ziel ist ..."

Er stockte kurz.

„Ziel ist Felixstowe?"

Hendrik ließ sich die App zeigen, navigierte über die unterschiedlichen Seiten, fand schließlich die Angaben zum Schiff.

„Sie wurde 2014 gebaut, gehört zur Klasse der Neo-Panamax Containerschiffe und kann zwischen 9.000 und 10.000 Containern laden", las er vor.

„Und ja, sie geht nach Felixstowe, das ist im Südosten von England."

Maren lächelte.

„Na, wenn du schon so viel über das Schiff weißt, dann ist die erste Geschichte über das ‚Weggehen‘ deine“, erklärte sie spitz. „Wir hören.“

✦ ✦ ✦

Hendrik dachte einen Moment nach. Dann begann er mit seiner Erzählung. Er nahm sie mit nach Kenia, erzählte Maren und Ben von den Massai und wie in deren uralter Kultur die Riten für den Übergang vom Jungen zum Mann sind.

Wie die jungen Männer das Leben ihres Dorfes verlassen und gemeinsam mit den älteren Kriegern des Stammes in ein Lager der Krieger gehen und dort teilweise für viele Jahre verbleiben.

„Sie sind in dieser Zeit verantwortlich für die Viehherden der Gemeinschaft und deren Schutz vor Wildtieren und Dieben“, erklärte er.

Ben hatte interessiert zugehört, ebenso Maren. Er war schneller als seine Mutter mit der offensichtlichen Frage.

„Und wann kommen die Männer zurück?“

Hendrik schaute ihn an, zwinkerte ihm geheimnisvoll zu.

„Das Schiff ist weggefahren“, sagte er. „Es geht um das Weggehen, nicht um das Ankommen.“

Sie warteten auf das nächste Schiff, doch für den Moment war auf dem Fluss Ruhe eingekehrt. Maren und Ben versuchten, sich das Leben der Massai in Afrika vorzustellen, aber selbst nachdem sie Hendrik mit Fragen gelöchert hatten, mussten sie feststellen, dass ihnen diese Kultur so fremd vorkam, dass sie sich kein Bild davon machen konnten.

„Im wahrsten Sinne des Wortes ‚unvorstellbar'!", fasste Maren es in einem Satz zusammen.

Sie mussten nicht lange auf das nächste Schiff warten. Ben sah es schon auf der App die Elbe heraufkommen, lange, bevor sie es sehen konnten.

„Gleich kommt die *Asian Blossom*", las er vom Display ab. „Die will nach Hamburg und kommt aus …", er zögerte. „Das ist doch französisch, oder?"

Er zeigte den Eintrag seiner Mutter, die nickte.

„Ja, sie kommt aus Sept-Îles in Quebec, in Kanada", erklärte sie.

Ben sah sich die Daten genauer an.

„Meine Fresse", staunte er ehrfürchtig. „Das Ding ist fast 300 Meter lang und über 40 Meter breit."

Und mit einer etwas ungläubigen Stimme las er die nächsten Daten ab.

„Sie kann unfassbare 180.000 Tonnen Ladung transportieren – hauptsächlich Erze, Kohle oder Getreide. Und ihr Tiefgang beträgt mehr als 18 Meter!"

Hendrik besah sich das Schiff nun näher. Ein Schüttgutfrachter erkannte er.

„Mit diesem Tiefgang kann sie nur in den größten Häfen der Welt einlaufen", sagte er nachdenklich. „In Europa passt sie wahrscheinlich nur in die Häfen von Rotterdam und Antwerpen, vielleicht noch Dunkerque in Frankreich. Und eben Hamburg."

Ben sah dem Schiff ehrfürchtig hinterher.

„Und Ben? Weißt du, wie groß die Besatzung ist?"

Ben überlegte kurz, dann musste er raten.

„Keine Ahnung, vielleicht 40 bis 50?"

Hendrik schmunzelte, schüttelte den Kopf.

„Die modernen Frachter kommen oft mit 18 oder 20 Personen als Besatzung aus. Mehr brauchen sie nicht."

„Mama", lenkte Ben nun die Aufmerksamkeit auf das Spiel zurück.

„Dein Part – ‚Ankommen'!"

Maren seufzte, sie hatte es kommen sehen. Hatte krampfhaft überlegt, was sie Hendriks Massai-Geschichte entgegensetzen könnte.

„Wisst ihr, meine wichtigste ‚Ankommen'-Geschichte hat nichts mit den großen Schiffen oder der weiten Welt zu tun", begann sie. „Sie handelt von der Ladefläche eines kleinen Transporters und einer fast leeren Dachwohnung."

Die Erinnerungen strömten auf sie ein. Sie sah sich wieder in dieser ersten Nacht in der neuen Wohnung, ohne Möbel, ohne Hoffnung und mit einem Jungen in einem fast leeren Kinderzimmer.

„Am Abend saß ich alleine auf diesem Umzugskarton – Möbel waren ja nicht da", erinnerte sie sich. „Ein Karton zum Sitzen, ein Karton für das Weinglas, das ich mir extra in eine markierte Kiste gepackt hatte. Zusammen mit dem Rotwein."

Sie schaute Ben an, fuhr dann leise fort.

„Du hast in deinem Zimmer gelegen, auf dem kleinen Teppich neben dem Bett und hast friedlich geschlafen", erinnerte sie sich.

„Und ich habe mich wie die schlimmste Mutter der Welt gefühlt. Als diejenige, die ihrem kleinen Sohn das Zuhause und die Sicherheit genommen hatte."

Sie schwieg einen Moment, sammelte sich.

„Aber du hast ganz friedlich geschlafen, und ich habe mich in der Wohnung umgehört. Da war nichts, kein Laut mehr. Wir hatten zwar das große Haus in Blankenese verloren, aber wir hatten Frieden gefunden. Und ich wusste, dass wir angekommen waren, dass unsere Zukunft hier neu beginnen würde."

Sie schwieg, hatte das Ende ihrer Geschichte erreicht. Hendrik schwieg und Ben sah sie traurig an.

„Mama", sagte er nach einer Weile, „Mama, das hast du gut gemacht! Wir sind an einem guten Platz angekommen."

Er stand auf, ging um den Tisch herum und umarmte sie innig. Sie gab ihm einen Kuss auf die Stirn. Normalerweise hasste er das, heute nicht.

Hendrik wollte die Idylle nicht stören, blickte in Richtung Hamburg. Und stupste Ben dann doch an.

„Hol mal deine App raus", bat er ihn. „Ich glaube, da kommt was Besonderes für dich."

Ben drehte sich um, erblickte den Koloss und erstarrte.

„Ach du Scheiße", murmelte er. Und war sofort an seinem Handy.

Er brauchte nicht lange, der Pott war ja auch nicht zu übersehen, dachte Hendrik.

„Das ist die *HMM Algeciras*", las Ben vor. Er blätterte weiter, Hendrik und Maren sahen das Erstaunen in seinen Augen.

„Die ist 400 Meter lang, mehr als 60 Meter breit und kann fast 24.000 Container laden", las er ungläubig die Daten ab.

„Das ist eines der neuen Megamax-24-Schiffe“, dozierte er weiter. „Das größte Schiff, das wir hier im Hafen bisher gesehen haben.“

Hendrik lächelte ihn an.

„Und es ist dein Schiff – das abfährt. Du bist dran, Ben. Mit ‚Weggehen‘“, sagte er sanft.

Ben schluckte. Das hatte er natürlich nicht bedacht, dass auch er mit einer Geschichte an die Reihe kommen würde.

„Alles in Ordnung, Ben?“, fragte Hendrik sanft. „Wenn dir keine Geschichte einfällt, kann ich aushelfen, wenn du magst.“

Aber Ben schüttelte den Kopf, blickte dem Giganten draußen auf dem Fluss hinterher.

„Doch“, sagte er leise. „Doch, ich habe eine Geschichte.“

Er sammelte sich, fuhr mit leiser Stimme fort.

„Dieses Schiff. Es fährt einfach. Es ist so groß und so mächtig, dass es nichts und niemand aufhalten kann. Egal, ob hier die Sonne scheint oder der Schnee fällt. Es fährt. Und es kommt auf dieser Reise nicht zurück. Es hat ein Ziel und darauf hält es unbeirrt zu.“

Er machte eine Pause, schaute Maren und Hendrik an.

„Und wir kleine Menschen können nur hier am Deich stehen und ihm zusehen. Wir können winken, wir können rufen, wir können ihm bis zur nächsten Biegung des Flusses nachschauen.“

Er schluckte, räusperte sich.

„Aber wir können nichts tun, um es aufzuhalten. Wir bleiben hier, das Schiff fährt weiter.“

Maren und Hendrik konnten die letzten Sätze kaum verstehen – Ben wurde noch leiser.

„So war es auch mit Onkel Thies, oder? Er ist auf seine letzte Reise gegangen, er ist losgefahren. Und wir stehen nur hier, wir müssen hierbleiben. Und er ist weg."

Stille. Maren griff nach Bens Hand, streichelte sie. Hendrik, tief betroffen, senkte den Blick, konnte keine Worte finden. Selbst die beiden Bedienungen am anderen Ende des Raumes hatten bemerkt, dass sich etwas verändert hatte, und blieben in ihrem Bereich.

Nach ein paar Minuten, die allen endlos erschienen, rappelte Ben sich auf, sah auf seine App.

„Der nächste Pott geht wieder an dich, Hendrik."

Sie spielten noch ein paar Runden, die Geschichten wurden wieder heiterer, und langsam bemerkten sie auch das gewisse Hungergefühl in ihrem Magen.

Es gab Schnitzel für Ben und Hendrik, Maren wählte einen Salat mit Garnelen.

„Sag mal, Ben", wollte seine Mutter wissen, „wie bist du eigentlich auf die Idee mit diesem Spiel gekommen?"

Ben schaute sie verlegen an, stopfte sich noch einen Bissen Schnitzel in den Mund und nuschelte undeutlich etwas, das entfernt wie „Luisa" klang.

Maren war überrascht, schaute ihren Sohn streng an und wartete. Ben, der nun merkte, dass er Farbe bekennen musste, kaute zu Ende und schluckte.

„Das steht in dem Buch, das mir Luisa geschenkt hat", erklärte er.

Maren stutzte – davon hatte sie gar nichts mitbekommen und eigentlich erzählte ihr Sohn ihr so etwas immer direkt.

„Na ja“, gestand Ben etwas kleinlaut, „in dem Buch geht es darum, wie man mit dem Tod umgehen kann. Luisa hat gesagt, wenn ich Onkel Thies sehr, sehr vermisse, soll ich mir das mal anschauen.“

Maren war erstaunt – das war eine unglaublich reife Leistung der jungen Frau. Für einen Moment fragte sie sich, auf welche Überraschungen sie sich mit Luisa noch einstellen musste, doch Ben setzte seine Erklärung bereits fort.

„Und da wird von Verlust und Abschied gesprochen, aber auch von Neuanfang und Ankommen“, erklärte er. „Und der Typ, der das geschrieben hat, hat immer wieder so kleine Übungen und Spiele eingebaut. Daher habe ich die Idee.“

Maren musste das erst einmal verdauen. Sie war Luisa unendlich dankbar für die Initiative, dafür, dass sie so feinfühlig auf Bens Situation reagiert hatte. Und eigentlich auch sie direkt ins Herz getroffen hatte, zumindest indirekt durch Bens Worte.

Sie sprachen noch sehr lange miteinander. Der Tag war inzwischen schon fortgeschritten, und es wurde langsam Zeit für die Rückfahrt.

Wie versprochen übernahm Maren die Rechnung, ließ ein ordentliches Trinkgeld liegen, und alle drei machten sich auf den Weg zum Auto.

Die Rückfahrt war leise – Ben betrachtete aus dem Fenster die vorbeiziehende Landschaft. Vorne saßen Maren und Hendrik, im Radio spielte leise Musik.

Hendrik erkannte das Lied nach den ersten Tönen – es war ja auch von seiner Playlist. Aber irgendwie war es schon ewig nicht mehr gelaufen.

„You'd been to the station to meet every train, and
you came home without Lili Marlene"

Maren kannte das Lied offensichtlich auch – sie summte die ruhige, melancholische und zutiefst traurige Melodie leise mit.

Sie fand es nicht traurig, es machte sie nur nachdenklich. Der ganze Tag hatte sie nachdenklich gemacht.

„Vielleicht ist das so mit dem Leben – genauso, wie Ben es gesagt hatte. Eine Aneinanderreihung von Ereignissen, auf die wir keinen Einfluss haben. Ankünfte und Abschiede, manchmal ein Aufenthalt oder ein Umweg", sinnierte sie.

„Nichts ist nur gut oder nur schlecht – die Dinge sind einfach. Wir können sie nicht kontrollieren, wir können sie nicht aufhalten, wir können sie nicht herbeizaubern. Wir können nur einfach mit ihnen leben. Wir müssen nur einfach mit ihnen leben."

✦ ✦ ✦

Hendrik setzte Maren und Ben zu Hause ab. Auch wenn beide sehr nachdenklich erschienen, versicherten sie ihm doch, dass es ein schöner und intensiver Tag gewesen sei.

„Danke, dass du uns gefahren hast, Hendrik", sagte Maren und umarmte Hendrik. „Es war ein toller Tag."

Bevor er sich von seiner Überraschung erholen konnte, drängte auch Ben in diese freundschaftliche, fast schon familiäre Geste mit hinein.

„Ja, Hendrik, es war echt ein toller Tag! Das würde ich gerne mal wieder machen, wenn ihr Lust habt."

Hendrik freute sich – ihm hatte der Tag auch sehr gefallen. Selbst wenn er manch seltsame Wendung genommen hatte.

„Ja, das war ein besonderer Tag", antwortete Hendrik ihnen leise. „Schön. Und wichtig. Sehr wichtig."

„Willst du noch ...", weiter kam Maren nicht, Hendrik schüttelte den Kopf.

„Nein, heute nicht", sagte er bestimmt. „Ich will noch etwas erledigen."

Sie nickte, wollte nicht neugierig sein. Er sah ihr die gemischten Gefühle an.

„Ich geh noch mal rüber auf den Friedhof", sagte er leise. Sie verstand, nickte. Verabschiedete ihn mit einem Lächeln.

„Dann gute Nacht, Hendrik."

„Gute Nacht, ihr zwei."

„Nacht, Hendrik!"

Und ihre Wege trennten sich. Er fuhr die kurze Strecke zum Friedhof, wusste noch nicht, was das werden würde. Nur dass es ihm wichtig war.

Er musste über das niedrige Tor klettern, es war bereits verschlossen. Aber halt auch nur etwa einen Meter hoch, kein Problem also.

„Muss kurz nach sechs sein", überlegte er. Denn das war die Zeit, zu der bis zum April der Friedhof geschlossen wurde.

Im letzten Licht des Tages fand er die Gräber seiner Eltern – prüfte die kleine Steinpyramide. Alles in Ordnung. Dann ging er hinüber zu Thies' Grab.

Er stand eine ganze Zeit einfach nur so da – sagte nichts, bewegte sich nicht. Kein „Hallo, alter Freund" oder eine andere gemurmelte Begrüßung, die niemand hören würde.

Er stand und lauschte der Stille. Der Wind, der durch die noch kahlen Bäume säuselte, war das einzige Geräusch.

Im Geiste sah er wieder Ben, der leise und traurig dem großen Schiff hinterhergeschaut hatte, hörte das Echo seiner leisen Stimme – „Und er ist weg".

Das Bild von Ben verschwamm vor seinem inneren Auge, Maren erschien. Es war nur ein kurzer Fetzen, ein Bild, das aufblitzte und sofort wieder verschwand.

Maren, auf einer kleinen Kiste in einer leeren Wohnung. Allein. Verunsichert. Und zum ersten Mal frei.

Er hatte nie über die tiefen Wunden nachgedacht, die sie auf der Seele tragen musste. Über die langen, einsamen Kämpfe, die sie verursacht hatten. Heute hatte sie ihm die Tür zu ihren Erfahrungen einen Spalt weit geöffnet.

Er blickte hinunter auf den kalten Grabstein, der sich im letzten Licht des Tages nur noch schwach abzeichnete.

„Ich habe heute viel über deine Familie gelernt", flüsterte er seinem Freund zu. „Mehr als in all den Jahren zuvor, in denen du mir von ihnen geschrieben hast."

Er bückte sich, legte eine Hand auf den Grabstein.

„Ich habe gesehen, was du hier hattest. Und was du zurücklassen musstest", sagte er leise.

„Keine Sorge. Ich bin da! Verlass dich darauf!"

Er verließ den Friedhof, wie er gekommen war. Über das Tor. Ging zu seinem Auto, setzte sich hinter das Steuer. Es dauerte noch eine ganze Weile, bis er den Motor startete und nach Hause fuhr.

✦ ✦ ✦

Maren und Ben gingen Seite an Seite die Treppe hoch. Sie waren traurig, dass der Tag zu Ende war und doch irgendwie froh, in ihren gemütlichen vier Wänden zu sein.

„Und was essen wir jetzt?“, wollte Maren wissen. „Sollen wir noch zu Savas?“

Der Salat am Mittag hatte sie bis hierher gerettet, aber nun hatte sie Hunger. Doch Ben schüttelte den Kopf.

„Nee, keine Lust auf noch mehr Fleisch. Hatte ja schon das Schnitzel. Was haben wir denn noch?“

Beide gingen in die Küche, schauten in den Kühlschrank.

„Schau mal, Ben“, stellte Maren zufrieden fest. „Da ist noch Kochsahne und eine Paprika. Und Kirschtomaten.“

Sie überlegte, dann kam ihr die Idee.

„Wie wäre es mit Pasta?“, fragte sie. „Wir kochen die Paprika in der Sahne, pürieren das Ganze und machen die Pasta dazu.“

Sie sah zu ihrer Gewürzsammlung am Fenster.

„Dazu die Kirschtomaten und frischer Basilikum?“

Ben nickte.

„Klingt super“, sagte er zufrieden. „Soll ich dir helfen?“

Sie war überrascht, so ein Angebot bekam sie selten von ihm. Eigentlich nie, wenn sie mal genau darüber nachdachte.

„Gerne“, ergriff sie die Chance. „Du kannst schon mal die Paprika in kleine Würfel schneiden.“

Wenig später saßen sie gemeinsam beim Essen am Küchentisch. Maren hatte noch zwei Kerzen gefunden, die die Weihnachtszeit überlebt hatten – die brannten nun auf der Anrichte und spendeten ein gemütliches Licht.

Sie sah nachdenklich in ihr Rotweinglas. Ben hatte sich eine Cola genommen.

„Sohnemann“, sagte sie nachdenklich. „Das war heute stark von dir.“

Er sah sie überrascht an.

„Was denn, Mama?“

„Alles“, kam ihre Antwort. „Ich fand es toll, dass du uns von Luisa und dem Buch erzählt hast. Dass du das Spiel mit uns gespielt hast ...“

„... und dass du über Onkel Thies gesprochen hast.“

Er schaute auf seinen Teller, wich ihrem Blick jetzt aus.

„Ehrlich, Ben“, sagte sie sanft. „Ich kann nur ahnen, wie schwer es für dich sein muss – dein Vater will nichts von dir wissen, und dein Onkel, der wie ein Vater für dich gewesen ist, ist nicht mehr bei uns.“

Sie nahm ihn in den Arm, spürte das Zucken seiner Schultern, die Brust, die sich zitternd hob und senkte. Sie musste seine Tränen nicht sehen, er hatte sein Gesicht in ihrer Schulter vergraben. Sie wusste, dass sie da waren.

„Schon gut, Ben, schon gut“, ermutigte sie ihn leise. „Lass es raus. Lass es endlich raus.“

Später saßen sie noch im Wohnzimmer – Ben schon im Schlafanzug, sie hatte sich auch schon bettfertig gemacht.

„Ich muss dir aber auch etwas erzählen“, sagte sie mit leiser Stimme.

„Hat mit Hendrik zu tun.“

Er sah sie misstrauisch an, vielleicht auch überrascht? Erschrocken?

„Keine Sorge, es ist nichts Schlimmes“, versuchte sie ihn zu beruhigen.

„Als ich 17 Jahre alt war …“

Und sie erzählte ihm die ganze Geschichte. Wie sie sich in den besten Kumpel ihres Bruders verguckt hatte. Wie er es gar nicht bemerkte. Wie sie zu feige war, ihm etwas zu sagen.

„Und dann war er plötzlich weg – einfach so. Und für mich ist eine Welt zusammengebrochen“, erinnerte sie sich.

Dann lachte sie.

„Wenn er nicht schon weg gewesen wäre, hätte ich ihn zum Teufel geschickt!“

Da musste endlich auch Ben lachen.

Und sie redeten weiter. Was Hendrik denn heute für sie bedeutet, wollte Ben wissen. Und sie erzählte ihm von der Freundschaft, die sie für ihn inzwischen empfand. Nachdem sie anfangs durch sein Auftauchen vollkommen verwirrt gewesen war.

„Ich liebe ihn nicht mehr“, sagte sie. „Ich glaube, ich habe ihn nie geliebt.“

Sie überlegte, wie sie es ausdrücken sollte.

„Es war eine Verliebtheit, ein Crush, die Illusion einer Fantasie“, versuchte sie es zu beschreiben. „Liebe ist etwas anderes, Liebe ist tiefer. Endgültiger.“

Er schaute sie aus großen Augen an, nickte aber dann.

„Ich glaube, ich verstehe dich", sagte er dann leise.

„Ich mag ihn auch sehr", gestand er dann. „Er ist nicht Thies, aber er ist nahe dran", zog er Bilanz. „Ganz nahe dran!"

„Das also ist unser Kassensturz", dachte sie. „Die Bilanz unserer Beziehungen?"

Sie musste schmunzeln, spann den Faden aber weiter.

„Auf der Gewinn-Seite verbuche ich Ben. Und neuerdings Hendrik. Diese Wohnung. Meinen Beruf."

Sie stellte sich die Verlustseite vor, auch wenn es ihr wehtat.

„Verluste sind eindeutig: Bens Vater und Thies' Tod."

Dann sah sie Ben an.

„Hendrik ist ein Gewinn für uns, oder?"

Er nickte.

„Glaub schon", sagte er dann.

„Glaub ich auch. Und wenn das so ist, ist unsere Bilanz ganz leicht im Plus", stellte sie fest.

Da war er wieder, der Gedanke von vorhin.

„Gut und Böse, Schwarz und Weiß, Gewinn und Verlust - das Leben gibt die Karten und wir müssen sie spielen. Ob wir wollen oder nicht. Aber das Leben sorgt auch für Gleichgewicht. Nur halt nicht stabil – mal neigt sich die Waage in die eine Richtung, mal in die andere."

– Aus Hendriks Tagebuch –

„Ich habe nicht alles richtig gemacht. Aber auch nicht alles falsch. Jetzt bin ich hier. Und vielleicht reicht das – für den Moment."

Thies' Liste

Der März war arbeitsreich gewesen. Maren hatte sich in Thies' altem Freundeskreis umgehört, hatte ihre Probleme mit dem Hof und dem fehlenden Fachwissen beschrieben.

Die kleine Gruppe überlegte hin und her, dann schlugen sie alle zusammen mit einem Schlachtplan bei Hendrik auf.

„Schau mal, Hendrik", eröffnete ein gewisser Markus Harmsen die Diskussion. „Wir haben nicht genug Leute, um die Arbeit auf Thies' Hof zu machen, aber wir können dir sicherlich die grundlegenden Dinge zeigen und dir bei Fragen jederzeit helfen."

Was als Schnapsidee – im wahrsten Sinne des Wortes, denn sie entstand bei einer Runde Obstbrand – geboren wurde, entwickelte sich zu einem kleinen Projekt für alle.

Sie zeigten Hendrik, wie er die kleine Parzelle mit den Kirschbäumen pflegen musste. Und ermutigten ihn, die Apfelbäume erst einmal fertig zu katalogisieren und dann das Gebiet zumindest mal von altem Totholz und Graswuchs zu befreien.

Hendrik machte die neue Aufgabe viel Spaß. Und er konnte mit Thies' kleinem Traktor, der genau für die Arbeit in den schmalen Wegen zwischen den Baumreihen ausgelegt war, herumdüsen.

Markus und seine Freunde nahmen Hendrik unter ihre Fittiche. Wann immer es ging, halfen Maren, Ben und sogar Luisa aus – aber für sie ging die Schule vor.

Und so lernte er, wie man die Bäume beschneiden muss, damit sie wachsen und gedeihen können.

Markus zeigte ihm, wie man Licht und Raum in die Baumkrone bringt, ohne die wichtigen Äste dabei zu kappen.

„Ganz wie im Leben", sagte Hendrik an einem Abend zu Maren, als sie erschöpft von der Arbeit in der Küche saßen. „Du musst das eine oder andere einfach abschneiden, damit der Rest stark und fit bleiben kann."

Und manchmal nahmen sich Thies' Freunde – die langsam auch zu Hendriks Freunden wurden – ein oder zwei Stunden Zeit und legten selbst Hand an.

Das war, wie Hendrik neidlos anerkennen musste, sehr viel effektiver, als wenn er in den Bäumen herumwerkelte. Aber er wurde langsam besser.

Und so war er mit Zuschauen, Lernen und den Drecksarbeiten beschäftigt, wie er Ben erklärt hatte: Schnittgut abtransportieren, häckseln, mulchen, Brennholz machen.

„Ich dachte ja eigentlich, ich wäre fit", sagte er erschöpft an einem Abend zu Ben. „Aber das schlaucht ganz schön, das kann ich dir sagen!"

Für die Abendstunden bekam er eine andere Aufgabe – eine, die nicht ganz so einfach war. Maren hatte ihn gebeten, das Arbeitszimmer auszuräumen.

„Ich bringe es nicht übers Herz, da auszumisten", sagte sie leise. „Aber vielleicht kannst du ... du bist ja doch etwas weiter weg. Wenn es dir nichts ausmacht ..."

Sie hatte sich schwergetan mit der Bitte, wusste, dass auch Hendrik eine enge Beziehung zu ihrem Bruder hatte, die sich mit dem Einzug auf den Hof noch verstärkt hatte.

„Es muss ja sein", hatte er ebenso leise geantwortet. Das Zimmer hatte er gemieden. Außer dem gelegentlichen Lüften und den *Diyas*, die er zu Silvester in das Zimmer gebracht hatte, hatte er den Raum bewusst oder unbewusst nie betreten. Und wenn doch, dann war er schnell wieder draußen gewesen.

Hendrik saß in Thies' Arbeitsstuhl und schaute auf den Schreibtisch vor sich. Wo sollte er anfangen?

„Ich gehe wohl erst einmal durch, was du auf dem Tisch hattest, Thies", überlegte er.

Und begann, sich durch die Unterlagen zu wühlen. Es waren meist Rechnungen – einige, die hätten bezahlt werden sollen, einige, die Einnahmen hätten bringen sollen.

Maren hatte Zugriff auf Thies' Bankkonten gehabt, und so waren die zu zahlenden Rechnungen inzwischen Makulatur – die Mahnungen hatte Maren nach und nach beglichen, als sie eingingen.

Das mit den offenen eigenen Rechnungen war so eine Sache. Viele waren bezahlt worden – Maren hatte ihm die Kontoauszüge gegeben.

„Und dann haben es einige natürlich versucht", murmelte er verärgert.

Er trug die Namen und Summen der Schuldner in eine Tabelle am Computer ein. Es kam kein hoher, aber trotzdem ein beachtlicher Betrag zusammen. Knapp zwölftausend Euro fehlten!

„Noch so ein Thema – die Wirtschafts- und Steuerberaterin muss sich das mit mir zusammen mal ansehen."

Er verbrachte den Rest des Nachmittags damit, den Schreibtisch Stück für Stück leer zu räumen. Einiges wanderte in einen Aktenvernichter, den er unter dem Tisch gefunden hatte.

Andere Dinge endeten in einer eigens dafür vorbereiteten Ablage – die würde er sich später noch mal ansehen. Mit Maren. Mit der Steuerberaterin. Oder einfach selbst einen zweiten Blick darauf werfen.

Als er am frühen Abend die Schreibtischplatte freigeschaufelt hatte, schaute er zufrieden auf den jetzt wieder zugänglichen Tisch. Der Monitor stand nun einsam und verlassen, die Tastatur und die Maus hatten Raum zum Atmen.

„Thies, du bist ein ganz schöner Chaot gewesen", schmunzelte er. „Aber du scheinst dein Chaos zumindest überblickt zu haben!"

Er schaute auf die Uhr, kurz nach sechs.

„Verdammt", erschrak er. „Jetzt aber zack zack!"

Er war mit Maren und Ben verabredet, sie wollten mal wieder zu Savas. Er musste sich sputen, schrieb aber zur Sicherheit noch eine WhatsApp.

„Hab mich mit der Zeit etwas vertan. Geht schon mal vor, kann sein, dass ich ein paar Minuten zu spät bin."

Er wollte noch schnell duschen, das Zimmer von Thies hatte einen staubigen Eindruck bei ihm hinterlassen. Der musste runter und das rechtfertigte auch die kleine Verspätung.

Er betrat das kleine Restaurant etwa 15 Minuten nach Maren und Ben. Savas sah ihn und empfing ihn mit einem Lächeln.

„Moin, Savas", begrüßte er den freundlichen Griechen, den er inzwischen fast schon lieb gewonnen hatte. „Tut mir leid, ich bin ein wenig spät dran."

Savas grinste ihn an, schüttelte den Kopf und führte ihn zu dem wieder etwas versteckten Tisch, an dem sich bereits Maren und Ben eingefunden hatten.

„Du weißt doch, Hendrik", sagte er bestimmt. „Maren und Ben sind hier nie alleine, da musst du nicht hetzen, um auf die Minute pünktlich zu sein."

Hendrik sah sich um. Das Restaurant war heute gut gefüllt.

„Schön für die beiden, da kommt Geld in die Kasse", dachte er zufrieden.

Er sah einige vertraute Gesichter unter den Gästen. Keine Bekannten, aber Menschen, denen er entweder hier, auf dem Friedhof, beim Einkaufen oder einfach bei seinen Spaziergängen schon über den Weg gelaufen war.

„Sie haben aufgehört zu reden", stellte Maren befriedigt fest. Der Tratsch und Klatsch der ersten Wochen hatte sich gelegt. Hendriks Anwesenheit und seine Freundschaft mit Maren und Ben war von der Dorfgemeinschaft als das akzeptiert worden, was es war.

Er erzählte Mutter und Sohn, was er so alles auf Thies' Schreibtisch gefunden hatte.

„Wegen der offenen Rechnungen", schlug er vor, „sollten wir mit der Steuerberaterin reden. Ich habe keine Ahnung, wie man richtig eine Mahnung schreibt."

Er dachte kurz nach.

„Oder ob es dafür schon zu spät ist?"

Eleni verwöhnte sie – sie wusste inzwischen, was den dreien schmeckte, und sie hatten aufgehört, von der Karte zu bestellen.

„Eleni", hatte Hendrik an einem Abend gesagt, „warum sollen wir etwas auf der Karte aussuchen, wenn du uns ohnehin eine viel bessere Alternative vorschlägst?"

Savas kam zu ihnen an den Tisch, er balancierte ein Tablett mit den bestellten Getränken. Zusätzlich hatte er noch zwei Gläser mit einer bernsteinfarbenen Flüssigkeit und eine Schale dabei.

„Metaxa für euch zwei", sagte er. „Für Ben habe ich etwas anderes. Und Walnüsse."

Er stellte die Gläser und die Schale auf den Tisch. Dann schob er Ben eine Tasse mit dampfendem Inhalt hin.

„Für dich, junger Mann", sagte er. „Eleni hat den für dich gemacht. Einen *Salepi,* wie du ihn bei uns zu Hause bekommst. Mit viel Zimt und Ingwer. Wärmt die Seele besser als jeder Schnaps."

Wenig später schickte die herzensgute Griechin ihnen auch ihre Essen – für Maren hatte sie sich für Fisch entschieden, sie bekam ein *Psari Plaki*, wie Savas ihr erklärte.

„Im Ofen gebackenes Fischfilet auf einem Bett aus Gemüse und mit einer schönen Tomaten-Oliven-Soße."

Der Teller, der einen köstlichen Geruch verströmte, wanderte zu Maren.

Hendrik bekam einen kleinen gusseisernen Kessel, der ein dampfendes *Stifado* aus geschmortem Lamm enthielt. Und dazu noch eine große Menge an Perlzwiebeln, die der dunklen Soße ihre unvergleichliche Süße gaben.

Ben wurde auch nicht vergessen – Eleni kannte doch genau die Vorlieben ihres jungen Gastes.

„Für Ben habe ich noch einen Gyros-Teller", schloss Savas nun. „Das mag dir zwar sehr einfach erscheinen, Ben, aber es ist mit großer Liebe extra frisch für dich gemacht. Und nichts geht über ein leckeres Gyros."

Ben schaute strahlend auf seinen Teller.

„Danke, Savas. Und sag auch Eleni bitte, dass das die perfekte Wahl war!"

Das Essen zog sich, sie hatten es nicht eilig. Plänkelten miteinander herum, neckten sich gegenseitig. Und waren fröhlich.

„Das ist das erste Mal seit Langem, dass ich alle drei so unbefangen sehe", sagte Savas, der die Szene beobachtete, leise zu seiner Frau.

„Ja", bekräftigte Eleni. „Es wurde auch Zeit, dass die zwei aus ihrem Kellerloch kriechen. Und Hendrik scheint genau zur richtigen Zeit hier aufgeschlagen zu sein."

Savas nickte langsam, schaute nachdenklich zu dem Trio hinüber.

„Heraklit hat schon gesagt: ‚*Panta rhei*'".

Er machte eine Pause, sah seine Frau an.

„Alles fließt, Eleni. Wir können die Menschen nicht aus einem reißenden Fluss zerren, aber wir können ihnen helfen, wenn sie in ruhige Gestade getrieben sind."

Sie warf einen Topflappen nach ihm, lachte dabei.

„Du und deine alten Philosophen!"

✦ ✦ ✦

Am nächsten Morgen war Hendrik schon früh wach. Er stand auf, duschte und holte sich frische Brötchen vom Bäcker – eine Routine, an die er sich gewöhnt hatte.

„Einen Kilometer hin laufen, zwei Brötchen und einen Schnack, einen Kilometer zurück", hatte er Ben erklärt.

Nach dem Frühstück ging er mit einer weiteren Tasse Kaffee in das Arbeitszimmer, begutachtete den aufgeräumten Tisch und stellte den Kaffee zufrieden auf die nun freie Fläche.

Dann schaute er sich um, überlegte, was er sich als Nächstes vornehmen sollte. Sein Blick fiel auf das Regal zu seiner Rechten.

„Schmal, nur vier Bretter", überlegte Hendrik. „Und wenn es leer ist, fange ich dort an, die Ablage neu aufzubauen."

Er griff nach dem obersten Stapel – es schienen Briefe zu sein. Einige davon handgeschrieben, einige mit der Schreibmaschine. Andere sahen eher wie ausgedruckte Mails aus.

„Was haben wir denn hier?"

Wohl eher eine rhetorische Frage, doch die Antwort kam umgehend.

„Lieber Matthias", „Hallo Thies", „Hi Thies" oder auch mal ein „Moin, altes Haus!"

Sein Freund hatte ganz altmodisch, ganz ordentlich die Briefe, die er von Familie und Freunden bekommen hatte, gesammelt und aufgehoben!

Hendrik ging den nächsten Stapel durch, überflog die Seiten. Es war Alltägliches, Trauriges und Wunderschönes dabei. Manche Briefe waren einfach nur das – ein Brief. Aber darunter mischten sich Todesanzeigen und solche für Geburten.

Manche der Verfasser waren ordentlich – saubere Handschrift, Adresse links oben auf dem Blatt Papier, Datum. Andere hatten ihre Gedanken eher formfrei auf das Blatt gekritzelt. Für Thies waren sie alle gleich wichtig gewesen.

Und dann sah er das Datum, erkannte die Handschrift.

„Hamburg, 24. September 2004", murmelte er. Und las den Brief.

„Lieber Thies", stand da als Anrede.

„Es ist Freitag, und ich gehe nachher aufs Schiff – hat nicht lang gedauert, einen Dampfer zu finden. Die *Endurance* legt heute Nacht ab, der Kapitän nimmt mich mit, wenn ich mich nützlich mache."

Er überflog den Brief, kannte den Inhalt aber schon. Dass das Schiff nach Rotterdam gehen würde, dass die Reise von da aus nach Afrika führen würde und dass der Kapitän ihm erst in Rotterdam den Zielhafen dort nennen konnte, weil sie erst dort die Fracht übernehmen würden.

Es war seine Handschrift. Fein säuberlich auf ein DIN-A4-Blatt geschrieben. Er erinnerte sich noch an den Block, aus dem er es vorsichtig herausgetrennt hatte.

„Oh, Thies", sagte er leise. „Das hast du all die Jahre aufgehoben?"

Der nächste Brief war wieder von ihm, vier Wochen später in Sierra Leone geschrieben.

„Freetown, Sierra Leone, 25. Oktober 2004"

Hendrik legte ihn zur Seite, er wusste, was er geschrieben hatte. Erinnerte sich an die Seereise, die mit etwa drei Wochen gar nicht so lange gewesen war. Hamburg nach Rotterdam, zwei Tage. Zwei weitere im Hafen.

Sie waren entlang der Küsten von Frankreich, England, Portugal gefahren und folgten dann der Küste des afrikanischen Kontinents nach Süden.

Schnell war sie nicht gewesen, die *Endurance*, aber er hatte es nicht eilig. Hatte sich in der Kombüse und im Maschinenraum mit Hilfstätigkeiten die Überfahrt verdient.

Wohin es ging? Das hatte die Crew mit dem Auslaufen in Rotterdam erfahren – er musste erst einmal überlegen, wo Sierra Leone denn überhaupt lag.

Der Brief erzählte auch von den Gegensätzen. Das Land, das gerade erst aus einem Bürgerkrieg gekommen war. Freetown, die Hauptstadt. Mit ihren modernen Vierteln und den unendlich armen Slums. Von der riesigen Schere, die zwischen Arm und Reich klaffte. Und der Freundlichkeit der Menschen.

Die Stadt, so erinnerte er sich, war ihm wie ein riesiger Ameisenhaufen vorgekommen, ein Labyrinth der Extreme. Ungewohnt, unerwartet und irgendwie auch unheimlich.

Der Kapitän der *Endurance*, der auf der Reise ein wenig mehr über seinen jungen Passagier erfahren hatte und sich nun Sorgen um dessen Sicherheit machte, rief ihn am Abend vor dem Einlaufen zu sich auf die Brücke.

„Ich gebe dir jetzt ein paar Regeln mit auf den Weg. Wenn du schlau bist, denkst du an meine Worte“, begrüßte ihn der alte Seebär.

„Ich war schon in diesem Teil der Welt unterwegs, da hast du noch in die Windeln geschissen“, fuhr er mürrisch fort. „Das war hier damals kein Platz für weiße Jungs und das ist es heute auch nicht! Also pass auf!“

Hendrik konnte gar nicht anders, als dem Alten zuzuhören.

„Regel Eins“, fing der an, „lautet wie folgt.“

Er machte eine kurze Pause, schniefte vernehmlich und begann mit seiner Belehrung.

„Hör auf, so verdammt naiv zu sein! Jeder, der dich anspricht und freundlich zu dir ist, will etwas von dir. Meistens dein Geld, manchmal was Wertvolleres.“

Das saß, Hendrik war nun voll bei der Sache. Der Alte sah es, nickte zufrieden.

„Lächle, sei höflich und sag immer ‚Nein‘. Das ist dein wichtigstes Wort! ‚Nein‘. Freundlich, aber bestimmt!“

Hendrik nickte. Das konnte er sich merken.

„Regel Zwei“, fuhr der Kommandant fort. „Du bist eine wandelnde Geldbörse. Du magst nicht viel bei dir haben, das weiß ich. Aber es ist immer noch viel mehr, als die allermeisten Menschen in diesem Land jemals sehen werden. Also halte Geld immer unter der Kleidung, am Körper. Keine Uhr. Der Pass bleibt auch immer am Körper!", schärfte er ihm ein.

„Und hab immer etwas Kleingeld in der Tasche", riet er dann. „Wenn dir einer krumm kommt, gib ihm das. Meistens reicht das, und wenn nicht, ist es eh egal."

Nun wurde Hendrik mulmig. Worauf hatte er sich da nur eingelassen?

„Regel Drei", zählte der alte Mann unbarmherzig auf. „Vertraue niemandem. Vertrauen ist Luxus! Das Land hat einen brutalen Krieg hinter sich, und jeder ist sich selbst der Nächste. Wenn wir im Hafen sind, gehst du schnurstracks zum Hafenmeister und lässt dir ein offizielles Taxi rufen. Offiziell, hörst du?"

Wieder diese Pause – der Alte mochte sie brauchen, um Luft zu holen. Auf Hendrik wirkte sie wie die gut positionierte Pause vor dem nächsten Höhepunkt der Handlung.

„Dann lässt du dich zu einem Guesthouse bringen, in dem die UN-Mitarbeiter und die NGOs absteigen. Kein billiges Hostel! Du brauchst einen Ort, an dem du sicher schlafen kannst. Die Leute dort werden dir weiterhelfen können."

Erneut konnte Hendrik nur nicken, ihm war jetzt mehr als nur etwas mulmig zumute. Worauf zum Geier hatte er sich da eingelassen?

„Und Regel Nummer Vier", schloss der Kapitän seinen Vortrag, „ist Demut. Sei demütig! Dieses Land und seine

Menschen haben mehr durchgemacht, als du dir in deinen wildesten Träumen vorstellen könntest."

Er schaute ihn nachdrücklich an, legte ihm seine schwere Hand auf die Schulter und drückte. Vielleicht einen Hauch zu fest für Hendriks Geschmack.

„Du kommst nicht hierher, um ihnen etwas beizubringen, mein Junge. Du kommst, um die Schnauze zu halten und zu lernen. Sperr deine Augen und Ohren auf, aber halt die Klappe geschlossen. Fürs Erste jedenfalls."

Dann war der Vortrag zu Ende, der Kapitän verabschiedete ihn. „Und jetzt geh. Und pass gut auf dich auf, mein Junge."

Als er am nächsten Tag von Bord ging, sah er den Alten nicht mehr, der Kapitän war mit den Formalitäten der Hafenbehörde zu beschäftigt.

Hendrik hatte sich an die Worte des alten Seebären gehalten. Und tatsächlich die erste Woche unbeschadet überstanden.

Er las den Brief zu Ende. Er hatte Thies wenig von seinen Eindrücken und nichts von der Ansprache des Kapitäns erzählt. Stattdessen stolz davon berichtet, dass er bereits eine NGO gefunden hatte, die ihn aufnahm.

Er würde in die südliche Provinz gehen, hatte er geschrieben. Und dass er nicht wüsste, wann er sich wieder melden würde – denn Post, wie Thies sie aus Deutschland gewohnt war, gab es hier nicht.

Der Brief wanderte zu den anderen, er überlegte, ob er sie mal Maren und Ben zeigen sollte. Thies hatte sie aufgehoben, quasi ein Archiv der Erlebnisse seiner Freunde und damit auch von ihm geschaffen.

„Soll nicht umsonst gewesen sein, Thies", murmelte er leise. „Ich weiß noch nicht, was wir damit machen, aber es soll nicht umsonst gewesen sein."

Er stöberte weiter, fand weitere Briefe von sich selbst und sah, dass sein Freund sogar einige Zeitungsartikel oder Internet-Seiten ausgedruckt hatte.

„Dass du so viele Freunde hattest, Thies, wusste ich ja gar nicht. Und dass sie so weit rumgekommen sind auch nicht."

Fast schien es, als wäre sein Freund der zentrale Ankerpunkt für alle seine Kontakte gewesen, die in der weiten Welt unterwegs waren.

Beim Durchlesen fand er die Briefe mindestens einer Flugbegleiterin, eines Ingenieurs auf einem Handelsschiff, zwei Eisenbahnern, zwei LKW-Fahrern und einem Soldaten der Bundeswehr.

Und alle hatten ihm mehr oder minder regelmäßig geschrieben und Eindrücke aus der Welt jenseits des Alten Landes in den kleinen Ort hinter dem Elbdeich geschickt.

Und dann fand er sie. Sie lag nicht bei seinen Briefen, sondern separat. Nur mit viel Glück war sie ihm überhaupt aufgefallen.

Das Blatt trug die Überschrift „Was ich meinem Freund Hendrik gerne sagen würde".

Er musste schlucken, die Versuchung, die Liste ungelesen wegzulegen, war überwältigend.

„Will ich wirklich wissen, Thies, was du mir sagen wolltest?", fragte er leise. Er hatte eine Ahnung, wusste nicht, ob er dazu schon bereit war.

Und hatte dann doch mit dem Lesen angefangen. Er wusste, was er an sich geschrieben hätte.

Dinge wie „Warum hast du dich nicht öfter mal gemeldet?“ Oder: „Ich habe hier auf dem Hof gekämpft, während du Abenteuer erlebt hast. Weißt du, wie sehr ich dich manchmal dafür gehasst habe?“

Wahrscheinlich hätte er an sich selbst auch die folgende Frage gerichtet: „War es das alles wirklich wert, Hendrik?“

Stattdessen las er nun die Punkte, die Thies für ihn aufgeschrieben hatte.

„Der alte Apfelbaum trägt dieses Jahr wie verrückt. Wir müssen unbedingt mal wieder zusammen Saft machen, so wie früher.“

Oder: „War neulich bei Jörn im *Anker*. Er hat das Rote vom Ratskeller aus Stade. Vom Fass. Würde dir schmecken, das weiß ich.“

Weiter ging es im Text. Hendrik hatte Mühe, zu lesen, irgendwie war seine Sicht verschwommen.

„Hab neulich mit Maren alte Musik im Radio gehört – das Zeugs aus den 60ern und 70ern. Musste sofort an dich denken.“

Den nächsten Satz schaffte er gerade noch so.

„Falls du das hier liest, bevor ich es dir sagen kann: Der Schlüssel für deine alte Truhe ist in der obersten Schublade meines Schreibtischs. Das Ding steht unten im Keller, dein Vater hat sie mir vor seinem Tod zur Aufbewahrung gegeben.“

Und beim letzten Satz brach sein mühsam aufrechterhaltener Deich dann doch: Er, der Erwachsene, der so viel von der Welt gesehen hatte, musste nun am Schreibtisch seines Freundes flennen.

„Na toll, alter Sack“, dachte er schniefend. „Jetzt hast du mich doch erwischt.“

Thies’ letzter Punkt lautete: „Meld dich mal wieder, altes Haus. Wir haben uns zu lange nicht gesehen.“

✦ ✦ ✦

Hendrik saß noch lange am Schreibtisch und starrte ins Nichts. Und manchmal auf die Foto-Collage, die ihn und Thies an der gegenüberliegenden Wand zeigte.

Die Liste seines Freundes hatte ihn kalt erwischt. Führte ihm vor Augen, welche Rolle sein toter Freund im Geflecht seiner sozialen Beziehungen wirklich gespielt hatte.

„Thies war der Heimathafen für so viele“, erkannte er.

„Für mich, aber auch für andere, die die Verbindung hierher verloren hatten oder sie aufgegeben hatten. Du bist geblieben, aber die Welt ist durch uns auch zu dir gekommen.“

Wieder schaute er hinab auf die Liste, die immer noch auf dem Schreibtisch lag.

„Du warst mein Ankerplatz, mein sicherer Hafen, meine Zuflucht – ich habe es nicht bemerkt, weil das Wetter auf meinem Ozean meistens gut war.“

Er überlegte kurz.

„Na ja, nicht immer gut, aber nie wirklich, wirklich schlecht. Bis jetzt, als mir der Sturm den Kiel gebrochen hat.“

Und dann hatte er seinen Heimathafen angelaufen, unbewusst, wie er nun erkannte. Aber nahezu vorbestimmt.

Danach war er zum *Anker* rübergegangen, hatte sich an die Bar gesetzt und die Gäste betrachtet. Der alte Hansen war da. Björn sowieso. Einige von Thies' Freunden, die ihn mit dem Hof jetzt unterstützten. Sie grüßten ihn, er gehörte dazu.

„Jörn, hast du das Rote aus dem Ratskeller da?", wollte er wissen. „Das aus Stade?"

„Jou, klar hab ich das", kam es von hinter der Bar zurück.

„Dann mach mir zwei Gläser", sagte er entschlossen. Schaute in den Raum. „Und für jeden hier das, was er will."

Er sah sie an. Sie hatten ihn gehört, die Gespräche waren verstummt. Jörn brachte die Runde an die Tische.

„Nimm dir auch eines", sagte Hendrik. „Und Männers?"

Er schaute in die Runde.

„Das hier ist auf Thies", sagte er. Stellte sein zweites Glas vor den leeren Barhocker neben ihm. Hob sein Glas und prostete in die Runde.

„Auf Thies", rief er in den Raum. „Einen besseren kann man nicht finden."

Ein zustimmendes Raunen ging durch den Raum. Von mehreren Tischen kam ein lautes „Jo, auf Thies!" zurück. Gläser wurden gehoben und klirrten aneinander. Der alte Hansen nickte Hendrik vom anderen Ende des Raumes anerkennend zu, murmelte leise „Dat hett he verdeent."

Es wurde an diesem Abend noch viel über Thies gesprochen, drinnen, in der kleinen Kneipe, tief im Alten Land. Und nach vielen weiteren Gläsern brachte der alte Hansen es auf den Punkt.

„Sterbe kannste hier, jo. Aber richtig tot büüst deswegen noch lang nicht!"

Es war lange nach Mitternacht, als Hendrik den *Anker* verließ. Und das erste Mal seit seiner Ankunft hier hatte er so richtig einen sitzen.

Als er am nächsten Morgen erwachte, stand die Sonne schon hoch am Himmel. Hendrik musste erst einmal überlegen, wo er war und was passiert war.

Er setzte sich vorsichtig auf die Bettkante, starrte auf seine Kleidung am Boden. Die zog sich in einer mehr oder weniger geraden Linie vom Badezimmer zu seinem Bett.

Er schüttelte den Kopf, bereute es allerdings sogleich.

„Oh, Mann“, murmelte er. „Das machst du besser nicht so oft!“

Er tastete sich vorsichtig ins Badezimmer, schaute in den Schrank, fand und nahm eine Aspirin und spülte sie mit reichlich Wasser aus dem Zahnputzbecher runter.

Das vertrieb wenigstens auch den schalen Geschmack aus seinem Mund, zumindest fürs Erste. Vorsichtig ging er die Treppe runter, fand seinen Weg in die Küche und war für seinen Kaffee-Vollautomaten jetzt so richtig dankbar. Wie hatte er das damals formuliert?

„Einfach nur auf den Knopf drücken!“

Und genau das tat er jetzt. Nur dass ihm das Knirschen des Mahlwerks heute fast physische Schmerzen verursachte.

„Du bist echt ein Idiot“, schalt er sich. „So viel gesoffen hast du lange nicht!“

Aber es hatte sich gelohnt – zumindest hatte er sich nicht alleine besoffen, sondern in Gesellschaft von Männern, die Thies ebenso geschätzt hatten wie er selbst.

„Auch was wert“, resümierte er. Und probierte seinen Kaffee. Der erste Schluck schmeckte bescheiden, danach wurde es besser. Aber ein Frühstück holen?

„Nee, das wird heute nix. Und fahren darf ich, glaub ich, noch nicht.“

Es dauerte einige Zeit, bis Hendrik sich eingestand, dass es mit einem weiteren Aussortieren in Thies’ Zimmer heute nichts werden würde. Außerdem schien draußen die Sonne!

Also nahm er seine Kaffeetasse und ging durch das Wohnzimmer in den Garten hinaus. Im letzten Herbst und Winter hatte er ihn ignoriert, aber jetzt, Anfang April, konnte die Sonne schon zu den ersten Ruhepausen draußen einladen.

„Ich glaube, ich muss mal auf die Suche nach Gartenmöbeln gehen“, überlegte er, holte sich dann einen Stuhl aus dem Esszimmer und setzte sich erst einmal auf der Terrasse in die Sonne.

Wie lange er da gesessen hatte, wusste er nicht – aber plötzlich wurde er vom Schellen der Türklingel aufgeschreckt.

Er ging außen ums Haus herum, sah Ben vor der Tür stehen.

„Hey, Ben“, rief er, „hier bin ich.“

„Hallo, Hendrik“, begrüßte der Junge ihn erfreut. „Na, hast du die Terrasse gefunden?“

„Das schon, allerdings hatte ich noch keine Zeit, nach Gartenmöbeln zu schauen.“

Hendrik machte eine Pause, entschied sich aber gegen das Verstecken im Haus, die Sonne war einfach zu schön.

„Hol dir nen Stuhl aus der Küche und setz dich zu mir, wenn du magst."

Ben verschwand im Haus, war wenig später zurück. Stellte seinen Stuhl so, dass er Hendrik sehen konnte.

„Was ist los mit dir?", fragte er geradeheraus. „Du bist ... irgendwie anders heute!"

Hendrik grinste, die Tablette hatte den Schmerz in seinen Schläfen fast beseitigt, aber nur fast.

„Sagen wir mal, die anderen Kerle im *Anker* und meine Wenigkeit haben gestern noch ordentlich auf deinen Onkel das Glas gehoben!"

Ben musste lachen.

„Ach so, du bist besoffen! Mann, sag das doch, dann verschwinde ich wieder."

Hendrik musste grinsen.

„Nee, alles gut, geht schon wieder. Ich wollte dir eh was zeigen, aber nur, wenn du Lust hast."

Dann erzählte er ihm von den Briefen, die er gestern gefunden hatte. Und auch, dass seine Eigenen darunter waren.

„Wow", staunte Ben. „Zeigst du sie mir?"

Und so verbrachten sie die nächsten zwei Stunden mit den alten Briefen. Ben las sie mit wachsender Neugierde durch – die alten Schilderungen Hendriks, der seinem Onkel das Leben und Arbeiten in Afrika beschrieben hatte, faszinierten ihn.

Nur hin und wieder hatte er eine Frage an ihn, und so konnte Hendrik weiter die Sonne und die Neugierde Bens genießen. Es wurde ein ruhiger Tag.

So schön die ersten Strahlen der Sonne auch waren – sie konnten noch keine richtige Wärme spenden und Hendrik hatte sich mit Ben in die Küche geflüchtet.

Dem Jungen war eingefallen, dass er noch ein paar Hausaufgaben für den nächsten Tag erledigen sollte, wie selbstverständlich hatte er seine Schulsachen auf dem Küchentisch ausgebreitet und sich an die Arbeit gemacht.

„Ist nicht viel", hatte er erklärt. „Etwas Mathe, etwas Englisch und Bio!"

Hendrik hatte es geschehen lassen, es freute ihn, dass Ben sich hier im Haus wieder heimisch fühlte. Er selbst war in seinem Buch versunken, als es ans Fenster klopfte. Beide erschraken.

Es war Maren. Er ließ sie rein, begrüßte sie.

„Maren! Was für eine Überraschung!"

„Ich hoffe doch sehr, dass ich euch nicht störe?", fragte sie. „Ben hat mir gesagt, dass er zu dir wollte und als ich keine Antwort auf meine Nachrichten bekommen habe, dachte ich mir, dass ich mal nach dem Rechten schauen muss!"

Sie trat ein, zog ihre Jacke aus und folgte ihm in die Küche. Sah Ben mit seinen Schulsachen und musste nicht lange überlegen, was hier wohl passiert war. Sie musste lächeln.

„Ich sehe schon, hier wird produktiv gearbeitet!"

Hendrik nickte, deutete dann auf Ben.

„Na, zumindest von einem von uns! Der andere ist heute auf Sparflamme!"

Ben sah von seinen Hausaufgaben hoch, grinste breit.

„Hendrik hat einen Kater", verriet er. „Der war gestern zu lange im *Anker*!"

Maren schaute Hendrik fragend an, der zuckte mit den Achseln, ein stilles „Frag nicht!“

Und Maren hielt sich dran. Schaute in den Kühlschrank, fand ihn weitestgehend leer.

„Und was willst du heute essen? Wenn ich mir deine Vorräte so anschaue, wird es höchstens eine dünne Wasser-Suppe werden!“

Hendrik schaute betreten an ihr vorbei. Sie hatte vollkommen recht, er hatte total vergessen, dass er eigentlich einkaufen wollte.

„Mist!“, entfuhr es ihm. „Soll ich noch schnell einkaufen fahren?“

Maren schüttelte den Kopf, sie hatte auf die Uhr geschaut und die Zeit überschlagen.

„Wenn du jetzt erst einkaufen fährst und wir dann was kochen, sind wir hier nicht vor neun Uhr fertig. Und dann fährt der Bus nur noch jede Stunde!“

Sie überlegte kurz und fragte ganz pragmatisch in die Runde.

„Pizza oder chinesisch? Beide liefern.“

Sie entschieden sich für die italienische Variante. Pizza Rucola für Maren, Pizza Caprese für Hendrik und Ben entschied sich für die Variante mit Schinken, Pilzen und Ananas.

„Hawaii?“, entfuhr es Hendrik mit einem entsetzten Unterton. „Wirklich?“

Die Pizzen kamen tatsächlich innerhalb von 30 Minuten, Maren bezahlte und alle aßen mit gesundem Appetit. Und Ben erzählte seiner Mutter von den alten Briefen.

„Wusstest du, dass Onkel Thies alte Briefe von Hendrik hatte?“, wollte er wissen.

Maren schaute überrascht von ihrer Pizza hoch.

„Wirklich?“, fragte sie. „Das hat er nie gesagt!“

„Doch, Hendrik hat ihm regelmäßig geschrieben, am Anfang sogar fast einmal im Monat oder so.“

Maren wurde still, das hatte ihr Bruder ihr nie erzählt. Sie hatten in den ersten Jahren nach Hendriks Verschwinden nur selten über ihn gesprochen.

„Oh!“, war auch der einzige Kommentar, zu dem sie jetzt fähig war.

Hendrik erkannte die Situation, ergriff das Wort.

„Ben, lass deine Mutter mal essen“, sagte er. „Ich denke, wir zeigen ihr die Briefe mal, wenn sie sie sehen möchte. Aber vielleicht an einem anderen Tag, heute ist schon spät!“

Maren sah ihn dankbar an, nickte.

„Ja, an einem anderen Tag“, bat sie. „Der Bus fährt in 20 Minuten.“

Ben merkte, dass hier etwas nicht stimmte – er hatte nur keine Ahnung, was es war. Aber inzwischen vertraute er Hendrik und wusste, dass entweder der oder seine Mutter ihn früher oder später ins Bild setzen würden. Er nickte.

„Na gut, dann ein anderes Mal.“

✦ ✦ ✦

Hendrik saß wieder am Schreibtisch in Thies’ Arbeitszimmer. Er hatte sich seinen Kaffee geholt, war wie üblich seine Runde zum Bäcker gelaufen und saß nun mit seinem Frühstück vor dem nächsten Stapel Papier.

Er erwartete weitere Briefe, fand aber stattdessen etwas anderes: medizinische Unterlagen.

Mit der gleichen Ordnung, mit der Thies seine Briefe verwahrt hatte, hatte er auch eine größere Menge an ärztlichen Befunden, Rechnungen, Medikamentenplänen und anderen Dingen abgelegt.

Zuerst wollte Hendrik die Blätter einfach zur Seite legen, dann aber hatte er überlegt, ob sie nicht einfach vernichtet werden könnten – schließlich lebte der Patient, um den es ging, ja nicht mehr.

Aber irgendetwas hielt ihn davon ab, die Blätter einfach nach und nach dem Aktenvernichter zuzuführen.

„Was machst du hier eigentlich?“, fragte er sich, als er langsam die Unterlagen durchblätterte.

Er kam sich vor wie ein Eindringling. Wie jemand, der heimlich in das Zimmer eines anderen geschlichen war und dessen Post las. Es fühlte sich falsch an.

Das handbeschriftete Kuvert sprang ihn fast an – nicht nur, weil sein Name groß darauf prangte.

„Hendrik“, stand auf dem Briefumschlag.

Er stutzte – drehte den Umschlag hin und her, überlegte.

„Woher wusstest du, dass ich komme?“, fragte er leise. „Oder hattest du gehofft, dass derjenige, der den Umschlag findet, weiß, an wen er adressiert ist?“

Er gab sich einen Ruck, öffnete den Brief und zog ein säuberlich beschriebenes Blatt hervor. Sein Blick fiel auf das Datum.

„März vergangenen Jahres“, stellte er verwundert fest. Thies musste den Brief wenige Tage vor seinem Tod geschrieben haben.

„Thies, will ich das wirklich lesen?“, fragte er wieder in den Raum, diesmal etwas lauter. Eine Antwort blieb sein Freund ihm schuldig.

Also begann er, den Brief zu lesen.

„Hallo Hendrik,

wenn du das hier liest, hat es mit dem Wiedersehen nicht geklappt. Ich weiß, dass mir nicht mehr viel Zeit bleibt.“

Er war perplex, er hatte ja mit vielem gerechnet, aber nicht damit. Wenn Thies den Brief nur wenige Tage vor seinem Tod geschrieben hatte und wusste, dass ihm nicht mehr viel Zeit blieb, dann bedeutete das doch ...

„Du hast es gewusst!“, ächzte er. „Du hast genau gewusst, dass du sterben würdest.“

Er las weiter, es folgten einige Absätze, in denen Thies versuchte, ihm zu erklären, was passiert war. Und warum. Und dass er schon seit beinahe zwei Jahren wusste, dass da was war.

„Ich war bei so vielen Ärzten, sie haben mich bis nach Kiel hinauf geschickt. Aber wie es scheint, waren auch sie ratlos. Irgendwann haben sie mir gesagt, dass sie nichts tun können.“

Er verstand die Einzelheiten nicht, sie waren auch nicht wichtig. Wichtig war, was Thies ihm noch aufgeschrieben hatte.

„Ich nehme an, du hast beim Lesen dieser Zeilen gemerkt, dass ich Maren und Ben etwas vorenthalten habe. Und wahrscheinlich versuchst du, es zu verstehen.

Lass es mich in einem Satz sagen: ‚Warum sollten zwei Menschen, die ich liebe, mit mir leiden, wenn das Ergebnis ohnehin vorbestimmt ist?'

Ich habe die letzten Monate, nachdem ich Gewissheit hatte, damit zugebracht, meine Sachen zu regeln und möglichst viel fröhliche Zeit mit den beiden zu erleben. Das hat es für mich einfacher gemacht. Und für sie? Hoffentlich den Schmerz verkürzt."

Hendrik ließ den Brief sinken – er konnte seinen Freund verstehen, war sich aber nicht sicher, dass sein Verhalten es für die beiden Menschen, an denen ihm am meisten gelegen hatte, einfacher gemacht hatte.

„Ich weiß nicht, wann du diesen Brief bekommst – vielleicht sind Jahre vergangen. Ich weiß auch nicht, wie du ihn bekommst. Aber wenn Du diese Zeilen liest, ist das Wichtigste passiert: Du hast ihn bekommen!"

Es folgten noch ein paar persönliche Sätze an Hendrik, dann war Thies zum Schluss gekommen.

„Dass wir uns nach deinem Weggehen nie wieder gesehen haben, ist nicht eine Frage von Schuld oder Unschuld, denk immer daran. Ich wusste genauso gut, wo ich dich hätte finden können – ich hätte ebenso zu dir kommen können, wie du zu mir. Und lange Zeiträume zwischen Mails zu haben, das ist immer etwas, was beide Seiten akzeptieren."

Hendrik musste schlucken. Er sah es nicht ganz so, wie sein Freund. Aber vielleicht würde die Zeit das ändern.

„Mein guter alter Freund, die Distanz zwischen zwei Menschen entscheidet nie darüber, wie nahe sie sich in ihren Seelen sind. Und du warst mir immer nah."

Er hatte den Brief ganz unspektakulär mit einem *„Wir sehen uns, irgendwo, irgendwann"* geschlossen.

Hendrik ließ das Blatt sinken, sprachlos.

„Thies, ich habe ja wirklich mit vielem gerechnet, aber auf gar keinen Fall mit so etwas!", sagte er leise.

Dann faltete er den Brief sorgfältig zusammen und verstaute ihn wieder in seinem Kuvert. Die gesammelten Arzt-Unterlagen verschwanden ebenfalls in einem großen Umschlag.

Die Umschläge wanderten auch nicht in die sich langsam füllende neue Ablage. Er nahm sie mit in sein Zimmer und verstaute sie in seinem Nachttisch.

Er würde nachdenken müssen.

✦ ✦ ✦

Er hatte die beiden Umschläge sorgfältig verwahrt, war sich sicher, dass sie dort niemand aus Versehen finden würde.

„Und was nun?", fragte er sich.

Er wollte erst einmal eine Runde laufen – rüber zum Bäcker, einfach den Kopf freibekommen. Laufen, das hatte er inzwischen bei sich bemerkt, machte ihn auf seltsame Weise ruhig. Wenn er mit seinen *Ear-Buds* Musik dabei hörte, konnte er manchmal die Welt um sich herum einfach vergessen.

„Wie in Trance", dachte er dann. „Musst nur vorsichtig sein, in dem Zustand über die Straße zu wollen."

Beim Bäcker angekommen, wusste er gar nicht, was er eigentlich kaufen wollte. Entschied sich dann für etwas Soulfood.

„Ich nehme mal zwei von den Nussecken", bestellte er. „Und einen Cappuccino zum Mitnehmen."

Der junge Mann, der heute bediente, machte alles fertig, kassierte ab und Hendrik war wieder draußen vor dem Laden.

Kein bisschen schlauer machte er sich auf den Rückweg. Die Sonne, die von dem nach wie vor strahlend blauen Himmel schien, konnte ihm auch keinen Rat geben.

„Mein lieber Thies, da hast du mir ja eine schöne Aufgabe gegeben", murmelte er.

Wieder auf dem Hof angekommen, ließ er die Haustür offen, stellte seine Türstopper, die er gekauft hatte, in alle Türen und lüftete erst einmal richtig durch.

Dann ging er durch das Wohnzimmer nach hinten auf die Terrasse. Heute würde er einen alten Freund brauchen, vielleicht wusste der ja einen Rat.

Er setzte sich auf die kleine Holzbank, die noch immer unter dem uralten Apfelbaum stand. Als Kinder hatten Thies und er es in diesem Baum geliebt – manchmal waren sie in die Krone geklettert und dort den ganzen Nachmittag über geblieben.

Wenn sie Hunger hatten, hatten sie sich einen der Äpfel genommen. Und sie hatten sich eingeredet, dass sie von hier aus die Schiffe auf dem großen Fluss sehen könnten, wenn sie nur hoch genug klettern würden. Es waren unbeschwerte Tage gewesen.

„Na, alter Freund", begrüßte er den Baum und drehte sich auf der Bank zu dem mächtigen Stamm hin.

„Schon 'ne Weile her, dass ich das letzte Mal in dir herumgeklettert bin, oder?"

Der Baum schwieg, nicht vorwurfsvoll, wie Hendrik meinte. Vielleicht abwartend.

„Ich weiß, dass ich lange weg war", fuhr er mit seiner Ansprache fort. „Habe in der Zeit viele andere Bäume gesehen – Afrika, Indien, du weißt schon", versuchte er es dem Baum zu erklären.

„Aber du hattest ja Thies, der sich gut um dich gekümmert hat, oder?"

Er überlegte kurz, wollte den Baum trösten.

„Ab jetzt werde ich mich um dich kümmern", versprach er. „Hoffentlich mit Ben. Vielleicht auch mit Maren."

Sie schwiegen beide wieder. Und erneut war es Hendrik, der die Stille unterbrach.

„Ich habe ein Problem", sagte er leise zu dem Baum. Und dann erzählte er dem Baum von Thies, von seinem Tod, von seiner Reise hierher und wie er sich verloren gefühlt hatte.

„Und jetzt habe ich vielleicht meinen Platz gefunden", sagte er zaghaft.

„Du kommst auch in Thies' Liste vor", erklärte er dem Baum nach einer ganzen Weile. „Apfelsaft sollen wir machen – wollte Thies mit mir machen."

Er schaute den Stamm wieder an.

„Okay für dich?", wollte er wissen. Keine Antwort.

„Sicherlich, denke ich – was sollst du auch sonst mit deinen Äpfeln? Sie würden nur verrotten!"

Sie schwiegen erneut. Hendrik hatte keine Ahnung, wie lange er da gesessen hatte. Er hatte dem Baum leise von Thies' Brief erzählt, hatte das Geheimnis geteilt. Der Baum würde es nicht verraten.

„Die Frage ist aber, was ich tun soll", seufzte er.

„Soll ich das Geheimnis meines alten Freundes wahren, wohl wissend, dass ich damit die neuen Freunde hintergehen würde?"

Er schwieg.

„Keine leichte Entscheidung, oder?", wollte er von dem alten Stamm mit seiner runzeligen Borke wissen. „Du hast sowas auch noch nicht gehabt, oder?"

Der Baum blieb stur – keine Antwort, nicht einmal ein Fingerzeig.

„Du bist mir ja keine große Hilfe, weißt du", schalt Hendrik ihn, grinste dabei.

„Fragen wir doch Thies!“, kam es ihm in den Sinn. „Was würde Thies wohl tun, wenn die Lage andersherum wäre?“

Er dachte über all die Dinge nach, die er von Thies in den letzten Tagen und Wochen gelernt hatte.

Wie wichtig ihm Freundschaft gewesen war und wie sehr er sich um das Wohlergehen der anderen gemüht hatte.

Wie er Freude in den einfachen Dingen gesucht hatte – das Rote aus dem Ratskeller, der Apfelsaft, alte Lieder im Radio.

Wie sehr er Loyalität schätzte. Die Briefe, die er aufbewahrt hatte. Den Schlüssel zu seiner Truhe, die er irgendwann auch öffnen würde. Die Nähe zu den Menschen, die nicht in Kilometern gemessen wurde.

Er schaute den alten Baum an, sah in die Krone hoch, sah den blauen Himmel durch die noch kahlen Äste. Und er hatte seine Antwort.

Er wusste genau, was Thies getan hätte – und dass sein Freund seine Entscheidung gutheißen würde.

✦ ✦ ✦

Er ging ins Haus, suchte sein Handy. Er fand es im Arbeitszimmer, wo es neben der Tasse mit dem kalten Kaffee und dem halb gegessenen Frühstück lag.

Also räumte er erst einmal auf. Dass er einen Kaffee stehen ließ, passierte nicht oft. Aber Tage wie heute kamen auch nicht allzu oft.

Zwei Nachrichten – eine von Ben, eine von Maren. Er las die von Ben zuerst.

„Hab heute in der Schule von dir erzählt.

Die Erdkundelehrerin fragte, was wir über Afrika wissen.“

Es folgte ein Smiley, dann noch ein letzter Satz.

„Als ich ‚Sierra Leone‘ sagte, mussten die anderen erst einmal auf die Karte schauen. War cool. Danke!“

Er schickte Ben einen „Daumen hoch“ auf die Nachricht, mehr war nicht zu sagen. Marens Nachricht war kürzer.

„Ben ist heute Abend bei Luisa. Lust, was zu machen?“

Das traf sich gut, er musste mit ihr reden. Aber nicht hier im Ort, nicht bei Savas oder so. Er brauchte einen sicheren Hafen, einen *Safe Haven*.

„Gute Idee. Lass uns heute Abend essen gehen – ich hole dich ab. 18:30 Uhr?“

Sie quittierte die Nachricht mit einem Daumen hoch. Er schaute auf die Uhr, hatte noch eine knappe Stunde.

„Das reicht für eine Dusche und frisch machen“, dachte er. Dann schloss er die Terrassentür und die Haustür, es war bereits merklich kühl im Haus.

Er schickte ihr seinen Live-Standort, als er losfuhr – Ben hatte ihm gezeigt, wie.

„Das ist total gut“, hatte er geschwärmt. „Dann kann der Empfänger genau sehen, wo du bist.“

Als er die Hauptstraße entlangfuhr und ihr Haus auftauchte, sah er sie schon unten stehen. Er hielt, sie stieg ein, begrüßte ihn strahlend.

„Hallo, Hendrik", freute sie sich. „Schön, dass das klappt – ich hatte absolut keine Lust, alleine zu Hause rumzuhängen."

Er grinste schief, freute sich über ihre Freude und war sich nicht ganz sicher, ob sie noch genauso gut gelaunt wieder nach Hause kommen würde.

„Ja, finde ich auch schön, dass es mal wieder klappt!", sagte er grinsend. „Ist ja auch erst gestern gewesen, dass wir bei Savas waren!"

Sie lachte, und er hoffte, dass ihr das Lachen nicht vergehen würde.

„Wohin fahren wir?", wollte sie wissen, und er sagte ihr, dass er bei den Krohns einen Tisch reserviert hatte.

„Stade also", meinte sie. „Vielleicht gehen wir später noch auf einen Drink in eine der Altstadtkneipen?"

Sie redeten über dies und das, Maren erzählte von der Schule, und was in ihrer Klasse los war. Die Zeit reichte kaum. Als Hendrik auf den Parkplatz beim Hotel fuhr, hatte sie gerade ihren Bericht abgeschlossen.

Heute Abend war es Annika, die sie im Restaurant empfing. Sie hatte sich sehr gefreut, als Hendrik sie am Nachmittag angerufen hatte, und reservierte ihm sofort einen ruhigen Tisch.

„Kennt ihr zwei euch schon?", wollte Hendrik wissen. Maren und Annika verneinten. Hendrik machte die Vorstellung. Die beiden Frauen freuten sich, dass sie sich endlich einmal über den Weg liefen.

„Meine Eltern haben mir schon erzählt, dass Sie das letzte Mal mit Hendrik hier waren“, sagte Annika entschuldigend. „Aber es ist toll, Sie jetzt persönlich kennenzulernen.“

„Lassen wir doch das ‚Sie‘ bleiben“, meinte Maren schnell. „Ich bin Maren.“

„Annika, Maren. Schön, dass ihr zwei hier seid.“

Sie zeigte ihnen ihren Tisch und verschwand in die Küche, Hendrik nahm an, dass es nicht lange dauern würde, bis Sönke auftauchen würde. Und er sollte recht behalten!

„Na, Hendrik, mal wieder Sehnsucht nach meiner Küche?“, fragte der Koch, der sich unerwartet von hinten genähert hatte.

„Klar doch“, gestand Hendrik und meinte es vollkommen ernst. Er war immer gerne hier, und das Essen war jedes Mal vorzüglich gewesen.

„Was empfiehlst du uns denn heute, Sönke?“, wollte Maren jetzt wissen. Sie erinnerte sich noch an das Weihnachtsessen. Die Ente konnte man ja auch nicht vergessen.

„Kommt drauf an, ob du Fisch oder Fleisch willst – oder etwas Vegetarisches.“

Sie überlegte, entschied sich dann für Fisch. Hendrik hingegen wollte mal etwas komplett anderes – er wollte hören, was die vegetarische Option war.

„Dann habe ich was für dich“, wandte sich Sönke an Maren. „Als Vorspeise einen gebeizten Saibling mit einem kleinen Gurken-Dill-Salat und Meerrettich-Schmand. Der Hauptgang wäre ein gebratenes Zanderfilet auf jungem Lauch und Zuckerschoten, dazu Petersilienkartoffeln?“

Sie nickte erfreut, das war mal ganz etwas anderes als ihre üblichen Speisen.

Nun wandte sich Sönke an Hendrik.

„Und du bekommst ein Süppchen von frischem Bärlauch mit Croûtons. Als Hauptspeise hätte ich hausgemachte Kartoffel-Gnocchi in Salbeibutter geschwenkt, mit gebratenen Kräuterseitlingen und den ersten grünen Spargelspitzen."

Hendrik nickte zustimmend.

„Das klingt fantastisch, so machen wir's!", sagte er gut gelaunt.

Sönke war zufrieden – er liebte es, sich etwas für seine Gäste ausdenken zu dürfen. Leider fragten viel zu wenige nach seiner Meinung, waren aus irgendeinem Grund davon überzeugt, immer von der Karte bestellen zu müssen.

Annika kam am Tisch vorbei, fragte nach den Getränken.

„Ich hätte einen Aperitif für euch – entweder ein Glas trockenen, sehr fruchtigen Riesling-Sekt von der Mosel oder, für die Autofahrer unter euch, eine hausgemachte Rhabarber-Schorle, angegossen mit Mineralwasser oder alternativ einem alkoholfreien Sekt."

Maren und Hendrik schauten sich an, entschieden sich unisono für die Schorle.

„Und zum Essen? Zum Fisch empfehle ich einen trockenen Weißburgunder oder einen Silvaner. Und zu den Gnocchi würde durchaus einer unserer alkoholfreien Weine passen, wenn ihr das mal probieren wollt."

Sie entschieden sich auch hier beide für die alkoholfreie Variante – und Annika nickte.

„Dann nehmen wir am besten den Rosé, der passt zu beiden Essen ausgezeichnet!“

Wenig später hatte Annika den Aperitif gebracht, Sönke war auch mit den Vorspeisen unglaublich fix gewesen. Sie ließen es sich schmecken.

Es war Maren, die die Unterhaltung vorantrieb. Hendrik war zwar nicht wortkarg, erschien ihr aber irgendwo anders mit seinen Gedanken.

„Na gut, wenn du nicht reden willst; ich habe noch genug Redebedarf“, hatte sie ihm erklärt. Er musste lachen.

Die Hauptspeisen kamen. Maren gab immer noch den Ton an. Sie sprachen über die bevorstehende Touristensaison, und dass es für die Einheimischen dann schwer werden würde, einen Abend wie diesen zu genießen.

„Du warst ja zwanzig Jahre weg, aber du wirst schon sehen – spätestens zu den Brückentagen im Mai rennen sie uns hier die Türen ein – sogar im Alten Land!“

Nachdem Annika die Teller abgeräumt hatte, hatten sie Sönke um eine Pause angefleht – er hatte sie mit einem Nachtisch angefixt, aber sie brauchten erst einmal Zeit. Der Magen wollte mal vorverdauen!

„Und jetzt rück mal raus mit der Sprache, Hendrik“, machte Maren ihren Zug. „Du hast doch was, das spüre ich!“

Er schaute sie an, zögerte. Gab sich einen Ruck. Es musste ja raus, so oder so.

„Maren, ich habe da was in Thies’ Arbeitszimmer gefunden“, sagte er langsam. „Und ich habe keine Ahnung, ob du das wissen willst. Oder lieber nicht.“

Er erzählte ihr von dem dicken Packen medizinischer Unterlagen, ging aber nicht ins Detail. Er brauchte nicht lange, ein paar Sätze reichten ja, um die Lage zu umschreiben.

„Die Entscheidung liegt bei dir. Ich wollte dir das nicht verheimlichen, aber ich weiß ja gar nicht, ob du das überhaupt wissen willst."

Er schaute sie an, ernst. Und besorgt. Und traurig.

Sie sah auf ihre Hände, blickte ihn nicht an. Sie hatte sich einen der Löffel für den Nachtisch gegriffen, hantierte damit gedankenverloren.

Und lächelte. Hendrik konnte es nicht glauben. Sie lächelte!

„Ich habe geahnt, dass du eines Tages damit konfrontiert werden würdest", sagte sie. „Es tut mir leid, dass ich nichts gesagt habe, aber ich hatte keine Ahnung, was du in Thies' Zimmer finden würdest – oder auch nicht."

Er sah sie erstaunt an. Wie sollte er das jetzt verstehen?

„Weißt du", fuhr sie fort, „er war mein Bruder. Und ich habe schon immer gewusst, wann er mir was verheimlichte. Ein Mädchen oder irgendetwas, das er und seine Freunde ausgefressen hatten."

Sie lächelte wehmütig.

„Thies war ein offenes Buch für mich und ich wusste, dass er mir etwas Wichtiges verschwieg. Ich wusste auch von seinen Arztbesuchen. Und ja, er hatte versucht, es unter den Teppich zu kehren."

Hendrik sah sie erstaunt an – eine solche Wendung hatte er nun wirklich nicht erwartet.

„Aber er wollte uns damit nicht belasten", hörte er sie

sagen. „Und das habe ich respektiert. Es war sein Weg, und den möchte ich jetzt nicht kaputtmachen, indem ich in Dingen stöbere, vor denen er mich beschützen wollte."

Sie sah ihn jetzt direkt an, ihre Stimme war leise, klar und fest.

„Die Details zu kennen, das macht keinen Unterschied, oder?", fragte sie. „Zu wissen, was da gewesen ist, würde nichts an der Tatsache ändern. Also ist meine Bitte an dich: vernichte das Zeug. Behalte deinen Brief, aber alles andere kann weg."

Er nickte langsam – er bewunderte sie jetzt mehr als je zuvor für ihren Mut. Sie hatte es gewusst, und hatte den Mut gehabt, nicht nachzufragen.

„Mach ich, Maren", versprach er. „Gleich morgen früh."

Sie war noch nicht fertig.

„Eine Sache noch, Hendrik", sagte sie sanft.

Er sah sie fragend an.

„Danke, dass du mir die Entscheidung gelassen hast. Und dass du auf mich vertraut hast!"

Er nickte langsam, zufrieden mit dem Ausgang der schwierigen Sache.

Annika kam, der Augenblick war verflogen. Und Hendrik war dankbar, dass es ganz anders gekommen war, als er es sich ausgemalt hatte.

Sie ließen das Essen ausklingen. Sönke hatte ihnen noch einen Rhabarber-Erdbeer-Crumble als Nachspeise aus der Küche geschickt, dazu zwei Löffel.

Später zogen sie noch durch die Altstadt von Stade, fanden eine der urigen Kneipen und ließen den Abend ausklingen. Er blieb alkoholfrei, musste ja fahren.

Sie trank für ihn eines der Roten aus dem Ratskeller. Und ihr Eigenes. Der Alkohol machte sie ein wenig melancholisch, aber sie wusste das und schätzte es heute Abend sogar.

Er brachte sie noch hoch bis an ihre Wohnungstür, verabschiedete sich dann leise. Ben schlief schon.

„Gute Nacht, Maren, schlaf gut!"

„Du auch, Hendrik, du auch. Und danke. Danke für alles."

Er war schon einen Treppenabsatz nach unten, da hörte er, wie sie ihm noch leise etwas hinterherrief.

„Wir müssen nicht immer alles wissen, Hendrik", sagte sie. „Wir müssen nicht immer alles wissen."

– Aus Hendriks Tagebuch –

„Du und ich, Thies. Wir beide haben nie gelernt, offen mit der Wahrheit umzugehen. Vielleicht, weil wir dachten, wir würden uns auch ohne Worte verstehen. Schweigen aus Freundschaft? Jetzt weiß ich: Es war Feigheit!"

Der Apfelbaum

Die Arbeiten an den Obstbäumen waren im März gut vorangekommen, dank der Unterstützung, die sie von Thies' Freunden erhalten hatten. Die Arbeit war zumindest so weit erledigt, dass die Bäume nun in die Saison gehen konnten.

„Nur dich haben wir vergessen", flüsterte Hendrik dem alten Baum im Garten zu. „Aber das holen wir nach!"

Und tatsächlich, über all den Arbeiten in den Kirsch- und Apfelbäumen war ihnen dieser eine durch die Lappen gegangen.

Hendrik wandte sich an Markus.

„Sag mal, Markus", fragte er ihn eines Abends im *Anker*. „Kann ich den alten Apfelbaum auch jetzt, im April, noch schneiden?"

Der schüttelte den Kopf.

„Eigentlich ist das keine so gute Idee", erklärte er dann. „Der Baum ist bereits aus seinem Winterschlaf erwacht, ihn jetzt zu schneiden, bereitet ihm Stress und erhöht das Risiko, dass er sich eine Krankheit einfängt."

Markus überlegte kurz und zeigte Hendrik dann eine Alternative.

„Du kannst ihm aber einen Schon-Schnitt verpassen", sagte er. „Du nimmst alles Totholz raus und entfernst nur die sich kreuzenden oder nach innen wachsenden Äste. Und zu guter Letzt ein leichtes Auslichten der Krone, damit wieder etwas Licht und Luft ins Innere gelangt."

Hendrik nickte, er wusste inzwischen, was Markus meinte.

Und nun stand er im Garten, mit den notwendigen Werkzeugen bewaffnet und wartete. Es war Samstag, Maren und Ben hatten versprochen, ihm zu helfen.

Er wollte sie abholen, aber Maren bestand darauf, den Bus zu nehmen. Und so blieb ihm nichts als Abwarten. Und seine Tasse Kaffee.

Das Wetter war beständig schön geblieben, nicht unbedingt selbstverständlich Anfang April. Aber es hatte geholfen. Der Schnitt heute würde der letzte sein.

„Moin, Hendrik", hörte er Ben hinter sich. Der Junge grinste ihn frech an. „Na, schon wach?"

Maren, die zwei Schritte hinter ihrem Sohn war, musste lachen.

„Das sagt der Richtige", neckte sie ihn. „Wen musste ich denn heute aus dem Bett schmeißen?"

Sie scherzten noch etwas miteinander. Maren holte sich ebenfalls einen Kaffee aus der Küche, und dann gingen sie gemeinsam ans Werk.

Wie Markus gesagt hatte, kümmerten sie sich zunächst um die toten Äste, das, was ohnehin schon abgestorben war.

„Das befreit den Baum von unnötiger Last und schafft Luft", hatte der Profi Hendrik erklärt. „Damit fangt ihr an."

Der alte Baum hatte eine Menge Totholz zu bieten, und sie waren beschäftigt. Kleinere Äste konnten Hendrik und Ben mit der Baumschere kappen, für die dickeren nahmen sie die Säge.

Wer nicht im Baum arbeitete, sammelte das trockene Holz und verarbeitete es zu Holzbündeln. Dickere Äste wurden in etwa auf die Länge des Unterarms zersägt und mit der Axt gespalten.

„Die werfen wir nicht einfach weg, die ergeben wunderbares Brennholz für die Feuerschale“, erklärte Hendrik.

Nach und nach brachten sie den alten Baum gemeinsam in Form – die einzige Pause, die sie sich gönnten, war ein schnelles Mittagessen.

„Was wollen wir denn essen?“, fragte Ben irgendwann. Da waren sie schon einige Stunden fleißig gewesen.

Maren und Hendrik zuckten die Schultern. Zum Kochen war keine Zeit, sie hatten noch einiges an Arbeit vor sich.

„Habt ihr Lust auf Döner?“, fragte Maren. Und, an Hendrik gerichtet, fügte sie hinzu, dass sie bereit wäre, welche zu holen, falls er ihr das Auto leihen würde.

„Schlüssel liegt hinter der Haustür, in der kleinen Schale auf dem Schuhschrank“, sagte er nur.

Während Maren unterwegs war, machten Hendrik und Ben weiter. Hendrik fing an, die nach innen wachsenden Äste zu beschneiden.

Dabei gab er sich Mühe, die Ratschläge von Markus und den anderen zu berücksichtigen. Ben unterstützte ihn tatkräftig vom Boden aus. Von dort hatte er den besseren Überblick.

Der Schnitt dauerte bis spät in den Nachmittag, dann waren alle zufrieden. Der alte Baum schien erleichtert – er sah nun wieder gepflegt und kultiviert aus. Die Knospen mit den ersten zarten Blättern gaben ihm einen sanften grünen Schimmer.

„Noch hat er sein Frühlingskleid nicht angelegt", bemerkte Maren. „Aber in zwei oder drei Wochen ist er grün."

Dann zeigte sie auf die ersten Blütenknospen.

„Die hier werden etwas länger brauchen", sagte sie. „Aber hier kommen unsere ersten Blüten!"

Hendrik freute sich schon auf den Anblick. Er erinnerte sich an seine Kindheit, in der er mit Thies im Baum geklettert war, und erzählte Maren und Ben die Geschichte.

„Und wir waren so sehr überzeugt, dass wir die Schiffe auf der Elbe sehen müssten, wenn wir nur hoch genug klettern würden!", erzählte er lachend.

Ben wurde still, sah ihn an. Maren und Hendrik bemerkten den Stimmungsumschwung.

„Was ist los, Großer?", wollte seine Mutter wissen. Und Ben erzählte ihnen leise, wie er im Baum geklettert war und sein Onkel ihm gesagt hatte, dass er von ganz oben bestimmt die Schiffe sehen könnte.

Sie nahmen ihn in die Mitte – alle drei schauten zu dem alten Baum. Sie dachten an den Bruder, den Onkel, den Freund.

„Menschen gehen", sagte Hendrik leise. „Aber Erinnerungen bleiben. Hier. Für immer."

Und dabei zeigte er auf sein Herz. Die beiden anderen nickten – doch der Gedanke verdarb ihnen nicht mehr die Stimmung. Es tat zwar noch weh, aber da waren jetzt auch andere Empfindungen. Ein Hauch von etwas Neuem lag in der Luft.

Schwach, aber er war da.

✦ ✦ ✦

Sie waren auch ansonsten mit dem Hof gut vorangekommen – die Kirschbäume waren schon etwas weiter als der Apfel, die Pflaumen sowieso.

Hier zeigten die ersten Blüten schon schüchtern ihre kleinen weißen Köpfe, immer in der Hoffnung, dass nicht doch noch ein kalter Wind aus dem Norden hereinbrechen würde.

Aber in diesem Jahr hatte der Frühling ungewöhnlich früh begonnen, der Winter war auch wärmer geblieben, als er das aus seiner Kindheit in Erinnerung hatte.

„Klimawandel", hatte er mit Ben diskutiert. „Die Dinge ändern sich, aber dass es eine Veränderung gibt, das kann keiner mehr bestreiten".

Auch in den Gebäuden waren vor allem Hendrik und Ben vorangekommen. Wo eine Reparatur notwendig war, hatten sie sie gemeinsam vorgenommen. Andere Dinge wurden vorerst nur auf einer langen Liste notiert.

Zusammen kauften sie im Baumarkt ein großes Whiteboard, das sie im Arbeitszimmer an die Wand hängten. Das war ihr Projekt – ihre Aufgaben.

Überhaupt hatte sich das Arbeitszimmer verändert. Hendrik hatte es nach und nach aufgeräumt, vor allem aber ausgeräumt. Der Schreibtisch musste umziehen, die meisten der alten Schränke waren rausgeflogen.

Hendrik hatte sich mehrere moderne, nur halb hohe Büroschränke über das Internet besorgt, alle verbliebenen Akten und Papiere waren darin verschwunden. Es sah aufgeräumt aus!

„Wow!", sagte Maren, als sie das Zimmer danach zum ersten Mal zu Gesicht bekam. „Du hast wirklich ausgemistet – der Raum hat eine ganz andere Atmosphäre!"

Sie überlegte kurz, dann fasste sie die neuen Eindrücke zusammen: „Viel heller, moderner. Und auch angenehmer."

Natürlich behielt Hendrik die Foto-Collage von Thies und sich – aber sie musste umziehen und hing nun an der Wand zum Wohnzimmer. Daneben das Whiteboard.

„Ja, alleine schon der Wandanstrich hat geholfen", schmunzelte Hendrik.

Er räumte zusammen mit Ben an einem Wochenende das gesamte Zimmer aus. Sie schleppten alle Möbel, die nicht zum Sperrmüll sollten, ins Wohnzimmer. Der Rest wanderte erst einmal in den alten Stall.

Dann kratzten sie mühsam die alte Tapete herunter und ersetzten sie durch eine helle Raufasertapete. Schließlich strich Ben den Raum fast im Alleingang.

Das Zimmer war nun in einer hellen Cremefarbe gehalten, zumindest an den Wänden, die wenig Licht von außen bekamen.

Die Wand zum Wohnzimmer jedoch, die durch das große Fenster ohnehin aufgehellt wurde, verwandelten sie mit unterschiedlichen Grautönen in das, was Luisa dann ‚Industrial Design' nannte.

„Sieht aus, als wäre die Betonmischmaschine unrund gelaufen und dann wäre alles an die Wand geschmiert worden", kommentierte Ben grinsend das Ergebnis ihrer Arbeit.

Aber sie fanden es gar nicht schlecht und Luisa meinte sogar, dass es modern und absolut ‚in' wäre.

Eine Sache, bei der er nicht so richtig vorangekommen war, war der Hof selbst. Er hatte es zwar mit viel Hilfe und Unterstützung geschafft, den Obstbaum-Bestand zumindest nicht verwahrlosen zu lassen, aber er machte sich nichts vor: Ein wirtschaftlicher Betrieb des Hofes war kaum möglich. Und auch nicht das, was er für seine Zukunft vor sich sah.

Und so saßen sie eines Abends, Anfang Mai, im Garten zusammen – Maren, Ben und er. Und Luisa. Es war eine fröhliche Runde, die Temperaturen waren mild, sie hatten gegrillt und saßen nun gemütlich bei dem alten Apfelbaum.

„Maren", wollte Hendrik irgendwann wissen, „hast du dir eigentlich mal Gedanken gemacht, wo du mit dem Hof hin willst?"

Sie sah ihn an, fragend.

„Na ja", fuhr er fort, „ein wirtschaftlicher Betrieb, so wie dein Bruder ihn hier hatte, braucht andere Menschen als uns."

Er machte eine kleine Pause.

„Er braucht Menschen mit Liebe zum Obstanbau, zum Verkauf, zur harten Arbeit zwischen den Bäumen."

Sie nickte, überlegte.

„Ja, darüber habe ich auch schon nachgedacht", sagte sie dann leise, fast traurig.

„Hof und Land haben wir, aber was wir nicht haben, sind die Menschen, die ihn wieder zum Leben erwecken können."

„Und? Was soll das heißen?", meldete sich Ben zu Wort. „Wir können doch Onkel Thies' Hof nicht einfach verkaufen!"

Er schaute sie entsetzt an, es war ganz offensichtlich, dass ihn dieser Gedanke verstörte, ja, mehr als das: Er hasste ihn.

„Schau mal, Ben", versuchte ihm seine Mutter die Lage zu erklären.

„Hendrik wohnt hier, aber er ist kein Landwirt. Wir sind auch keine Landwirte. Wir kommen nur ab und zu und helfen mit", sagte sie leise.

„Und der Hof kostet am Ende des Tages Geld", fuhr sie fort. „Gebäude müssen instandgehalten werden", begann sie ihre Aufzählung. „Die Bäume müssen gepflegt werden, die Äpfel wollen geerntet werden. Die Maschinen brauchen Wartung und Benzin."

Sie sah ihn traurig an.

„Und wenn wir keinen Umsatz machen, keinen Gewinn – wovon sollen wir das bezahlen?"

Es war Luisa, die sich nun zu Wort meldete. Die ruhige junge Frau hatte sich bisher zurückgehalten, hatte schweigend der Diskussion gelauscht. Sie konnte sehen, wie sehr die Idee, den Hof zu verlieren, Ben und auch Maren belastete.

„Vielleicht", sagte sie leise, „schauen wir in die falsche Richtung?"

Es war mehr eine Frage als eine Feststellung. Aber Ben und Maren waren überrascht. Sie sahen Luisa fragend an.

✦ ✦ ✦

Alle Augen waren auf sie gerichtet, und Luisa fragte sich, ob sie nicht gerade einen großen Fehler gemacht hatte!

„Erst denken, dann reden", schalt sie sich im Stillen. Die Idee, die ihr da durch den Kopf ging, war einfach zu absurd. Und überhaupt – was hatte sie hier mitzureden? Es war nicht ihr Hof, es war nicht einmal ihre Familie.

„Nein?", fragte eine kleine Stimme in ihrem Kopf. „Sicher?"

Sie sah Ben an. Sicher war sie nicht. Aber das war eine andere Geschichte. Wieder blickte sie in die Runde. Maren starrte ins Leere, in die Dunkelheit jenseits des knisternden Feuers. Ben hatte die Arme verschränkt, sichtlich aufgebracht. Sie sah Hendrik an, der ihren Blick ruhig erwiderte.

Sollte sie sich trauen? Sie zögerte.

Und dann war es Hendrik, der die Stille unterbrach.

„Habe ich euch schon einmal von dem Projekt in Äthiopien erzählt? Das Problem mit der Wasserversorgung?"

Er hätte genauso gut fragen können, ob er ihnen schon einmal von den Außerirdischen erzählt hatte. Wahrscheinlich hätten sie ihn auch nicht verständnisloser angeschaut.

„Wisst ihr, wir hatten da mal ein Problem in einem kleinen Dorf in Äthiopien. Wir hatten wochenlang in Meetings gesessen, unsere Ideen gewälzt und uns zu Tode diskutiert."

Er erinnerte sich genau an die Ratlosigkeit der Gruppe, eine Situation ganz ähnlich dieser hier.

„Der Dorfälteste hatte eine Idee. Der Projektleiter aus Frankreich hatte eine andere Idee. Und der Beamte aus Addis Abeba wollte, dass wir nur seine Idee berücksichtigen", erzählte er.

„Alle haben das Problem betrachtet, jeder war überzeugt, dass seine Lösung die richtige war. Und passiert ist wochenlang gar nichts."

Er nahm einen Schluck von seinem Bier.

„Die ganze Zeit hatten wir eine junge Frau in einer Ecke im Raum mit dabei – sie sollte uns unterstützen, sie sollte helfen. Aber nie hat jemand nach ihrer Meinung gefragt."

Er sah sie jetzt wieder deutlich vor sich – eine junge Frau, fast noch ein Mädchen. Aber in Afrika werden die Kinder schneller erwachsen als im behüteten Mitteleuropa.

„Sie hatte nur zugehört, sich Notizen gemacht. Alle hatten sie ignoriert. Sie war jung. Sie war eine Frau – und in den Augen der alten Männer hatten ihre Meinung und ihre Ideen keinerlei Bedeutung!"

Er schaute Luisa nun direkt an, sprach weiter, augenscheinlich an alle – aber tatsächlich richteten sich seine Worte hauptsächlich an sie.

„An einem Punkt war es mir dann zu bunt. Wir kamen ja nicht weiter. Also habe ich die junge Frau gefragt. Ich wollte von ihr wissen, was sie denkt. Sie war diejenige, die mit praktischen Augen auf das Problem blickte, denn es waren die Frauen, die das Wasser holen mussten."

Er lächelte bei der Erinnerung. Es hatte ihm diebischen Spaß bereitet, die Männer zu beobachten, die sich nun sichtlich unwohl fühlten.

„Die Männer haben mich angesehen, als wäre ich verrückt geworden. Aber die junge Frau hat ihre Chance ergriffen und in wenigen ganz einfachen Sätzen eine sehr praktische Lösung vorgeschlagen."

Er machte eine Pause, ließ das wirken.

„Wir Männer haben alle nur auf das Problem gestarrt – sie hat auf die Lösung geschaut. Und sie hat funktioniert, ihre Idee."

Er sah Luisa nun direkt an, offen und freundlich. Neugierig. Es war eine direkte Einladung.

„Manchmal haben diejenigen, die am leisesten sind, die klarste Sicht auf die Dinge. Weil sie aus der Distanz zusehen, während die anderen direkt vor dem Problem sitzen."

Wieder eine Pause.

„Also, Luisa. Was siehst du, was wir nicht sehen können – was ist deine Idee?"

Luisa räusperte sich, dann fing sie ganz vorsichtig an, ihren Gedanken Raum zu geben.

„Ihr habt ja gesagt, dass ihr nicht in der Lage seid, den Hof als Hof weiter zu betreiben – weil ihr nicht wisst, wie. Weil es nicht eure Idee von einem Leben ist. Weil ihr keine Obstbauern seid."

Sie überlegte kurz, doch jetzt sprudelten ihre Gedanken.

„Aber was wäre, wenn ihr nicht mehr darüber nachdenkt, was der Hof braucht – sondern was ihr braucht? Wenn ihr, anstatt zu überlegen, was euch fehlt, um einen Hof zu betreiben, darüber nachdenkt, was dem Hof fehlt, um das zu werden, was ihr daraus machen wollt?"

Maren schaute sie interessiert an, sagte aber nichts. Sie hatte Hendriks Worte verstanden – es war Zeit, zuzuhören, nicht zu reden.

Ben sah Luisa eher verständnislos an. Ihm war nicht so ganz klar, wo sie mit diesem Monolog hin wollte. Aber ihm fiel auch nichts Intelligentes ein, das er jetzt sagen könnte – also schwieg er.

Hendrik hatte sich wieder zurückgelehnt, nippte an seinem Bier und nickte Luisa nur ermutigend zu.

„Ihr braucht doch etwas, mit dem ihr das hier finanziell unterhalten könnt."

„Etwas, das Geld einbringt und das ihr selbst machen könnt, ohne die Hilfe anderer oder teurer Mitarbeiter!"

Jetzt war der Zeitpunkt gekommen, jetzt sah sie ihre Idee klar vor Augen. Aber was würden die anderen dazu sagen?

„Egal, jetzt oder nie!", dachte sie und sprach weiter.

„Wisst ihr, was wir hier genug haben? Was es im Alten Land ohne Ende gibt?"

Nun war es doch Ben, der nicht mehr stillhalten konnte. „Obstbauern!"

Luisa schaute ihn an – es hatte irgendwo zwischen amüsiert und leicht verärgert liegen sollen, sie wusste es nicht. Auf jeden Fall sorgte ihr Blick bei Ben für sofortige Stille.

„Sorry, ist so rausgerutscht", murmelte er.

„Ja, Obstbauern. Und Ferienwohnungen."

Sie deutete hinüber zum Dorf.

„Wer keinen Hof hat oder haben will, macht einen auf Ferienwohnung."

Bevor jemand etwas sagen konnte, setzte sie schnell nach.

„Damit macht ihr dann auch kein Geld mehr – davon gibt es schon genug! Was es aber nicht gibt, sind kleinere Unterkünfte, die den Menschen etwas mehr Komfort bieten und ihnen gleichzeitig Freiheit lassen! Einen Ort, um sich zu verstecken, um nachzudenken, um sich etwas verwöhnen zu lassen, ohne dass sie gleich in einem großen Hotel verschwinden ..."

Hendrik sah sie erstaunt an – die Idee war tatsächlich neu. Und sie war interessant. Er verstand noch nicht ganz, worauf sie hinaus wollte, aber das war mal ein neuer Gedanke.

„Spannend, Luisa", sagte er ruhig. „Was genau schwebt dir vor?"

Sie sah ihn jetzt direkt an – obwohl sie eigentlich Maren oder Ben hätte ansehen sollen. Aber es war Hendrik, der ihr das Feld bereitet hatte, er war es auch, der die Antwort bekommen sollte.

„Als ich mit meinen Eltern in England war, haben wir immer diese *Bed & Breakfasts* genossen", sagte sie langsam.

„Die waren gemütlich und persönlich, meine Mutter hat immer gesagt: ‚Nicht so steril wie ein Hotel'. Und sie waren preisgünstiger, aber nicht so billig wie eine Ferienwohnung."

Sie dachte weiter nach, sie war noch nicht fertig mit ihren Gedanken. Hendrik ließ ihr Zeit.

„In einem *Bed & Breakfast* hatten wir Raum, uns zu entfalten und wir wurden trotzdem verwöhnt – nicht nur mit dem Frühstück am Morgen!", erinnerte sie sich.

„Die Betreiber waren da, wenn wir Informationen brauchten, wenn wir am Abend mal schnacken wollten. Es war fast wie Familienanschluss", erzählte sie, und alle konnten das Leuchten in ihren Augen sehen.

„Und die Gäste haben miteinander gesprochen – beim Frühstück, aber vor allem an den Abenden, wenn wir einfach zusammengesessen haben."

Sie musste an einen Mann aus London denken, der perfekt zusammengefasst hatte, was jetzt ihr Gedanke war.

„Da war ein Mann aus London, der hat gesagt, dass diese Art von Unterkunft für ihn der perfekte Fluchtpunkt vor dem Leben aus der Großstadt ist. Und die Betreiber hatten das zu ihrem Motto gemacht: *‚If you need to escape from the city life, we are happy to be your retreat!'*"

Sie schaute in die Runde, fasste es dann in einem Satz zusammen.

„Mit der Landwirtschaft oder einer Ferienunterkunft ist hier nichts zu gewinnen. Aber eine Art Unterkunft für Menschen, die einfach mal Abstand brauchen, mit Anschluss, wenn gewünscht und Ruhe, wenn benötigt ... das könnte ja vielleicht ..."

Unsicher sah sie in die Runde.

✦ ✦ ✦

Sie hatten an diesem Abend noch lange geredet und über Luisas Idee gesprochen. Am Anfang war sie ihnen fremd vorgekommen, aber je mehr sie darüber sprachen, desto mehr erwärmten sich alle dafür.

„Puh, darüber muss ich jetzt aber erst einmal schlafen", stöhnte Maren schließlich.

Sie bedankte sich bei Luisa für die Idee und bei Hendrik für den schönen Abend und das Grillen. Schaute auf die Uhr, sah dann Hilfe suchend zu Hendrik.

„Ich fahr euch heim", sagte der ungefragt – selbst wenn Maren und Ben noch einen Bus erwischt hätten, Luisa musste ja auch irgendwie nach Hause kommen.

Sie hatten zuerst Ben und Maren abgesetzt, Hendrik hatte dann Luisa nach Hause gebracht. Als sie alleine im Wagen saßen, kam ihre Stimme von der Rückbank.

„Danke, Hendrik", sagte sie. „Danke, dass du mich meine Idee hast vortragen lassen."

Er hielt an, drehte sich zu ihr um.

„Luisa", sagte er ernst, „lass dir nie irgendwo einreden, dass deine Ideen es nicht wert sind, zumindest angehört zu werden!"

Er hatte es mit Nachdruck gesagt, sie spürte, dass er es genau so meinte.

„Manchmal muss man Ideen verwerfen, weil sie nicht passen. Manchmal wird auch einfach nichts daraus, weil es an irgendetwas anderem scheitert."

Er machte eine Pause.

„Aber wenn Ideen nicht einmal angehört werden, dann weiß man, dass man mit den falschen Menschen zusammensitzt!"

Sie verstand, was er meinte – und sie spürte, dass das ihre Lektion für diesen Abend gewesen war.

„Ich habe noch keine Ahnung, was wir mit deiner Idee machen“, gestand er.

„Vieles davon wird an Maren hängen, ihr gehört der Hof.“

Er überlegte.

„Ich habe auch noch einige Fragezeichen, aber das ist nichts Neues – das war in Afrika eigentlich immer so“, grinste er.

„Warten wir mal ab, was Maren sagt, wenn sie mal eine Nacht darüber geschlafen hat.“

Er fuhr weiter, setzte Luisa vor ihrem Elternhaus ab und wünschte ihr eine gute Nacht.

„Dir auch eine gute Nacht, Hendrik“, sagte sie glücklich.

Er wartete noch, bis sie im Haus war, fuhr dann nachdenklich zurück zum Hof. Er war gespannt, wie Maren mit dieser Idee weiter umgehen würde.

Der nächste Tag war ein Sonntag. Hendrik hatte sich gerade sein Frühstück gemacht – Rührei mit Pilzen, Paprika, Zwiebel und Tomaten – als er Maren auf den Hof kommen sah. Sie war alleine unterwegs.

„Moin, Maren“, begrüßte er sie. „Willst du auch was vom Ei? Ist genug für uns beide da!“

Sie schüttelte den Kopf, kam zu ihm in die Küche und schielte auf die Kaffeemaschine.

„Nein danke, ich hab schon gegessen. Aber einen Kaffee würde ich schon vertragen.“

Sie bediente sich, beide gingen hinaus auf die Terrasse.

„Was hältst du eigentlich von Luisas Idee?“, wollte sie wissen.

Er zögerte, kaute erst einmal seinen Bissen Rührei zu Ende.

„Es ist eine Idee“, sagte er dann vorsichtig. „Aber die Frage ist nicht, was ich davon halte.“

Sie nickte. Sah ihn gedankenversonnen an. Schüttelte dann den Kopf, seufzte.

„Ich habe mir das heute Nacht wieder und wieder versucht vorzustellen“, sagte sie dann müde. „Aber wie soll das funktionieren?“

Er schwieg, ahnte, dass sie mit ihren Gedanken noch nicht fertig war. Wartete geduldig.

„Es wäre so viel zu tun – und es würde so viel Geld kosten!“, sagte sie leise. „Geld, das ich nicht habe!“

Wieder eine lange Pause.

„Und wer soll denn die Arbeit machen?“, wollte sie wissen. „Ich habe doch meinen Job als Lehrerin, den gebe ich auf gar keinen Fall auf!“

Hendrik hörte ihr jetzt aufmerksam zu. Sie hatte ihm immer noch nicht die eigentliche Frage beantwortet, nämlich, was sie davon hielt.

„Bisher hast du mir nur gesagt, was alles nicht geht“, sagte er behutsam. „Aber wenn du das mal für den Moment zur Seite schiebst – was hältst du von der Idee?“

Sie sah ihn zweifelnd an. Was hielt sie von der Idee?

„Na ja, halt einfach, dass es nicht geht?!“

Er schüttelte den Kopf, versuchte es anders herum.

„Vergiss das mal für einen Moment – stell dir vor, du hast im Lotto gewonnen oder irgendwie so etwas.“

Er machte eine kleine Pause.

„Was mich wirklich interessiert ist, ob du dir wünschen würdest, dass es funktioniert. Ob es etwas ist, wovon du sagen würdest: ‚Ja, dafür brenne ich!‘?“

Wieder sah sie ihn lange an. Überlegte. Ihre Antwort war langsam und leise.

„Wenn Geld keine Rolle spielen würde, wäre das eine schöne Verwendung für den Hof“, sagte sie.

„Und es würde Thies gefallen – die Welt wäre zu Gast bei ihm, und ...“

„... und er wäre der sichere Anlaufhafen, oder?“, vollendete er den Satz. Sie nickte.

Hendrik hatte genug gehört, zumindest für den Moment.

„Kannst du dich ein paar Tage um die Hühner kümmern“, fragte er Maren. „Ich muss was klären, ich wäre drei oder vier Tage weg.“

Sie nickte geistesabwesend. Ja, das würde sie, die Hühner würden auch mal einen Tag alleine auskommen, wenn es gar nicht passen sollte.

„Ich muss zurück“, sagte sie schließlich. „Ist zwar Sonntag, aber wir haben heute Nachmittag ein Schulfest. Da kann ich ja schlecht schwänzen.“

Sie standen auf, er brachte sie nach vorne.

„Maren, versprichst du mir etwas?“, fragte er sie. Sie sah ihn fragend an.

„Versprich mir, dir keinen Kopf über den Hof zu machen, bis ich wieder hier bin. Ich kann dir nichts versprechen, aber ich habe da vielleicht eine Idee.“

Sie nickte, jetzt war sie neugierig – aber sie würde abwarten.

Als sie gegangen war, ging Hendrik nachdenklich in die Küche, holte sich zur Abwechslung mal ein Glas Wasser. Mit diesem, und mit seinen Gedanken, stand er kurz darauf wieder in der Einfahrt. Er wollte im Moment nicht mehr darüber nachdenken, brauchte eine Ablenkung.

Er betrachtete den Hof. Ging dann in die Scheune hinter, wo die Werkzeuge lagen. Und war den Rest des Tages mit Notizen und Zeichnungen beschäftigt.

Am Abend war er verdientermaßen dann so richtig müde und ging nach einem Feierabendbier früh ins Bett.

„Auch nicht anders als in Afrika", dachte er zufrieden. „Da hat sich die ganze Sache ja vielleicht doch gelohnt!"

Er gähnte, schaltete das Licht aus und schloss die Augen.

„Wie das Leben so spielt", waren die letzten Gedanken, dann war er eingeschlafen.

✦ ✦ ✦

Früh am nächsten Morgen fuhr Hendrik nach Stade. Er hatte noch am Vorabend im Hotel Krohn angerufen und sich für den Montagmorgen mit Annika verabredet.

Mit ihr war er Luisas Vorschlag durchgegangen – es war klar, dass sie bei einem solchen Unternehmen Hilfe von jemandem brauchen würden, der sich nicht nur mit dem Gastgewerbe auskannte, sondern obendrein auch ein gutes Netzwerk in der Region hatte.

Sie war begeistert gewesen und versprach ihm umgehend, sie nach Möglichkeit zu unterstützen.

„Dafür habt ihr doch Freunde“, sagte Annika. „Das ist ja auch nicht ganz so weit von dem entfernt, worüber wir hier mal zusammen gesprochen haben.“

Hendrik hatte sie etwas verwirrt angeschaut, sie erklärte es ihm.

„Nun ja, erinnerst Du Dich, als ich Dich nach Deinen Gründen gefragt hatte, warum Du ausgerechnet zu uns gekommen bist“, wollte sie wissen.

Er nickte. Ja, er erinnerte sich an diesen Tag. Und jetzt, als er genauer darüber nachdachte, erkannte er die Parallelen zwischen seinen Worten und Luisas Vision – das eine war auf Stade gemünzt, die andere auf einen Hof im Alten Land.

„Du hast mir damals etwas geschildert, was jenseits des Hotelbetriebs war. Hast mich darauf aufmerksam gemacht, dass wir Zimmer anbieten können oder *Well-Feeling*. Und hast mir so einen USP geliefert“, erinnerte sie ihn.

Er sah sie etwas ratlos an, kannte den Begriff nicht. Annika klärte ihn auf.

„USP bedeutet im Englischen *‚Unique Selling Point‘*, also etwas an einem Produkt, das es von allen anderen in der direkten Konkurrenz-Situation unterscheidet.“

Dann grinste sie ihn frech an.

„Merk dir das für die Bank“, schärfte sie ihm ein. „Die wollen auf jeden Fall einen Businessplan sehen!“

Und sie gab ihm noch einen weiteren wichtigen Gedanken mit auf den Weg, noch etwas, das er in Hamburg erledigen würde.

„Ganz vielen lieben Dank, Annika!“, wollte er sich schon von ihr verabschieden. Dann fiel ihm noch eine letzte Sache ein, er sah sie erschrocken an.

„Sag mal, Annika“, begann er zögerlich, „wir machen Euch doch damit keine Konkurrenz, oder?“

Sie schmunzelte, schüttelte dann den Kopf.

„Nein, Hendrik“, beruhigte sie ihn, „das macht ihr nicht. Unser Zielpublikum unterscheidet sich deutlich.“

Als sie sah, dass er ihr nicht folgen konnte, erklärte sie es ihm bildlich. Ihre linke Hand ballte sich zur Faust.

„Schau mal, das sind unsere Kunden – das sind die Menschen, die nach Stade wollen.“

Dann ballte sie ihre rechte Hand ebenfalls zur Faust, hielt sie neben die linke und ließ etwas Abstand.

„Das hier sind die Menschen, die die Abgeschiedenheit des Alten Landes suchen. Es sind zwei unterschiedliche Gruppen.“

Sie holte kurz Luft, setzte dann mit ihrer Erklärung fort.

„Nur weil die eine Gruppe vielleicht auch einmal das Alte Land sehen will, oder die andere Gruppe mal einen Abstecher nach Stade macht, bleiben sie unterschiedlich. Wir haben beide unsere jeweilige Zielgruppe. Und ergänzen uns eher, als das wir uns Konkurrenz machen!“

Hendrik war beruhigt, konnte Annikas Argumentation gut folgen. Und erleichtert. Denn das Letzte, was er gewollt hätte, wäre, den Krohns Ärger zu machen. Aber so konnte er sich ganz beruhigt auf den Weg nach Hamburg machen.

Er nahm sich ein kleines Hotel außerhalb, weit im Westen, ganz am Ende der S-Bahn-Strecke. Er brauchte etwas Ruhe und Raum zum Nachdenken!

Auf dem Weg nach Hamburg machte er in der Innenstadt Zwischenstation. Er ging zu seiner Bank, vereinbarte dort einen Termin für den Nachmittag.

Und er hatte einen Termin mit einem Anwalt – da hatte Annika ihm schon ganz konkret geholfen, indem sie ihm nicht nur einen Namen nannte, sondern selbst angerufen hatte und den Kontakt hergestellt hatte.

„Vitamin B", dachte Hendrik. „Es geht nichts über Beziehungen."

Auch dieser Termin konnte kurzfristig gewährt werden, Annika sei Dank. Dort würde er also Dienstag am Nachmittag sein.

So musste er noch etwas Zeit totschlagen. Er entschloss sich, direkt zum Hotel zu fahren, und von dort mit der S-Bahn wieder in die Stadt zu kommen. So würde er später den Feierabendverkehr vermeiden und Kosten für ein Parkhaus sparen.

„Boah, Hendrik", sagte er sich, „wann warst du das letzte Mal im Westen von Hamburg?"

Das war deutlich länger her als zwanzig Jahre, da war er sich sicher. Er war mit seinen Eltern ab und zu in Wedel gewesen, und manchmal hatten sie die Fähre bei Glückstadt genommen. Sein Vater hatte diese Art von Familien-Ausflug „einmal im Kreis gefahren" genannt.

Er verließ das Parkhaus in der Innenstadt, sein Navigationssystem führte ihn nach Westen. Zunächst ging es immer in Richtung der Autobahn A7, dann weiter zum Elbe-Einkaufszentrum. Er folgte der Straße durch Iserbrook und musste dann einfach nur immer weiter geradeaus.

In Wedel angekommen, fand er das Hotel problemlos, er musste nur von der Hauptstraße runter und stand direkt vor dem Haus. Linker Hand Parkplätze, einer war frei.

„Perfekt!“

Hendrik checkte ein, das Zimmer war zwar noch nicht fertig, aber die freundliche Mitarbeiterin an der Rezeption gab ihm schon einmal einen Schlüssel und erklärte ihm, wie er am Abend ins Haus kommen würde.

Er ließ seinen kleinen Koffer im Auto, ging zurück zur Endhaltestelle der S1 und kaufte sich eine Drei-Tages-Karte. Die Sache mit der App auf dem Handy war ihm irgendwie immer noch fremd.

Die Route führte ihn zurück, nahezu den gleichen Weg, den er gefahren war.

„Rissen. Sülldorf. Iserbrook. Blankenese“, im Geiste las er die Namen der Stationen mit. Sie weckten ferne Erinnerungen an seine Kindheit, mehr aber auch nicht.

Der Jungfernstieg war seine Endstation, von hier war er in knapp zehn Minuten bei seiner Bank und betrat den Service-Bereich. Er musste nur kurz warten, wurde dann in einen Besprechungsraum geführt.

„Wir müssen Sie um ein klein wenig Geduld bitten“, sagte die Mitarbeiterin. „Herr Beyer ist noch in einem anderen Gespräch.“

Sie fragte, ob er einen Kaffee wollte, brachte ihm diesen dann zusammen mit einer Schale Kekse.

„Es wird maximal zehn Minuten dauern", erklärte sie, verließ den Raum und schloss diskret die Tür hinter sich. Er sah sich um.

Er hatte wenig Übung mit Banken, die vergangenen zwanzig Jahre war er nicht einmal in einer gewesen. Schon gar nicht in Deutschland. Alles war entweder per Mail gelaufen oder per Videocall.

„Na, da bin ich ja mal gespannt", dachte er, während er wartete.

Nach kurzer Zeit ging die Tür auf, und ein hochgewachsener, schlanker Mann mit kahlem Kopf, einer interessanten Brille und einem breiten Lächeln kam herein.

„Herr Seversen", sagte er. „Wie schön, Sie persönlich im Haus zu haben. Ferdinand Beyer."

Hendrik gab ihm die Hand, es war ein kräftiger, trockener Händedruck. Tatkräftig und entschlossen.

„Genau das, was ich jetzt brauche", dachte er.

„Na, Herr Seversen, dann erzählen Sie doch mal", begann der Bankberater. „Was kann ich für Sie tun?"

Während der nächsten halben Stunde skizzierte Hendrik seinen Plan. Er stand am Flipchart, skizzierte Grundstück und Idee. Er führte auf einem nächsten Blatt seine bisherigen Gedanken und seine Fragen auf. Ein drittes und viertes Blatt bekamen weitere Details und er vergaß auch nicht, das ihm von Annika eingeschärfte Stichwörtchen „USP" fallenzulassen.

Herr Beyer hörte geduldig zu, machte sich hin und wieder eine Notiz. Als Hendrik geschlossen hatte, spitzte der

Bankmanager die Lippen und sah sich das Werk nochmals nachdenklich an.

„Ja“, begann er dann. „Ich kann durchaus nachvollziehen, was Sie in der Idee sehen.“

Es dauerte noch fünfzig Minuten, in denen sie gemeinsam weitere Fragen auf den Tisch legten, Antworten oder offene Aufgaben dokumentierten und sich an dem langsam entwickelnden Konzept abarbeiteten.

„So, Herr Beyer“, sagte Hendrik, „jetzt wissen Sie, was ich weiß und wo ich hin möchte. Was denken Sie?“

Der Bankberater schaute nochmals seine Notizen durch.

„Finanziell ist das solide“, sagte er dann langsam. „Nicht nur, dass Sie es mit Ihrem Vermögen problemlos stemmen könnten, Sie haben auch eine ordentliche Risikostrategie ausgearbeitet.“

Hendrik war erleichtert – das war ja schon fast eine Absolution für sein zusammengezogenes Konzept.

„Ob es natürlich Zuspruch findet und Sie die notwendigen Buchungszahlen bekommen, das würde erst die Zeit zeigen.“

Er machte sich eine weitere Notiz.

„Was den angesprochenen Kredit angeht“, erklärte er dann, „kann ich Ihnen keine Zusage geben, denn in dieser Höhe entscheidet das der Vorstand.“

Er machte eine Pause.

„Aber aus meiner Sicht sollte das – sofern die rechtlichen Aufgaben erledigt sind – machbar sein.“

Hendrik war zufrieden, mehr durfte er heute nicht erwarten. Sie verabredeten die nächsten Schritte, falls Hendrik sie denn wirklich gehen wollte.

„Reden Sie mit der Dame“, sagte Herr Beyer. „Wenn Sie beide das dann durchziehen wollen, kommen Sie wieder zu mir und wir sprechen weiter.“

Sie verabschiedeten sich, Hendrik nahm die S-Bahn zurück nach Wedel und gönnte sich ein schönes Abendessen in einem kleinen Restaurant direkt um die Ecke vom Hotel.

✦ ✦ ✦

Der nächste Morgen war für Hendrik frei und er entschloss sich spontan, diese Zeit zu nutzen.

„Hafenrundfahrt!“, sagte er zu sich selbst. „Hattest du dir versprochen, oder?“

Und so buchte er die ‚Große Runde‘, zwei Stunden zwischen 10 Uhr und 12 Uhr. Und danach einen perfekt passenden Lunch an den Landungsbrücken. Sein Termin war um 14 Uhr, da war also ausreichend Luft.

Pünktlich, drei Minuten vor seinem Termin, betrat er den Empfangsbereich der Kanzlei. Die freundlich-reservierte Dame, die ihn in Empfang nahm, bat um seinen Namen, führte ihn dann in einen Wartebereich und ließ ihn wissen, dass sie ihn anmelden würde.

„Herr Dr. Dr. Sieveking-Möller wird gleich für Sie bereit sein.“

Sprach’s und verschwand. Hendrik schaute sich um. Die Adresse war nicht einfach nur nobel. Er befand sich im obersten Stock eines altehrwürdigen Hauses. Und die Straße an sich war ein Statement!

„Neuer Wall! Wenn du dir das leisten kannst, bist du hoffentlich so gut, wie Annika sagt!“, dachte er.

Die Tür öffnete sich, ein Mann Anfang fünfzig trat ein. Eleganter Auftritt, klassischer Dreiteiler. Glatt rasiert und die grauen Haare akkurat frisiert.

„So stelle ich mir alten Hamburger Geldadel vor", dachte Hendrik und verkniff sich ein Grinsen. Und war froh, sich für den Anzug und die Krawatte entschieden zu haben.

„Moin, Herr Seversen", sagte die hochgeschossene Gestalt lächelnd und zu Hendriks absoluter Verblüffung. „Cornelius Sieveking-Möller. Freut mich sehr."

Dann grinste er, sah, dass Hendrik um Fassung rang und vollendete seinen Auftritt.

„Kommse mal mit, damit wir uns in Ruhe unterhalten können."

Hendrik hatte ja alles erwartet, aber das? Perplex folgte er dem Anwalt.

„Wenn unsere gute Annika mich anruft und mich Ihnen empfiehlt, dann muss ich mich schon etwas anstrengen", grinste er.

Hendrik wusste immer noch nicht, was hier gespielt wurde. Der Anwalt bemerkte es.

„Sie hat Ihnen nicht erzählt, wer ich bin, oder?", wollte er wissen.

„Nein, kein Sterbenswörtchen", bekannte der verwirrte Hendrik nun ehrlich.

Und wurde erst einmal aufgeklärt. Dass Annika seine Patentochter ist und er die Familie Krohn seit vielen Jahren kennt und schätzt. Und dass man nicht nur eine Geschäftsbeziehung habe, sondern dass er und seine Frau immer gerne in Stade zu Gast sind.

„Sie wissen schon", zwinkerte er Hendrik zu. „Wenn es hier in der Stadt mal wieder allzu steif wird, dann hilft nur Abstand und ein schönes Rotes aus dem Ratskeller."

Da musste Hendrik lachen.

Die nächste Stunde verbrachte er damit, dem Anwalt das Vorhaben und vor allem seine Wünsche nach Sicherheiten zu vermitteln.

„Wissen Sie", sagte er. „Es geht nicht nur um mich, es geht auch um Sicherheiten für Frau Verhoeven, ihren Sohn und die junge Frau, die uns auf diese Idee gebracht hat, Luisa."

Cornelius ‚vergessen Sie den Doktor, vergessen Sie den Doppelnamen!' spitzte die Lippen, hatte seine Fingerspitzen aneinandergelegt und betrachtete das Konstrukt nachdenklich.

„Hendrik" – sie waren recht schnell beim „Du" gelandet – „wenn du das durchziehen willst, dann kriegen wir das hin", sagte er dann.

„Ein paar Dinge sind aber zu bedenken", schob er direkt nach. Hendriks Herz machte erst einen Hüpfer, nur um dann direkt einen Schlag auszusetzen.

„Zum einen Folgendes: Die beiden Jugendlichen – hier müssen wir auf das Alter und im Falle von Luisa auf ihre Eltern Rücksicht nehmen."

Was Luisa anging, war Hendrik von vornherein deren Alter bewusst gewesen. Ebenso die Tatsache, dass es ohne die Zustimmung ihrer Eltern nichts mit einer Beteiligung für sie werden würde. Aber es jetzt noch einmal zu hören, war natürlich etwas ganz anderes.

Cornelius fuhr fort, kam nun auf die technischen Feinheiten einer Firmengründung zu sprechen.

„Das Ganze dann über eine Firma abzuwickeln, ist schon absolut richtig gedacht“, erklärte er. „Jeder normale Mensch würde für so etwas an eine GbR denken, eine ‚Gesellschaft des bürgerlichen Rechts‘, aber hier liegst du in der Tat mit einer GmbH besser.“

Dann bekam Hendrik einen Crash-Kurs über Unternehmensformen, Haftungsbeschränkungen, Gesellschafterverträge und Einlagenbedarf.

Sie sprachen noch eine gute halbe Stunde über Details, dann waren sie in allen wichtigen Punkten durch. Und Hendrik fertig.

„Hendrik, wir sehen uns – die Basics hast du jetzt, sprich mit Frau Verhoeven und den beiden anderen und dann ruf mich an.“

Hendrik nickte, zu mehr war er kaum fähig.

„Alles klar, das mache ich. Danke, Cornelius!“

Sie verabschiedeten sich, Hendrik ging zur S-Bahn zurück und fuhr in Richtung Wedel. Er wollte nur noch sein Bier. Oder zwei. Und etwas zu essen!

✦ ✦ ✦

Am nächsten Morgen fuhr Hendrik nach Stade zurück – er wollte den Kreis vollenden. In umgekehrter Richtung, hätte sein Vater gesagt.

Er folgte der Bundesstraße aus Wedel hinaus in Richtung Uetersen, dann Elmshorn. Keine der beiden Städte kam in irgendeiner Form als ‚hübsch‘ oder ‚ansprechend‘ rüber, sie lagen halt auf seinem Weg zur Fähre. Bevor er jedoch die Elbe überquerte, wollte er einen Halt in Glückstadt einlegen.

Es war später Vormittag, als er durch die Straßen der kleinen Stadt zum Marktplatz rollte. Er parkte, war überrascht, wie leer es war.

„Ist halt noch nicht wirklich Saison“, dachte er. „Und das Mitte Mai.“

Aber egal, leer gefiel ihm die Stadt ohnehin besser. Er drehte eine Runde durch die schmalen, im Halbkreis um den zentralen Markt verlaufenden Straßen.

„Kopfsteinpflaster, Backstein-Bauten, der Rosenstock neben der Tür“, dachte er. „Hier hat sich über die Jahrzehnte nichts verändert.“

Er überlegte, was das für ihn bedeutete – ob es überhaupt etwas bedeutete. Kam zu keinem Schluss und hob sich das Nachdenken für später auf.

Sein Weg führte ihn zum Hafen mit den kleinen Schiffen und den Kuttern, die heute nur noch als Eventlocation dienten. Er genoss die Ruhe – an einem Mittwochmorgen, kurz vor Mittag und ohne Touristen.

„Daran könnte ich mich fast gewöhnen“, lachte er.

Er ging zurück zum Markt, sein Blick fiel auf eines der alten Patrizier-Häuser, es hatte eine Jahreszahl am Giebel. Heute war es Hotel. Und Restaurant. Er las die Speisekarte durch – was man hier aß, war klar: Matjes. In allerlei Variationen. Mit Zwiebelringen. Mit Honig-Senf-Dill-Soße. Mit Sahnemeerrettich und Preiselbeeren.

„Jetzt hab ich Hunger“, lachte er und fragte die junge Bedienung nach einem Tisch. Hatten sie. Draußen. Mit Blick auf den Marktplatz.

Er bestellte ein Bier – alkoholfrei. Nun wartete er auf seine Matjes-Platte. Er hatte Zeit. Zeit, das Treiben vor sich auf dem Platz zu beobachten. Zeit, nachzudenken.

Er betrachtete die Menschen, die vor ihm ihrer Wege gingen. Die vielen Geschichten, die sich allein auf diesem Marktplatz im Vorübergehen ergeben würden, wenn sie jemand erzählen würde.

„Geschichten erzählen“, dachte er plötzlich. „Das ist es – das wird das Konzept des Hauses!“

Thies hatte doch genug Geschichten in den Briefen gesammelt. Und er hatte auch noch welche.

„Thies“, dachte er zufrieden. „Ich glaube, ich habe eine Verwendung für unsere Geschichten gefunden!“

Der Matjes kam, jetzt hatte er aber so richtig Kohldampf. Und während er das Essen genoss, kamen drei weitere Gäste ins Restaurant.

Die kleine Gruppe passierte ihn, schien ihn nicht zu beachten. Er beobachtete sie – zwei Frauen und einen Mann. Es war nur ein kurzer Blick, er wollte nicht aufdringlich sein.

Der Mann ging voran, die beiden Frauen folgten. Eine mochte Mitte dreißig sein, so überlegte er. Die andere konnte er nicht einschätzen – vielleicht älter?

Sie war auf jeden Fall krank, konnte nur langsam gehen und musste immer mal wieder eine Pause machen. Die beiden anderen warteten auf sie, gaben ihr Zeit.

„Noch mehr Geschichten", dachte Hendrik. „Diese würde mich interessieren."

Er beobachtete die Frauen unauffällig weiter. Die Mittdreißigerin kümmerte sich beinahe liebevoll um ihre Freundin.

„Du bist auch nicht viel älter", dachte Hendrik, nachdem er sie genauer sehen konnte. „Du siehst müde aus. Abgekämpft."

Dann sah er sie lachen – es war ein fröhliches Lachen. Eines, das zu sagen schien, dass sie nichts drauf gab, was das Leben ihr an Bösartigkeiten servierte – und das sie immer darüber würde lachen können.

Die drei verschwanden im Innenraum, Hendrik winkte, bekam die Rechnung und zahlte. Er hatte eine Fähre zu erwischen.

Als er am Fähranleger darauf wartete, an Bord fahren zu dürfen, fielen ihm die beiden Frauen wieder ein. Er schüttelte den Kopf, versuchte, den Gedanken loszuwerden. Schaffte es aber nicht.

„Was haben die beiden an sich gehabt, dass ich jetzt an sie denken muss?"

Später, als er mit der Fähre übergesetzt wurde, fiel der Groschen.

„Never give up", sagte er leise. „Das war es, was ich in ihrem Lachen gehört habe: ‚Never give up!'"

Er würde es sich zu Herzen nehmen – noch so eine Geschichte.

✦ ✦ ✦

Für den Freitagabend verabredete er sich mit Maren, Ben und Luisa.

„Savas, wo sonst?“, lachte er auf die Frage nach dem Treffpunkt. Bis dahin gab es noch einiges zu erledigen, aber der Donnerstag und der Freitagvormittag reichten dafür.

Er hatte jetzt alles beisammen – und musste mit seinem potenziellen ‚Team‘ sprechen. Es war Zeit, den Stier bei den Hörnern zu packen.

„Oder, wie wir hier in Norddeutschland sagen würden: Butter bei die Fische!“

Sie trafen fast gleichzeitig bei dem kleinen Griechen ein; Hendrik musste nur seine Schritte ein wenig beschleunigen, um die Tür aufzufangen, durch die Maren gerade hindurchgegangen war.

Die drei waren neugierig, schließlich hatten sie sich die ganze Woche nicht gesehen.

„Oh Mann, Hendrik“, bohrte Ben. „Wo hast du denn die ganze Zeit gesteckt?“

Hendrik musste lachen, schüttelte aber den Kopf. Erst einmal würden sie sich zumindest hinsetzen und etwas trinken.

Eleni nahm sie in Empfang, Savas bediente einen anderen Tisch.

„Hallo Eleni“, begrüßte Hendrik sie herzlich. „Wenn du kannst, würdest du uns einen ruhigen Tisch geben?“

Sie nickte, schaute ihn ebenfalls neugierig an.

„Später, wir haben noch etwas Wichtiges zu klären. Dann können wir darüber sprechen.“

Sie nickte, brachte sie an einen alleinstehenden Tisch und fragte nach den Getränkewünschen.

Hendrik beobachtete die Drei, dachte wieder zurück an Glückstadt. Luisa war neugierig, das konnte er sehen – aber sie unterdrückte es. Ben hielt es kaum aus. Hätte er vor Neugierde platzen können, hätte er schon längst eine kleine Explosion ausgelöst. Und Maren war ... abwartend.

Er wollte sie nicht weiter auf die Folter spannen.

„Ich war am Montag und am Dienstag in Hamburg, hatte da Termine", erklärte er vage.

„Termine, die auch euch betreffen könnten."

Und dann erzählte er ihnen, was er sich überlegt hatte. Wie man Luisas Vision professionell projektieren und umsetzen könnte. Was realistische Ziele sein könnten und warum es wichtig war, bei einer Projektplanung das eigene Wunschdenken sehr vorsichtig von realistischen Möglichkeiten zu trennen.

„Lieber setzen wir uns ein gut erreichbares Ziel und machen mehr", sagte er, „als dass wir uns in unrealistischen Zielen verrennen!"

Er erzählte von seinem Gespräch mit Annika. Luisa und Ben machten große Augen, als sie erfuhren, dass Annika nicht nur die Idee gut fand, sondern auch ihre Hilfe angeboten hatte.

Dann berichtete er von seinem Termin bei der Bank – das war der heikle Teil, denn jetzt ging es um Geld.

„Was wir hier besprechen, sind harte Fakten", schärfte er ihnen ein. Die Botschaft war vor allem an Ben gerichtet.

„Nichts davon darf außerhalb dieser Gruppe diskutiert werden, OK?"

Sie nickten. Und Hendrik wandte sich an Luisa.

„Du musst natürlich mit deinen Eltern darüber sprechen. *Wir* müssen mit deinen Eltern darüber sprechen", schwächte er sein Schweigegebot ab. Sie nickte abermals.

Dann klärte Hendrik sie über seinen Ansatz zur Finanzierung und das Urteil des Bankberaters auf.

„Fast eine Million Euro?", stammelte Ben ehrfurchtsvoll. „Woher soll denn so viel Geld kommen?"

Maren pflichtete ihrem Sohn bei, allerdings erkannte Hendrik an ihrer Stimmlage, dass ihre Frage echt war – sie ging davon aus, dass er ihnen nicht einen solchen Vortrag halten würde, wenn er keinen Vorschlag hätte.

„Jetzt mal raus mit der Sprache, Hendrik", fragte sie daher. „Wie genau stellst du dir das vor? Banküberfall? Lottogewinn?"

Sie grinste, er grinste – sie alle grinsten. Und dann mussten sie gemeinsam lachen.

„Nein, dazu aber gleich etwas mehr. Zuerst habe ich noch ein anderes Thema mit euch."

Das Geld war schon heikel gewesen – aber abstrakt. Hendrik hatte noch eine Sache zu besprechen und er wusste genau, dass sie sich danach entscheiden müssten.

„Habt ihr schon einmal was von Rechtsformen und Firmen gehört?", wollte er wissen.

Luisa und Ben schüttelten den Kopf. Und so erklärte ihnen Hendrik die Grundlagen.

„Wenn man ein Geschäft aufziehen will – also ein *Bed & Breakfast*, einen Laden, einen Bootsverleih oder so etwas, dann macht man das nicht als Privatmensch“, erklärte er.

„Man gründet eine Firma.“

Sie nickten, so weit waren sie noch bei ihm.

„Es gibt unterschiedliche Arten von Firmen“, versuchte er das Thema zu vertiefen. „Aktiengesellschaften kennt ihr vom Fernsehen. Das sind die ganz großen Haie im Becken.“

Er schaute sie an, schaute, ob sie ihm noch folgten.

„Ganz am anderen Ende – der kleine Fisch also – das sind die sogenannten ‚Gesellschaften des bürgerlichen Rechts‘. Auf diese Weise können zwei oder mehr Personen, wenn sie gemeinsam etwas erreichen wollen, die Dinge vertraglich absichern, Regeln definieren und so weiter und so fort. Klar soweit?“

Sie nickten, er glaubte es ihnen.

„Das Problem bei diesen GbRs ist die Haftung. Wenn etwas schiefgeht, dann muss jeder der Gesellschafter – so nennt man die Vertragspartner – notfalls mit seinem eigenen Geld, Haus, Hund und Hof haften.“

Luisa erkannte die Lage als Erste und fasste es in ihren Worten zusammen.

„Geht also diese GbR pleite, kann es sein, dass diejenigen, die an ihr beteiligt sind, auch pleite gehen, oder?“

Er nickte.

„Vollkommen korrekt, Luisa.“

Er sah, dass Ben eine lange Miene zog – klar, dass ihm das nicht gefiel, die Auswirkungen hatte er ebenfalls verstanden.

Er blickte Maren an, ihr Blick war einfach zu deuten: „Und weiter?“

Hendrik nahm einen Schluck von seinem Bier, dann erklärte er ihnen das Konzept einer ‚Gesellschaft mit beschränkter Haftung‘ – einer GmbH.

Wieder war es Luisa, die es nochmals mit ihren Worten zusammenfasste.

„Also anders als bei der GbR ist die GmbH quasi eine ‚Person‘ – und wenn was passiert, geht die GmbH pleite, aber nicht ihre Gesellschafter?“

Hendrik war beeindruckt.

„Das ist absolut richtig, Luisa!“

Und Ben, der den Unterschied auch erkannt hatte, brachte es auf den Punkt.

„Dann machen wir halt ’ne GmbH, ist doch egal!“

Maren lachte auf, sie kannte die Hintergründe und wollte nun verhindern, dass Ben sich umsonst Hoffnungen machte.

„So leicht ist das aber nicht, Ben“, sagte sie. „Diese Art der Firma braucht ein eigenes Vermögen. Ich glaube, es wird Einlage genannt. Und ich glaube, es sind mindestens 25.000 Euro.“

Wieder zog Ben eine lange Schnute. Ihm war vollkommen klar, dass seine Mama diese Summe nicht einmal annähernd haben würde.

Hendrik griff wieder in die Diskussion ein – nun wollte er sehen, inwieweit sie sich einbringen würden. Nicht finanziell, sondern ganz praktisch und emotional.

„Bevor wir auf die Einlage zurückkommen, gibt es noch ein anderes Thema zu besprechen“, sagte er.

„Diese Gesellschaft hat einen sogenannten Gesellschaftsvertrag“, erläuterte er dann. „Darin legen die Personen, die sich einbringen, die Partner, die Spielregeln verbindlich fest.“

Er blickte sie einen nach dem anderen ernst an.

„Es ist ein Vertrag, geschlossen von einem Anwalt und notariell beglaubigt!“, machte er es noch spannender.

Kunstpause – das Essen kam. Keiner beachtete es. Alle waren gespannt, was Hendrik sich überlegt hatte.

„Also“, sagte er und schielte auf seine Leber unter Zwiebeln. „Ich habe mich in Hamburg auch mit einem Anwalt getroffen. Er meint, unsere Idee – so habe ich es mal verkauft – hätte Hand und Fuß. Und einige weitreichende Vorteile.“

Er angelte sich seinen Teller, schnitt sich einen Bissen von der Leber ab und probierte vorsichtig, ob sie noch zu heiß wäre.

„Essbar“, mutmaßte er und nahm das Stück in den Mund. Und irrte. „Verdammt heiß“, durchzuckte es ihn. „Gierschlund!“

Sein Versuch, sich nicht weiter die Zunge zu verbrennen, brachte einige interessante Grimassen und eine lange Pause mit sich. Als er wieder sprechen konnte, erläuterte er ihnen den Plan.

Er sprach von der Verteilung – 40 Prozent an Maren, 40 Prozent an ihn, jeweils 10 Prozent an Ben und Luisa.

„Von Luisa kam der Anstoß“, erinnerte er sicherheitshalber. „Wenn wir das machen, hat sie sich einen Anteil mehr als verdient.“

Luisa strahlte – und er wusste, es ging nicht um Geld oder Anteile, sondern um Anerkennung.

Dann kam er auf Einlagen zu sprechen. Erklärte, wie jeder Gesellschafter unterschiedliche Dinge einbringen könnte.

„Maren kann also den Hof in die Firma einbringen", erklärte er. „Damit gehört ihr der Hof nicht mehr, sondern er gehört der Firma."

Alle nickten – verstanden.

„Das heißt aber auch", sagte Maren bestimmt, „dass der Hof weg wäre, wenn die Firma pleite ginge."

„Das ist korrekt", bestätigte Hendrik. „Es gibt keinen Weg, der kein Risiko hat. Ja, der Hof wäre weg, aber ansonsten würde mit euch nichts passieren, Maren. Du haftest nicht mit deinem Privatvermögen."

Als Nächstes kam er auf sich zu sprechen, und nun wurde es heikel.

„Zeit, die Hosen runterzulassen", dachte er.

Dann erzählte er den zweiten Teil des Gesprächs mit dem Banker.

„Wisst ihr, ich habe in den zwanzig Jahren nicht schlecht verdient. Und ich hatte keine Chancen, viel Geld auszugeben", begann er.

„Ich bekam Essen, ich bekam Unterkunft. Ich musste mir lediglich meine Klamotten kaufen und das, was ich mir so leisten wollte", erzählte er.

„Aber in Afrika und in Indien brauchst du nicht viel Geld", versuchte er, die Situation zu vermitteln. „Ist ja nicht so, dass da ein Einkaufszentrum an der nächsten Ecke wäre."

Und dann klärte er seine drei zukünftigen Partner auf.

„Ich habe bei den NGOs nie schlecht verdient und wenig ausgegeben – so konnte ich jeden Monat mehr als 2.000 Euro sparen“, begann er.

Bens Augen wurden groß, damit hatte er nicht gerechnet.

„Später, als ich nach Nairobi ging, stieg diese Summe auf knapp 3.500 Euro an.“

Er lächelte Ben an, der verzweifelt versuchte, die Zahlen aufzuaddieren. Luisa war schneller.

„Wenn du nie etwas davon ausgegeben hast, dann sind das etwa 650.000 Euro!“, staunte sie.

Er nickte bestätigend.

„Kommt hin, Luisa. Aber das ist noch nicht die ganze Geschichte, das weißt du, oder?“

Sie nickte, und Hendrik bekam langsam eine Ahnung, wo ihre Stärken in der Schule liegen mochten. Und er wusste, dass er sich mit ihr um die Finanzen kümmern würde, wenn das hier flog.

„Zins und Zinseszins“, murmelte sie heiser. Ben schaute sie ratlos an, Hendrik nickte ihr anerkennend zu.

„Natürlich lag das Geld nicht einfach so auf einem Girokonto“, erklärte er dem Jungen. „Meine Hamburger Bank hat es für mich verwaltet. Ganz konservativ. Ganz langweilig. Aber zwanzig Jahre sind eine sehr lange Zeit.“

Jetzt konnte Maren sehen, worauf er hinauswollte – das hatte er ihr nie erzählt. Und sie war nicht sicher, ob sie es jetzt wissen wollte.

„Hendrik“, sagte sie entschieden, „das geht aber nicht. Das ist dein Geld!“

Und Hendrik nickte.

„Ja, das ist mein Geld“, sagte er. „Und ich darf es einsetzen, wie ich möchte.“

Er grinste sie an.

„Du bringst den Hof in die Gesellschaft ein, ich bringe die Hälfte der benötigten Summe für die Investitionen ein. Etwa 450.000 Euro. Alles gehört der Firma, an der wir jeweils Anteile haben.“

Es war Luisa, die nachgerechnet hatte.

„Und die fehlenden 450.000 Euro?“, fragte sie.

Hendrik war begeistert – sie war jemand, der trotz ihres jungen Alters absolut mitdachte. Und schnell!

„Die nehmen wir als Kredit von der Bank“, sagte er. Und erklärte, warum sie es so geplant hatten.

„Erstens bringe ich nur einen Teil meines Geldes in die Firma ein – wenn also alles schiefgeht, habe ich noch mehr als genug“, erklärte er.

„Und der riesige Vorteil des Bankkredits ist folgender: Die Bank wird, damit wir den Kredit bekommen, unseren Businessplan auf Herz und Nieren prüfen!“

Er grinste.

„Wir bekommen also unabhängige Beratung und eine objektive Meinung.“

Er sah Maren an – auf sie kam jetzt alles an.

„Maren“, sagte er vorsichtig, um sie nicht zu verschrecken. „Wir würden beide etwas einbringen, wir würden beide ein Risiko eingehen. Aber es ist für keinen von uns ein ‚All-in‘ – wenn es schiefgeht, dann geht es schief, aber unsere Leben gehen wie heute weiter.“

Sie nickte langsam. Dann lächelte sie ihn an.

„Ich sehe, du hast dir viele Gedanken gemacht."

Er nickte vorsichtig. Sollte das ein „Ja" werden?

„Lass mich eine Nacht darüber schlafen, ja? Das klingt alles viel zu gut, um wahr zu sein."

Er nickte, natürlich wollte so eine Entscheidung überdacht sein.

„Klar, ohne ein eindeutiges *Commitment* von euch geht es ja auch nicht", sagte er ernst. „Das ist keine Entscheidung, die unser Leben für heute und morgen beeinflussen würde – das ist für sehr viel länger!"

Und dann schaute er sie alle der Reihe nach an.

„Und es funktioniert nur, wenn wir alle daran glauben!"

In diesem Moment kam Savas mit zwei Metaxa und alkoholfreien Drinks für Ben und Luisa.

„Leute, wenn ihr euer Essen weiter ignoriert, wird Eleni euch unauffällig im Garten verschwinden lassen!", schimpfte er lachend mit ihnen.

„Trinkt, esst und seid fröhlich!"

– Aus Hendriks Tagebuch –

„Alles braucht mal einen Cut – ein Baum ebenso wie ein Leben! Etwas Altes geht, etwas Neues kommt."

Verwandlung

Hendrik stand in der Einfahrt und schaute den Neubau an. Er konnte es nicht glauben, aber sie waren fast am Ziel.

Wenn er an das vergangene Jahr zurückdachte, dann war es wie im Flug vergangen. Maren hatte nur zwei Tage gebraucht, um ihre Entscheidung zu fällen.

„Nichts im Leben ist ohne Risiko", hatte sie gesagt. „Aber das Risiko, etwas nicht zu tun, ist manchmal viel größer als das Risiko, es zu tun!"

Auch Luisas Eltern waren eingeweiht worden. Sie waren überrascht gewesen, aber hoch erfreut. Und nach einem Gespräch mit ihrem eigenen Anwalt auch sehr angetan von der Großzügigkeit und Offenheit des Angebots.

Nachdem sich alle einig waren, hatte Hendrik zwei Telefonate geführt – und man hatte sich darauf geeinigt, sich in Hamburg in der Kanzlei von Dr. Dr. Sieveking-Möller zu treffen.

Die Bank war durch Ferdinand Beyer vertreten gewesen, der noch eine Assistentin mitgebracht hatte. Luisas Eltern waren dabei, ebenso wie Maren und Ben. Und natürlich Hendrik.

Das Aufsetzen des Gesellschaftsvertrags sowie des Pachtvertrags und die notwendigen notariellen Beglaubigungen waren in Rekordzeit über die Bühne gegangen.

Auch die Aufstellung des Businessplans hatte dank vieler Stunden, die Annika Krohn für sie geopfert hatte, wunderbar funktioniert. Die Bank zeigte sich beeindruckt, und binnen vier Wochen hatten sie die Finanzierungszusage erhalten.

Auch das Bauamt hatte gespurt – Ernst Krohn hatte einen heimischen Architekten hinzugezogen, der einen guten Draht zur Behörde haben musste.

Der Bauantrag war perfekt vorbereitet worden und zu Marens und Hendriks großer Freude in Rekordzeit genehmigt worden. Irgendwie hatten sie das Gefühl gehabt, dass der Hotelier möglicherweise einen Weg gefunden hatte, dem Anliegen Priorität zu verschaffen.

Ende Juli waren alle Verträge, Darlehen und Genehmigungen erledigt und erteilt.

In der Zwischenzeit waren Maren, Ben und Luisa extrem fleißig gewesen. Hendrik hatte die Hauptarbeit geleistet, aber alle drei hatten ihn nach Kräften unterstützt. Und manchmal waren auch Luisas Eltern dazugekommen.

Der alte Stall wurde leer geräumt, die Hühner mussten umziehen. Erst in einen kleineren Stall, dann bekamen sie einen abgezäunten Bereich bei den Kirschbäumen.

Hier konnten sie nach Lust und Laune im Freien scharren, hatten einen Unterschlupf in Form eines zum Stall umfunktionierten alten Bauwagens und lieferten zugleich noch Eier und Landgefühl für die späteren Gäste.

Die Alternative wäre ein Umzug in die Tiefkühltruhe gewesen – und das wollten weder Maren noch Hendrik.

Noch im August war das große Gebäude verschwunden, an seiner Stelle wurde die Bodenplatte für das neue Gästehaus gegossen.

Auch der Architekt hatte sich ins Zeug gelegt – man hatte sich schnell für ein Fertighaus in Massivbauweise entschieden. Dessen vorgefertigte Elemente wurden bereits im September geliefert, und Ende September stand das Haus zur großen Überraschung aller.

„Also, wenn ich das meinen ehemaligen Kollegen in Afrika erzählen würde“, hatte Hendrik gelacht, „die würden es nicht glauben. Da gehen die Dinge nicht so fix und problemlos von der Hand!“

Ernst Krohn, an den er den Kommentar gerichtet hatte, musste grinsen. „In Deutschland eigentlich auch nicht. Irgendjemand muss euch sehr lieb haben“, hatte er verschmitzt geantwortet. „Ist ja beinahe wie in einem Roman! Da geht immer alles glatt!“

Die Baufirma hatte den Oktober damit verbracht, das Dach einzudecken und die Fenster einzubauen – Hendrik hatte seine Dachpfannen mit Photovoltaik bekommen, obwohl es ein echter Akt gewesen war. Aber am Ende hatte alles gepasst.

Als das Wetter dann herbstlich wurde, war das Haus schon wetterfest und dicht. Die Heizungsanlage zog ein, die Elektrik wurde verlegt, Dämmung, Sanitär und Estrich wurden fertiggestellt.

Und nun stand es da, vor ihm. Sie hätten noch gut vier bis sechs Wochen Arbeit, aber das Gröbste war schon geschafft.

„Was für ein Jahr, Thies“, flüsterte er stolz. „Was für ein Jahr. Und du hättest Maren und Ben mal sehen sollen!“

✦ ✦ ✦

Auch sonst hatte sich in diesem Jahr viel getan, überlegte Hendrik.

„Luisa und Ben sind ein richtig süßes Paar geworden“, musste er feststellen. Aus dem schüchternen und in sich gekehrten Jugendlichen war wieder ein weltoffener, neugieriger und aktiver Geist geworden.

Natürlich bemerkte auch Maren die Veränderung – und begleitete die Entwicklung ihres Sohnes mit viel Freude.

„Jetzt ist er wieder wie vor Thies’ Tod“, stellte sie fest. „Du hast ihn ja nicht gekannt, aber er hatte sich nach dem Tod seines Onkels in sein Schneckenhaus verzogen und kam einfach nicht mehr daraus hervor.“

Hendrik nahm an, dass den größten Anteil an dieser Veränderung Luisa hatte – auch sie hatte sich unglaublich entwickelt. Nach dem Abend bei Savas hatte Hendrik sie zur Seite genommen.

„Luisa, ich hätte eine Bitte an dich“, eröffnete er das Gespräch. Und dann erzählte er ihr von der Arbeit als Projektmanager und dass jemand wie sie mit ihrer raschen Auffassungsgabe, ihrem Verständnis für Abläufe und Zahlen unglaublich wichtig sei.

„Du wärest wirklich eine große Hilfe – und wenn es dich interessiert, schauen wir gemeinsam auf die Finanzen. Und wir müssen natürlich auch die Planung für das Marketing, die Buchungen und das alles machen."

Luisa stürzte sich begeistert in die Arbeit – und es beeinflusste sogar ihre Ferien: Die Krohns, allen voran Annika, erklärten sich sofort bereit, Luisa in den Ferien Praktika im Hotel machen zu lassen.

Ben hingegen schlug einen anderen Weg ein – wann immer Hendrik auf dem Hof oder auf der Baustelle selbst Hand anlegen konnte, tat er genau das. Und Ben half ihm. Und lernte. Er hatte schnell gemerkt, dass Zahlen und Kalkulationen nicht sein Ding waren – aber wenn er mit seinen Händen arbeiten konnte, blühte er regelrecht auf.

Maren hatte neben ihrem Job als Lehrerin nur wenig Zeit einbringen können – diese aber effektiv genutzt. Die Flächen mit den Apfelbäumen waren verpachtet, das war ihr wichtig.

„Ich möchte nicht, dass Thies' Flächen an irgendwelche Großbauern gehen, die die alten Sorten dann rausnehmen und durch die schneller verkäuflichen modernen Sorten ersetzen", erklärte sie.

Und dann hörte sie sich vorsichtig um – am Ende gingen dreieinhalb Hektar an eine Genossenschaft, die sich ebenfalls dem Anbau und der Pflege der alten Apfelsorten verschrieben hatte. Sie würde aus der Pacht keinen Gewinn schlagen, das Geschäft war aber für beide trotzdem fair.

„Thies' alte Bäume sind in guten Händen", erklärte sie danach pragmatisch. „Und wir haben keine Arbeit damit, die wir realistisch gesehen nicht leisten können!"

Die Genossenschaft pachtete auch bereitwillig den einen Hektar mit den Zwetschgen. Und vertraglich einigte man sich darauf, dass die Pacht in Form von Naturalien geleistet würde.

„Wir bekommen pro Saison 100 kg Zwetschgen und 200 kg Äpfel“, verkündete Maren glücklich. „Dazu noch das Recht, mit unseren Gästen nach Absprache selbst für den Eigenbedarf zu ernten.“

Und dann grinste sie, eine Position machte ihr besonders Spaß.

„Außerdem verarbeitet die Genossenschaft die nicht verkaufbaren Bestände zu qualitativ hochwertigem Schnaps. Und davon geben sie uns auch jeweils zwanzig Flaschen.“

Ende April waren die Bauarbeiten abgeschlossen – die Böden waren verlegt, die Küche im neuen Haus war betriebsbereit, die Wände waren gestrichen, die Bäder gefliest.

Als spät an einem Freitagabend die letzten Arbeiter ihre Sachen gepackt und den Hof verlassen hatten, gingen sie zu viert durch das noch leere Haus.

„Es ist fertig!“, raunte Maren fast ehrfürchtig. „Es ist wirklich fertig!“

Ben nickte, drehte sich einmal um seine eigene Achse, die Arme ausgebreitet.

„Ja, knapp ein Jahr hat’s gedauert“, sagte er nachdenklich. „Aber es war ein gutes Jahr!“

Luisa stoppte seine Drehung, nahm ihn in den Arm und gab ihm einen Kuss.

„Ja, ein sehr gutes Jahr!“

Die beiden verschwanden die Treppe hinauf, wollten sich die noch leeren oberen Räume ansehen. Maren und Hendrik blieben unten, gingen in die neue Küche.

„Und?“, wollte Maren wissen. „Was denkst du?“

Hendrik schaute sich um, er war zufrieden. Sie hatten echt Glück gehabt – nicht nur mit den Krohns, mit Cornelius, mit der Bank und dem Architekten. Auch die Bauteams waren zuverlässig, hatten sauber gearbeitet und die Zeitpläne eingehalten.

„Wir haben echt was geschafft!“, sagte er zufrieden. „Das war ein hartes Stück Arbeit, aber ich finde, es hat sich gelohnt.“

Maren nickte. Ab nächste Woche würden die Möbel kommen, ausgesucht und bestellt war alles schon seit Monaten, aber die Lieferzeiten waren momentan lang.

„Ende nächster Woche ist hier alles eingerichtet“, sagte sie leise. „Dann fehlt uns nur noch der erste Gast!“

Hendrik schaute sie nachdenklich an, machte ihr ein Zeichen, ihm nach draußen zu folgen. Sie stellten sich in die Einfahrt zum Hof, der jetzt kein Hof mehr war.

„Schau mal, Maren“, sagte er. „Alt und Neu. Das alte Wohnhaus, das wir renoviert haben und das neue, das den Stall ersetzt.“

Er zögerte einen Moment, hing seinen Gedanken nach.

„Ich glaube, Thies wäre auch stolz auf uns!“

✦ ✦ ✦

Sie hatten das Wochenende gemeinsam auf dem Hof verbracht – oder sollten sie vielleicht besser „auf dem Anwesen“ sagen?

„Ein Hof ist es wirklich nicht mehr“, grübelte Ben. Er würde sich umgewöhnen müssen.

Nach dem Abschluss der Bauarbeiten hatten sie den gesamten Neubau gründlichst geputzt und gereinigt – die neuen Möbel würden ja am Montag kommen.

„Puh", stöhnte Luisa nach Abschluss der Arbeiten. „Das war hart! Aber zum Glück waren wir zu viert und konnten uns die Zimmer aufteilen!"

Ben pflichtete ihr bei – aber alle vier waren auch mächtig stolz auf das Erreichte! Nun waren noch Ideen für die Außenanlage notwendig. Und es war Luisa, die sich hier zusammen mit ihrer Mutter bereits richtig viele Gedanken gemacht hatte.

Jetzt standen sie alle vier draußen in der Einfahrt, und Luisa begann, ihre Vorstellungen zu beschreiben.

„Können wir entlang der Straße Hecken setzen lassen?", fragte sie Hendrik. „Und auch entlang der Einfahrt auf der Gartenseite?"

Hendrik überlegte kurz, es sprach nichts dagegen. Zumindest nicht aus bautechnischer Sicht. Und eine Genehmigung würden sie dafür nicht brauchen.

„Ja, das sollte sich machen lassen", sagte er und war auf Luisas Plan gespannt.

Diese hatte die Augen geschlossen, sah den Garten bereits vor sich.

„Einundzwanzig Meter tief, siebenundzwanzig breit", murmelte sie. „Zieh einen Meter für die Hecke vorne und jeweils einen links und rechts ab", rechnete sie im Geiste weiter.

„Das sind etwa 500 Quadratmeter Fläche."

Sie machte die Augen auf, jetzt konnte sie es klar vor sich sehen.

„Wir legen einen Weg an, von hier“ – sie zeigte auf eine Stelle neben der Einfahrt, ziemlich weit vorne – „leicht geschwungen bis nach hinten, wo es auf die Terrasse des Hauses geht.“

Hendrik besah sich das – Maren und Ben versuchten ebenfalls, sich den Weg auf dem noch braunen Flecken Erde vorzustellen.

„Ein weiterer Weg kommt von der Vorderseite des Hauses, kreuzt den ersten und endet hier vor der Straße in einer runden Fläche“, fuhr Luisa fort.

Vor Hendriks Augen entwickelte sich eine Wegkreuzung mit einem toten Ende. Er war gespannt.

„Wir setzen ein paar Büsche und kleine Bäume. Die werden Jahre brauchen, um zu wachsen“, setzte Luisa ihre Planung fort.

Dann sah sie triumphierend in die Runde, jetzt kam der Clou, ihr finaler Gedanke.

„Alle anderen Flächen besetzen wir mit einer Mischung aus Wildblumen.“

Sie machte eine Pause, überlegte kurz.

„Ich glaube, wir nehmen erst einmal eine einjährige Mischung – die können wir in den nächsten zwei bis drei Wochen aussäen und sie wächst schnell. So etwa ab Juli müssten wir Kornblumen, Mohn, Ringelblumen, Kamille und allerlei andere Arten haben, sagt meine Mutti.“

Jetzt konnten sie sich den Garten vorstellen – bunt, bienenfreundlich und schnell im Wachstum. Der Rest kann dauern, vielleicht sogar bis in den Herbst.

„Die Gäste können sich den Garten nicht nur anschauen, sie können ihn begehen, darin abtauchen!“, erklärte sie sichtlich aufgeregt.

„In die Sackgasse stellen wir ein oder zwei Bänke und einen Tisch. Und wir ermutigen sie, sich für ihre Zimmer Blumen zu schneiden, wenn sie das möchten.“

Hendrik fand das Konzept gut – und sagte es auch.

„Das ist durchdacht“, bestätigte er Luisas Vorhaben. „Und lässt sich schnell umsetzen. Da haben Du und Deine Mutti aber ganze Arbeit geleistet.“

Ben grinste.

„Blumen zum Selberpflücken?“, fragte er schelmisch. „So nach dem Motto ‚Pflück dein Glück‘ oder ‚Schnipp, schnapp, ab‘?“

Luisa schnaubte scherzhaft, stieß ihm in die Rippen, er brach theatralisch beinahe zusammen.

„Pflück dein Glück!“, überlegte Maren. „Gar kein schlechter Slogan für ein Schild im Haus!“

Sie diskutierten den Garten noch etwas weiter, kamen auf die Idee, im Herbst vielleicht einige Sträucher und kleine Bäume zu setzen. Dann gaben sie Luisa grünes Licht, sich mit dem Konzept an eine Landschaftsgärtnerei zu wenden.

„Die Wege machen wir nicht selber“, entschied Hendrik. „Das ist viel zu viel Aufwand. Und der Boden muss auch für die Blumenwiese vorbereitet werden.“

Alle waren einverstanden.

Montags, so gegen Mittag, fuhr ein großer Möbeltransporter vor. Hendrik sah ihn, als er in der Küche gerade einen Kaffee genoss.

Der Wagen blieb quer auf der Hauptstraße stehen, setzte dann vorsichtig rückwärts in die Einfahrt.

„Puh“, dachte Hendrik. „Wenigstens müssten die acht Meter ausreichend Platz zum Rangieren geben.“

Er ging raus, und den Rest des Tages waren er und das Team des Möbeltransporters damit beschäftigt, in den Gästezimmern die Möbel aufzubauen.

Betten, Schränke, Kommoden – alles wanderte an seinen Platz. Maren hatte Wert auf hochwertige Möbel gelegt.

„Wir wollen ja, dass unsere Gäste ein Premium-Erlebnis haben und auch gerne wiederkommen, da können wir nicht knausrig sein!“

Und so ging es weiter – Großes reihte sich an Kleines, die Arbeit ging nie aus. Inzwischen hatten sie auch die Stelle der Haushälterin besetzt.

„Kambesuma Katjimune“, hatte Maren in der kurzen, handgeschriebenen Bewerbung gelesen. Und sie hatte langsam gelesen, um sich nicht zu vertun.

Es waren einige Bewerbungen – oder sollte sie besser „Anfragen“ sagen? – eingegangen. Aber diese war irgendwie hervorgestochen, sprach sie an.

Sie hatte mit Ben und Luisa darüber gesprochen, beide hatten sich die Bewerbung ebenfalls durchgelesen.

„Die beiden sind noch jung“, dachte Maren sich. „Aber sie sollen lernen, was Verantwortung heißt. Auch Verantwortung für andere Menschen.“

Abends, als sie seit Langem mal wieder zu zweit in ihrer Dachwohnung zu Abend aßen, war es Ben, der das Eis brach.

„Ich glaube, ich würde die Stelle der Frau aus Namibia geben", sagte er zu ihrer Überraschung. Sie hatte das Thema für den Moment gar nicht auf dem Radar.

„Ach ja", fragte sie überrascht, während sie das Nudelwasser abgoss. „Warum?"

Ben überlegte. Er hätte jetzt vieles sagen können, vielleicht, dass die Frau zumindest ein Studium begonnen hatte, dass sie vielleicht im richtigen Alter war, dass das Kind bestimmt bereits im Kindergarten und dann bald in der Schule wäre und sie also ausreichend Zeit aufbringen könnte. Aber nichts davon war ihm eingefallen.

„Weil ich das Gefühl habe, dass sie zu uns passen würde – einfach nur so."

Maren fiel darauf zunächst keine Antwort ein, sie hatte sich die Bewerberinnen – und einen Bewerber! – nach komplett anderen Kriterien angesehen. Und war zu keinem Ergebnis gekommen.

„Meinst du", fragte sie zweifelnd. Ben sah sie an, nickte langsam.

„Ja, meine ich."

Sie besprachen das am nächsten Tag mit Hendrik und Luisa – beide hatten keine Einwände, und so rief Maren dann am Abend bei der ihr unbekannten Frau an.

„Ja?"

Die Stimme am Telefon war freundlich, fragend.

„Guten Abend Frau Katjimune“, meldete sich Maren vorsichtig. Sie war nicht sicher, ob sie den Namen korrekt ausgesprochen hatte.

„Hier ist Maren Verhoeven“, fuhr sie fort. „Sie hatten uns eine Bewerbung geschickt?“

Kurzes Schweigen am anderen Ende der Leitung, dann sprach die Stimme wieder.

„Ach, guten Abend Frau Verhoeven. Das ist aber eine nette Überraschung!“

Die Stimme ihrer unsichtbaren Gesprächspartnerin löste etwas in Maren aus. Hätte man sie gefragt, hätte sie es nicht erklären können. Aber sie mochte die Frau augenblicklich.

„Frau Katjimune“, sagte sie dann schon sehr viel lockerer, „wenn Sie noch Interesse an der Stelle haben, würden wir Sie gerne kennenlernen.“

Sie machte eine kurze Pause.

„Und Sie uns ja sicher auch! Wollen Sie einfach mal vorbeikommen? Dann können Sie auch gleich sehen, worum es geht!“

Die unbekannte Frau stimmte zu, sie verabredeten sich für den nächsten Tag um 18 Uhr. Das passte für alle perfekt.

„Wir brauchen noch einen Namen“, sagte Hendrik plötzlich und überraschte alle mit dem offensichtlichen Abweichen vom vorherigen Thema.

„Ich meine, das B&B braucht noch einen Namen!“, präzisierte er, als er die ratlosen Gesichter um sich herum sah.

Sie überlegten, probierten dieses aus, schrieben jenes auf. Es war ein Hin und Her der Vorschläge. Am Ende des Tages standen noch drei Namen zur Auswahl.

Von Maren war ‚Am Obstgarten' gekommen.

Luisa und Ben hatten etwas Modernes gesucht, ihre gemeinsame Idee war ‚The Apple Retreat' gewesen – sie vertraten damit die junge, moderne Linie, die auch internationale Gäste ansprechen könnte.

Hendrik tat sich schwer – er hatte zunächst irgendwas mit Schiffen oder so gesucht, nichts gefunden und dann ratlos in die Runde geschaut.

„Zum Apfelbaum", sagte er plötzlich, als sein Blick auf den uralten Apfelbaum im Garten gefallen war. „Ich würde es ja auch ‚Thies' Apfelbaum' nennen, aber ich glaube nicht, dass man ein Feriendomizil nach einem Toten benennen sollte".

Die Idee fand Anklang – der Apfelbaum als Zentrum des alten Hofes, der nun die Namenspatenschaft für das neue B&B übernahm. Und für Kontinuität sorgen würde, wie Maren feststellte.

Also einigten sie sich auf ‚Zum Apfelbaum' und hatten damit auch sofort ihr Logo. Wie praktisch.

✦ ✦ ✦

Nur wenige Autominuten entfernt saß die junge Frau in ihrer kleinen Wohnung, ihre Freundin war mit dem Kind gekommen. Sie hatten beide einen Kaffee vor sich, hatten sich ein Stück Kuchen vom Bäcker gegönnt. Die beiden Jungs spielten.

„Schau sie dir an, die beiden", sagte Kambé – denn so riefen alle ihre Freundinnen und Freunde sie. Kambé war so viel einfacher als Kambesuma.

„Und ungleich schneller“, scherzte sie, wenn sie die Leute darüber aufklärte.

Ihre Freundin folgte ihrem Blick, lächelte.

„Ja, noch können sie ja so unschuldig sein“, grinste sie. „Aber beide haben es faustdick hinter den Ohren! Gib ihnen noch ein paar Jährchen!“

Die beiden lachten herzhaft.

„Ach Miriam“, seufzte Kambé wehmütig, „er ist schon jetzt so schnell gewachsen!“

Ihre Freundin nickte, schaute auf ihren eigenen Sohn und verstand nur zu gut, was sie meinte.

„Dieses B&B hat gestern Abend angerufen“, erzählte Kambé jetzt, „und sie wollen mich mal kennenlernen.“

Miriam sah sie überrascht an.

„Und das erzählst du mir erst jetzt?“, fragte sie mit gespielter Entrüstung. „Wann denn?“

„Heute Abend“, war Kambés Antwort. „Darf ich dich um einen Gefallen bitten?“

Die Freundin wusste, was kommen würde, war schneller.

„Klar kannst du Jonas bei mir lassen, bis du fertig bist“, sagte sie schnell. „Ist doch Ehrensache!“

Sie unterhielten sich noch ein wenig über die ausgeschriebene Stelle.

„Das muss ganz neu sein“, sagte Kambé, „denn ich habe im Internet rein gar nichts darüber gefunden.“

„Das muss ja nicht schlecht sein“, überlegte ihre Freundin. „Solange sie es richtig machen, ist das vielleicht sogar von Vorteil!“

Die Freundinnen philosophierten ein wenig über die Vor- und Nachteile eines Neueinsteigers, kamen aber zu keinem finalen Urteil.

„Hängt alles von den Betreibern ab", fasste Kambé die Situation zusammen. „Mal schauen, was genau sie von mir wollen!"

Miriam schaute sie überrascht an.

„Hat das nicht in der Stellenanzeige gestanden?", wollte sie wissen.

„Doch, schon, irgendwie", erinnerte sich Kambé. „Aber halt alles etwas verwaschen. Ich denke, das B&B braucht jemanden, der das Tagesgeschäft abwickelt – Frühstück machen, Zimmer richten, vielleicht Wäsche waschen, wenn sie keinen Wäscheservice haben."

Sie lachte.

„Die typischen Arbeiten für das typische afrikanische Hausmädchen halt", grinste sie.

Ihre Freundin warf eine zusammengeknüllte Seite Altpapier nach ihr und lachte.

„Ja super, du bist ja auch genau das – das stille, schüchterne und unterwürfige Hausmädchen!"

Beide mussten lachen.

„Du, ich muss los", sagte Kambé nach einem Blick auf ihre Armbanduhr. „Der Bus kommt gleich."

✦ ✦ ✦

Sie war fünf Minuten zu früh, nutzte die Gelegenheit und schaute sich das Ganze erst einmal von außen an.

Der Bus war mit ihr am Deich entlanggefahren, der den kleinen Fluss in seinem Bett hielt. Kambé kannte die Strecke, sie war manchmal mit ihrem Sohn hier unterwegs.

„Typische niedrige Backsteinhäuser", grinste sie. „Und Reetdächer."

Sie musste lachen, sie war ja weit gekommen.

Von Namibia nach Deutschland. Aus der Heimat ihrer Vorfahren in das Land derer, die ihnen so sehr zugesetzt hatten.

Eigentlich hatte sie nur studieren wollen, dann schnellstens wieder zurück in die Heimat. Aber es war alles anders gekommen. Frank war in ihr Leben getreten – und dann Jonas.

„Du Idiot!", schalt sie Frank insgeheim. „Du verpasst was, und das Schlimmste daran ist, dass du es gar nicht weißt!"

Es war direkt am Anfang ihres Studiums passiert. Sie hatte Frank bei einer Uni-Veranstaltung kennengelernt, es hatte zwischen beiden gefunkt, und bevor sie auch nur das erste Semester abschließen konnte, waren sie und Frank ein Paar gewesen.

„Und dann einmal nicht aufgepasst und Baam!", dachte sie. „Zweites Semester, erstes Kind – und raus aus der Uni!"

Am Anfang war sie verzweifelt gewesen, das schöne Stipendium war damit weg. Und dann war auch Frank weg.

„Ich fühle mich noch nicht alt genug für eine Frau und ein Kind", war allen Ernstes seine Entschuldigung.

„Du Vollidiot!", korrigierte sie ihre ursprüngliche Einschätzung.

Nach der Entbindung hatte sie auf einmal die Verantwortung für ein zweites Leben. Und was für eins! Jonas hatte sich als sehr liebes, pflegeleichtes Kind erwiesen – sie konnte sogar fast durchschlafen.

Die Aufenthaltserlaubnis war quasi automatisch verlängert worden. Jonas, als Sohn eines Deutschen und in Deutschland geboren, hatte natürlich auch die deutsche Staatsangehörigkeit erhalten.

Und sie als Mutter bekam das Aufenthaltsrecht aus familiären Gründen.

Sie schaute sich um, die Straße war leer – sie ging rüber. Ging in die Einfahrt und schaute sich suchend um.

„Und nun?“, wunderte sie sich. „Kein Schild, kein Nichts!“

Die Stimme hinter ihr kannte sie noch nicht. Sie gehörte einem Mann.

„Frau Katjimune?“

Sie drehte sich um, sah einen großen Mann mit kurzem blonden Haar, von der Sonne gebleicht. Schnell musterte sie ihn, der erste Eindruck zählte ja bekanntlich.

„Kräftig, aber nicht der Bodybuilding-Typ“, dachte sie. „Kleine Linien um die Augen. Ruhig und wachsam, aber nicht misstrauisch. Kräftige Hände, aber gepflegt. Kein Bauer. Und er musste lange weggewesen sein, irgendwo im Süden!“, dachte sie. „Diese Haut hat eine sehr viel heißere Sonne gesehen, als er sie hier bekommen würde.“

„Ja“, antwortete sie und reichte ihm die Hand. „Kambesuma Katjimune.“

Er musterte sie ebenfalls, sein Gesicht zeigte keine Reaktion. Inzwischen kannte sie die kleinen Anzeichen, die sich unbewusst in die Mimik eines Menschen einschlichen und seine Gedanken verrieten.

„Mikromimiken“, erinnerte sie sich. Hier konnte sie keine erkennen.

„Hendrik Seversen“, stellte er sich vor. „Freut mich sehr. Wollen wir nach hinten in den Garten? Die anderen warten dort im Schatten.“

Er deutete auf den kleinen Garten hinter dem Haus, ließ ihr den Vortritt und folgte ihr dann. Unter einem riesigen Apfelbaum sah sie eine Frau sowie zwei Jugendliche oder junge Erwachsene, sie war sich nicht ganz sicher.

„Hallo, Frau Katjimune“, begrüßte die Frau sie – der Stimme nach Maren Verhoeven. Und richtig, so stellte sie sich vor.

„Ich bin Maren Verhoeven. Wir hatten gestern telefoniert.“

Die Frau stellte die beiden Jugendlichen vor. Ben, ihren Sohn. Und Luisa, wohl dessen Freundin. Alle gaben sich die Hand.

„Setzen Sie sich doch“, lud der blonde Mann sie ein. „Möchten Sie etwas trinken? Kaffee, Tee oder Wasser wären im Angebot?“

Sie schmunzelte, bedankte sich und wählte das Wasser aus. Auf Nachfrage ohne Kohlensäure. Der Mann verschwand im Haus, kam gleich darauf mit dem Gewünschten zurück.

Sie redeten, und Kambé fand die Situation seltsam.

„Oder interessant? Verwirrend?“, fragte sie sich. Sie wusste es nicht.

Ihr war aber klar geworden, dass dieses Gespräch nicht so verlief wie die anderen Bewerbungsgespräche, die sie gehabt hatte.

Nach einigen Minuten ergriff die Frau – Maren – das Wort, erzählte von der geplanten Neueröffnung des B&B und dass eigentlich alles fertig war, aber die Website für die Buchungen erst noch geschaltet werden müsste. Das kam überraschend.

„Sie haben also noch gar keine Gäste?", fragte Kambé direkt. „Brauchen Sie mich dann eigentlich?"

Nun schaltete sich der Mann ein, er hatte sich bisher im Hintergrund gehalten.

„Also, es ist wie folgt", begann er. „Wir vier" – und er zeigte auf die kleine Gruppe – „sind in einer interessanten Position. Wir wollen etwas Neues schaffen, denn das Alte – der Obsthof – hätte für uns nicht funktioniert."

Dann erzählte er ihr kurz vom letzten Jahr: Firmengründung, Bau, Konzeptionierung. Sie ließ ihn reden, war neugierig geworden.

„Maren hier", sagte der Mann, „ist von Beruf Lehrerin. Vollzeit. Luisa und Ben gehen noch zur Schule. Die Arbeit, die jetzt zu erledigen ist, um für die ersten Gäste fit zu werden, hängt an mir. Und ich könnte Hilfe gebrauchen."

Er sah sie direkt an.

„Das ist der Grund, warum wir jetzt schon jemanden suchen. Und nicht erst, wenn hier Gäste aufkreuzen."

Das leuchtete ihr ein, kam aber überraschend. Sie hatte etwas anderes erwartet.

„Aber na gut, wenn der Wüstenwind heute so weht“, dachte sie. Und nickte.

„Sie werden sicherlich verstehen, dass ich erst einmal verwirrt war – ich hatte der Anzeige entnommen, dass jemand für die täglichen Arbeiten mit den Gästen gesucht wird“, erklärte sie.

Sie nippte an ihrem Glas.

„Ich nehme mal an, dass das später auch so kommen wird – habe aber verstanden, dass Sie gerne zunächst einmal Hilfe bei den Startvorbereitungen hätten, wenn ich das so sagen darf?“

Hendrik nickte. Er war sich nicht sicher, ob die junge Frau sich darauf einlassen würde.

„So ist es“, bestätigte er. „Und der Form halber: Diese Stelle ist vollkommen offiziell, mit Vertrag, geregeltem Einkommen, Sozialversicherung, Urlaubsansprüchen und allem, was so dazugehört.“

Sie nickte.

„Die Anzeige hat nicht wirklich etwas über die Stundenzahl gesagt“, bemerkte sie. „Worüber reden wir denn hier? Vollzeit ist es sicherlich nicht.“

Er stutzte, sah seine Geschäftspartnerin an.

„Maren, haben wir das wirklich vergessen?“, fragte er. Und es war Luisa, die zerknirscht nickte. Sie hatte wohl auf dem Handy gerade noch einmal nachgeschaut.

„Ist so, Hendrik“, sagte sie. „Tut mir leid, das haben wir tatsächlich nur sehr schwammig formuliert.“

Es folgte ein kurzes Schweigen.

„Frau Katjimune“, wandte der Blonde sich wieder an sie, „dann lassen Sie es mich so fragen: Sie werden heute nicht ohne Grund hier zu uns gekommen sein, nehme ich an. Was würde Ihnen helfen? Was würde in dieser Situation dafür sorgen, dass Sie sich für uns interessieren?“

Sie hatte recht gehabt – dieses Gespräch hier war anders als alle anderen zuvor. Und diese Frage hatte sie tatsächlich aus dem Konzept gebracht.

Sie musste kurz nachdenken, fing sich dann schnell wieder.

„Also, im Moment muss ich für meinen Sohn sorgen, der zwar einen Kindergartenplatz hat, aber Sie wissen ja, wie das mit den Trägern da so ist – und die Kids werden auch mal krank.“

Sie nahm einen weiteren Schluck von ihrem Wasser, schaute nachdenklich hinauf in die Krone des Apfelbaums.

„Ich glaube, irgendwo zwischen zwanzig und fünfundzwanzig Stunden die Woche würde gut gehen. Und mir würde es helfen, wenn ich die flexibel verteilen könnte, nach Absprache natürlich.“

Der Mann nickte nachdenklich.

„Das halte ich für eine faire Lösung. Ich kann mir das gut vorstellen, und hier ist nichts, was im Moment drängt. Wir könnten uns also auf ein flexibles Modell einigen, das Ihnen entgegenkommt.“

Sie sah ihn an, wartete.

„Lass ihn kommen, lass ihn ein Angebot machen“, sagte sie sich immer wieder.

„Aber bevor wir hier ins Detail gehen“, hörte sie ihn sagen, „habe ich auch noch eine Frage an Sie.“

„Oh oh, jetzt kommt’s“, ging es ihr durch den Kopf.

„Warum wir? Warum ein kleines B&B, das sich gerade zu etablieren versucht?"

„Gute Frage", dachte sie, „wirklich gute Frage. Der Typ hat Stil."

Sie überlegte eine Sekunde, fragte sich, wie sie es formulieren sollte. Sie sah ihn an, suchte die Antwort auf die nicht gestellte Frage in den Linien um seine Augen. Und beschloss, es mit einem Schuss ins Blaue zu versuchen.

„Vielleicht haben Sie sich gefragt, was mein Background ist – das, was ich Ihnen nicht in den kurzen Lebenslauf geschrieben hatte", antwortete sie.

„Nun, die Antwort auf Ihre Frage liegt hier", und sie legte die Hand auf ihren Bauch und ihr Herz. „Ich bin Herero. Mein Volk hat immer schon auf die Dinge gehört, die nicht so greifbar sind wie ein Buch oder ein Vertrag oder irgend so etwas. Wir haben gelernt, zwischen den Dingen zu lesen – und auf unser Gefühl zu vertrauen."

Sie machte eine Pause, sah Hendrik dann direkt an.

„Die Antwort auf Ihre Frage ist: Weil ich fühle, dass ich hier einen Unterschied machen werde. Dass ich hier etwas beitragen werde."

Es dauerte ein paar Sekunden; sie sah, wie Hendrik Blicke mit den anderen Dreien tauschte. Sie hatte die Dynamik der Gruppe noch nicht vollkommen verstanden, insbesondere die beiden Jugendlichen waren ihr ein Rätsel. Aber sie sah alle drei nicken.

„Ja, ich glaube auch, dass Sie hier einen Unterschied machen werden", antwortete Hendrik ihr.

Und dann skizzierte er einen Vertragsentwurf für sie.

„Ich möchte, dass Sie Planungssicherheit haben – zeitlich und finanziell“, begann er. „Ich kann mir einen Vertrag vorstellen, der von uns als unbefristeter Teilzeitvertrag aufgesetzt wird.“

Er blickte auf seine Notizen, sie hatte den Verdacht, dass er sich das vorher hatte diktieren lassen.

„Wir könnten uns auf eine durchschnittliche Wochenarbeitszeit von 25 Stunden einigen, mit einem Arbeitszeitkonto, das auf das Jahr gerechnet wird.“

Er sah sie an, erklärte ihr das zur Sicherheit noch mal, obwohl sie die Regelung kannte.

„Das heißt, wir berechnen das Gehalt auf den 25 Stunden, aber Sie können mehr oder weniger arbeiten – je nach saisonaler Lage und eigenen Notwendigkeiten. Am Ende des Jahres sollte das Konto dann bei null stehen.“

Er fuhr fort.

„Wir legen eine maximale Plus- und Minusstundengrenze fest, damit die Dinge nicht aus dem Ruder laufen können – zum Beispiel, wenn der Laden hier im Sommer brummt.“

Bei dem letzten Satz verzog er verschmitzt die Mundwinkel, sie musste lächeln.

„Und ich würde vorschlagen, dass wir eine Klausel einbringen, die es uns erlaubt, in beidseitigem Einverständnis die Stundenzahl anzupassen, falls beide Parteien das wünschen sollten.“

Sie nickte – bisher klang das alles zu gut.

„Da muss doch irgendwo ein Haken sein“, dachte sie und wartete. „Bleibt ja nur noch das Gehalt.“

Hendrik sah sie wieder direkt an. Sie fragte sich, ob er ihre Gedanken lesen konnte.

„Einen offenen Punkt haben wir noch, oder?“, fragte er lächelnd. „Das Gehalt.“

Sie nickte, jetzt würde es ernst werden. Und auch Hendrik wagte einen Schuss ins Blaue.

„Ich nehme an, Sie haben bemerkt, dass ich noch nicht lange wieder in Deutschland bin – und wahrscheinlich haben Sie sich gefragt, warum und woher“, vermutete er.

„Die Antwort auf diese Frage lautet: Sierra Leone, Äthiopien, Kenia, Syrien und Indien. Das wirklich Wichtige für mich ist, dass meine Mitarbeiter fair und auf Augenhöhe behandelt werden. Und deswegen haben wir folgenden Vorschlag für Sie.“

Es folgte eine längere Erklärung, aber es wurde Kambé schnell klar, dass sie hier einen Jackpot gefunden hatte, wenn sie nur wollte.

Und sie wollte. Aber das wollte sie nicht so offensichtlich zeigen. Also bat sie um einen Abend Bedenkzeit, sie würde sich am nächsten Vormittag melden, wenn das in Ordnung wäre.

Der Mann – Hendrik, erinnerte sie sich – und die anderen nickten.

„Natürlich, Frau Katjimune, das verstehen wir – und ich kann mir gut vorstellen, dass Sie das noch mit einer Freundin oder Vertrauensperson besprechen wollen“, sagte er.

Sie zuckte zusammen.

„Er kann Gedanken lesen!“, stellte sie fest. „Das wird interessant werden!“

Sie verabschiedeten sich. Hendrik gab ihr noch einen Vertragsentwurf mit, nicht ohne sie darauf hinzuweisen, dass im Detail vielleicht noch Korrekturen nötig waren. Sie hatten schließlich einige Punkte zusätzlich besprochen.

Es war Maren, die sie die Zufahrt zurück zur Straße begleitete, sich dort mit einem kräftigen Händedruck verabschiedete.

„Kommen Sie gut nach Hause, Frau Katjimune", sagte sie. „Und hoffentlich auf eine gute Zusammenarbeit! Ich würde mich auf jeden Fall freuen."

Kambé verabschiedete sich ebenfalls, bedankte sich nochmals für das gute Gespräch und war froh, dass just in diesem Moment schon ihr Bus auftauchte.

✦ ✦ ✦

Sie schloss die Tür zu ihrer Wohnung auf, Miriam wartete auf der Couch vor dem Fernseher.

„Die beiden schlafen schon", sagte die Freundin leise, als Kambé in die Wohnung kam. „Also sei brav und weck sie nicht auf!"

Kambé legte ihre Tasche ab, zog sich die Schuhe aus und holte sich aus der Küche ein Glas Wasser – ihre Freundin war versorgt, wie sie sehen konnte. Dann setzte sie sich zu ihr.

„Und?", fragte Miriam neugierig. „Erzähl mal, du warst ganz schön lange weg!"

Und dann erzählte Kambé ihrer Freundin, wie das Gespräch gelaufen war.

„Ich wusste, dass dieser Hendrik nicht von hier ist, oder zumindest lange nicht hier gewesen ist“, sagte sie triumphierend. „Ich wusste es!“

Die beiden Freundinnen schauten sich den Vertragsentwurf gemeinsam an, aber keiner von beiden fiel irgendeine Klausel auf, die da nicht hingehörte.

Miriams Blick fiel auf die Gehaltsregelung.

„Was ist das denn?“, fragte sie ungläubig. „Stimmen die Zahlen?“

Kambé sah hinunter, nickte dann aber.

„Ja, er hat mir tatsächlich eine Festanstellung auf 25-Stunden-Basis angeboten. Und das mit einem wirklich ordentlichen Stundenlohn!“

Sie hatte nicht lange rechnen müssen, Hendrik hatte die finale Zahl direkt eingetragen. Und er hatte leicht aufgerundet.

„Also mit Kindergeld stehst Du eigentlich ganz gut da, oder?“, überlegte Miriam laut.

Kambé nickte, zu diesem Schluss war sie auch gekommen. Es würde reichen. Es würde sogar gut reichen!

„Klingt doch fast zu gut, um wahr zu sein, oder?“, fragte sie ihre Freundin vorsichtig.

Die schüttelte den Kopf.

„Nein“, sagte Miriam. „Es klingt gut. Punkt!“

✦ ✦ ✦

Kambé rief Hendrik am nächsten Morgen an. Das hatten sie extra so vereinbart, weil Maren in der Schule nicht zu erreichen sein würde.

„Guten Morgen, Herr Seversen“, meldete sie sich. „Hier ist Kambé Katjimune.“

Er freute sich, von ihr zu hören. Das erkannte sie an seiner Stimme, auch wenn das Handy diese etwas verzerrte.

„Ich habe mir den Vertragsentwurf in aller Ruhe noch mal angesehen und möchte das so unterschreiben“, sagte sie so sachlich wie möglich. „Wie würde es denn am besten passen?“

Hätte sie Hendrik in diesem Moment sehen können, hätte sie gesehen, wie er zufrieden die Hand zur Faust ballte und eine Siegesgeste machte.

Umgekehrt hätte Hendrik aber auch gesehen, dass sie die rechte Hand zur Faust geballt hatte und einem zerknitterten Foto von Jonas’ Vater den Mittelfinger entgegenstreckte.

Sie verabredeten sich für den späten Vormittag, dann wollte Hendrik ihr erst einmal in Ruhe die gesamte Anlage und das Haus zeigen.

Hendrik schickte eine kurze *WhatsApp* in ihre Gruppe – sie hatten inzwischen eine Chat-Gruppe „Zum Apfelbaum“ erstellt, sodass immer alle informiert waren.

> *„Sie wird den Vertrag unterschreiben. Wir treffen uns heute Vormittag, dann zeige ich ihr alles!“*

Dann sah er sich in seiner Küche um, überlegte, was vorher noch zu tun sei.

„Du musst Cornelius anrufen“, überlegte er. „Er und das Steuerbüro müssen Bescheid wissen.“

Er würde mit ihrer neuen Mitarbeiterin – der Ersten! – noch über ein wichtiges Detail reden müssen: Das Eintrittsdatum.

Sie kam kurz nach halb elf bei ihm an. Klingelte vorne, er hatte sie aber durch das Küchenfenster bereits gesehen.

„Guten Morgen, Frau Katjimune“, begrüßte er sie mit einer Tasse Kaffee in der Hand.

„Kommen Sie doch rein und setzen Sie sich erst einmal“, bat er sie ins Haus.

Sie trat ein, folgte ihm in die Küche. Taxierte, was sie sah.

„Deutlich älter als der Neubau“, dachte sie sich. Sie schätzte die Küchenzeile auf etwa 20 Jahre.

„Aber hier hat jemand erst kürzlich frischen Wind reingebracht“, ergänzte sie. „Wahrscheinlich seine Küche? Und er scheint sich hier wohlzufühlen.“

Während sie sich setzte, bot er ihr einen Kaffee an.

„Wollen Sie auch einen?“, fragte er. „Oder lieber einen Tee oder etwas anderes?“

Diesmal wählte sie den Kaffee, war überrascht vom Geschmack.

„Oh, der ist gut – so gar nicht das, was ich sonst aus einem Vollautomaten gewohnt bin!“, stellte sie fest.

Er grinste.

„Ich war zu lange auf den Kaffeeplantagen in Äthiopien, um jetzt einfachen Supermarkt-Kaffee zu schlürfen“, erwiderte er. „Wenn ich etwas tue, versuche ich heute, es richtig zu machen – und nachhaltig.“

Sie nickte, irgendwie hätte sie das erwarten sollen, dachte sie bei sich.

Sie genossen den Kaffee. Ihre Gedanken wanderten nach Hause, nach Namibia. Ihre Urgroßmutter hätte jetzt missbilligend den Kopf geschüttelt, hätte sie darüber belehrt, dass Kaffee „der Trank der Deutschen“ sei. Sie musste lächeln.

„*Kuku*, die Welt hat sich verändert“, dachte sie und erinnerte sich wehmütig an die alte, stolze Frau, die sie als Kind und Jugendliche geliebt und viel zu früh verloren hatte.

Sie bemerkte, dass er sie musterte – nicht aufdringlich, aber neugierig, wie ihr schien. Dezent, was fair war – er wollte ja genauso wie sie wissen, mit wem er da in Zukunft zusammenarbeiten würde.

„Ich habe mich vorhin über Ihren Anruf wirklich gefreut“, sagte er unvermittelt. „Und Maren, Luisa und Ben auch!“

Er stellte die Tasse auf den Tisch, faltete seine Hände. Rieb sie dann aneinander. Sie beobachtete ihn.

„Ich glaube, er ist genauso unsicher wie ich auch“, erkannte sie schlagartig. „Das ist für uns beide eine neue Situation!“

Sie befreite ihn aus der ungewohnten Lage.

„Ich habe gestern noch lange mit meiner Freundin über den Vertrag geschaut – und ich freue mich auch“, gab sie zurück. „Was Sie vielleicht noch nicht wissen: Ich brauche Arbeit, weil ich mich nicht vom Staat unterhalten lassen will!“

Sie machte eine Pause, sah ihn dann direkt an.

„Jonas’ Vater hatte nicht den Mut, sich zu uns zu bekennen – er war genau wie ich von einem Kind überrascht und wahrscheinlich überfordert. Also muss ich sehen, wie ich zurechtkomme. Und das hier ist meine Chance, wieder einzusteigen!“

Sie unterhielten sich eine ganze Weile über Familie, Hendrik erzählte ihr von seiner eigenen. Sie zeigte ihm ein Foto von Jonas. Es waren Alltäglichkeiten, aber sie überbrückten die Fremde.

„Ich kenne dich zwar nicht, Herr Seversen", dachte sie. „Aber du bist auch nicht mehr der vollkommen Fremde!"

Die nächste halbe Stunde verbrachten sie mit den Details des Vertrags, dem Datum des ersten Arbeitstages und vielen anderen kleinen Dingen.

Es folgte ein Gespräch mit dem Anwalt, dessen Name auf Kambé erst einmal respekteinflößend wirkte. Der sich dann aber als sehr freundlicher, umgänglicher Hanseat entpuppte.

Dann waren die Formalitäten erledigt. Der Vertrag war angepasst. Er wurde Hendrik per Mail zugeschickt, und der druckte ihn in zwei Exemplaren aus.

Dann konnten sie unterschreiben.

Das Eintrittsdatum war mit allgemeinem Einverständnis zurückdatiert worden. Auch das Steuerbüro hatte darin kein Problem gesehen.

Und somit war Kambé seit dem 1. Mai eine fest angestellte Mitarbeiterin der *Apfelbaum Bed & Breakfast GmbH.*

Sie war glücklich.

Und Hendrik hatte noch ein kleines „Goodie" für sie parat gehabt. Allerdings hatte er sie erst einmal verwirrt.

„Sie fahren doch mit dem Bus, oder?", hatte er sie gefragt. Sie hatte genickt, ein eigenes Auto hatte sie ja nicht, und selbst wenn: Es wäre für die kurze Strecke unrentabel gewesen.

„Dann würde ich sagen, dass Sie für uns ab und zu mal einen Einkauf miterledigen und vielleicht auch mal einen Botengang machen, oder?“, hatte er mit bierernster Miene gesagt.

Sie war verwirrt gewesen – worauf wollte er hinaus? Und warum kam er jetzt damit um die Ecke?

Das war noch in dem Videocall mit dem Anwalt gewesen, und weil Kambé absolut nicht wusste, worauf ihr neuer Chef hinaus wollte, war es der Anwalt, der die Sache für sie aufgelöst hatte.

„Hendrik“, kam es aus dem Lautsprecher des Laptops, „jetzt verwirre die junge Dame doch nicht!“

Und dann hatte er ihr erklärt, worauf Hendrik hinaus wollte.

„Die Firma möchte Ihnen die Dauerkarte für den öffentlichen Nahverkehr geben – das können wir aber nur dann steuerfrei machen, wenn wir es begründen können. Und die Begründung ist einfach, dass Sie ab und an im Firmenauftrag unterwegs sind, sodass das Ticket die Firma billiger kommt, als die Einzelfahrten abzurechnen.“

Dann erklärte er ihr den rechtlichen Teil.

„Das Ganze wird auf Ihrer Lohnabrechnung erscheinen, es wird aber nach Einkommensteuergesetz abzugsfrei sein. Sie sparen sich also alle Ausgaben für Bus und Bahn, auch wenn Sie damit privat fahren. Nur bei der Steuererklärung dürfen Sie den Arbeitsweg nicht mehr geltend machen.“

Erst jetzt hatte Kambé verstanden, worauf Hendrik hinausgewollt hatte. Er wusste, dass sie auf die Busse angewiesen war und wollte einen Weg finden, ihr diese Kosten zu erstatten, ohne dass das Finanzamt meckern würde.

„Das spart zusätzlich jeden Monat eine ordentliche Summe“, dachte sie – und dankte dem Anwalt für die Erklärung und Hendrik für die Großzügigkeit.

Den Rest des Vormittags verbrachten sie mit einem Rundgang über das Anwesen. Hendrik zeigte Kambé erst einmal den Außenbereich – den Garten, den Apfelbaum, das neue Wirtschaftsgebäude und den großen hinteren Garten.

„Wissen Sie, wir haben den alten Hof nicht erhalten können, keiner von uns ist Obstbauer. Und so ist Luisa auf die Idee mit dem *Bed & Breakfast* gekommen“, erklärte er ihr die Geschichte.

„Wo heute das Gästehaus steht“ – er deutete auf den Neubau – „stand bis letztes Jahr noch ein Stall.“

„Die Scheune dahinter“, und er zeigte auf das Gebäude neben dem Neubau, „kommt früher oder später auch weg, aber eins nach dem anderen.“

Sie warfen einen Blick in die große Garage, den Technikraum und den Wirtschaftsraum. Kambé sah die neue Waschmaschine und den Trockner – hier war nicht gespart worden, das konnte sie sehen.

„Die Außenanlagen müssen wir noch angehen“, fuhr Hendrik mit der Führung fort. „Den vorderen Gartenbereich hat Luisa schon mit ihrer Mutter geplant – sie will hauptsächlich Wildblumen“, erklärte er.

„Einfach anzulegen, optisch schön und für die Natur um Längen besser als ein einfacher toter grüner Rasen.“

Sie stimmte ihm zu, mochte Luisas Ansatz schon jetzt. Auch der hintere Garten, der an den Kirschbaumbestand heranreichte, hatte noch nicht ausgeschöpftes Potenzial.

„Insgesamt hat der alte Hofbereich mit den Kirschbäumen etwa einen Hektar Fläche – die restlichen vier Hektar haben wir verpachtet, die würden nur Arbeit machen, die wir nicht leisten können", führte Hendrik weiter aus.

„Aber wir bekommen Äpfel und Zwetschgen als Pacht und dürfen bei Bedarf in den Bäumen für den Eigenbedarf ernten", schloss er ab. Dann überlegte er kurz.

„Und wir erhalten etwas von dem aus den Resten gebrannten Schnaps", grinste er.

„Die Kirschbäume haben wir behalten – hier wollen wir eine Art ‚Patenschaft' etablieren – wollen den Familien aus der Stadt etwas geben, wo sie Natur erfahren können", erklärte er dann das Konzept weiter.

Das gefiel Kambé – sie liebte Kirschen sowieso und die Idee mit der Patenschaft hatte was, das musste sie zugeben!

Am Ende ihres Rundgangs kamen sie an dem Neubau an, und Hendrik öffnete die Tür.

„Wir haben uns unten für eine eigene Küche entschieden, wegen der Vorgaben des Gesundheitsamts", erklärte er. „Dann haben wir einen Sanitärraum für uns eingeplant."

Er führte sie in das große Gemeinschaftszimmer, von dem aus es hinaus auf die Terrasse ging.

„Das hier ist unser Aufenthalts- und Frühstücksraum – wir sind ja schließlich ein *Bed & Breakfast*!", schmunzelte er.

Sie gingen die Treppe nach oben – der erste Stock enthielt insgesamt 8 Zimmer, von denen sechs als Gästezimmer eingerichtet waren.

„Und was passiert mit den beiden anderen Zimmern?“, wollte Kambé wissen.

Hier hatte sie Hendrik, sie merkte es.

„Das wissen wir noch nicht“, gestand er. „Wir haben uns auf sechs Zimmer beschränkt, weil wir davon ausgehen, dass uns das B&B schon genug auslastet“, erklärte er.

„Falls wir es wirklich schaffen – und davon gehen wir ja aus! – wären das bei Maximalbelegung zwölf Gäste, die verpflegt werden müssten. Das ist für Sie und mich dann schon richtig Arbeit!“

Sie nickte – und wünschte sich, dass dieser Plan aufgehen würde.

„Arbeit schon“, sagte sie grinsend. „Aber es würde meinen Job sichern, oder?“

Er grinste ebenfalls.

„Das auf jeden Fall – denn alleine könnte ich das nicht stemmen.“

Sie gingen die Gästezimmer durch, eines nach dem anderen. Maren und Luisa hatten sich für deren Einrichtung verantwortlich gefühlt.

Die beiden Frauen hatten die ursprüngliche Idee aufgegriffen und für jedes der Zimmer eine eigene Geschichte entwickelt. Und die spiegelte sich nicht nur im unterschiedlichen Mobiliar, sondern auch in den individuellen Farbgestaltungen wider.

Hendrik öffnete die Tür zum ersten Zimmer – es hatte außen statt einer Zimmernummer einen Namen angebracht.

„Freetown", konnte Kambé lesen. „Sierra Leone", dachte sie erstaunt.

Das Zimmer war in warmen Erdtönen gehalten – unterschiedliche Rottöne zierten die Wände, aufgelockert mit hellem Beige und Akzenten von Gelb. Pflanzen brachten ein kräftiges Grün in den Raum.

Als Bett hatte man sich für ein dunkles Massivholzbett entschieden. Ein Doppelbett mit getrennnten Matratzen.

Ein kleiner Tisch und zwei Sessel aus Rattan rundeten die Einrichtung ab, ein eher funktionaler Tisch an einer Wand, zusammen mit einem modernen Stuhl schufen Raum für gelegentliches Arbeiten und die ein oder andere Mail.

Kambé war hingerissen – das Zimmer tat etwas mit ihr, es sprach sie an. Ein Schrank war geschickt in die Wand eingearbeitet worden, über dem Bett spannte sich ein dekoratives Moskitonetz, und an der Wand hing eine große, gerahmte Karte von Westafrika. Daneben eine einzelne, handgeschnitzte Holzmaske als Wandschmuck.

Sie sah sich das Zimmer um – alles war modern gehalten, ein geräumiges Badezimmer, große Fenster, ein kleiner Balkon.

„Wow!", entfuhr es ihr. „Das Zimmer lebt!"

Hendrik nickte zufrieden, strahlte über das ganze Gesicht. Sie hatte soeben bestätigt: Das Konzept ging auf.

Das nächste Zimmer trug den Namen „Abessinien" und erzählte in seiner ganzen Aufmachung von Hendriks Zeit in Äthiopien – der Geist von Kaffee, uraltem Christentum und einem Land, das als ‚Wiege der Menschheit' galt, all das konnte Kambé erneut spüren.

Die Farbtöne wechselten von dunklem zu hellem Braun mit Akzenten aus Gold. Gradlinige, einfach gehaltene Möbel rundeten das Bild ab, schwere Vorhänge aus naturbelassenem Leinen, die in ihren Aufdrucken an die alten Kaffeesäcke erinnerten – es war perfekt!

Und während im ersten Zimmer die Landkarte und die Maske den Wandschmuck dominierten, waren es hier Fotografien rund um das Thema Kaffee: leuchtend rote Kaffeekirschen, Makroaufnahmen von Blüten und Kaffeebohnen, das weite Hochland und – so verriet es die Bildaufschrift – das Flusstal des *Omo*.

Es folgten weitere Räume – Kambé betrat den Himalaja, ging im vierten Zimmer auf „Große Fahrt" mit den Erinnerungen eines Schiffsingenieurs und flog auf „Wolke Sieben" im Geiste mit einer Flugbegleiterin um die Welt.

Den Abschluss bildete das sechste Zimmer, dem sie den Namen „Endstation Sehnsucht" gegeben hatten. Es war in dunklen Tönen gehalten – Bordeaux und Grün, mit Elementen aus poliertem dunklen Holz und Messing.

Sofort fühlte sich Kambé in eine alte, elegante Eisenbahn versetzt. Alles, aber auch alles in diesem Zimmer – vom Bett über die beiden Sessel und den Arbeitstisch hin zu den Vorhängen und dem Schrank – strahlte die majestätische Ruhe einer längst vergangenen Zeit auf Schienen aus.

Die Wand zierte ein Panoramabild eines Zuges, der auf einer Brücke eine weite Landschaft überquerte. Im Regal standen Bücher, die alle eines gemeinsam hatten: Reisen.

Sie sah die Werke von Jules Verne, Agatha Christies „Mord im Orient Express“ und Hermann Hesses „Der Steppenwolf“.

Als sie wieder auf dem Gang standen, musste sie erst einmal Luft holen. Sie sah Hendrik ungläubig an.

„Das ist der absolute Hammer!“, sagte sie leise. „Und das haben Sie alles in einem Jahr erschaffen?“

Hendrik lächelte.

„Wir waren zu viert und wir hatten viele Freunde, die geholfen haben. Und wir hatten Thies.“

Kambé sah ihn verständnislos an. Er bedeutete ihr, ihm zu folgen. Sie gingen nach unten in den Aufenthaltsraum. Aus der Küche holte er ihnen beiden einen frischen Cappuccino, dann erzählte er.

Von sich, von seinen Reisen, von seinem Freund Thies. Er erzählte ihr, wie er, als für ihn alles ein jähes Ende gefunden hatte, ins Alte Land zurückgekrochen war.

„Ich hatte keine Ahnung, wohin, was nun oder warum“, sagte er leise. „Alle meine Ziele, meine Träume, meine Hoffnungen waren weg. Nur mein Freund würde hier auf mich warten.“

Er machte eine Pause – dann erzählte er ihr von der ersten Begegnung mit Maren und wie er von Thies’ Tod erfahren hatte. Erzählte ihr von den Briefen an Thies, die er gefunden hatte. Seine eigenen, aber auch die von Thies’ Freunden.

„Und da wusste ich, wie wir sein Andenken in Ehren halten.“

Sie nickte, sie hatte mit ihm gefühlt, als er erzählte. Und begann, die Idee zu verstehen.

„Seine Erinnerungen sind in die Zimmer geflossen – daher haben sie diese starken Seelen – jedes Zimmer für sich lebt!"

Beide schwiegen und bei Kambé war sie angekommen, die Botschaft, die dieses Haus ausstrahlte: Jedes Ende ist ein Anfang – man muss nur den richtigen Hebel finden.

✦ ✦ ✦

Wenige Tage später hatte sich Kambé bereits eingearbeitet und in ihren Bereichen angefangen, sich zu organisieren. Hendrik, der nicht nur über die Hilfe sehr glücklich war, freute sich auch darüber, dass er nun nicht mehr alleine auf dem Hof war.

„Weißt du, Kambé", sagte er ihr irgendwann in der ersten Woche, „es macht viel mehr Spaß, wenn man im Team arbeitet und nicht alleine vor sich hin werkeln muss!"

Sie waren schnell abgekommen von „Herrn Seversen" und „Frau Katjimune" – das gemeinsame Arbeiten hatte sie erst zu „Hendrik" und „Kambé" geführt, wenige Tage später waren alle beim „Du".

„Wäre ja auch lächerlich – wir sind ein Team, also handeln wir auch so", hatte Maren entschieden. Luisa und Ben waren ohnehin lieber auf der persönlichen Ebene unterwegs.

In der Zwischenzeit hatte Luisa mit der Hilfe und dem Input von Maren und Ben auch die Inhalte ihres Webauftritts gestaltet und mit der Hilfe einer kleinen ortsansässigen Agentur umgesetzt. Sie waren „live".

Und am Mittag schrieb Luisa aufgeregt in die gemeinsame WhatsApp-Gruppe:

„Leute, ihr werdet es nicht glauben!!! Wir haben eine Buchung!!!"

Hendrik und Kambé hatten es als Erste gelesen, Maren war noch im Unterricht, Ben ebenso.

„Luisa sollte in der Schule nicht auf dem Handy rumspielen", grinste Hendrik. „Sonst wird das nix mit dem Abschluss und sie muss sich als Managerin in irgendeinem kleinen B&B über Wasser halten!"

Er erntete ein fröhliches Lachen von Kambé. Überhaupt hatte sie mit ihrer natürlich-fröhlichen Art Leben in die Bude gebracht, wie Hendrik es an einem Abend formulierte.

Sie hatten sich die Buchung zusammen angeschaut – ihr Gast kam aus Hamburg. Eine Sybille Greve hatte zu ihrer Buchung noch Folgendes geschrieben:

„Ich brauche einfach mal Ruhe und Abstand – und vielleicht können Sie und der Apfelbaum mir helfen ..."

Hendrik hatte das Gefühl, dass sie sich zumindest alle Mühe geben würden, dem Wunsch ihrer ersten Kundin gerecht zu werden.

„Für wann ist denn die Buchung?", wollte Kambé ganz praktisch wissen.

Er sah nach.

„7. Juni bis 14. Juni", las er vor. „Also eine Woche."

Kambé überschlug die Daten rasch im Kopf, nickte zufrieden.

„Dann haben wir ja noch fast drei Wochen Zeit“, sagte sie. „Das ist dann Samstag bis Samstag für unseren Gast.“

Sie überlegten, was sie noch vorzubereiten hätten und was sie selbst in der Hand hatten. Inzwischen hatte Hendrik einen zweiten Schreibtisch besorgt und aus dem Arbeitszimmer im Wohnhaus einfach ein Büro für zwei gemacht.

„Du machst so viel“, hatte er zu ihr gesagt, „da macht ein fester Arbeitsplatz doch nur Sinn, oder?“

Für Kambé waren es intensive Wochen gewesen – sie musste sich an diese Art der Arbeit erst einmal gewöhnen. Während des Studiums an der Uni war sie alleine verantwortlich gewesen, hatte sich zwar mit ihren Kommilitoninnen ausgetauscht, aber am Ende war sie allein es gewesen, die liefern musste.

„Und bei meinem ersten Job nach dem Mutterschutz und der Babypause hatte ich einen Chef mit Kontrollwahn“, hatte sie Hendrik erzählt.

„Der wollte uns immer klein-klein vorschreiben, was wir wie zu tun hatten – da konntest du dich gar nicht entfalten oder einbringen.“

Die nächsten Wochen waren sehr anstrengend, aber alle machten einen hervorragenden Job. Am Ende war es Kambé, die eines Nachmittags mit einem Vorschlag um die Ecke kam.

„Was haltet ihr davon“, hatte sie gefragt, „wenn wir eine Art Testlauf machen? Wir laden Freunde und Bekannte ein, eine Nacht hier als Test-Gast zu verbringen, und dann können wir sehen, was wir an den Zimmern oder unseren Abläufen noch ändern müssen.“

Die Idee war grandios – und sie überlegten gemeinsam, wen sie denn ansprechen könnten.

Luisas Eltern waren einfach – bei denen waren die Wochenenden frei und so war eine Übernachtung von einem Samstag auf einen Sonntag leicht zu organisieren.

Hendrik rief Annika an und fragte sie – auch sie hatte sofort zugestimmt! Das Gleiche versuchte er mit Cornelius, auch der Anwalt sagte direkt zu und kündigte sich mit seiner Frau an.

Hendrik hatte Kambé gefragt, ob sie noch jemanden wüsste, aber ihr war nur Miriam eingefallen.

„Das Problem ist, dass Miriam mit einem Kleinkind unterwegs wäre", sagte sie. „Und ich glaube nicht, dass das eine vergleichbare Situation schafft, auch nicht für die anderen Gäste."

Und so verwarfen sie die Idee gemeinsam. Drei Zimmer waren noch frei.

Hendrik hatte noch bei Savas und Eleni nachgehört, aber das Restaurant machte es ihnen unmöglich. Beide waren sehr traurig, konnten aber nicht einfach so an einem Samstag schließen.

Einer Eingebung folgend schrieb Hendrik dann auch Ferdinand Beyer von der Bank an.

„Wäre doch eine gute Gelegenheit, mal zu sehen, wie das Unternehmen aufgestellt ist, das Ihren Kredit bekommt."

Die Antwort war nach kurzer Zeit eingegangen, ebenfalls per Mail.

„Lieber Herr Seversen“, hatte der Banker geschrieben. „Ich kann Ihre Einladung leider nicht annehmen, das lassen unsere Compliance-Richtlinien nicht zu.“

Hendrik war beim Lesen der Zeilen enttäuscht, aber er hatte natürlich Verständnis dafür. Doch der Banker hatte noch mehr geschrieben:

„Aber es spricht sicherlich nichts dagegen, dass ich mir ein Zimmer für mich und meine Frau buche und auch bezahle – das wiederum kollidiert nicht mit unseren Richtlinien. Und ich kann mal testen, wie Ihre Reservierungen so laufen.“

Hendrik war erfreut, schickte sofort eine entsprechende Antwort und verwies Herrn Beyer auf die Website.

Maren kam auf die Idee, das Steuerbüro noch anzusprechen – auch hier kam positives Feedback, Frau Remscher und ihre Partnerin würden sehr gerne teilnehmen.

„Sie können das ganze Event im Übrigen unter Marketing und Werbung später steuerlich geltend machen“, ergänzte sie, ganz in ihrem Element.

Sie waren zufrieden – ein letztes Zimmer war noch frei. Sie diskutierten lange, kamen aber zu keinem Entschluss. Als Datum kristallisierte sich der folgende Samstag heraus, die „Buchungen“ über die Website waren eingegangen, jetzt mussten sie es nur noch durchziehen.

Am Abend war Hendrik seit langem Mal wieder im *Anker*. Er hatte einfach Lust auf bodenständiges Essen und ein oder zwei von Jörn Andersens Roten.

Der Gastraum war relativ leer, als er eintrat – wie immer stand der Wirt hinter seiner Theke, seine Frau rumorte in der Küche. Ansonsten saßen zwei Männer, die Hendrik nicht kannte, an einem Tisch. Und der alte Hansen grüßte von seinem Stammtisch herüber.

Jörn winkte ihn zu sich an die Theke, stellte ihm ungefragt ein Bier hin und begrüßte ihn knapp.

„Moin!"

Hendrik nickte ihm zu, erwiderte den Gruß und deutete auf die Tageskarte. Der Wirt nickte, drehte sich um und rief durch die geöffnete Küchentür.

„Margit, einmal das Tagesgericht!"

„Und sonst so?", wollte Jörn wissen.

Hendrik erzählte ihm, wo sie standen. Der Wirt hörte zu, nickte ab und zu und trocknete seine frisch gewaschenen Biergläser ab.

„Nach dem Testlauf wissen wir mehr", sagte Hendrik zum Schluss. „Jetzt müssen wir nur noch das letzte Zimmer vergeben, das wäre perfekt. Hast du 'ne Idee?"

„Kann ich ja machen", sagte der alte Hansen auf einmal neben ihm. „Sonst habt ihr nur die Lütten, die euch nach dem Maul reden!"

Er grinste Hendrik herausfordernd an, sagte den nächsten Satz dann aber ganz milde.

„Einer muss euch ja sagen, wenn wat Murks is!"

Damit war der Deal besiegelt – das Haus war voll. Hendrik lud Jörn und den alten Hansen auf eine weitere Runde ein, genoss sein Abendessen und war den beiden Urgesteinen dankbar für ihre Hilfe.

„Benimm dich nur, alter Sack“, warnte Jörn dann den alten Hansen. „Da sind lauter feine Pinkel, da musst du aufpassen, wo du dein Gebiss parkst!“

✦ ✦ ✦

Als Hendrik am nächsten Morgen Kambé von seinem Abend im *Anker* erzählte, musste sie herzhaft lachen.

„Da hast du deinen Kritiker“, spottete sie. „Einen alteingesessenen Bewohner, der hier schon lange vor den Touristen war, von einem Tourismus-Konzept zu überzeugen, wird ein Spaß werden.“

Sie musste an ihre Oma denken, erzählte ihm davon.

„Der wird mindestens so störrisch wie meine *Kuku* sein“, sagte sie sanft.

Er sah sie fragend an, sagte aber nichts. Sie überlegte, was sie ihm erzählen sollte. Es war schwierig!

„In meiner Sprache bedeutet *Kuku* Großmutter“, begann sie. Sie überlegte einen Moment, hatte nie jemandem hier von ihrer Familie erzählt – nicht Frank, nicht einmal Miriam.

„Meine Oma war in meiner ganzen Kindheit und Jugend für mich da. Sie war mein Bezugspunkt, wenn meine Mutter arbeiten war“, erklärte sie.

Er lehnte sich in seinem Stuhl zurück – aufmerksam, interessiert, wie sie bemerkte. Schob seine Tastatur zurück, wollte ihr zeigen, dass sie all seine Aufmerksamkeit hatte.

„Sie ist 2016 gestorben, kurz nach meinem neunzehnten Geburtstag.“

Sie machte eine Pause. Vor ihrem inneren Auge tauchte das Gesicht ihrer Großmutter auf, die sie nachdenklich zu betrachten schien.

„Sie wurde 95 Jahre alt – 1921 geboren. In einer ganz anderen Zeit, einer ganz anderen Welt", sagte sie leise.

Hendrik hatte eine Ahnung, was jetzt kommen würde – kommen musste. Er wartete geduldig. Es war weder die Zeit noch das Thema für gesalbte Worte eines Deutschen.

„Als meine *Kuku* auf die Welt kam, war ihre eigene Mutter gerade 22 Jahre alt. Weißt du, was das bedeutet?"

Hendrik konnte einer Antwort nicht ausweichen, das wusste er.

„Ja", sagte er ganz leise. „Das weiß ich. Aber ich weiß nicht, was ich jetzt sagen könnte."

Sie nickte, lächelte ihn aber dabei an.

„Es war eine andere Zeit, Hendrik", sagte sie, immer noch leise. „Für mein Volk eine grausame Zeit, und wir haben sie überlebt."

Er nickte, hatte nach wie vor keine Antworten. Er war sich der Gräueltaten der Kolonialtruppen bewusst, kannte die Geschichte vom Völkermord an den Herero und Nama, von der Schlacht am *Waterberg* und den Lagern. Worte waren fehl am Platz.

„Weißt du", unterbrach Kambé seine Gedanken, „meine Urgroßmutter hat das alles miterlebt – sie wurde 1899 geboren. Sie hat die *Omaheke* überlebt, sie hat die Lager überlebt. Sie hat ihre Familie verloren und später eine neue gegründet. Und sie hat meine *Kuku* zur Welt gebracht."

Sie erzählte noch etwas von ihrer Familie, wie ihre Großmutter aufgewachsen war, dass sie sogar noch ihre Urgroßmutter kennengelernt hatte, und sie erzählte von ihrer Mutter.

„Und wenn du mich fragst", schloss sie den Kreis, „wird der alte Hansen genauso störrisch, besserwisserisch und ermahnend sein wie meine *Kuku*. Und hoffentlich genauso fair und liebevoll! Wir werden auf jeden Fall alles tun, damit das so kommt, oder?"

Der Samstag der Entscheidung nahte – Kambé und Hendrik waren noch einkaufen gewesen, sie hatten sich ausreichend für das Frühstück am nächsten Morgen eingedeckt.

„Und ich möchte unsere Gäste gebührend begrüßen", sagte Hendrik. „Nicht nur diese, sondern alle."

Und so überlegten sie gemeinsam.

„Sekt – mit und ohne Alkohol. Für die Zimmer? Oder lieber einen Empfang im Gemeinschaftsraum?"

Sie entschieden sich für die Zimmer, außer, wenn Gruppen kämen – wie beim Testlauf.

„Wir könnten ein paar Happen Fingerfood für die Abende machen", schlug Kambé vor. „Das kostet nicht viel, lässt sich gut vorbereiten und gibt den Gästen ein Gefühl von zu Hause!"

Hendrik mochte die Idee, das Fingerfood landete auf dem Plan. Kambé suchte Käse, Salami, Paprika-Creme, Kräcker und Cocktail-Tomate sowie andere Kleinigkeiten zusammen, die sie verarbeiten konnten.

Für das Frühstück wanderten Eier und Lachs, Käse und Wurst, Müsli und Joghurt und allerlei andere Dinge in den Einkaufswagen.

Brot und Brötchen bestellten sie bei der Bäckerei – die würden sie direkt am Sonntagmorgen abholen können.

„Wir haben ab 7 Uhr offen", versprach die Bäckerin. „Dann ist auch alles abholbereit!"

Die Zimmer waren vorbereitet worden, gemeinsam kontrollierten Kambé und Maren noch einmal jeden Raum. Mehr konnten sie nicht tun.

Zuerst waren Cornelius und seine Frau eingetroffen. Hendrik war nervös, sein erster Check-In.

„Guten Abend, Cornelius", begrüßte er den Anwalt. „Schön, dass du und deine Frau es zu uns geschafft habt. Und vielen Dank für eure Bereitschaft, uns hier zu unterstützen!"

„Nicht der Rede wert, Hendrik", entgegnete der Anwalt, nachdem er ihm erst einmal seine Frau vorgestellt hatte. „Wir freuen uns immer auf Stade und das Alte Land. Und vor allem freuen wir uns, hier mal etwas Neues kennenzulernen – und Annika kommt ja auch!"

Sie hatten lange diskutiert, wer welches Zimmer bekommen sollte – und für das Anwaltspaar aus der Hansestadt hielten alle „Endstation Sehnsucht" für die einzig richtige Wahl.

Hendrik händigte ihnen die Schlüssel aus.

„Willkommen bei uns und einen angenehmen Aufenthalt", sagte er ganz professionell. „Kambé wird euch das Zimmer zeigen."

Und das tat sie dann auch – mit einem strahlenden Lächeln nahm sie ihm die Gäste ab und führte sie auf das Zimmer. Sie hatte sich entschlossen, beim Öffnen der Zimmertür zunächst einmal nichts zu sagen und den Raum wirken zu lassen.

„Interessant!“, war die Reaktion des Anwalts, seine Frau stupste ihn in die Seite. „Jetzt tu mal nicht so steif, Cornelius. Das ist großartig“, lachte sie. „Ich weiß ja nicht, wie die anderen Zimmer so sind, aber das hier passt wie die Faust auf dein Auge!“

Kambé musste sich ein Grinsen verkneifen – die Frau hatte mit typisch hanseatischem Understatement ihren Gatten elegant versenkt.

Als Nächstes trafen Sabine Remscher und ihre Partnerin Maria ein. Für die Steuerberaterin hatten sie sich das Zimmer „Abessinien“ überlegt – es ist ein Zimmer, das Kenner und Genießer von Details ansprechen würde.

Annika kam fast zeitgleich mit Luisas Eltern an – die junge Hotelmanagerin wurde in „Wolke Sieben“ einquartiert, das luftige, moderne Design passte perfekt zu ihrer professionellen und weltoffenen Art.

Und in „Himalaja“ zogen Luisas Eltern ein – ihnen würde das kühle Design und die Anspielungen an die tibetanische Kultur sicherlich ein Kontrastprogramm zum täglichen Einerlei des Alten Landes bieten.

Ganz überraschend und nicht als Letzter kam der alte Hansen die Einfahrt hoch, Jörn hatte ihn mit dem Auto hergefahren. Kambé sah ihn kommen, zählte eins und eins zusammen und nahm ihn direkt in Empfang.

Sie machte mit ihm den Check-in, gab ihm seinen Schlüssel und bot ihm an, ihm den kleinen Koffer abzunehmen. Er dankte es ihr mit einem Lächeln.

Dann brachte sie ihn zum Zimmer – für ihn war „Freetown" vorgesehen. Kambé öffnete ihm die Tür, ließ ihm den Vortritt. Der Alte traf ein, sah sich um – sie folgte ihm, stellte seinen Koffer ab und wartete.

Sie sah, dass er den Mund zusammengekniffen hatte – die Lippen ein schmaler Strich. Er brummelte etwas in seinen Bart.

„Wat'n das für'n Kinnergedöns?", konnte sie hören.

Und „Allns so bunt!"

Er ging hinüber zu den Rattan-Möbeln, beäugte sie misstrauisch. Kambé schien er vergessen zu haben.

„Korb-Kram", murmelte er. „Einmal falsch gesetts un dat Ding is hin!"

Sie sah ihn zum Bett gehen, sah, wie er die Hand auf den mächtigen Bettpfosten legte und daran rüttelte.

„Dat is ene ordentlich Arbeit!", grummelte er anerkennend. „Dat höllt!"

Sein Blick wanderte die Wand hinauf, blieb an der Maske hängen. Er trat näher heran, beäugte das seltsame Ding aufmerksam.

„Kiek an. Mit de Hand mook, keen Maschin!"

Der Blick wanderte weiter, Kambé wusste, dass er bei der Karte angekommen war. Sie sah, wie er die Namen der fremden Städte und Länder mit den Fingern entlangfuhr, einen nach dem anderen las.

Ruckartig drehte er sich um, Kambé erschrak, sie war in ihren eigenen Gedanken versunken gewesen.

„Brooks niet Angst havve“, sagte er lachend. „Dat hier is een Geschichten, ne? Een von den Jung? Hendrik?“

Sie lachte ihn fröhlich an – die Botschaft war angekommen.

„Ja, Herr Hansen, das ist es“, sagte sie höflich. „Dat is een von Hendrik sin Geschichten!“

Jetzt war es an ihm, zu strahlen.

„Da höör mal einer an!“, sagte er überrascht. „Du kannst ja Platt snacken!“

Dann lachten sie beide zusammen, die junge Frau aus Namibia und der alte Mann ‚von hinterm Deich‘.

Sie erklärte ihm noch, dass sie in etwa einer Stunde alle unten zusammenkommen wollten und es auch einen Happen zu essen geben würde. Und natürlich zu trinken.

„Na, hoffentlich hett de Hendrik ok an dat richtige Beer dacht. Dat Roode ut’n Raatskeller.“

Mit ein klein wenig Verspätung trafen auch Ferdinand Beyer und seine Frau ein.

„Der Verkehr aus Hamburg raus ist echt nicht mehr schön“, stöhnte der Banker. „Elbtunnel mal wieder dicht!“

Hendrik tröstete ihn mit dem Gedanken an ein kühles Bier oder einen schönen Wein, brachte das Paar schnell auf sein Zimmer und übergab ihnen die Schlüssel.

Für seinen Vermögensberater und Kreditgeber hatten sie „Die große Fahrt“ bestimmt – und er würde später mal fragen, wie das Zimmer angekommen war.

Der kleine Empfang im Gemeinschaftsraum verlief harmonisch – selbst der alte Hansen hatte nicht viel zu meckern. Das Bier war gut, und es floss reichlich, das war für ihn genug.

Am Abend versammelten sie sich alle hinten im großen Garten. Hendrik hatte schon ein ordentliches Feuer entfacht und Kambé hatte in den letzten Wochen zusammen mit Ben an der Außenbeleuchtung gearbeitet.

Durch die Bank weg lobten die Gäste das Konzept der Zimmer – und als sie alle festgestellt hatten, dass jeder Raum seine eigene Geschichte erzählte, hatten sie angefangen, sich gegenseitig von den Zimmern zu erzählen.

Hendrik notierte im Geiste, dass sie wohl die Geschichten der einzelnen Zimmer zusammenfassen sollten und vielleicht als „Buch des Hauses" im großen Gemeinschaftsbereich auslegen sollten.

Einer nach dem anderen verschwanden die Gäste auf ihre Zimmer, als Hendrik auf die Uhr sah, war es gerade halb zwölf. Er erschrak.

„Kambé, um alles in der Welt, weißt du, wie spät es ist? Du müsstest doch längst bei deinem Sohn sein, oder?"

Sie lachte und schüttelte den Kopf.

„Nein, Hendrik, keine Sorge – der ist heute bei Miriam!"

Er war erleichtert, an den Kleinen hatte er gar nicht gedacht.

„Und ich muss mich beeilen!", sagte sie. „Ich glaube, da kommt noch ein Bus."

Hendrik schüttelte den Kopf, deutete auf die Garage.

„Kommt nicht in Frage, Kambé, lass mich dich nach Hause fahren!“

Sie nickte, dankbar. Es würde ihr ein paar Minuten extra Schlaf geben.

„Hendrik“, fragte sie vorsichtig, „wenn du morgen zum Bäcker fährst, kannst du mich da abholen? Sonntags fährt der Bus erst um halb acht!“

„Verflixt!“, dachte er. „Auch daran habe ich nicht gedacht.“

Er sah sie an, nickte. Natürlich würde er sie abholen!

✦ ✦ ✦

Am nächsten Morgen war er pünktlich um kurz vor sieben bei ihr, sammelte sie ein und sie fuhren gemeinsam zum Bäcker. Die bestellten Backwaren lagen bereits vorbereitet in einem Korb.

„Den können Sie mitnehmen“, sagte die ältere Dame, die sie bediente. „Bringen Sie ihn einfach morgen oder so zurück.“

In der Gästeküche begannen sie mit den Vorbereitungen für das Frühstück, zumindest für den Buffet-Anteil. Als Erster kam der alte Hansen runter, setzte sich an einen Tisch am Fenster und Kambé ging zu ihm hinüber.

„Guten Morgen, Herr Hansen“, begrüßte sie ihn. „Darf ich Ihnen einen Kaffee bringen oder lieber einen Tee?“

Der Alte sah sie an, freundlich. Aufgeräumt.

„Moin, mien Deern. Nee, keen Kaffee net. De heer“, und er zeigte auf seinen Bauch, „will morgend sien Tass Tee!“

Er schaute sie an, sie nickte.

„Wir haben das Frühstücksbuffet dort drüben, aber ich hätte auch Rührei, Krabben und Schwarzbrot in der Küche", schlug sie vor.

Hansen nickte, grinste breit.

„Kiek an. Du hest mi woll dörschaut, mien Deern."

Sie lachten und Kambé verschwand in der Küche. Noch bevor der nächste Gast am Tisch saß, verspeiste der alte Hansen mit gutem Appetit sein Frühstück.

Hendrik sah sich die Szene an, flüsterte Kambé dann leise zu, dass sie stolz auf sich sein könne.

„Der Alte ist ein harter Brocken – und du hast ihn voll um den Finger gewickelt!"

Nach und nach trudelten die anderen ein – und Kambé und Hendrik kamen ins Schwitzen. Aber das war genau das, was sie beabsichtigt hatten. Und ihre Freunde und Bekannte schonten sie nicht.

Als alle mit dem Frühstück durch waren, standen beide in der Küche, fix und fertig.

„Puh!", stöhnte Hendrik. „Ich überlege ernsthaft, ob wir nicht von sechs Zimmern auf vier reduzieren sollen."

Er hatte es mit todernster Miene gesagt – und Kambé nahm den Ball auf.

„Vier? Lass uns klein anfangen – zwei Zimmer!"

Beide mussten lachen.

Es war vereinbart, dass die Gäste nach dem Frühstück ihre Eindrücke, ihre Kritikpunkte und Vorschläge kurz zu Papier bringen sollten.

Hendrik warf einen Blick in den Essbereich – alle schrieben. Nur der alte Hansen nicht. Aber damit hatte er auch nicht gerechnet – dessen Wertung würde er brühwarm im *Anker* erhalten. Vor allen anderen Anwesenden.

Als die Bewertungen abgegeben waren, begann die große Verabschiedung. Die Ehepaare Sieveking-Möller und Beyer verabschiedeten sich als Erste.

„Es war sehr schön bei euch“, sagte Cornelius zu Maren und Hendrik. „Wir haben noch ein paar Punkte aufgeschrieben, aber ich glaube, ihr seid hier absolut auf einem guten Weg!“

Herr Beyer und seine Frau schlossen sich der Kritik an – sie hätten nur Positives zu berichten und hätten sich sehr wohl gefühlt.

„Herr Seversen, Frau Verhoeven, das war sehr schön hier bei Ihnen – mal ganz etwas anderes“, sagte der Banker. „Ich habe ja Ihre Reservierungsseite, kann sein, dass wir das mal wieder ausprobieren, dann als ganz normal buchende Gäste.“

Er schien kurz zu überlegen, dann kam er auf das Thema Rechnung.

„Wollen Sie direkt abrechnen, oder wollen Sie mir eine Rechnung schicken?“, fragte er. „Sie wissen ja, die Compliance-Richtlinien“, schob er fast entschuldigend nach.

Sie einigten sich auf eine Rechnung – die würde Hendrik von Luisa machen lassen, das war eine gute Übung für sie.

„Lass sie mal in die Finanzen reinwachsen“, sagte er leise zu Maren. „Sie wird das großartig machen.“

Auch Sabine Remscher und Maria verabschiedeten sich. Sie nahmen Hendrik und Maren noch zur Seite, bevor sie aufbrachen.

„Hendrik, Maren, zuerst einmal herzlichen Glückwunsch! Euer Konzept ist toll und man kann fühlen, dass ihr eure Ideen sorgfältig durchdacht und bis zum letzten Detail umgesetzt habt“, sagte die Steuerberaterin.

„Ein paar Kleinigkeiten habe ich aber für euch – ihr wolltet ja unsere ungeschminkte Meinung, oder?“

Maren nickte, bestätigte das.

„Auf jeden Fall – jetzt können wir noch gegensteuern!“

„Das dachte ich mir“, freute sich die Steuerberaterin. „Also zunächst einmal zum kleinen Schreibtisch“, begann sie ihre Aufzählung. „Die Beleuchtung ist wirklich ausgezeichnet, aber eine zusätzliche Steckdosenleiste mit USB-Anschlüssen wäre schon gut“, erklärte sie. „Ihr wisst – Laptop, Handy, Tablet ...“

Sie schaute die beiden an, war froh, dass sie die kleine Kritik so positiv auffassten.

„Und im Bad würde eine kleine Glasablage oder so etwas Wunder wirken – für eine Person reicht der Platz, für zwei wird es ein wenig eng.“

Sie sah zu ihrer Partnerin.

„Vor allem, wenn es zwei Frauen sind!“

Alle vier lachten, dann war Maria an der Reihe.

„Also ich muss schon sagen – das ist euch absolut gelungen. Ich habe mich hier vom ersten Moment an wohlgefühlt. Das Zimmer ist toll – die Farben, wunderbar! So warm und einladend! Ich habe mich tatsächlich wie in einer anderen Welt gefühlt!“

Maren bedankte sich bei den beiden Frauen, Hendrik ließ ihr den Vortritt.

„Danke an euch zwei", sagte sie ehrlich. „Das ist unheimlich wichtig für uns und wir werden uns das ganz genau anschauen mit dem Platz im Badezimmer!"

Sie verabschiedeten sich, noch im Abfahren rief ihnen Sabine Remscher hinterher, dass sie bloß ja die Kosten unter Marketing & Werbung verbuchen sollten.

„Geht alles auf das Finanzamt!"

Auch Luisas Eltern mussten los – hier waren Maren und Hendrik besonders gespannt. Luisas Mutter, Inga, machte den Anfang.

„Also ich muss gestehen, zuerst dachte ich, das Zimmer ist ja sehr karg und kühl", sagte sie vorsichtig. „Aber dann habe ich gemerkt, dass es auch eine ganz besondere Ruhe vermittelt!"

Sie machte eine Pause, überlegte sich die nächsten Worte sehr genau.

„Man wird nicht durch Krimskrams abgelenkt – wenn man sich auf diesen Ansatz einlassen kann, funktioniert es wunderbar. Aber man muss dafür bereit sein!"

Sie machte erneut eine Pause, fast, als ob sie Bestätigung von ihrem Mann erwartete. Es kam keine.

„Mein Vorschlag wäre, dass ihr den Gästen das im Vorfeld deutlich macht – zum Beispiel auf eurer Website. Und dann könnten ein paar Bücher über Meditation und vielleicht sogar Meditationen im Zimmer noch was sein."

Sie sah zu ihrem Mann hinüber.

„Björn, du bist doch der IT-ler!", sagte sie dann. „Wie macht man das heute? CDs sind ja out, soweit ich weiß!"

Er lachte, griff aber ihren Gedanken auf.

„Ja, CDs sind out. Wenn ihr etwas in diese Richtung anbieten wollt, dann würde ich einen kleinen Streaming-Server im Haus vorschlagen – so hätten alle Zimmer etwas davon. Und einen Bluetooth-Kopfhörer – hilft ungemein, die anderen Gäste nicht gleich mit wegzumeditieren!"

Er grinste, machte eine kurze Pause.

„Ansonsten habe ich perfekt geschlafen, das Bett ist der Hammer! Massivholz, stabil und super verarbeitet. Einzig am Schreibtisch könnten noch einige Steckdosen und USB-Ladestellen nicht schaden."

Er überlegte kurz, dann fiel ihm noch etwas ein.

„Ach ja, und bitte verschlüsselt das WLAN! Euer Signal ist gut, aber das Netz ist offen und das könnte für einige Gäste ein Problem sein!"

Maren und Hendrik bedankten sich bei den beiden, das waren wertvolle Hinweise.

„Es war toll, dass ihr hier wart", sagte Hendrik. „Wirklich! Und eure Vorschläge sind Gold wert!"

Annika hatte es eilig – sie wurde im elterlichen Hotel gebraucht.

„Maren, Hendrik, ich muss los – nur ganz schnell: Das habt ihr super gemacht", sagte sie. Dann umarmte sie die beiden, stieg in ihr Auto und vertröstete sie auf den Zettel, den sie am Frühstückstisch hatte liegen lassen.

„Ich hab euch alles aufgeschrieben, ist nicht viel! Aber das hier ist auf einem verdammt guten Weg!"

Sprach's und fuhr vom Hof – Hendrik und Maren sahen ihr lachend nach.

„Immer auf dem Sprung, immer auf der Hatz“, schmunzelte Hendrik.

Sie schauten sich um. Tatsächlich waren alle Autos weg, sie hatten die erste Welle Gäste überlebt.

„Ist der alte Hansen eigentlich noch da?“, wollte Hendrik von Kambé wissen.

Sie schüttelte den Kopf.

„Nein, der ist vorhin sang- und klanglos verschwunden“, sagte sie etwas ratlos. „Hat sein Köfferchen genommen und ist damit rausgerollt.“

Sie zuckte mit den Schultern.

„Er wollte nicht warten, sagte nur, er erwischt dich ja eh heut Abend im *Anker*, wo du dich erholen wirst.“

Hendrik lachte nur.

„Da könnte er recht haben!“, war alles, was ihm dazu einfiel.

✦ ✦ ✦

Am Abend ging Hendrik tatsächlich zum *Anker*, allerdings das erste Mal nicht alleine – Maren war dabei. Jörn blickte auf, als sie eintraten, wirkte für den Bruchteil einer Sekunde überrascht, zeigte dann auf zwei Plätze am Tresen.

Er zapfte Hendrik ungefragt ein Rotes, schaute dann Maren fragend an. Sie nickte, bekam ebenfalls ein Rotes. Dann wandte er sich wieder seinen Gläsern zu, der Abwasch wartete ja nicht.

„Das haben wir uns verdient“, sagte Hendrik leise und prostete Maren zu. Sie erwiderte die Geste, und beide nahmen einen tiefen Zug, genossen den wunderbar ehrlichen Geschmack des Biers und waren einfach glücklich.

„Na, Hinrich?“, hörten sie hinter sich den Wirt fragen. „Wie war’s denn bei de feinen Lüdd? Taugt dat wat?“

Der Alte knurrte, nahm einen tiefen Schluck aus seinem Glas. Starrte danach erst einmal nur einfach in die Ferne.

„Naaa jo ...“, brummte er dann. „Dat Bett is stabil. Kannst di henleggen.“

Er machte wieder eine Pause.

„Is allns nen beten bunt, so für mien Geschmack“, setzte er seine Bewertung fort. Und starrte erneut in sein Glas. Noch ein Schluck.

„Aver ...“

Wieder eine Pause. Hendrik musste grinsen. So ungefähr hatte er sich das vorgestellt. Beim alten Hansen würde er keine Liste auf Papier bekommen. Auch keine stichpunktartig vorgetragenen Verbesserungsvorschläge. Er wartete.

„Aver de junge Deern ... de ut Afrika. De weet, wo de Hammer hangt!“

Das war überraschend – und Hendrik konnte in Marens Gesicht sehen, dass sie das Gleiche dachte wie er.

„Jo“, bestätigte Hansen dem Wirt, der keinerlei Nachfrage gestellt hatte. „Hett mi mien Tee macht, wie wenn se schon hunnert Joor heer war.“

Er machte wieder eine Pause, schüttelte den Kopf, beinahe ungläubig.

„Un se snackt Platt!“

Der letzte Satz ging an den Wirt – aber Hendrik wusste, wer eigentlich gemeint war.

„Is anners as bi Thies. Jo. Mutt dat woll. Aver dat Huus hett noch sein Seel. Dat ham se goot gemacht, de Jung un de Maren."

Jetzt war es raus – und Hendrik und Maren atmeten auf. Der Alte machte Jörn ein Zeichen, der zapfte drei frische Rote. Eines brachte er zu Hansen, die beiden anderen stellte er vor ihnen ab.

„Vom alten Hansen", sagte er laut. „Auf euch und euer Projekt!"

✦ ✦ ✦

Gemeinsam waren sie während der Woche die einzelnen Punkte auf ihrem Protokoll durchgegangen. Kambé hatte nach dem Frühstück die Zeit gestoppt, die sie gebraucht hatte, um die Küche aufzuräumen und die Bestände an Waren zu kontrollieren – bei Vollauslastung wäre sie gegen Mittag fertig.

„Wenn wir dann Einkaufen fahren", sagte sie zu Hendrik, „können wir bis 14 Uhr alles aufgefüllt haben. Schneller, wenn wir weniger Gäste haben."

Hendrik nickte, überschlug die Zeiten.

„Wenn du mir die Einkaufsliste gibst, dann kann ich den Einkauf erledigen und du kannst in den Zimmern Ordnung machen, sofern das gewünscht war."

Eine Anmerkung von Annika war nämlich gewesen, dass heute nicht mehr alle Gäste täglichen Service wünschten oder brauchten und dass sie einen Weg finden sollten, diese

Erwartung vorher abzufragen.

„Ihr müsst euch keine Arbeit machen, die den Gast nicht glücklicher macht!“, hatte sie ihnen aufgeschrieben.

Hendrik hatte mit dem Elektriker gesprochen – die Wünsche nach mehr Steckdosen und direkten USB-Anschlüssen waren bereits in die Tat umgesetzt.

„Das kann ich auch gleich machen“, hatte der junge Mann gesagt. „Dazu muss ich nur die Dosen tauschen und ich habe ein paar davon dabei.“

Und so rüstete er gleich vier der Zimmer um, versprach, die beiden anderen dann in den nächsten ein oder zwei Tagen zu erledigen.

Andere Vorschläge parkten sie erst einmal, die würden in der richtigen Umsetzung etwas länger dauern. So zum Beispiel die zusätzlichen Ablageflächen im Bad.

Das WLAN allerdings verschlüsselte Ben – es war ihm ein wenig peinlich, dass ihm das bei der Ersteinrichtung entgangen war.

„So was Grundlegendes“, ärgerte er sich – und Luisa tröstete ihn. „Alles halb so wild, dafür hatten wir den Testlauf doch!“

Wahrscheinlich waren es weniger die beruhigenden Worte als die Küsschen, die ihn auf andere Gedanken brachten.

Und jetzt war es so weit – Freitagabend. Hendrik saß mit einem Bier im Garten, Kambé war längst nach Hause gegangen.

„Ich bin für heute mal weg“, hatte sie sich gegen Mittag verabschiedet. „Es ist für morgen alles vorbereitet!“

Er hatte sie angeschaut, war dann zu ihr rübergegangen. Umarmte sie vorsichtig, sie ließ es zu, erwiderte die Umarmung.

„Danke, Kambé!“, sagte er. „Danke für all die Seele und die Kraft, die du in dieses Projekt bringst!“

Sie strahlte, fuhr glücklich nach Hause.

„Ja“, dachte sie. „Das war die richtige Wahl!“

Jetzt musste er an die Frau denken, die ab morgen ihr Gast sein würde.

„Sybille Greve aus Hamburg“, murmelte er. „Sybille mit Ypsilon.“

„Was hatte sie doch gleich geschrieben?“

Er versuchte, sich an ihre Worte zu erinnern.

„Einfach mal Abstand bekommen“, hatte sie im Kommentarfeld übermittelt. „Einfach mal Abstand. Das wäre vor zwanzig Jahren vielleicht auch für mich mal das Richtige gewesen.“

Er nahm einen Schluck aus seiner Flasche – er war wieder beim Alkoholfreien angekommen, die letzten Tage hatte er genug Rotes gehabt.

Er dachte an all die Länder und Orte, die er gesehen hatte – einige davon waren jetzt Zimmer in diesem Haus. Freetown. Äthiopien. Kenia und Nairobi. Syrien. Der Himalaja.

„Wie seltsam“, dachte er verwundert. „Da bin ich um die ganze Welt gedriftet, nur um am Ende genau hier wieder Anker zu werfen. Nichts war umsonst – aber der Kreis ist geschlossen.“

Er verstand es nicht – aber vielleicht ist das ja die Essenz des Lebens: Einzusehen, dass man nicht alles verstehen muss, um es trotzdem zu akzeptieren.

– Aus Hendriks Tagebuch –

„Morgen kommt unser erster Gast! Sie scheint auf der Suche – nach sich? Nach einem Ort? Nach Erkenntnis? Wie ich auch – aber dieser Ort hier ist nichts davon!

Er ist viel mehr! Er ist Freiheit – die Luft zum Atmen! Er ist nicht die Antwort, aber vielleicht hilft er dabei, sie zu finden …“

Ein Neuanfang

Samstag. Der große Tag. Er hatte Kambé für heute freigegeben, sie sollte mal einen Tag ganz für ihren Sohn haben. Die letzten Wochen waren anstrengend gewesen, da war vieles zu kurz gekommen.

„Darauf wirst du achten müssen“, ermahnte er sich. „Sie bringt sich voll und ganz ein, aber als Chef und Freund hast du auch die Verpflichtung, darauf zu achten, dass sie es nicht übertreibt.“

Für ihn war das eine wichtige Lektion gewesen, er hatte sie in Syrien gelernt. Alle hatten alles geben wollen für die Menschen, aber irgendwann ist jeder Akku mal leer.

„Und dann ist das System am Ende“, erinnerte er sich. „Nicht schleichend, nicht so, wie wenn eine Batterie schwächer und schwächer wird.“

Der Gedanke gefiel ihm nicht, er erinnerte ihn an eine dunkle Zeit in seinem Leben. Von einem Tag auf den anderen war das System zusammengebrochen. Der innere Computer wollte nicht mehr starten. Der Motor sprang nicht mehr an.

Der Arzt hatte ihn sofort krankgeschrieben. „Burn-out“, hatte er gesagt. „Sie sind raus. Und Sie brauchen eine Therapie.“

Er schüttelte den Kopf, verscheuchte den Gedanken, dachte lieber an das Heute.

„Mal schauen – sie hat nicht geschrieben, wann sie einchecken will", murmelte er – er hatte sich die Reservierung noch mal angeschaut.

„Noch so ein Punkt für Luisa", dachte er und schrieb es auf die Liste der Dinge, die sie an der Website ändern wollten. „Wäre doch doof, wenn wir den ganzen Tag warten und der Gast weiß vorher, dass er erst am Abend kommen wird."

Die Vorbereitungen waren abgeschlossen, die letzten zwei Tage hatte der Landschaftsgärtner sogar noch die Wege im vorderen Garten angelegt und den Boden für die Wildblumenaussaat vorbereitet. Die Hecken, die Luisa sich gewünscht hatte, sollten sie erst im Herbst setzen, hatte der Gärtner gemeint.

„Jetzt, im Juni, haben Sie das Pflanzfenster im Frühjahr gerade verpasst!"

Nun gut, die Wiese würde trotzdem blühen – aber es würde Juli werden, bis sich die ersten voreiligen Blütenköpfe zeigen würden.

„Im nächsten Jahr steht die Wiese schon viel besser da", hatte der Gärtner erklärt. „Wenn die Wiese dieses Jahr im Herbst verblüht ist, räumen wir sie ab."

Er hatte kurz überlegt.

„Oktober, November – so was in der Art. Dann pflanzen wir die Blumenzwiebeln – Krokusse, Schneeglöckchen und etwas für die frühe Blüte. Außerdem Tulpen, Narzissen und Hyazinthen, die folgen im nächsten März und April mit der Blüte."

Luisa hatte fleißig mitgeschrieben. Sie ahnte schon, dass auch diese Arbeiten besser an den Landschaftsgärtner gehen würden.

„Außerdem pflanzen wir die Grundbepflanzung – Salbei, Katzenminze, Schafgarbe, Lavendel, Mohn, Fetthenne und Astern."

Sie würden damit über das ganze Jahr kommen – aber erst im nächsten Jahr.

Er saß unter dem Apfelbaum, als ein Wagen in die Zufahrt einbog und auf die inzwischen gekennzeichneten Parkplätze zuhielt.

„Das wird sie sein", dachte Hendrik und stand auf. Er legte sein Buch weg, er war endlich mal wieder zum Lesen gekommen. Seit langer Zeit das erste Mal.

Er ging ihr langsam entgegen, keine Eile.

„Lass sie erst einmal ankommen", ermahnte er sich. Er betrachtete den Wagen. Ein elegantes, dunkelgraues Cabrio.

„Kein Sportwagen", erkannte er, „einfach ein Statement. Dezent. Luxuriös."

Die Fahrerin konnte er noch nicht sehen, sie hatte sich zum Beifahrersitz gedreht, nur ihre hellen Haare waren sichtbar. Die Fahrertür öffnete sich, sie stieg aus.

„Ende 30", schätzte Hendrik.

Sie trug elegante, aber unaufdringliche Kleidung. Dunkle Designer-Jeans, eine einfache, aber elegante Leinenbluse und einen marineblauen Blazer.

„Sehr schick mit schlichter Eleganz", sortierte er sie in eine Schublade. „Erfolgreich, stilbewusst, ihr Outfit ein Ausdruck ihrer selbst, aber auch ihrer Position geschuldet", ergänzte er das Profil, das er von ihr erstellte.

Aber es war ihr Gesicht, das ihn fesselte. Er kannte es – nicht ihres, nicht die Gesichtszüge an sich. Die waren fein, intelligent und wie alles an ihr makellos geschminkt.

Es war das, was durch die Schminke durchschien – was auch die beste Visagistin nicht verbergen konnte. Die totale Erschöpfung. Die tiefen, dunklen Ringe unter den Augen, die angespannten Lippen und diese Augen, die eine unendliche Müdigkeit ausstrahlten.

Er sah sich selbst, damals, vor vielen Jahren in Syrien. Er wusste, wo sie stand.

„Ich erkenne einen leeren Akku", sagte er leise zu sich selbst. „Aber der hier ist tiefentladen."

Dann ging er langsam über die Zufahrt auf sie zu.

„Frau Greve, nehme ich an?"

Sein Ton war fragend, sie nickte müde.

„Willkommen bei uns im Apfelbaum", sagte er sanft. „Kann ich Ihnen mit dem Gepäck helfen?"

Er sah, dass sie eigentlich den Kopf schütteln wollte, sich aber im letzten Moment anders entschied.

„Ja, Sybille Greve", stellte sie sich vor. „Und das mit dem Gepäck ist sehr nett, vielen Dank."

„Mein Name ist Hendrik Seversen", stellte er sich nun vor. „Für heute bin ich Ihr Gastgeber und Ansprechpartner, die anderen werden Sie in den nächsten Tagen kennenlernen."

Sie hatte den Kofferraum geöffnet, er nahm die beiden Taschen aus dem Auto und sie gingen gemeinsam zum Gästehaus rüber.

„Die Formalitäten“, sagte er, „können wir später erledigen. Ich zeige Ihnen erst einmal Ihr Zimmer.“

Sie hatten lange überlegt, welches Zimmer sie ihr geben wollten – und hatten sich für „Himalaja“ entschieden.

„Wenn sie wirklich Ruhe und Abstand will, ist das wahrscheinlich das passendste Zimmer“, hatte Maren vermutet.

Hendrik brachte sie zur Tür, schloss sie auf. Da das Haus leer war, steckten die Schlüssel in den Zimmertüren.

„Wir haben uns erlaubt, eins unserer Zimmer für Sie auszuwählen“, sagte er ruhig. „Lassen Sie es uns aber wissen, wenn Sie eines der anderen möchten – wenn Sie etwas Ruhe gefunden haben, können Sie ruhig durchgehen, Sie sind im Moment unser einziger Gast.“

Erneut nickte sie nur müde und betrat das Zimmer. Für einen Moment schaute sie sich überrascht um.

„Interessant“, war ihr erster Gedanke.

Sie betrachtete die in mattem Schiefergrau gehaltenen Wände, beobachtete das Licht, das durch das große Fenster fiel und von den Wänden subtil aufgenommen wurde. Keine grellen Farben, dezente Ruhe.

Ihr berufliches Ego meldete sich. Sie würde Zeit brauchen, es zum Schweigen zu bringen.

„Clever, wie das Grau genutzt wird, um dem Licht die Härte zu nehmen. Sanfte Übergänge, keine Ablenkung – einfach Ruhe!“

Ihr Blick fiel auf die Wand hinter dem Bett – ein interessanter Blauton, fast mystisch.

„Nebelblau“, dachte sie. „Das wäre ein passender Name, wie auch immer dieser Farbton sonst heißt.“

Der Rest der Einrichtung erschien ihr minimalistisch, aber nicht billig – das Bett erinnerte sie an Japan, niedrig, breit, bodennah. Einfache, ungefärbte Leinenbezüge.

„Kein Nachttisch im klassischen Sinne“, meldete ihre Designerstimme, jetzt schon ein wenig leiser. „Einfacher Holzwürfel, selbes Material wie das Bett – perfekt abgestimmt.“

Die Wand wurde von einem riesigen Panorama dominiert – gewaltige, schneebedeckte Berge, in Schwarz-Weiß gehalten.

Sie betrachtete das Bild näher, fand ein kleines Schild unauffällig unter dem riesigen Panorama.

Zanskar-Region, Himalaja, Indien – Hendrik Seversen, 2023

Sie blickte ihn überrascht an. „Ihre Aufnahme?“, fragte sie ihn.

Er nickte. „Ja, aus meiner Zeit in Indien“, sagte er langsam. „Habe ich in der Zanskar-Region aufgenommen, ganz oben im Norden des Landes. Die beiden Gipfel sind der *Kun* und sein Bruder, der *Nun*. Beide jeweils über 7.000 Meter hoch – das ‚Dach der Welt‘“

Er machte eine Pause.

„Das hier ist unser ‚Himalaja-Zimmer‘“, erklärte er ihr leise. „Was Sie auf dem Foto nicht sehen können, ist die absolute Stille da oben“, sagte er nachdenklich und trat näher an das Bild heran.

„Eine absolute Stille, nur das Rauschen des Windes und das des eigenen Blutes in den Ohren“, erinnerte er sich. „Die

Luft ist so klar und dünn, dass das Atmen ohne Sauerstoff schwierig wird – dafür aber sind die Farben so kristallklar, wie ich sie nirgends sonst auf der Welt gesehen habe."

Er sah sie nun direkt an.

„Als ich da oben gestanden habe, nach drei Tagen Aufstieg und absolut ausgepowert, da habe ich auf eine Welt geblickt, die sich in Millionen Jahren nicht wesentlich verändert hat."

Er dachte für einen Moment nach, wählte seine Worte sorgfältig.

„Die Berge waren lange vor uns da, und sie werden noch lange nach uns da sein", versuchte er, seine Gefühle zu beschreiben.

„Ich habe eine andere Perspektive gefunden", sagte er abschließend.

„Und genau deswegen bin ich dorthin gegangen. Und genau deswegen hängt dieses Bild jetzt hier in diesem Zimmer."

Er hatte ihr Gepäck vor dem Schrank abgestellt, drehte sich zu ihr um und entließ sie in die Stille des Raumes.

„Ich bin unten, wenn Sie etwas benötigen. Wahrscheinlich finden Sie mich gegenüber, unter dem Apfelbaum."

Sie nickte leise, sagte nichts und ließ ihn ziehen. Seine Worte hallten nach.

„Ich habe eine andere Perspektive gefunden."

„Das könnte ich auch gebrauchen", dachte sie sehnsüchtig. „Eine andere Perspektive!"

Sie betrachtete das Kissen – der einzige Farbtupfer im Raum. Leuchtend gelbes Safran-Orange. Es lag auf dem Boden, daneben eine Klangschale.

„Vielleicht sollte ich es mal damit versuchen", dachte sie wehmütig. „Ich habe eine Ewigkeit nicht mehr meditiert."

✦ ✦ ✦

Als Kambé am nächsten Morgen bei ihm auftauchte, schien der Gast noch zu schlafen. Und so saßen die beiden erst einmal mit ihren eigenen Tassen Kaffee unter dem Apfelbaum, hatten die Tür des Gästehauses offengelassen, sodass sie sehen konnten, wann Frau Greve nach unten kam.

„Und?", wollte Kambé wissen, „wie ist sie so?"

Hendrik überlegte einen Moment.

„Sie ist fix und fertig", sagte er dann einfach und ehrlich. „Ich glaube, ihr ganzer Körper läuft auf Reserveenergie und das gerade mal so."

Kambé nickte nachdenklich – diese Situation kannten beide nur zu gut, das wusste sie. Hendrik hatte ihr in den vergangenen Wochen viel von sich erzählt, Maren ebenso. Und Kambé hatte ihren Teil zu den Geschichten beigesteuert.

„Ich glaube, ich werde ihr kein Buffet anbieten", überlegte sie. „Ich hätte da eine Idee, mal schauen, was sie sagt."

Hendrik nickte nur.

Sie kam um kurz nach zehn herunter, sah Hendrik und Kambé unter dem Apfelbaum und kam zögerlich zu ihnen herüber.

„Guten Morgen", begrüßte Hendrik sie und stellte ihr Kambé vor. „Ich hoffe, Sie haben gut schlafen können?"

Sie nickte – tatsächlich hatte sie das erste Mal seit langer Zeit wenigstens einige Stunden am Stück geschlafen und war trotz zwischenzeitlicher Wachphasen auch wieder eingeschlafen.

„Ja, ich glaube schon", sagte sie vorsichtig. Sie wollte ja den Tag nicht vor dem Abend loben. Eine durchgeschlafene Nacht füllte ihre Speicher noch nicht wieder auf.

„Kommen Sie, ich mache Ihnen ein Frühstück", lud Kambé sie ein. „Möchten Sie drinnen essen oder lieber auf der Terrasse?"

Sie entschied sich für das Esszimmer – Kambé öffnete die Fenster weit und ließ die Vormittagssonne herein. Dann ging sie an den Tisch, den sich ihr einziger Gast ausgesucht hatte.

„Was kann ich Ihnen denn Gutes tun?", fragte sie vorsichtig. „Ich habe mir gedacht, dass ich für Sie kein Buffet hinstelle, sondern Ihnen alles frisch mache."

Sybille Greve schaute sie etwas ratlos an.

„Was für eine exzellente Frage", dachte sie plötzlich. „Und so einfach – und ich habe keine Antwort."

„Äh ...", entfuhr es ihr nur. „Also ... also eigentlich frühstücke ich ja nie", sagte sie leise. „Keine Zeit, nur ein schneller Kaffee auf dem Weg zur Arbeit."

Kambé nickte – und hatte eine Idee.

„Dann lassen Sie mich einen Kaffee für Sie holen – aber nicht so, wie Sie es vielleicht gewöhnt sind", schlug sie vor. Sybille Greve nickte.

In der Küche setzte Kambé einen kleinen Kessel mit Schwanenhals auf den Herd. Und während sie darauf wartete, dass das Wasser kochte, sammelte sie den Filterhalter aus

Porzellan, den Filter und eine passende Glaskanne ein und brachte alles zu einer sehr verwunderten Frau an den Tisch.

Das Wasser kochte, sie ließ es etwas abkühlen, nahm inzwischen die Kaffeebohnen aus dem Behälter und die kleine elektrische Mühle. Und brachte alles ebenfalls an den Tisch.

„Kaffee ist heute ein Convenience-Produkt geworden, nicht wahr?“, fragte sie lächelnd. „Wir bestellen ihn als Coffee-to-go und ernten ihn in einem Pappbecher.“

Ihr Gast nickte langsam – ja, darüber hatte sie noch nie nachgedacht.

„In meiner Heimat ist das nicht anders“, gestand Kambé – aber in den Kaffeehäusern in Windhoek wird der Kaffee anders zubereitet. Sie deutete auf den Tisch vor sich.

„Die Gäste bekommen die frischen, gerösteten Bohnen als Ganzes – und die werden erst am Tisch gemahlen.“

Sie tat nun genau das für die jetzt neugierig aussehende Frau vor ihr.

„Und wir verzichten bewusst auf den Vollautomaten – der tötet die Seele des Kaffees“, sagte Kambé nun leise.

Das Pulver der gemahlenen Bohnen wanderte in den Filter, der Filterhalter wanderte auf die Glaskanne.

„Das Wasser muss heiß sein, aber nicht mehr kochend“, erklärte Kambé. „Sonst verbrennt der Kaffee und wird bitter!“

Sie goss das Wasser vorsichtig auf, es bildete einen See im Filter und sickerte langsam hindurch, tropfenweise, dann in einem dünnen Rinnsal in die Kanne.

„Kaffee ist ein Ritual, keine Convenience“, sagte die Afrikanerin leise. „Nehmen Sie sich Zeit, lassen Sie den Kaffee durchlaufen, das Wasser ist genau richtig für diese Menge Kaffeepulver."

Sybille nickte, sie hatte verstanden. Sie würde warten.

„Ich mache Ihnen ein Frühstück, und wenn Sie erlauben, werde ich Sie überraschen."

Sie nickte wieder, die Augen auf das dünne Rinnsal eines schwarzen Versprechens von Genuss gerichtet. Sie würde diesen Kaffee nicht mit Milch und Zucker ruinieren, versprach sie sich.

„Diesmal nicht!"

Kambé bereitete inzwischen das Frühstück vor – sie hatte sich für ein einfaches Hafer-Porridge entschieden, verfeinert mit einer Prise Zimt und Kardamom.

Als Toppings servierte sie in kleinen Schälchen frische Beeren, eine Mischung aus gerösteten Kürbiskernen und Walnüssen, etwas Naturjoghurt aus der Region und ein kleines Schälchen mit Imkerhonig für die Süße.

Sie lud alles auf ein Tablett, brachte es an den Tisch. Ihr Gast hatte brav gewartet, bis der Kaffee durchgelaufen war und genoss nun die erste Tasse.

Kambé sagte ihr kurz, was sie da serviert bekam, ließ sie dann alleine. Sie hatte noch etwas in petto – ein pochiertes Ei von den Hühnern, eine Scheibe angeröstetes Brot, eine halbe, zum Fächer geschnittene Avocado und ein paar Spritzer Olivenöl. Garniert hatte sie das Ganze mit kleinen Schnittlauchringen. Zusätzlich gab es noch ein Schälchen mit aufgeschnittenem Obst von den Bauern der Region – Kirsche, Apfel, Birne, Zwetschge.

Sie brachte alles an den Tisch, zog sich dann in die Küche zurück und beobachtete ihren ersten Gast – sie schien das Essen zu genießen, betrachtete nachdenklich die Zutaten und ließ nichts auf den Tellern zurück.

Später, als Kambé wieder mit Hendrik unter dem Baum saß, kam ihr Gast zu ihnen rüber.

„Darf ich Sie stören?“, fragte sie höflich.

Hendriks Antwort war entwaffnend – so etwas war sie aus ihrem Hamburger Leben nicht gewohnt.

„Sie stören nicht. Was können wir denn für Sie tun? Oder möchten Sie sich zu uns setzen?“

Es war erstaunlich, dachte sie.

„Wenn ich in Hamburg jemanden anspreche, dann bekomme ich immer nur gehetzte, gestresste und abgenervte Gesichter zu sehen“, ging es ihr auf. „Alle erwarten immer nur das Schlechte – Ärger, mehr Arbeit, Complaints.“

Sie betrachtete Hendrik und Kambé beinahe neidisch – nein, eigentlich war sie neidisch: Diese beiden wollten einfach nur wissen, was sie brauchte!

„So einfach kann das sein“, dachte sie frustriert. „Erwarte nichts Übles, bekomme nichts Übles!“

Dann fiel ihr ein, was sie eigentlich wollte.

„Ich kenne mich in der Gegend hier gar nicht aus – haben Sie eine Empfehlung für mich?“

Hendrik überlegte kurz – und notierte im Geiste ein weiteres To-Do für das Team.

„Nun, kommt darauf an, was Sie unternehmen möchten“, sagte er dann. Und erzählte ihr von den Cafés am Elbdeich und der sehenswerten Innenstadt von Stade.

„Und Buxtehude wäre auch nicht zu verachten“, schob er noch nach.

Sie nickte, wog die Optionen ab.

„Ich glaube, ich schau mir mal Stade an – da war ich das letzte Mal als Kind, wenn ich mich richtig erinnere.“

Sie war schon auf dem Weg zum Auto, da rief Hendrik ihr noch etwas nach.

„Frau Greve? Wenn Sie in Stade Lust auf ein Café haben, dann kann ich Ihnen das kleine Café in der Altstadt empfehlen – liegt im ersten Stock, Fachwerkhaus. Tolle Kuchen und super Kaffee!“

Sie nickte, bedankte sich.

„So gut wie der Kaffee heute Morgen wird er sicherlich nicht sein“, sagte sie mit einem Lächeln. Und Kambé strahlte.

Den Rest des Tages sahen sie nicht viel von ihrem Gast. Maren und Luisa kamen herüber, Ben hatte eine Verabredung. Hendrik nutzte die Gelegenheit, ging einige Punkte mit den beiden durch.

Luisa hatte danach eine lange Liste von Dingen, die sie mit der Agentur, die sie für die Erstellung und Pflege der Website angeheuert hatten, besprechen musste.

„Und?“, fragte Maren neugierig, „Wie ist unser erster Gast?“

Hendrik erzählte ihnen, welchen Eindruck er von der Hamburgerin gewonnen hatte. Und auch dass Kambé sie bereits mit ihrem Frühstück eingelullt hatte.

Am späten Nachmittag rollte das Cabrio mit dem Hamburger Kennzeichen wieder auf den Parkplatz. Maren und Hendrik blieben sitzen und warteten einfach erst mal ab.

Sie kam zu ihnen herüber, trug immer noch die Designer-Jeans, hatte sich aber vom Blazer getrennt. Stattdessen zierte eine Sonnenbrille das Gesicht und die Haare waren nach hinten zusammengebunden.

Sie hatte sich in Stade tatsächlich eine Baseballkappe gekauft, die sie noch immer keck auf dem Kopf sitzen hatte. Sie stand ihr gut, befanden Maren und Hendrik jeder für sich selbst.

Maren stellte sich vor, die Frauen tauschten Höflichkeiten aus.

„Ich muss erst einmal unter die Dusche", stöhnte ihr Gast. „Ganz schön heiß heute, trotz der kühlen Brise!"

Als sie eine halbe Stunde später wieder erschien, waren die Designer-Jeans und die Bluse verschwunden – ersetzt durch ein normales Paar Levi's und ein weites T-Shirt.

„Darf ich Sie fragen, wo man hier in der Gegend etwas zu essen bekommt?"

Maren schaute Hendrik an – der schaute zurück.

„Sie haben eine kleine Anzahl an Restaurants zur Auswahl", sagte Maren dann. Sie zählte Savas auf, dann den Italiener im Nachbarort, die etwas höherpreisigen Alternativen unten am Deich.

„Aber Vorsicht", warnte sie, „das sind Touristenfallen!"

Sie überlegte kurz und machte noch ein Angebot.

„Sie können aber auch gerne mit uns essen", sagte sie. Ihr Gast sah sie überrascht an.

„Ich dachte, Sie sind ein *Bed & Breakfast*?", fragte sie zweifelnd nach. Vielleicht hatte sie ja was übersehen?

„Das schon", erklärte Maren. „Aber wir müssen ja auch was essen, und wenn es Ihnen zusagt, haben wir genug für eine weitere Person."

Sybille war unschlüssig, das konnte Maren sehen.

„Und wir würden uns freuen, das ist doch gar kein Thema", schob sie nach.

„Wir machen heute Abend aber nur ein einfaches Essen, eine ganz normale, ehrliche italienische Lasagne!"

„Warum nicht?", sagte Sybille Greve zur allgemeinen Überraschung – auch ihrer eigenen.

„Ich habe schon seit einer Ewigkeit keine hausgemachte Lasagne mehr gegessen."

Hendrik verschwand in der Küche, die Lasagne war bereits vorbereitet, und zum Glück hatten sie eine sehr große Portion gemacht.

„Das reicht locker", überlegte er zufrieden. Er war von Marens Einladung zwar überrascht gewesen, aber nicht unangenehm.

Rasch nahm er drei Gedecke aus dem Schrank, dazu Besteck und drei Rotweingläser.

„Ich würde sagen, wir essen hier draußen im Garten", schlug er vor, und die beiden Frauen nickten. Sie waren in ein Gespräch vertieft. Hendrik hörte nur Wortfetzen und hatte auch keine Zeit, sich näher damit zu beschäftigen.

Er war auf der Suche nach einem passenden Wein, kehrte mit zwei Flaschen an den Tisch zurück.

„Zur Lasagne würde ja ein Wein passen", sagte er. „Ich hätte einen Rosé zu bieten, schön gekühlt, und als Alternative einen leichten Roten, einen Bardolino vom Gardasee – ebenfalls ganz leicht gekühlt."

Sie entschieden sich für den Rosé, und Hendrik schenkte allen ein Glas ein.

„Auf unseren allerersten Gast", erhob er sein Glas. „Ganz offiziell ‚Willkommen im Apfelbaum', Frau Greve!"

Sie alle hoben ihre Gläser, prosten sich zu und genossen die ersten Schlucke des wunderbaren Weins.

Es wurde ein langer Abend, und sie redeten viel miteinander – über Alltäglichkeiten, Träume und ab und zu auch über die weniger schönen Probleme.

„Sehr entspannt ist sie", sagte Maren später zu Hendrik.

„Aber ja, du hast recht – sie muss ganz dringend einen Weg finden, ihre Akkus wieder aufzuladen!"

Sie räumten gemeinsam die Küche auf – und als Maren auf die Uhr sah, war es kurz vor Mitternacht.

„Scheiße", entfuhr es ihr. „Der letzte Bus ist weg!"

Hendrik sah überrascht auf seine Uhr. Tatsächlich, kurz vor Mitternacht. Durch die hellen, weißen Nächte war ihm das gar nicht aufgefallen.

„Weißt du was, Maren?", sagte er. „Nimm doch einfach eines der Gästezimmer und schlaf hier! Ben kommt schon alleine klar, denke ich."

Maren überlegte kurz, sah ohnehin keine andere Chance und nickte. „Ben ist eh bei Luisa", sagte sie mit einem Lächeln. „Ich denke nicht, dass der mich vermissen wird."

Sie lachten beide und verabschiedeten sich ins Bett.

✦ ✦ ✦

Die nächsten Tage waren wie im Flug vergangen. Ihr Gast war zunehmend aufgetaut, hatte ihre Akkus wieder aufgeladen. Schließlich hatte sie vorsichtig nachgefragt, ob sie ihren Aufenthalt um eine weitere Woche verlängern könnte.

„Wissen Sie, es gefällt mir richtig gut hier, und das will ich noch nicht gleich wieder aufgeben", hatte sie gesagt. Hendrik hatte sofort zugestimmt.

„Natürlich können Sie noch eine weitere Woche bleiben – das Zimmer ist frei, das ist kein Problem!"

Anfangs war ihr Gast einige Male am Abend essen gegangen, allein. Doch dann hatte Maren kurzen Prozess gemacht.

„Sybille", sagte sie, „wenn Sie abends nicht allein essen gehen wollen, dann sagen Sie uns das einfach. Wir können auch alle zusammen essen – dann besprechen wir eben am Morgen, wonach uns die Laune steht."

Ihr Gast hatte freudig eingewilligt und das Konzept des B&B über den Haufen geworfen.

„Wisst ihr", hatte sie an einem Abend gesagt, an dem sie alle gemeinsam in der Küche des Gästehauses gekocht hatten, „ihr solltet aus eurem ‚B&B' einfach ein ‚B&C' machen – ‚Bed & Care'."

Sie sah die anderen an: Luisa und Ben, die gerade am Küchentisch Gemüse schnippelten, Hendrik, der das Fleisch für den Grill vorbereitete und Kambé, die sich ebenfalls zu den abendlichen Runden dazugesellt hatte.

„Denn das ist genau das, was ihr tut – ihr gebt euren Gästen nicht nur ein Bett, ihr kümmert euch auch um sie. Und ganz ehrlich – dieses Versprechen ist euer ‚USP'!"

Sie nickte Luisa zu, die sich in den letzten beiden Tagen angeregt mit der Marketingexpertin aus Hamburg unterhalten hatte, sich sogar mit ihr angefreundet hatte.

Maren kam von draußen rein, Kambés Sohn Jonas im Schlepptau.

„Na, was geht hier ab?“, wollte sie wissen. „Der kleine Mann hier hat Hunger und ihr trödelt?“

Alle lachten.

In der zweiten Woche waren weitere Buchungen eingegangen, sie machten Fortschritte. Der größte Schnitt war dann Sybilles Abschied nach vierzehn Tagen.

„Danke, Hendrik“, sagte sie beim Abschied. „Und dir auch, Kambé!“

Sie blickte die beiden warm an, Hendrik sah, dass die dunklen Ringe unter ihren Augen verschwunden waren. Auch die Haut hatte einen gesunden Farbton angenommen, der Sonne sei Dank.

„Ihr habt hier ein echt tolles Konzept und ein Team mit einem großen Herzen!“, lobte sie.

„Und Hendrik?“

Der schaute sie neugierig an, wartete gespannt, was sie noch hatte.

„Eure Zimmerauswahl war perfekt – und ich habe eine Perspektive gefunden“, verriet sie ihm. „Wenn ich das nächste Mal hier bin, darf ich um einen Gefallen bitten?“

Hendrik nickte erfreut. Das war etwas, was er zu hören gehofft, aber nicht zu hoffen gewagt hatte.

„Was denn?“, wollte er wissen.

„Das ‚Abessinien-Zimmer'", sagte sie. „Ich möchte deinen Blick auf Afrika erleben."

Es war jetzt Anfang September – die erste Saison war gut gelaufen. Nach Sybille waren weitere Gäste zu Besuch gewesen.

Ein älteres Ehepaar aus der Schweiz, beide über 70 und noch sehr rüstig. Sie genossen „Abessinien", ließen sich von Kambé über Kaffee-Rituale aufklären und entdeckten in langen Wanderungen das Alte Land.

Zwei Freundinnen aus den Niederlanden kamen mit ihren E-Bikes, um die Gegend zu erkunden. Beide waren Anfang 30, junge Besucherinnen, die den „Apfelbaum" zu ihrem Basislager erkoren.

Ein junger Software-Entwickler aus Berlin, wie Sybille mit seinem Latein am Ende und dringend auf der Suche nach Entspannung. Sie gaben ihm fast automatisch das Himalaja-Zimmer, weil das bei Sybille so gut funktioniert hatte.

Und viele, viele andere. Maren und Hendrik nahmen sehr viele Ideen mit, die sie zusammen mit Luisa, Ben und Kambé besprachen und von denen sie einige in die nächste Saison mit integrieren würden.

Gemeinsam mit Luisa trieb Maren die Kirschbaum-Patenschaften weiter voran, hier hatte Sybille mit ihrer Marketing-Expertise geholfen.

Sogar die Bank hatte nach kurzer Rücksprache mit Herrn Beyer die Erlaubnis erteilt, die Flyer im Servicebereich auszulegen.

Es ging Schlag auf Schlag, inzwischen hatten sie die meisten der 180 Bäume in Patenschaften gebracht. Auch die Pflege der Kirschbäume war geregelt – das übernahm ein lokaler Obstbauer als Auftragsarbeit.

Hendrik schaute auf die Blumenwiese – die Spätblüher brachten noch Farbtupfer und boten Hummeln und Bienen letzte Nektarquellen an. Distelfinken und der ein oder andere Stieglitz bedienten sich ebenfalls geschickt an den Samenkapseln der bereits verblühten Blumen.

In dieser Nacht träumte er wieder von ihr. Marion. Sie stand neben ihm, auf der Wiese.

„Schön habt ihr es hier“, sagte sie leise. „Und ein tolles Team mit einer tollen Idee!“

Er schaute sie an, lange. Und begrüßte sie dann leise.

„Hallo, Marion.“

In seinem Traum fehlten ihm die Worte, es dauerte einen Moment, bis er sie fand.

„Ja, das ist ein tolles Projekt hier. Und weißt du was? Ich glaube, ich habe ihn gefunden, meinen Heimathafen.“

Sie nickte leicht, lächelte.

„Ich weiß“, sagte sie sanft. „Du bist angekommen, und das ist gut.“

Dann verblasste sie in seinem Traum, verschwand langsam. Und ließ ihn mit einem letzten Satz zurück.

„Du brauchst mich nicht mehr, Hendrik“, hörte er ihre leise verklingende Stimme. „Das hier wird ein Abschied – ich werde nicht wiederkommen.“

Dann war sie verschwunden, der Traum war zu Ende und er wachte auf. Ganz ruhig lag er in seinem Bett, ganz friedlich.

„Lebe wohl, Marion“, flüsterte er ihr nach. „Lebe wohl. Und danke für alles!“

Er blickte aus dem Fenster, es war noch stockdunkel. Vereinzelt konnte er die Sterne leuchten sehen. Und während er langsam wieder in den Schlaf glitt, schlich sich ein einzelnes Wort in seine Gedanken: Upekkhā. Gelassenheit.

Er hatte sie gefunden.

✦ ✦ ✦

Oktober und November hatten sie geschlossen. Es hatte zwar Buchungsanfragen gegeben, aber sie hatten sich vorgenommen, die Sommersaison zu beenden und noch offene Arbeiten am Haus und am Garten machen zu lassen.

Anfang Dezember waren so viele Buchungsanfragen für Weihnachten und Neujahr eingegangen, dass sie sich entschlossen, für einen kleinen Kreis nochmals zu öffnen.

Auch Sybille war unter den Gästen gewesen. Schon bei ihrer Ankunft umarmte sie Hendrik herzlich, ebenso Kambé, die gerade aus den Zimmern gekommen war, die sie vorbereitet hatte.

„Abessinien für dich“, sagte Kambé. „Ganz wie gewünscht!“

Und strahlte Sybille dabei an.

Mitte Januar kam ein Anruf von Ernst Krohn.

„Hendrik“, hörte dieser ihn sagen, „wir haben jetzt erst einmal geschlossen, bis die Saison wieder losgeht. Und da machen wir traditionell unsere ‚Neujahrsparty‘ im Team, vorher ist ja keine Zeit.“

Sie fachsimpelten ein wenig über die Saison, und Ernst lud das Team vom ‚Apfelbaum' ebenfalls zur verspäteten ‚Neujahrsparty' ein.

Gemeinsam – die Krohns mit Ernst, Helene, Peer, Annika und Sönke, dem Koch, auf der einen Seite und Hendrik, Maren, Luisa und Ben sowie Kambé mit Jonas verbrachten einen wunderschönen Abend im Hotelrestaurant in Stade.

Ernst brachte stellvertretend für alle den Toast aus.

„Auf zwei Schiffe, die in dieser Saison gut gelaufen sind", sagte er. „Und auf die Teams, die sie mit ihrer Seele über Wasser halten!"

Alle hoben ihre Gläser.

„Möge der Wind auch in der nächsten Saison günstig stehen!"

Sie tranken, lachten, fachsimpelten und feierten, um sich am Ende dann schweren Herzens voneinander zu verabschieden. Es war ein schöner Abend.

„Bis zum nächsten Mal, dann bei uns!", sagte Hendrik zu Ernst und der nickte. „Sommerfest?", schlug der Hotelier vor. „Bei euch grillt es sich besser!"

Im Februar stand der Jahresabschluss an – weil es das erste Mal für ihn und Luisa war, kam Frau Remscher zu ihnen und leitete sie an.

Die meiste Arbeit blieb an Luisa hängen, die sich begeistert auf die Zahlen stürzte – ihr Element. Sie und die Steuerberaterin rechneten, trugen Ergebnisse in Tabellen ein, sichteten Einkünfte und Ausgaben und präsentierten Maren und Hendrik am Ende das Resultat.

Die Zahl unter dem Strich hatte ein Pluszeichen davor. Sie

waren in der Gewinnzone. Ganz leicht nur, aber es reichte.

„Es funktioniert!“, lachte Maren. „Es funktioniert tatsächlich!“

Und die Steuerberaterin brachte noch einen offenen Punkt an.

„Waren da nicht noch offene Rechnungen aus der Zeit, als Ihr Bruder den Hof noch geführt hatte?“

Maren und Hendrik sahen sich überrascht an. Das hatten sie ja vollkommen vergessen.

„Ich weiß nicht“, sagte Maren langsam. „Ich weiß nicht, ob es den Ärger wert ist.“

Hendrik nickte nachdenklich. Ja, es waren knapp 12.000 Euro, aber wenn er an die Arbeit und den Ärger mit Mahnungen und Anwälten dachte, schien es den Aufwand nicht wert.

„Wollen wir sie einfach akzeptieren?“, fragte Maren und schaute ihn an. Hendrik nickte nur. „Ja, machen wir. Lass uns einfach nach vorne schauen.“

Damit war auch dieses Thema vom Tisch. Ein anderes war aber noch offen.

Hendrik und Ben nutzten die ruhige Zeit, um ein altes Versprechen einzulösen. Sie besuchten gemeinsam das *Miniatur Wunderland*.

Die Fahrt nach Hamburg machten sie mit der Bahn und verbrachten gemeinsam einen wunderschönen Tag in der Speicherstadt.

Hendrik war begeistert von dem Elan und den Details, die aus jeder Ecke der riesigen Modell-Landschaften auftauchten. Sie entdeckten gemeinsam immer neue *Easter-Eggs* – und als sie am Abend Maren davon erzählen wollten, konnten sie sich gar nicht mehr an alles erinnern.

Der Winter ging, der Frühling kam. Die Blumenwiese, jetzt von einer Hecke eingerahmt, blühte – Luisas Traum lag in seiner ganzen Farbenpracht vor ihnen.

An einem Morgen Anfang Mai stand Hendrik alleine im Garten, eine Tasse mit frischem Kaffee in der Hand. Er war umgestiegen, weg von seinem treuen Vollautomaten und hin zu einer Siebträger-Maschine.

„Selbst bei mir hat Kambés Kaffee-Ritual gewirkt", grinste er, als er den ersten Schluck nahm.

Er besah sich den alten Apfelbaum, der nun unter einer verschwenderischen Pracht von weißen Blüten verschwunden war.

„Als ich hier angekommen bin", dachte er, „warst du genauso fertig wie ich auch. Und nun schau dich an! Letzte Woche hattest du gerade eine einzelne schüchterne Blüte!"

Sie waren wieder ausgebucht, hatten sich für Anfang Mai bis Ende September als Saison entschieden, dann noch mal von Mitte Dezember bis Mitte Januar.

Auch über Ostern hatten sich Gäste angekündigt, allerdings nun solche, die sie mittlerweile zu Stammkunden zählten: Sybille, Cornelius und seine Frau und selbst Herr Beyer freuten sich auf ein paar ruhige Tage außerhalb der Stadt.

Er musste an seinen Freund denken – er musste an Thies denken.

„Was würde er dazu wohl sagen?", fragte er den alten Apfelbaum.

Natürlich bekam er wie immer keine Antwort – der Baum schwieg stoisch.

„Na, wahrscheinlich hättest du deine Freude daran, Thies, oder?", überlegte Hendrik.

„Das Leben ist weitergegangen, alter Freund", sagte er leise. „Einfach weitergegangen. Und es hat sich einen Dreck darum geschert, dass manche aus dem Rennen ausgeschieden sind."

Er konnte Thies' Stimme fast hören, wusste, was sein Freund geantwortet hätte:

„Und das ist auch gut so!"

Kambé kam die Einfahrt hinauf, sah ihn und winkte fröhlich. Der Tag wartete – heute sollten die ersten Gäste der Saison kommen.

– Aus Hendriks Tagebuch –

„Zu spät ist auch ein Ort – aber auch dort kann man ankommen!"

Epilog

Die Truhe – jene, die Thies von Hendriks Vater bekommen hatte und die dieser so lange ignoriert hatte. Hendrik hatte sie aus dem Keller nach oben in sein Zimmer verfrachtet.

Nun saß er ratlos davor. Hatte den Schlüssel in der Hand und konnte sich doch nicht entschließen, hineinzublicken. Irgendwann öffnete er sie. Fotoalben. Briefe. Von seiner Mutter das handgeschriebene Kochbuch. Und obendrauf ein Brief, adressiert an ihn persönlich. Er erkannte die Handschrift seines Vaters. Er würde ihn später lesen.

Er schaute die Truhe gedankenverloren an. Überlegte, was er mit diesem Schatz anfangen sollte. Entschloss sich, sie als dekoratives Element und Erinnerung bei sich im Zimmer zu behalten.

Die Truhe wanderte in eine Ecke des Zimmers, sie war tatsächlich ein Blickfang. Handarbeit. Holz! Er hatte eine Idee. Öffnete den Schrank, holte seinen treuen Lederkoffer hervor. Stellte ihn demonstrativ neben die Truhe.

„So, alter Freund“, sagte er leise, fast sanft. „Jetzt hast du Gesellschaft! Mein Leben vor der Reise und mein Leben während der Reise. Unterhaltet euch gut! Und vertragt euch!“

Printed in Poland
by Amazon Fulfillment
Poland Sp. z o.o., Wrocław

60400604R00265